수만의 재일동포가 찾아간 北 지상낙원

째포

초판 1쇄 인쇄 _ 2025년 11월 10일
초판 1쇄 발행 _ 2025년 11월 20일
지은이 _ 림일

펴낸곳 _ 바이북스
펴낸이 _ 윤옥초
책임 편집 _ 김태윤
책임 디자인 _ 이민영
책임 영상 _ 유명주

ISBN _ 979-11-5877-399-1 03810
등록 _ 2005. 7. 12 | 제 313-2005-000148호

서울시 영등포구 선유로49길 23 아이에스비즈타워2차 1005호
편집 02)333-0812 | 마케팅 02)333-9918 | 팩스 02)333-9960
이메일 bybooks85@gmail.com
블로그 https://blog.naver.com/bybooks85

책값은 뒤표지에 있습니다.
책으로 아름다운 세상을 만듭니다. — 바이북스

미래를 함께 꿈꿀 작가님의 참신한 아이디어나 원고를 기다립니다.
이메일로 접수한 원고는 검토 후 연락드리겠습니다.

째포

림일 지음

수만의 재일동포가
찾아간 北 지상낙원

바이북스
ByBooks

차 례

도쿄의 붉은 바람　　　　　　007
조총련 의장　　　　　　　　020
북조선에 대한 호기심　　　　031
평양 시민이 줄어든 이유　　　044
우리 조국은 어딘가　　　　　054
요시히로 부사장　　　　　　066
청진에 쩨포들이 온다오　　　079
1959년 12월, 니가타항　　　　090
동해 선상에서　　　　　　　105
이거 말조심 해야겠구먼　　　119
귀국, 북송… 귀환　　　　　　130
한덕수의 똥개　　　　　　　143
'거포'… 그리고 '상포'　　　　157
엄마 생일인데 왜 우나　　　　170
함흥농마국수　　　　　　　182
회사와 귀국 준비하다　　　　195
가부키초 사카바　　　　　　206

도쿄보다 멋진 평양을	217
우리 이제는 함께 살아요	231
탈출 모의	243
니가타 버드나무길	256
째포들의 죽음	270
귀국청년 3인의 운명	281
강력한 항의	294
원산항… 만경봉호 꿈	309
인민의 지상낙원	320
부 록	333
등장인물	333
소설 배경장소	334

도쿄의 붉은 바람

1958년 선선한 날씨의 가을이다. 일본 도쿄 신주쿠 지역 철로 주변에는 다다닥 거무스레한 전통식주택이 즐비하다. 재일조선인이 유난히 많은 곳이다. 도쿄 속의 '조선마을'로 불리는 동네 곳곳에 한글 간판을 붙인 가게이며 표지판이 쉽게 눈에 보인다. 수십 년 세월 몸을 담고 살아온 재일조선인들의 땀 배인 생활터전이다.

울타리가 쳐진 한 주택.

눈부신 햇살이 방안에 한껏 들어온다. 참나무 재질의 안락의자에 앉은 중년의 두 남자는 고경식과 고경민이다. 비슷한 외모의 둘은 형제로 터울이 크다. 이들 사이 누이동생 고경란이 있다. 어려서부터 너무 화목한 형제였는데 이념을 가진 어른이 되어서는 각자 다른 정치 성향으로 쌀쌀 맞은 사이가 되었다.

고경란이 시집 간 이후 세 남매가 1년에 얼굴 한두 번 볼 정도로 우애가 멀어졌다. 30대 후반인 고경민은 도쿄에 있는 조총련(재일본조선인총연합회, 극성친북 조선인단체) 중앙본부의 청년부장이다.

고경민이 말문을 연다.

"형님! 우리 조총련에 들어오세요."

"뭐라고? 우리 조총련?"

"그럼요. 우리의 조국 북조선은 노동자, 농민이 나라의 주인이 되어 세상에 부러움 없이 골고루 잘사는 나라입니다."
 허탈해하는 고경식.
 "8년 전 6·25전쟁을 일으킨 평양의 김일성은?"
 "다 지나간 과거입니다."
 "그러면 잔인무도한 김일성 악당이 그 끔찍한 전쟁에 대해 한국 정부는 아니라도 너희 조총련에 사과라도 했냐?"
 고경식이 담배를 한 대 문다.
 그가 한 모금 연기를 빨고 '콜록!~ 콜록!~' 하고는 재떨이에 담배를 비벼 끊는다. 고경민이 "허참! 형님도 안 피던 담배까지 붙여 무는 건 뭡니까?" 하고 나무란다. "경민아! 제발 정신 좀 차려라!" 하는 형에게 여유롭게 미소를 보이며 "그렇다고 자기 건강에 해로운 짓까지 하면 바보죠. 안 그래요? 형님!" 하는 동생이다.
 고경식은 사이타마현에서 일본 중학교의 교장으로 퇴직했다. 해방되기 퍽이나 오래전 대학교를 다녔고 졸업 후 중학교 교사가 되었다. 그는 자기 분야에서 꾸준한 열성을 다했기에 퇴직을 수년 앞두고 교장 직무까지 올랐다. 전형적인 인텔리이다.
 그것이 자신의 지조이고 명예이다.
 도쿄 조총련중앙본부는 일본 전역에 수십여 개의 조선학교(초급·중, 고등)를 운영한다. 과거 조선학교에 와서 교장으로 있어 달라는 요청을 한사코 고사한 고경식이다. 자기의 이념과 다른 조총련의 동포정책 등 때문이었다. 격랑의 한반도에서 남과 북의 체제 대립은 상상이 어려울 정도로 심했다. 일본서 냉정하게 바라본 한반도는 분명 김일성의 북한 정권에 더 큰 과오가 있다고 보는 고경식이다.
 "형님의 심정도 이해는 갑니다."

"그러면서도 네 마음이 그러냐?"

"재일조선인은 북조선의 해외공민… 평양선언입니다."

"해외공민?… 듣기는 좋구나!"

"우리를 나몰라하는 남조선 정권보다는 낫죠?"

"아니? 뭐? 남조선 정권? 얘가 점점…"

"우린 북조선을 '공화국', 한국을 '남조선'으로 불러요."

"흥! 세상에… 별꼴이다."

고경민이 몸을 담은 조총련은 1945년 8·15해방 후 재일조선인들 중에 극성좌익계열이 설립하였다. 이즈음 일본은 소련(러시아)을 추앙하는 공산당의 활동과 사회좌경화가 극도로 심했다. 그 영향인지 재일조선인 과반이 조총련 회원이었다. 도쿄에는 친남단체 '민단'(재일본대한민국거류민단)도 있다. 1946년 '재일본조선거류민단'이란 이름으로 설립되었으며 1948년 대한민국 정부수립 후 그해 9월 이름이 바뀌었다. 조총련과 민단 간의 세력싸움은 일본 치안당국에는 골칫거리다.

그러던 중 1954년 북한 외무성이 일본국에 있는 재일조선인을 북조선의 해외공민(북한사람)으로 규정하며 재일조선인 지도자 한덕수(좌익단체장) 등을 전폭적으로 지지하고 나섰다. 이후 북한의 해외기관처럼 활동하는 조총련중앙본부이다.

"형님! 제 말 좀 들어보세요."

"뭔데?"

"이 동생이 아무럼 하나뿐인 형님을 나쁜 곳으로 이끌까요? 그냥 저와 형님은 이념만 다를 뿐 우리는 형제입니다."

"그 이념은 뭐냐?"

"그것은 바로 어디가 더 잘사는가? 하는 쪽이 아닐까요?"

"그럼 북조선이 일본보다 잘산다는 거냐?"

"아닙니다. 허나 잘사는 의미가 꼭 물질만 아니죠. 정신동물인 사람은 그 정신의 질적 수준 차이에 따라 다르죠."

"뭐라고?…"

"경제발전은 앞서고 뒤질 수도 있습니다."

"그건 맞는 말이다."

동생의 진지한 소리가 일부 황당하기도 하지만 어딘가 모르게 공감이 가는 고경식이다. 과거 교단에서 학생들을 가르쳤지만 이렇게까지 논리적으로 어떤 사회적 현상에 대해 고찰한 적은 없었다. 그래서 사람은 계속 배워야 하는 존재라고 하는가. 엄밀히 퇴직자인 자기는 이제부터 낯선 사회활동을 시작해야 할 것이다.

그 활동이 자기의 사회생활에서 조금이라도 도움이 된다면 해볼 만하다. 서글픈 타향, 일본 땅에서 약소민족인 조선인의 본심으로 불편한 때가 많다. 이왕이면 국적 차별이 없거나 덜한 사회에서 제 2의 인생을 살아보는 것도 좋을 듯싶다.

흥분되어 계속하는 고경민.

"물론 중학교 교장선생까지 했던 형님이 북조선과 남조선이 어떻게 다른 제도인가는 저보다 더 잘 아시겠지요."

"…"

"북은 소련의 괴뢰, 남은 미국의 괴뢰! 그건 변명할 수 없는 현실이죠. 우리 다르게도 생각해봅시다. 미래와 우리의 권리까지…"

"우리의 권리?"

"우리는 언제까지 거류민으로 살아야 합니까? 우리에게 진정한 조국이 있으면 나쁠 거야 없지 않습니까?"

"그렇다고 공산정권을 조국이라고?"

고경식은 두 눈을 지그시 감는다.

1945년 일제 식민지서 해방을 맞은 한반도는 38선을 경계로 두 사회(제도)로 갈렸다. 38선 이남의 서울에서 1948년 8월 남한 정부인 '대한민국'이 탄생했다. 100% 민주주의 방식을 선택하여 이뤄진 건국이다. 그로부터 약 한 달 후 38선 이북의 평양에서 북한 정권인 '조선민주주의인민공화국'이 생겨났다. 북에서는 김일성 수상이 인민의 추대로, 남에서는 리승만 대통령이 국민들의 선거로 선출되었다.

　동생이 지금 자기 앞에서 자유민주주의 남조선보다 사회주의 북조선이 더 우월하다고 고집을 피우고 있다. 경제와 문화를 떠나서 사람은 정치 속에서 산다. 북조선의 독재정치는 관심이 없는지 혹은 잘 모르는지 답답해 보이는 고경민이다.

　"형님도 참! 케케묵은 이념소리를 하시네요."

　"아니, 뭐라고?"

　"솔직히 말해 사회주의든 자본주의든 통치자가 하는 거죠."

　"그런데?"

　"백성들은 살기만 좋으면 되지 않나요?"

　"그건 맞다."

　"저 한반도를 리승만이 통치하든, 김일성이 통치하든…"

　"듣기 싫다. 그만해라."

　조선반도의 남과 북은 서로 다른 이념의 두 체제로 상대방에 대한 비방과 시비로 치열한 경쟁을 벌렸다. 김일성이 일으킨 6·25전쟁은 한반도를 잿더미로 만들고 수많은 전사자, 부상자, 포로, 전쟁고아, 미망인, 사상자, 이산가족 등을 만들었다.

　자기 민족끼리 총부리를 맞대고 서로를 죽인 치욕스러운 전쟁이 끝난 지 5년의 시간이 흘렀다. 너무나 갑작스레 찾아온 평화에 사람들은 과거를 망각한 것은 아닌가? 멀리 고국 땅에서 있은 일이라고 우리가 과연 잊어도 되는 것인가. 그래도 선조들의 고향이 있는 조국은 한반도 남쪽 대한민국이 아닌가.

"어쨌든 모르겠다. 이제는 퇴직했으니 어떻게 살지?"

"바로 그래서 하는 소리입니다. 형님!"

"그게 무슨 소리야?"

"이젠 형님은 일반인이 되었고… 형수님과 일욱이, 일녀는 아직 한창 나이인데 그들이 살 미래를 좀 걱정하셨나요?"

"미래?"

"형님이 벌어놓은 돈이 있어요? 재산이 있어요? 아들, 딸은 시집장가 보내야 부모 책임을 다했다고 하겠죠?"

"그건 맞는 소리다."

고경식에게 오누이 자식이 있다.

아들 고일욱은 아버지처럼 교육자가 되겠다며 대학입학 준비를 하고 있다. 아내는 "평생을 교육자와 살아보니 별로다. 제자들로부터 칭찬받는 것은 좋은데… 사람생활에 돈이 최고다"는 불평을 늘어놓기 좋아한다. 허면 고경식이 "사람의 행복은 돈이 전부가 아니에요. 때로는 돈으로도 못 사는 명예가 더 중요하기도 해요"라고 한다. 그러면 "아이고! 명예는 무슨 얼어 죽을? 돈이면 명예도 사요" 하는 아내다.

딸 고일녀는 이제 중학생이다. 그에게 들어가는 학비는 지금 한창이다. 그리고 여느 때보다 많이 먹고 부쩍 자라야 할 시기이다. 중학교를 졸업하고 대학을 가든, 사회로 나와 직장생활을 하든 그 애들이 시집장가를 갈 때까지는 부모가 책임져야 한다. 이제 그 무거운 짐이 퇴직자인 자기 어깨 위에 떡하니 놓였다.

"그리고 형님! 가만히 집에 있지 마시고…"

"또? 뭐야?"

"밖에 나와서 세상 물정도 좀 아세요."
"정말 그래야 될까 보다."

도쿄 치요다구 골목의 사카바. 손님들이 북적거리며 술상을 마주하고 있다. 뿌얀 담배연기 가득한 실내에는 대부분 조선인들이다. 고된 노동을 마치고 가끔 피로를 풀기에 술이 최고다. 이 달작 시큼한 술에 고달픈 하루인생사를 훌훌 풀어 마시면 한시름 놓인다. 늦은 밤 집으로 들어가 봤자 별다른 문화생활도 없는 남자들. 가부장적 생활습관을 조상대대로 물려받은 봉건사회 풍습이 그들을 사로잡았다.

술꾼들의 안주 수다.
"북이 남보다 3~4배 잘사는 게 맞소?"
"북조선은 구라파 나라들의 지원을 받소."
"모르는 소리 마시오."
"사회주의 나라들은 돈으로 경제교류를 하지 않소."
"그럼 뭐로 하오?"
"대부분 물물교환 방식으로 한다고 들었소."
"아니? 그런 건 어떻게 아오?"
"전번에 민단의 어떤 간부가 말해줍대."

주객들은 눈이 커졌다. 세상에 그런 신비한 나라도 있다니? 구라파 사회주의 나라들이 그런가? 그 체제를 북조선이 도입해 '인민의 지상낙원'이 되었나? 그런 나라면 일본보다 더 좋은 나라이다. 자기들이 더부살이로 사는 일본은 그렇지 않다.

해방 전 100% 창씨개명을 하여 일본서 조선인들은 귀화인으로 살았다. 일본 법을 준수하며 일본 말을 하고 기모노를 입고 일본 음식을 먹어도 몸속에는 조선 민족의 핏줄이 흐른다. 일본은 전형적인 법치국가이다. 사회

질서를 유지하기 위한 법규와 원칙이 얼마나 깐깐한가. 자그마한 범죄나 실수, 오류가 있어도 처벌과 벌금이 어마어마하다. 세금을 철저하게 수금하는 세무당국의 얄미운 것은 누구나 똑같다.

"남조선이 우리 조국 아니오?"

"조국은 뭐 얼어 죽을?… 제 살기 바쁘다고 거들떠 안 보는 남조선이 조국이라? 물론 우리 부모들 고향은 남쪽이지만…"

"조국도 경제적으로 잘 살아야 조국이오."

"그 말은 맞소. 거지면 조국도 아니오."

"어쩌면 자기도 살기 힘들면서 어려운 이웃을 더 배려하는 북조선이 우리에게는 조국이 아닐까? 하오."

"무슨 그런 끔찍한 소리를 하오?"

"공산독재정권이 우리의 조국일 수는 없소."

"여하튼 세금 없는 나라, 무상치료, 무료교육의 제도는 신비하구만. 세상에 없는 제도를 북조선이 만든다니…"

"정말 그런가?"

신주쿠 철공소 노동자인 주정남이 동료와 술잔을 주거니 받거니 한다. 하루 고된 노동을 마치고 이런 단란한 시간이 없다면 너무나 지루할 것이다. "인생 뭐 있어? 요렇게 살다가 오늘밤이라도 '딸깍!' 하고 숨이 멎으면 끝나는 거지! 안 그래?" 하는 주정남이다. 그는 남보다 다소 일찍이 결혼하여 딸 셋을 두었다.

그것이 마냥 부러운 동료 박승호가 빙그레 웃는다. 같은 일터에서 함께 일한 지도 퍽이나 시간이 지난 두 사람은 동갑내기 조선반도 남해안 도시 부산 태생으로 8·15해방 이미 오래전에 일본으로 건너왔다. 생일이 몇 달 늦는 박승호는 독신이다.

"주 형! 형수님과 애기 생산은 밤 12시 전에 했소?"

"엉? 갑자기 그게 무슨 소리야?…"
"밤 12시 전에 만들면 딸이고, 이후는 아들이라더만…"
"그래? 가만 생각 좀 해보자!"
"천천히 잘 생각해보오."
"그런 것 같아. 밤 12시 전에 열심히 했었는데…"
"지금도 안 늦었소. 형수님은 젊었고…"
"그렇지! 오늘 한 번 해봐?"

주정남은 입이 귀에 걸렸다. 밤낮 술자리에서 하는 전쟁소리? 정치소리 등은 이제는 너무 지겹다. 그중에서도 한국의 정치소리가 가장 듣기 싫다. 전쟁이 끝난 지 5년이 되는데 서울의 정치권은 서로가 상대방 탓이라며 치열공방을 벌리고 있다. 평양의 김일성이 전쟁을 하게끔 만든 장본인이 여당이고 야당이라며 난리법석이다.

기혼자인 주정남은 생활에서 가급적 아내나 자식소리를 잘 안한다. 상대방이 미혼자면 더욱 그렇다. 반대로 박승호는 항상 궁금하다. 자기가 해보지 못한 결혼생활을 타인에게서 들으며 대리만족을 느낀다. 가장 신비한 것은 부부싸움이다. 흔히 칼로 물 베기라는 부부싸움이 왜 일어나는지? 결말은 어떻게 되는지 등이다.

"승호! 자네는 참! 현명해!"
"갑자기 뭔 소리요?"
"혼자 사니 말이야! 내가 결혼해보니 고생바가지 쓰는 거야. 새끼들 먹여 살리자고 이렇게 똥줄 타도록 고생하고…"
"그래서 가족이 아니겠소?"
"가족? 마누라? 연애? 그거 다 잠깐이야."
"주 형은 가족에 싫증이 났나 보네. 그러면 안 되오. 가정서 얻는 희망과 용기는 돈으로 계산이 안 될 만큼 크오"

"그 말은 맞네. 인생사 힘들다는 소리지."
"누구나 모두 엇비슷하오."
박승호는 어쩌다 혼기를 놓치고 나이 마흔이 다 되도록 혼자 산다. 그동안 장가를 가려고 애써 노력했지만 좀처럼 운이 따라주지 않았다. 제 맘대로 안 되는 것이 연애였다. 그렇다고 결혼을 조금도 포기한 것은 아니다. 늦은 나이지만 자기를 좋아하는 여자가 곁에 혹은 멀리라도 어딘가 있었으면 하는 마음은 항상 굴뚝같다.

언제나 술값은 박승호의 몫이다. 그는 오히려 그것을 응당한 걸로 여긴다. 어차피 자기는 가족도 없으니 돈 쓸 일도 크게 없다. 사카바에서 술값 지불은 대가족의 가장인 친구 주정남을 위한 좋은 일로 생각한다. 두 사람은 찐한 애주가다.

박승호가 호기심의 눈빛이다.
"주 형! 집사람이 조총련 회원이죠?"
"맞아! 그 여편네가 어디 남편 말을 들어야지?"
"왜? 주 형은 반대인가?"
"그거야 물론이지. 아무리 부부라도 아닌 것은 아니야."
"오! 그렇소?…"
"그리고 나는 공산당이 아주 싫어!"
"아참! 주 형은 조총련이 싫으면 민단에 오소."
"푸하하! 민단? 그놈들도 싫어!"

요즘 신주쿠에 도는 풍설에 일본 정부가 재일조선인들의 귀국문제로 한국 정부와 의견교류를 했는데 불길한 상황이 발생했다. 그것은 서울에서 리승만 정부가 재일조선인들에게 한국정착지원금을 지급하는 조건으로 귀국을 허가한다는 것이다. 이에 많은 재일조선인들은 '리승만 정권은 돈밖에 모른다!'고 맹비난했다. 이북 출신 리승만도 어딘가 모르게 똑같은 이북 출신 김일성만큼이나 나쁘다.

　아무리 봐도 일본 정부가 귀향하려는 재일조선인에게 한국정착지원금을 줄 리는 만무하다. 그렇다고 귀국하려는 동포들의 애절한 마음에 서울 정권이 재를 뿌린단 말인가. 리승만 정부에 크게 실망한 많은 재일동포들은 조총련으로 갔다. 평양의 김일성이 좋아서가 아니라 서울의 리승만이 싫어서 선택한 행동이었다.

　술 한 잔 들이킨 주정남.

　"승호! 자네 북조선에 호기심이 가나 보지?"

　"그러면 안 되오?"

　"안 될 게 있나? 우리는 재외동포이고 자유지. 참! 자네는 민단회원이 아닌가? 리승만 정부를 인정하는 민단!"

　"그럼 조총련은 김일성 정부를 지지하오?"

　"응! 난 그래서 리승만도 김일성도 다 싫어. 그 두 놈이 서로 으르렁 거리다가 6·25전쟁을 하지 않았나."

　"그러면 김일성의 도발 전쟁에 리승만이 패해야 맞소?"

　"그건 아니고… 여하튼 싸운 놈은 똑같아."

　"남도 북도 아니다? 그럼 주 형은 조선적이오?"

　조선적(朝鮮籍)은 일본에서 '대한민국'과 '조선민주주의인민공화국'(북한, 북조선), '일본국' 국적 모두 선택하지 않은 조선인들이다. 여기서 '조선'은 1910년 8월부터 1945년 8월까지 일본제국의 외지인 '한반도에 위치한 조선'을 의미한다. 한일합병 당시 일본제국은 조선인들에게 일본 국적(황국신민)을 부여했다. 대부분 이를 거부한 사람이고 그 후손들이다. 엄밀히 국제적으로 보면 무국적자인 것이다.

　주정남이 고개를 가로젓는다.

　"내가 남과 북, 일본도 아닌 조선적일 수 없지."

"당연한 소리요."
"그냥 재일조선인일 뿐이지."

박승호는 요새 동포사회서 도는 조총련의 북조선에 대한 낭만적 소리가 솔깃하고 긴가민가하다. 무엇보다 모든 사람이 평등하게 산다는 것이 무척 궁금하다. 어떻게 그럴 수 있는가. 열심히 일한 사람은 잘살고 게으른 사람은 못사는 것이 인류생활의 법칙인데. 북조선이 그것을 정책적으로 다르게 변경하고 시도하는 모양이다.

매일 잠자리서 꿈에 북조선이 보인다. 모든 인민들이 아무 근심걱정 없이 다정하고 행복하게 사는 모습, 자기 마음에 드는 처녀 · 총각이 연애를 하며 사람들로부터 축복을 받는다. 아이들의 명랑한 웃음소리가 무척 정겹도록 아름답다. 그들 속으로 자기도 들어가고 싶다. 사람이 어디서든 행복하게 살면 그만 아니겠는가.

취기가 막 오른 그다.
"내가 조만간 민단을 탈퇴하려고 하네."
"엉? 갑자기 왜?"
"주 형과 함께 조총련에 정식가입하고 싶소."
"엉? 내가? 와이프 말도 거절한 난데…"
"친구의 도움도 거절하겠소?"

주정남은 고개를 가로젓는다. 그는 친구가 아니라 부모가 함께 가자고 해도 조총련만은 싫다고 한다. 일본에서 풍설로 들었지만 6 · 25전쟁 때 이북 피란민들이 실상을 알고 소름이 끼쳤다. 북조선에서 해방 후 무식한 쌍놈들이 지주 · 자본가 숙청에 앞장섰다. 부르주아들의 토지와 재산을 강제로 무상몰수하고 노동당에 바쳤다. 매일 밤마다 선전실에 모여 공개비판하고 사상학습과 노래공부를 시켰다.

"승호! 공산정권 집단은 정치선전은 잘해."

"엉?"

"조총련에서 하는 선전! 모두 거짓이야."

"에이 설마?"

"저거 다 100% 믿을 거 못 돼!"

주정남은 열렬한 반공분자다. 북조선의 과거와 현재, 미래까지도 환히 보인다며 손사래를 친다. 지난 6·25전쟁서 자기 조국 대한민국을 침략한 적국이 북조선이다. 그 끔찍한 전쟁에서 수백만의 백성이 죽었고 수십만의 고아, 미망인이 발생했다. 그들 마음의 상처는 어떻게 치료하고 수백만 이산가족은 또 뭔가. 국토는 완전 폐허가 되었다. 그것을 복구하려면 또 얼마나 많은 시간과 돈이 필요하겠는가. 전쟁은 통치자들의 사익추구와 감정놀음으로 백성들만 혹독한 피해를 본 것이다.

"승호! 나는 조총련, 민단 모두 싫어!"

"알겠네. 할 수 없지."

"자네가 정말 조총련에 가입하고 싶은 소원이면 혼자 들어가라고… 내가 마누라에게 잘 소개시켜 줄게."

"그러면 고맙지. 주 형!"

조총련 의장

도쿄 치요다구 조총련중앙본부. 아늑한 자기 방에서 조간 신문을 보는 한덕수 의장이다. 작은 키에 탄탄한 체격인 한덕수는 1907년 한국의 경상북도 경산서 태어났다. 대중 통솔능력이 뛰어난 그는 20세 때 일본으로 건너왔다. 좌익노동운동에 관여해 일본 패전 후 조총련의 전신인 조련(재일조선인연맹)을 결성하고 전면에 나섰다.

그는 조총련 창립 이후 평양의 전폭적 지지를 받는다. 1949년 6월 평양에서 개최된 조국통일민주주의전선 결성대회서 중앙위원으로 선임되었다. 1957년 12월에 있은 조국통일민주주의전선 결성 제2차 대회에서는 상무위원 겸 의장단 7인의 한 사람으로 선출되었을 정도로 평양정권의 신임이 상당히 높은 편이다.

똑똑!~ 비서가 들어왔다.

"의장 동지! 정필용 지부장이 왔습니다."

"어서 들어오라고 하오."

한덕수가 도수 높은 안경 너머로 열심히 보던《마이니치》신문을 접는다. 요즘에는《아사히》등 일본의 주요 일간지에 심심치 않게 한국의 제4대 대통령선거 관련 소식이 보도되고 있다. 보자니 답답하고 안 보자니 더욱 궁금한 한국의 정치소식이다.

"안녕하십니까? 의장 동지!"

중절모에 코트차림으로 방에 들어온 정필용은 조총련 가와사키시(市) 지부장이며 직원 수십 명의 회사를 운영하고 있다. 재일동포 사회서 열 손가락 안에 들 정도로 큰 부자이다. 고향 동료 한덕수의 소개로 조총련을 알게 되었고 언젠가부터 열성회원이 되었다. "땅을 파도 내 조국의 땅을 파는 애국자가 되자!"는 조총련의 선전에 귀가 솔깃하여 북조선애국 헌금 기부에 조금도 인색하지 않다.

"어서 오오! 정 지부장!"

"건강하시지요?"

두 사람은 악수를 나누고 마주 앉았다.

"참! 서울의 리승만 영감이 노망 난 것 같소. 이제 2년 후면 86세인데 그 나이에 또 대통령을 하겠다니 말이오."

"누가 아니랍니까?"

"남들이 한 번도 못하는 대통령을 4년씩 초대서 3대까지 했으면 됐지, 뭐가 부족해 4대 대통령 선거에 나오나 말이요?"

"노망이죠. 아니면 치매이고…"

"자기 주제를 모르니 참!"

두 사람은 요즘 한국 정치상황에 신경을 곤두세우고 있다. 6·25전쟁이 끝난 후 서울에서는 개헌투표, 정·부통령 선거, 주요 정당들의 선거홍보 전략, 부통령들의 선거운동 과정 등이 활발하게 벌어졌다. 그 속에서 민주화와 산업화가 동시에 시작하려는 열망이 태동했다. 무엇보다 자유민주주의가 튼튼히 자리매김 해갔다.

공식적으로 북조선 정권을 지지하는 조총련은 민단과 달리 한국의 어떤 영향도 받지 않는다. 오히려 한국을 배타적으로 대하는 조총련이다. 그렇지만 일본에 사는 재일조선인 대부분이 한국이 고향이기에 은근히 신경을 쓰는 부분이기도 하다. 사회적 시민단체 활동에서 정치는 직접적인 영향권 안에 들어가기에 더욱 그렇다.

계속하는 한덕수.

"바다는 채워도 사람 욕심 못 채우지."

"맞는 소리입니다."

"내보기에 리승만은 미련 때문에 인생을 종칠 거요."

"분명 그럴 것입니다."

"서울의 리승만이 나이 80대 중반이고… 평양의 김일성은 딱 그 절반인 40대 중반이고… 젊어서 좋소. 안 그러오?"

"예! 맞습니다."

"단체든 나라든 젊은이들이 이끌어야 하오."

두 사람이 일본에서 바라보는 한반도는 격랑의 태풍 속에 있다. 한국은 제4대 대통령선거를 앞두고 정치권의 분쟁이 어느 때보다 치열해졌다. 거기에 비하면 북조선은 정치파쟁은 없어 보인다. 물론 그런 소식을 일체 보도하지 않는 특성도 존재하는 북조선 사회이다. 거기서는 오로지 김일성께 충성, 노동당 결정관철에로 전체 인민이 떨쳐나서고 있다는 관영언론 소리만 요란하게 나오고 있다.

"정 지부장! 이번에 수고 했소."

"뭘요? 사실 의장 동지가 더 수고 했지요."

3년 전인 1955년, 평양의 남일(1913~1976) 내각 부수상은 북조선에 사는 일본인과 일본에 사는 조선인을 상호 교환하자는 정부성명을 발표했다. 1950년대 중반부터 경공업건설을 목표로 하는 제1차 인민경제발전 5개년 계획을 추진한 북조선이다. 허나 자본과 기술부족, 거기에 인력부족 등으로 큰 성과를 얻지 못했다.

북조선의 제안에 일본정부는 내심 기뻤다. 당시 일본의 사회범죄율에 있어서 조선인이 일본인의 6배에 달했다. 이들 귀화조선인 생활보조를 위해 매해 20억 엔이나 지출하고 있었기 때문이다. 어쩌면 쑤시던 이를 빼는 반가운 기회이다. 북조선과 일본이 국교가 없기 때문에 평양의 도쿄 접촉은 자연스럽게 조총련을 활용했다. 그 속에서 한덕수는 '민족과 운명'이라는 주제로 고민을 하기 시작했다.

일본 국민의 정신적 지주인 천황.

절대권을 가진 일본국의 상징이다.

아울러 일본 국민 통합의 상징이라고 일본국헌법 제1조에 명시되어 있다. 일본당국은 철두철미 국민들에게 천황에 대한 절대충성심을 요구한다. 전통적으로 자신들은 신의 선택을 받은 민족이며 세계를 지배하는 것이 신이 부여한 사명으로 믿는다.

사무라이의 후예인 일본 군인들은 국가와 천황을 위해 목숨을 바치는 것을 최고의 영광으로 여기며 전사자는 신이 되어 신들의 세계로 간다고 확신한다. 어린 시절부터 군인정신 교육을 강조하며 전쟁은 국가의 영광을 드높이는 것으로 간주한다.

이런 일본 국민이 부러운 한덕수.

조선인도 그런 영광이 있었으면.

어느 날 "아! 그렇지!" 하고 무릎을 팍 쳤다. 조선인에게 천황 같은 존재가 있다. 바로 평양의 김일성 수상이다. 오래전부터 전설 속의 이름으로 들어오던 그 이름, 해방과 동시에 평양에 공식적으로 출연했다. 38선 이북에 조선인민을 위한 사회주의 국가건설을 목표로 전진하던 중 전쟁을 겪었고 휴전했다. 주저앉지 않고 다시 일어나겠다며 의기양양 전후복구 건설이 한창인 북조선을 영도하고 있다.

국민의 투표로 당선된 서울의 리승만 대통령은 임기가 있어 언제인가 그 자리서 내려온다. 그에 비하면 북조선은 인민들의 추대로 수상이 된 김일성은 종신이다. 그러니 서울의 리승만과는 비교도 안 되는 조선반도의 대표적 지도자는 평양의 김일성이다. 해외에 사는 동포들에게도 이왕이면 정신적 지주가 필요하지 않겠는가.

그리하여 몇 달 전 가와사키로 달려갔다.

정필용에게 이런 편지를 보였다.

영명하신 김일성 수상님께 드립니다.
우리는 이역만리 일본 땅에서 나서 자란 조국을 잃은 눈물겨운 설움으로 온갖 천대와 멸시를 받고 사는 60만 재일동포들입니다. 나라 없는 백성 상갓집 개만도 못하다는 소리를 서글픈 노래처럼 들으면서도 어쩔 수 없이 기죽고 사는 불쌍한 재일동포들입니다.
우리가 선조의 무덤이 있는 조선을 왜 떠났겠습니까? 너무나 배가 고프고 추워서 일자리라도 찾고자 해서 떠나온 고국입니다. '조센징'으로 식민지 반도에서 온 가난한 사람들이라고 여기 일본인들이 우리 조선인을 2등 국민으로 취급하고 있습니다.
김일성 수상님! 우리는 조상의 고향이 있는 남조선으로 가고 싶으나 남조선 당국자는 우리를 받아주지 않습니다. 리승만 괴뢰도당은 우리 보고 귀국하려면 당국에 돈을 바치라고 하니 세상에 그런 날강도가 어디 있습니까.
우리는 사회주의 북조선으로 가고 싶습니다. 가서 수상님의 영도를 따라 북조선을 남조선보다 멋진 나라로 건설하는 데 우리의 몸과 마음을 다 바치겠습니다. 영광스러운 우리 조국 조선민주주의인민공화국에 우리를 받아주십시오. 간절히 청원합니다.

일본 조총련 가와사키지부 회원일동 드림.

1958년 8월…

눈이 둥그러진 정필용이다.

"아니? 이건 어떤 의미인지?…"

한덕수가 담배를 붙여 물며 "놀라지 마소. 우리 미래에 벌어질 일이요"라고 한다. 도무지 무슨 뜻인지 모르겠다는 정필용에게 한덕수가 설명한다. 시대정신으로 북조선을 돕는 애국운동을 힘차게 전개하자는 것이다. 지금 평양에서 일본에 사는 재일동포들을 사회주의 조국의 품으로 어서 오라 부르고 있다. 그러면 최소한도 여기에 어떤 반응이 있어야 하지 않겠는가. 누가? 바로 우리 재일동포들이 말이다.

담배연기를 길게 내뿜는 한덕수.

"이 충성의 편지를 평양에 보내기요."

"아주 괜찮을 것 같은데요."

"그런데 그에 앞서 특별한 거사를 해야겠소. 그것은 여기 가와사키에서 대규모 북조선 귀국 궐기모임을 하는 거요."

"아! 그거 정말 신통합니다."

"우리 모습을 세상에 당당히 보여줍세. 서울정부가 우리의 귀국을 꺼리니 평양정부로 마음을 돌리기요."

"저는 찬성입니다. 매우 좋습니다."

한덕수는 의기양양하다. 일본에 있는 재일조선인 80~90%가 조총련 가입 및 연관자들이다. 한반도의 남쪽보다는 북쪽에서 귀가 솔깃한 소리가 들려온다. 전쟁으로 잿더미로 된 평양을 어떻게든 도와야 할 것이다. 그것이 자기를 신임하는 평양정부에 대한 의리이고 양심이 아니겠는가. 평양의 김일성은 확실히 자기를 지지한다. 북조선 귀국 사업을 시작으로 조총련의 위세와 존재감을 세상에 알려야 한다. 그것은 자기의 정치 사회적 운명과도 연관이 되어 있는 중대한 사안이다.

"그런데 우리 지부는 회원이 적은데…"

"내가 중앙본부에서 강력하게 인력지원하겠소."

"정말입니까?"

"각 현 본부, 시지부 회원들을 총동원하겠소. 걱정 마오!"

"장소는 어디로 하는가요?"

"그거야 당연히 가와사키 시청 앞이지."

"좋습니다. 조선 사람의 본때를 보입시다."

한덕수의 예상과 약속대로 일본 전역에서 모인 재일조선인 수만 명이 "인민의 지상낙원 사회주의 북조선으로 가자!"는 궐기모임이 가와사키에서 진행되었다. 한 달 후 평양의 반응이 나왔다. 1958년 9월 김일성이 귀국동포들을 환영한다고 발표했다.

역시 한덕수의 예상이 적중했다.

조총련은 1959년 2월 중앙본부와 전국의 각 현본부, 시지부 회원들을 도쿄에 대거 결집시켜 재일조선인들의 북조선 귀국사업을 일본 정부가 적극적으로 지원해달라는 요구집회를 개최하였다. 도쿄 시내 거리행진은 물론이고 심지어 일본 외무성까지 불법으로 침입하여 "북조선 귀국 길 열어달라!"며 강력한 농성을 벌이기도 하였다.

문제의 중대성을 파악한 일본 정부는 신속히 움직였다. 그래서 같은 달 일본 내각은 재일조선인들의 북조선 귀국 지원을 공식적으로 발표했다. 북조선으로 귀환문제는 어디까지나 자유민주 국가 일본에서 재일동포들이 거주지를 자유스럽게 선택할 수 있다는 인도적 입장에서 나오게 되었다는 것이 일본 정부의 설명이다.

정필용이 말한다.

"의장 동지! 드릴 말씀이 있습니다."

"뭐요? 어서 말하오."

"이제 영광스러운 귀국사업이 시작되면 저는 선참으로 배에 오르려고 하는데 의장 동지의 생각에는 어떻습니까? 우리에게 조국이 생기니 얼마나 감격스러운 일입니까?"

"허허! 난 또 무슨 소리라고?"

"아니? 의장 동지는 기쁘지 않습니까?"

"정 지부장! 바르르 끓고 인차 식는 냄비근성 좀 버리오. 그래서 일본인들이 우리를 '빨리빨리 민족'이라 하잖소?"

"예에?"

한덕수는 운이 무척이나 좋다.

1960년대를 앞둔 일본 사회에 공산당이 합법적으로 존재했고 좌경화가 득세했다. 이색적인 사회주의에 대중이 공감하는 감정이 있었다. 많은 사람들이 앞으로 사회주의가 자본주의를 능가할 것이라고 했다. 소련과 중국의 경제후원을 받는 평양이 10년 내에 서울을 흡수 통일할 수 있다. 남조선이 해방되면 조선반도가 인민이 주인 되는 사회주의화가 실현된다. 일본에서 굴레를 지고 서럽게 사느니 북조선에 가서 당당한 주권을 가진 인민으로 사는 것도 멋진 일이다.

의아한 얼굴의 정필용.

"저는 의장 동지와 약속을 지켰습니다. 가와사키에서 북조선 귀국 궐기모임을 열고 김일성 수상님께 올린 편지고요."

"알고 있소. 그 수고!"

"이젠 저도 귀국선에 승선할까 합니다."

"수완 좋은 간부들이 없으면 내가 일하기 힘드오. 가더라도 천천히 가소. 이 일은 최소 5년 이상 계속되오."

"그렇게 오래요?"

"그렇소. 일단은 그 정도이고 아마도 사업진행 상황을 봐가면서 더 늘릴 수도 있소… 좌우간 그렇소."

"그러면 제 생각이 짧았습니다."

북조선으로 가려는 동포들의 민심은 나날이 커졌다. 고베서 도쿄까지 자전거를 타고 "사회주의조국 북조선으로 가자!"는 캠페인이 벌어졌다. 재일동포 귀국사업은 사회주의 조국 건설에 이바지하는 영예로운 일이며 일본 땅에서 차별과 멸시에 시달리는 재일동포들을 구제하기 위한 획기적인 선택이라고 선전했다.

일본 땅을 벗어나는 것이 조선인에게는 진정한 해방의 길이다. 그동안 이국땅에서 받던 민족차별에서 드디어 벗어난다. 영명하신 김일성 수상이 계시는 오매에도 그리던 평양으로 가는 것이 참다운 시대의 행복이라고 소리 높이 외쳤다.

차를 한 모금 마시는 정필용.

"참! 수난의 재일동포 역사입니다."

"그렇소. 치욕의 아픔이고…"

대한제국 시기(1897~1910) 일본에 들어온 유학생들이 시작인 현대 재일조선인들의 일본거류는 알게 모르게 특성이 있다. 일본기업 및 경제인들 입장서 보면 외국인이고 거기에 병역의무가 없어 구인에 매력이 있었다. 하여 일본 국민들이 질투가 심했다.

1923년까지 일본에 있던 조선인은 약 8만 명이었고 일본 패전(8·15)의 1945년에는 200만에 이를 정도로 폭발적으로 증가했다. 이후 3년간의 한국전쟁(6·25)이 끝나 상당수 조선인은 일본 생활을 마무리하고 현해탄을 건너 한국으로 되돌아갔다. 그만큼 떠나온 조국이 무척 그리웠고 가족과 이웃들이 보고 싶어서였다.

이후 일본에 남은 조선인은 대략 60만 명 안팎, 여기서 1/3 인원이 민단 회원이고 나머지가 조총련 소속이다. 약 40만 명의 조총련 회원 절반을 북조선으로 보내겠다고 속으로 다짐하는 한덕수.

"분명 이 사업은 잘될 거요."

"재일동포 귀국사업 말입니까?"

"그렇소. 일본 정부의 숙원사업이니."

50대에 들어선 한덕수는 사회활동을 왕성하게 할 때다. 평양에서 커다란 신임을 받는 그가 어떻게든 자기 충성심을 보이려 애를 쓴다. '재일동포 북조선귀국사업'이라는 초유의 과제물이 자기 앞에 떡하니 발생했다. 이것을 관철하는가 못 하는가에 따라 자기에 대한 북조선정부의 신뢰가 있고 없고 할 것이다.

일본 정부는 재일조선인 북조선 귀국 문제를 적십자사에 위임했다. 북조선과의 외교관계가 없기에 조총련과 업무협력을 하는 방법밖에는 없다. 자연스럽게 조총련의 위상이 높아지는 환경이 마련되는 것이다. 일본에서 비중 있게 대하는 나라는 미국과 중국이다. 그런데 그에 못지않게 북한에 대한 관심도가 높아지고 있다.

정필용이 말한다.

"김일성 수상님과는 친분이 좋습니까?"

"조금 그런 편이오."

언젠가 이런 일도 있었다. 자기보다 5살 아래인 평양의 김일성은 전화 통화에서 "덕수 형님! 나는 도쿄에 있는 형님만을 믿고 지지하겠소. 우리 한 배를 탔으니 사회주의 승리를 향해 힘차게 노 저어 가기요. 일본에서 나를 많이 도와주시오"라고 하였다.

"수상님! 말씀을 낮추십시오."

"아니? 왜 말이오?"

"김일성 수상님은 우리 민족의 어버이십니다."

"허허! 아니오."

"제가 수상님을 충실히 따르겠습니다."

"덕수 형님! 우리는 북조선을 경제·문화적보다는 정치사상적으로 앞선 나라로 만들 계획이오. 사람은 정신이 우선이오."

"예에!~"

"아무리 경제와 과학이 발전했다고 해도 그 주체동력인 사람의 정신이 흐리터분하면 아무 소용이 없소. 안 그렇소?"

"정확히 맞습니다."

"그리고 이 김일성도 인민의 아들이오."

"저도 인민의 아들이 되겠습니다."

그러면서 한덕수는 "수상님! 이제부터는 김일성 수상님을 저의 정치적 은인, 친형님으로 잘 모시고 절대적으로 따르겠습니다. 이는 여기 일본에 사는 재일동포들의 한결같은 마음입니다. 앞으로 재일동포 60만 명을 영광스러운 조선민주주의인민공화국 지지 대오에 합류시키겠습니다" 하며 충성의 맹세를 다졌다.

북조선에 대한 호기심

일본의 최북단에 위치한 홋카이도(북해도) 소재 조선학교 정문을 나선 두 남학생은 졸업을 앞둔 오재천과 독고기백이다. 사회로 배출되어 성인의 삶을 시작한다고 생각하니 사뭇 기쁨을 금할 수 없다. 졸업생 90%가 사회에서 취업 및 다양한 생활을 한다.

독고기백은 학업 성적이 중간 정도인데 10%의 학생만이 가는 대학진학을 간절히 원한다. 그의 아버지는 수년 전 교통사고로 사망했고 어머니는 왓카나이 가방공장에 다닌다. 여동생 한 명 있다. 어쩌면 돈벌이가 시급해 보이는데 돈은 후에도 벌 수 있지만 공부는 그렇지 않다며 꼭 대학을 가려는 마음이 가득하다.

"재천아! 북조선은 대학 등록금이 없대."

"엉? 그래?"

"거기에 학비도 없고 거꾸로 나라에서 장학금을 받으면서 공부를 한대. 대학을 졸업하면 취업도 100% 국가가 해준대."

"거참 신기하네."

"사회주의는 국가가 개인의 생활조건을 보장해주고 개인은 국가에 충실하고… 국민이 서로 돕고 사는 제도래."

"오! 진짜?"

오재천의 아버지 오길도는 작은 인쇄소를 경영하는데 항상 아들에게 "나는 못 배운 것이 너무나 한이 된다. 너는 꼭 대학공부를 해서 훌륭한 사람이 되라!"는 소리를 버릇처럼 하는 습관이 있다. 아들이 대충 듣는 모습이면 "새겨들으라. 너 만한 나이를 살아본 애비의 경험담이니 들어서 나쁠 것 없다"며 꾸지람을 한다.

외동아들인 오재천은 이해가 어렵다.

성인이 되서도 공부를 꼭 해야 할까? 뭐든 자기가 좋아서 해야지 싫은 것을 억지로 하면 그게 무슨 만족일까. 육체노동을 해도 즐겁게 하면 좋지 않을까. 대중을 통솔하는 사회 지도자가 꿈이 아니면 굳이 머리 싸매고 힘들게 공부할 필요가 있을까.

"기백아! 하나 물어봐도 돼?"

"그래. 어서!"

"너는 왜 기를 쓰고 공부를 하려고 해?"

"히히! 난 또 뭐라고?"

"공부하는데 돈 들고 머리도 많이 아플 건데."

"응! 그래도 꼭 하고 싶어!"

오재천은 순간 괜한 소리를 했다는 느낌이다. 자기는 돈 걱정 말라면서 가급적 대학공부를 하라는 아버지가 있다. 자신의 인생경험을 빗대어서 계속 독촉한다. 허나 아버지의 생각과 정반대인 자기는 공부가 인생의 전부는 아니라고 본다. 뭐든 제가 하고픈 일이 진정한 행복이 아닐까? 그것이 육체노동이든, 정신노동이든… 자기와 반대의 생각을 가진 독고기백도 결국은 같을 것이다. 돈이 드는 걱정에도 불구하고 꼭하고 싶다는 대학공부가 아닌가. 각자 선택의 차이다.

"재천아! 나는 북조선에 한 번 가보고 싶어."

"엉? 그게 무슨 소리야?"

"진짜 대학공부가 무료인지? 사람들의 질병을 나라가 무상 치료해준다는 소리가 맞는지? 내 눈으로 직접 보고 싶어."

"오! 정말?"

"그게 모두 맞으면 북조선에서 살면 되겠지. 만약 거짓이라면 다시 일본으로 되돌아오면 되는 것 아니야?"

"그래도 되나?"

두 학생은 요즘 어디를 가나 조총련회원 어른들의 북조선 선전소리에 기분이 붕붕 떠있다. 사회주의 북조선은 인민에게서 당국이 세금을 징수하지 않는다. 모두 나랏돈으로 주민들의 의식주생활을 보장해주고 있다. 인민들은 당과 정부에 고마움을 한껏 느끼며 자신의 모든 열정을 바쳐 국가에 충성한다는 것이다.

다른 한편으로는 "설마! 그런 제도가 있을라고? 그렇게 좋은 제도라면 다른 나라들도 서로 도입을 했겠지?" "그거 다 선전을 잘하는 공산국가의 감언이설이니 절대로 속지 말라!" 등의 소리가 난무했다. "6·25전쟁 때 이북에서 내려온 피란민들의 생동한 얘기를 명심해서 새겨 들으라"는 말도 있었으나 대부분 뜬소문으로 여겼다.

자기 눈앞에서 벌어지는 일도 쉽게 믿지 않을 때가 간혹 있는 것이 사람의 속성이다. 하물며 수년전 바다건너 한반도 남쪽, 자신들의 모국이기는 하지만 엄연히 딴 세상에서 벌어진 비참한 일을 가슴 깊이 새기고 기억하는 동포들이 흔치 않다.

"재천아! 너는 졸업하면 무슨 일 하고파?"

"응! 난 말이야. 운전수가 되고 싶어."

"운전수? 그게 좋은 직업이야?"

"운전하며 여러 곳을 다니면 그것도 하나의 여행이 아닐까? 다양한 풍경을 볼 수 있고 여러 사람들을 만날 수 있고…"

"음! 그렇지."

"흔히 돈 버는 것이 일이라고 하지만. 그 돈도 보람 있게 써야지 자기만을 위한 것이라면 그것은 좀 아닌 것 같고…"

"듣고 보니 네 말도 맞다."

독고기백은 언젠가 조총련 간부로부터 "북조선에 가면 원하는 귀국동포 학생들에게는 모스크바 유학까지 국비로 보내준다"는 달콤한 소리를 들었다. 모스크바 유학은 세계청년학생들의 꿈의 소원이기도 하다. 어쩌면 이상적인 학문의 길이 평양을 거쳐 모스크바로까지 이어질 수 있다고 생각하니 흥분된 마음을 진정할 수 없다. 청년의 꿈이 쉽게 이뤄지는 그곳에서 정을 붙이고 살면 그곳도 조국이 아닐까.

지금 자신의 마음 한 부분이 누군가에 억지로 떠밀려서가 아니라 스스로 북조선으로 향하고 있음을 느끼는 독고기백이다. 어떻게든 가능한 꼭 가보고 싶다. 좋은 곳에서 많이 배우고 일을 하면서 기분 좋게 살면 그곳이 바로 지상낙원이 아닐까.

"재천아! 우리 북조선으로 가볼까?"

"엉? 어떻게?"

"조만간 니가타에 북조선행 귀국선이 뜬대."

"그게 무슨 소리야?"

오재천은 머리를 가로젓는다. 자기 부모와 재일조선인들은 고향이 한반도 남쪽인 남조선이다. 일제의 조선강점시기 징용으로 온 사람들도 대부분 경남 지역 출신이다. 또한 자진해서 밀입국 선박을 타고 일본으로 돈벌러 들어온 조선인들 중에는 제주도, 전라도 등지의 사람들이 많았고 모두 일본인으로 귀화했다. 그들이 아무 이유와 연고도 없이 왜 북조선으로 가겠는가? 한반도 안의 나라는 맞지만 엄연하게 남조선과 다른 체제의 사회이고 집단이 아닌가.

"우리 부모님의 고향은 남조선이다."

"그걸 누가 모르냐? 재일조선인 90% 이상 고향이 남조선임을. 그런데 남조선은 재일동포 귀국자들을 안 받는대.…"

"아니, 왜?"

"남조선이 어려워 보낼 거면 돈을 쥐어 보내라 한대. 그래서 남조선으로 못갈 바에 북조선으로 가자는 것 같아."

"도대체 뭔 소린지 모르겠다."

"남조선 갔다 온 재일조선인들이 크게 실망했대."

"어째서?"

"사람들이 너무 거지처럼 살더래."

오재천은 사회 생활에서 제가 기필코 하고픈 일을 했으면 하는 마음이 간절하다. 그곳이 사회주의 국가면 어떻고 자본주의 국가면 또 어떤가? 어디서든 성실하고 근면한 노동의 보람을 느끼면 그곳이 곧 삶의 한 부분이고 생활의 행복이 아닐까?

어른들이 입 아프게 말하는 정치요, 정세요 따위 소리는 잘 모르고 관심도 없다. 한 분야의 최고가 되는 것은 무엇보다 열정이 있어야 한다. 자기도 운전 일을 열심히 하다보면 언젠가는 많은 뭇사람들로부터 칭찬과 응원을 받을 것이다. 거기서 보람을 느끼고 커다란 만족으로 여기면 될 것이다. 큰 욕심이 없이 작은 것에도 감사하면 그것이 곧 행복이고 많은 것에도 불평하면 그것은 불행이 아니겠는가.

"기백아! 나도 일본 생활이 조금 지겨워!"

"뭐가 말이야?"

"사람들이 밤낮 돈을 벌려고 눈이 빠지게 애써 살잖아."

"정말 그렇지!"

"돈은 사람이 사는 데 필요한 만큼이면 되지…"

"그건 맞아!"

"그러니 새로운 사회 북조선도 사실은 궁금해."

"바로 내 마음도 같아."

독고기백은 오재천의 소리에 적극 공감한다. 어머니가 자기를 뒷바라질 하느라 새벽부터 늦은 밤까지 한 푼이라도 벌겠다며 고생을 한다. 자기가 돈 한 푼 안내고 대학공부를 마음껏 할 수 있는 북조선이다. 며칠 전 학교 주변에서 보았던 한 장의 포스터는 그에게 북조선으로 가고픈 불같은 생각을 더욱 굳혀주었다. 포스터 속에 백발의 노인이 어엿한 대학생이 되어 공부하는 북조선 일상의 풍경은 자기를 감동시켰다. 노인들도 대학공부를 하는 사회이면 얼마나 문명한 곳인가.

거기에 조선학교 학생들은 '열성친공분자' 선생님들의 끈질긴 지시에 따라 하교 후 집으로 가서 부모들에게 '사회주의 낙원' 북조선으로 가자고 조르기도 했다. 그곳에 가면 자기가 원하는 대학 공부와 직업을 마음대로 하고 가질 수 있다며.

고개를 끄덕이는 독고기백.

"재천아! 우리 북조선 귀국 생각을 가족에 말할까?"

"정말 그럴까?"

"해보자. 정 안 되면 우리 뜻대로 하고…"

도쿄 치요다구 조총련중앙본부가 직영하는 조선학교 야학교실. 칠판 위에는 김일성의 초상화가 걸렸고 그 아래는 '태양을 따르는 해바라기가 되자!'는 글귀가 있다. 저녁시간에는 지역 주민들이 와서 조선어 공부를 한다. 주정남의 아내 신영자는 낮에는 3명의 딸을 뒷바라지하다고 밤이면 이곳서 노래와 한글을 배운다.

교실에 앉은 10여 명의 주부들.

늦은 나이 배움의 행복과 기쁨이 가득하다. 그동안 글은 몰라도 사는 데 문제가 없고 범죄만 저지르지 않으면 그만이었다. 과거에는 식민지 반도 여성으로 거리에 얼굴도 제대로 못 들고 다녔다. 이제는 해방이 되어 당당한 주권국가가 된 한반도의 남쪽이다. 고향이고 조국이지만 부끄럽게 조선반도 전체가 아닌 절반의 땅이다.

나이 지긋한 야학선생이 교탁에 섰다.

뒤로 〈김일성 장군의 노래〉 글귀가 있다.

장백산 줄기줄기 피어린 자욱 / 압록강 굽이굽이 피어린 자욱 / 오늘도 자유조선 꽃다발 우에 / 력력히 비쳐주는 거룩한 자욱 / 아 그 이름도 그리운 우리의 장군 / 아 그 이름도 빛나는 김일성 장군

〈김일성 장군의 노래〉 가사다. 북조선에서는 '영생불멸의 혁명송가'라고 지칭하며 대표적인 군가이자 대중가요이다. 리찬 작사, 김원균 작곡의 이 노래는 평양서 해방 후인 1946년 세상에 처음 나왔는데 마치 나라의 〈애국가〉 이상으로 많이 불린다. 신문과 방송, 라디오는 물론 사회의 모든 곳에서 힘차게 울려 퍼진다. 외부세계를 전혀 모르는 북조선 인민들이 조석으로 부르는 이 노래는 김일성 찬가다.

야학선생의 정숙한 어조다.

"이 시간에는 사회주의 북조선에서 인민들이 최고 애창곡으로 부르는 〈김일성 장군의 노래〉를 배우겠습니다."

"…"

"가사에는 항일영웅 김일성 수상님에 대한 인민들의 존경과 흠모의 마음이 담겼습니다. 힘차게 저를 따라 부르면 됩니다."

선창을 떼는 야학선생이다.

아낙네들이 얼굴에 미소를 담고 어린이마냥 신나서 노래를 따라 부른다. 어떤 작은 행복감에 도취한 듯한 표정들이다. 무척이나 놀랄 일이다. 과거 대일본제국은 지배지 조선에서 불순세력 김일성 공산빨치산을 소멸하려고 오랫동안 군사공세를 폈었다. 공산폭도 김일성은 대일본제국에 은밀히 항거하는 반항자의 표본이었다. 그런데 그런 김일성을 칭송하는 노래가 일본 땅에서 뻐젓이 불린다.

"어때요? 배우기 쉽죠?"

"네에!~"

"이 노래는 부를수록 민족적 긍지감이 한껏 부풉니다. 백두산에서 압록강, 3천리 금수강산까지 애국심이 넘쳐나지요."

"…"

"이제 온 열도에 불멸의 송가 〈김일성 장군의 노래〉가 울려 퍼질 것입니다. 우리 민족의 영예가 높아집니다."

"어머! 정말요? 너무 좋아요."

"타국 일본 땅에 퍼지는 우리의 노래!…"

흡족한 표정의 모두이다. 낯설고 차디찬 이국땅에서 원주민들과 달리 항상 눈치를 보며 살던 자기들이었다. 그런데 이제는 당당하게 부를 수 있는 노래가 생긴 것이다. 활력을 실어주는 일상생활의 한 부분인 가창은 인간만이 향유할 수 있는 문화이다.

민족의 영웅! 사회주의 애국자! 절세의 위인! 바로 평양의 김일성 수상이다. 하늘의 태양과도 같은 그이를 흠모하고 칭송하는 〈김일성 장군의 노래〉를 이제 학교와 가정, 거리와 일터에서 마음대로 힘차게 부를 것이다. 누가 뭐라고 하든 아침저녁으로 그 훌륭하고 멋진 노래를 부르며 남들 보란 듯이 신나게 살 것이다.

그동안 이국땅에서 마음의 그늘을 안은 귀화인으로 알게 모르게 구박과 설움 속에 살았던 자기들이다. 과거 일본의 식민지였던 조선, 이제는 해방이 되었고 주권국가가 되었다.

우리에게도 조국이 있고 찬가가 있다.

야학선생은 신명이 났다.

"앞으로 지금의 열차가 2~3배 빠른 속도로 다닙니다."

"어머! 그걸 어지러워서 어떻게 타요?"

"그리고 개인 전화기도 생깁니다."

"어머머! 세상에…"

"또한 여성도 남자처럼 직장생활을 하게 되지요."

"그거야 아가씨들에게 맞는 소리겠죠?"

"아니, 여러분 같은 아주머니들이 말입니다."

"어머머! 세상에 망측해라!…"

이곳 일본 땅에서 조선인들은 사회적 눈치를 보며 생활한다. 특히 동포사회서 어떤 부정사건이 터지면 현지인들이 보는 시선이 따갑다. 그 속에 눈치껏 사는 남자들인데 하물며 여자들은 더하다. 앞으로는 여성들도 현지서 당당히 살 수 있다니 꿈같은 소리이다.

조총련이 운영하는 조선학교에서는 의무적 교육의 일환으로 민족주의와 집단주의, 소속감을 극단적으로 강조한다. 어떤 국가가 좋은 나라이어서 조국으로 선택하고 사랑하는 것이 아니라, '조국이니까' 나쁜 점까지도 모두 받아들일 수밖에 없다고 여긴다.

조국이란 굳이 비교하면 어버이와 같은 것이다. 병신 자식 탓하는 부모가 없고 자기 부모 얼굴이 못생겼다고 외면하는 자식이 없다. 만물의 영장인 사람은 누구나 이 세상에 단 한 번뿐 사는 고귀한 생명이다. 그 생명을 주신 고마운 어버이는 누가 뭐라고 해도 사랑과 위대함 그 자체이고 절대적으로 존경의 대상이다.

열변을 토하는 야학선생.

"우리 동포들은 앞으로 경제가 발전해서 부유한 생활을 누리며 살아도 조국이 없다면 마음은 허전하겠죠?"

"그거야 물론이지요."

"사람은 마음이 든든해야죠."

"사람이 좋은 음식 먹으며 비싼 옷 입고, 좋은 차타고 다녀도 네 팔다리 쭉 펴고 살 집이 없다면 어떨까요? 멍하겠죠?"

"예 정말 꼭 맞아요."

"도저히 살 수 없을 것 같아요."

야학선생의 쉬운 설명이 귀에 쏙쏙 들어오는 아낙네들이다. 부끄럽지만 그동안 집에서 못난 남편들의 뒷담이나 다소 좋아했던 자기들이 아닌가. 이래서 사회활동이 좋다는 거구나. 일상에서 너무 몰랐던 놀라운 일을 차근차근 배우니 말이다. 흥분된 야학선생이 최근 평양에서 김일성 수상이 사회주의 북조선으로 찾아오는 재일귀국동포들을 따뜻이 환영한다고 했다는 사실을 아낙네들에게 알려준다.

"어머머! 세상에…"

"너무 황송한 일이네요."

"비록 나서 자란 고향 땅은 아니지만… 우리 조총련, 회원들은 마음의 조국을 수상님이 계시는 북조선으로 간주하죠."

"…"

"고마우신 김일성 수상님과 북조선 사회주의 제도를 잘 알아야 합니다. 아는 것이 힘이고 모르는 것은 암흑입니다."

"맞아요. 배워야 해요."

"모르면 무식쟁이예요."

그런데 아낙네들은 다소 아리송하다. 김일성은 6 · 25전쟁을 도발한 북한괴뢰 수녀다. 1950년 6월 소련제 탱크를 앞세우고 파죽지세로 남하하여 3일 만에 서울을 점령한 인민군이다. 서울시청 옥상에 걸린 태극기를 찢어버리고 인공기를 게양했다.

자유대한의 운명이 거의 서산 너머로 기울어질 무렵 미국과 유엔의 도움으로 기적이 일어났다. 미군과 UN군의 한국전쟁 참전이다. 전쟁의 기류는 역전되어 한국의 승리로 끝나는가 했는데 뜻밖에 중국군의 참전으로 다시 길어졌다. 남과 북은 전쟁을 계속했고 발발 3년이 지나 휴전으로 포성을 간신히 멈추었다.

그런 포악무도한 침략자 김일성이 과거 죄과를 비공개로 조용히 반성했는가? 그가 동족인 남한 국민을 전몰시키려고 끔찍한 전쟁발발을 했을까? 어쩌면 소련과 중국이 막후서 김일성을 부추기지 않았을까? 그것이 바로 한국전쟁은 아니었을까.

야학선생과 아낙네들이 주고받는 말.

"궁금한 것이 있으면 질문하세요."

"아니? 북조선에서는 환자가 병원에 가서 돈 한 푼 안내고 치료를 받는다고 하는데 그게 도대체 가능한지 신기하네요."

"그래서 사회주의라니까요."

"여기 일본은 국민의 세금으로 나라를 운영하는데 북조선은 세금 없이 나라를 어떻게 운영을 하는가요?"

"사회주의는 세금이 없답니다."

신영자의 눈이 둥그레진다.

"선생님! 북조선에서는 우리 같은 가난한 사람들의 자식도 학교에 등록비를 전혀 안 내고 보낸다는 것이 정말인가요?"

"틀림없는 사실입니다."

야학생인 아낙네들에게 북조선 우호소리는 조총련을 통해 계속 들려온다. 사회주의 국가 소련과 중국의 경제지원을 받아 새롭게 건설되는 북조선이다. 그곳서는 세상에 보기 힘든 최고의 인민복지 정책이 시행되고 있다. 모든 문제를 인민대중을 중심에 두고 인민적 사랑과 시각, 입장에서 해결한다. 세계 많은 나라들이 사회주의 북조선의 인민사랑 복지정책을 감탄하고 따라 배울 것이다.

그러니 타향살이 재일동포들이 참 사람답게 북조선으로 가서 살아보는 것도 인생 최고의 행복이라고 선전하는 조총련 간부들이다. 그러면서 사람은 한 번뿐인 인생을 좋은 곳에서 살아야 한다면서 낮이나 밤이나 북조선 선전에 열을 올리는 그들이다.

더욱 신나서 연설하는 야학선생.

"북조선은 교육, 문화생활, 주택, 보건의료, 도시건설 등 인민에게 들어가는 모든 사회적 비용을 국가가 부담합니다."

"…"

"자본주의 나라 정당은 여·야가 싸움질만 하지만 북조선의 노동당은 오직 인민을 위한 정책만 펼치지요."

"…"

"그것은 당과 국가, 인민이 하나되는 사회주의 제도이기에 가능하죠. 여기 일본 같은 나라서는 100년이 가도 불가능합니다."

"…"

"두고 보십시오. 앞으로 아시아서 최고 잘사는 나라가 중국, 북조선, 몽골, 베트남 등의 순으로 될 것입니다."

아낙네들은 감격한 모습이다.

대부분 식민지 시절 일본으로 건너 온 가난한 조선인들. 먹고사는 것이 급하니 한반도 실정은 관심이 없었다. 야학선생의 소리를 들으니 한반도 38선 이북의 새나라 '조선민주주의인민공화국'은 세상에 없는 희한한 정책을 만들어 펼친다는 소리인가.

　미국식, 소련식, 중국식도 아닌 그야말로 세상에 처음으로 만드는 북조선식 제도인가. 그게 '인민의 낙원'인가. 누구나 마음껏 배우며 일하는 삶의 터전, 웃음과 기쁨이 넘치는 동산에서 행복한 사람들은 그야말로 진짜 가족 분위기가 아닐까.

　그러면 미지의 북조선은 남자들보다 자기 같은 여성들이 더욱 살기 좋은 사회가 아니겠는가. 무엇보다 여성을 존중하고 우대하는 사회이면 너무나 좋은 세상일 것이다. 사회주의, 자본주의가 뭐가 그렇게 중요하겠는가. 살기 좋으면 그저 그만이지.

　따르릉!~

　야학 종료 종소리.

　"오늘은 이만 수업을 마칩니다."

　"고맙습니다. 선생님!"

평양 시민이 줄어든 이유

전쟁 기간 미군 폭격으로 폐허가 된 평양 거리… '모두다 전후 복구건설에로!' '동무는 천리마를 탔는가?' 글귀의 현수막이 곳곳에 걸렸다. 수천의 인파가 분주하게 움직인다. 벽돌 등짐을 메고 뛰는 사람들, 손수레를 끄는 인부들, 삽질하는 여인들… 스피커의 요란한 음악과 선동소리는 사람들의 노동열의를 더욱 고조시킨다.

조국해방 전쟁(6·25)이 끝난 지 5년. 전체 인민이 당의 부름에 따라 노도와 같이 떨쳐나섰다. 철천지원수 미국 놈들이 평양에 폭탄을 마구 퍼부으며 100년이 지나도 재건이 힘들다고 했으니… 보라! 조선인민이 평양을 얼마나 빠른 기간에 멋지게 복구하는지를.

창밖의 풍경을 골똘히 쳐다보는 중년여성은 조선적십자회중앙위원회 리숙 부위원장이다. 평양 방직공장 노동자였던 그녀는 오빠가 김일성 수상 항일운동의 연고자로 밝혀지면서 김일성종합대학을 추천받아 공부를 했다. 졸업 후 적십자중앙회 과장, 부장을 거쳐 부위원장 직책까지 비교적 빠르게 승진했다.

똑똑!~ 서기가 들어와 깍듯이 인사한다.

"최만오 서기장 동지가 왔습니다."

"어서 들여보내세요."

풍채가 좋은 최만오 서기장이 불쑥 들어와 고개를 숙인다. 리숙이 "어서 오세요. 최만오 서기장 동무!"라며 그를 반긴다. 두 사람은 해방 후 김일성종합대학 동기이다. 최만오는 6·25전쟁이 터지자 군복을 입고 서울을 지나 대전, 대구를 거쳐 경남 지역의 낙동강까지 나가 용감하게 싸웠다. 가슴에 빛나는 훈장을 달고 제대한 후에는 중앙간부재강습소를 걸쳐 조선적십자회 서기장으로 배치 받았다.

리숙이 문득 생각난 듯하다.

"참! 전쟁 때 입은 상처는 어때요?"

"허허! 그냥 고질적인 질병으로 갖고 있습니다."

"병명이 뭐라고 했죠?"

"추간판탈출증인데 가끔씩 좀 쑤시죠."

"전쟁이 참 무서운 거죠?"

"그렇죠. 많은 사람이 죽고, 행불과 부상을 당하기도 하고… 하여 저 현장에 노력이 부족하고…" 하는 최만오의 얼굴이 시무룩해 보인다. 두 사람은 창밖의 풍경에서 무엇을 걱정하는 듯하다. 그런데 둘은 저 노동현장에 인력이 모자라는 원인을 제대로 알까.

비밀 같은 인구감소의 이유.

리숙과 최만오는 북조선 인구가 해방 후 5년간 약 350만 명 줄어든 사실을 모른다. 그런 내용을 밝히는 기관이나 자료도 없다. 그 많은 인원은 죽지도 어디로 증발된 것도 아니고 모두 38선을 넘어 남으로 내려간 것이다. 당에서는 황금만능의 자본주의에 환상을 갖고 당을 배신하고 달아난 '월남도주자'라고 했다.

그 도주자의 입장에서 생각하면 문제는 완전 다르다. 사유재산을 노동당에 바치고 모든 인민이 골고루 함께 잘살자는 게 말이 되는가? 조상대대로 내려오던 자기 땅을 국가에 바치고 공동노동을 하고 규정식량을 배급받으라는 황당한 소리다.

그러다 1950년 6월 전쟁이 터졌다.

분단 38선을 두고 동족이 서로에게 총부리를 겨누었다. 미제와 남조선 당국이 도발한 '끔찍한 6·25전쟁'이라고 노동당에서 귀에 못이 박히도록 선전을 해도 인민들은 그 남조선을 향해 생사의 탈출행로에 올랐다. 눈앞에 시신이 생겨도 무덤덤해지는 전쟁, 그 3년간의 전쟁에서 150만의 인민이 또 이남으로 내려갔다.

결국은 해방 후부터 전쟁 휴전까지 8년간 '사회주의 북조선'에서 자유와 빵, 생계를 찾아 500만 인민이 '자본주의 남조선'으로 내려갔다. 휴전 이후 남북 인구 2:1 비율이 여기서 시작되었다.

당연히 리숙이 알 수 없는 일이다.

그녀는 자기 업무에 충실하면 된다.

자기가 중임을 맡은 조선민주주의인민공화국 적십자회는 2년 전인 1956년 적십자국제위원회의 승인을 받아 75번째 회원국이 되었다. 그에 앞서 1년 전에는 남조선(한국)이 74번째 회원국이 되었다. 북조선의 국제기구 가입은 항상 남조선에 뒤따라가는 실정이다. 국제사회가 북조선을 국가로 인정해주니 그것도 감지덕지이다. 소련(러시아)을 비롯한 사회주의 나라들의 국제사회서 세진 입김 덕분이다.

최만오가 여유로운 표정이다.

"요즘 평양 거리는 노동의 구슬땀을 흘리는 시민들로 가득한데 우리는 인생에 두 번 다시없을 격동의 시대에 삽니다."

"역시 문학도 출신이네요."

"아니? 그건 또 어떻게 알았습니까?"

"호호! 부위원장이란 사람이 자기 부하의 경력도 모를까요? 김일성종합대학 시절 작가가 꿈이었다고요?"

"모르겠습니다. 어떤 때는 내가 왜 이 직업을 가졌는지?"
"아니, 적십자회 서기장이 어때서요?"
"가끔은 서재에서 소설을 쓰는 상상도 합니다."
"그게 별로 돈 되는 일은 아니죠?"
"물론입니다. 안 그러면 모두가 글을 쓰겠지요. 그래도 자기의 글을 누가 읽어준다는 것은 고마운 일입니다."
"아! 네에. 그렇군요."

최만오는 문학적 감성이 풍부한 사람이다. 김일성종합대학 어문학부 출신인 그는 군사복무 시절에도 몇 편의 수기를 써서 인민군신문에 실었다. 사색하고 글을 쓴다는 것은 어쩌면 세상과 자기를 성찰하는 행복한 순간이다. 그가 맡은 업무는 적십자회 중앙위원회 주요직책이다. 적십자 일은 다양한 사람과의 사업이다. 감성의 동물인 사람을 관리하는 데 필요한 절실한 요소인지도 모른다. 최만오는 글쓰기 애정과 취미를 어떤 업(일)이 아닌 삶의 한 부분으로 생각한다.

"부위원장 동지! 오늘도 역사기록에 남겠죠?"
"그거야 물론이지요."
"기록만이 영원한 기억입니다."
"오! 멋있는 표현이네요."

두 사람이 보기에 창밖에서 한껏 벌어지는 인민들의 고된 충성노동 모습은 대단하다. 지금 나라에서는 전당, 전군, 전민이 떨쳐나서 평양시 도시복구건설을 요구한다. 밥숟가락 뜨는 사람은 다 나오라고 한다. 심지어 학교에서 수업을 마친 중학생들도 오전이나 오후 한나절은 근로현장에서 어른들의 일손을 돕는다.

기계와 전기가 부족하다 보니 대부분 인력에 의존하는 건설노동이다. 상부에서 내려오는 과제는 어떻게든 수행해야 한다. 언제나 어디서든 제일 부족한 것이 노동현장에서 일할 사람이다. 가정주부 노력까지 써도 모자라는 판국이다. 그런데 공장에서 생산하는 제품도 아닌 사람을 어떻게 어디서 찾는단 말인가.

리숙이 창밖으로 시선을 보낸다.

"서기장 동무! 저길 보면 어떤 생각 드나요?"

"어디 노력이 없을까? 하는…"

"조만간 희소식이 있을 거예요. 최근 일본 적십자에서 우리 조선 적십자사로 아주 흥미로운 전보가 왔어요."

"일본 적십자사에서요?"

"일본이 자국에 사는 재일조선인들의 자발적인 북조선으로의 출국(귀국, 북송) 허용을 긍정적으로 검토하겠다는 거예요."

"오! 그래요?"

"실은 우리가 먼저 일본 정부에 제안했죠. 재일조선인들 보내면 받겠다고. 그들에게 합법적 공민권을 주겠다고…"

"그런데 왜 하필 재일동포입니까?"

"김일성 수상님의 방침이에요."

반드시 이긴다고 장담하며 자신만만하게 시작했던 6·25전쟁이 휴전으로 끝나고 김일성은 500만 인민이 남조선으로 내려 간 것에 대해 격분을 금할 수 없었다. 해방 후 약 1천 500만 인구 중 1/3에 해당하는 숫자가 자기를 피해 이남으로 내려간 것이다. 갈 테면 가라지. 그래도 1천만의 인구는 남아 있으니 말이다.

그러면 줄어든 인구를 보충할 묘책은 없을까? 날마다 고민을 하다가 "아하! 이거다!" 하며 무릎을 탁 친 김일성이다. 끔찍한 피해의 6·25전쟁을 잘 모르는 조선 민족이 어디 없을까? 있다. 바로 일본에 사는 조선인들이다. 이들을 입국시키면 이점이 있다.

우선 절실한 노동력의 해결이다.

북조선은 심각한 인력 부족 상태다. 이때 일본서 공부했거나 일했던 인력을 들여와 국가재건에 이용할 수 있다. 해방 전 북조선은 대부분 일본의 기술로 산업기반이 마련되었다. 이것을 제대로 관리하자고 해도 직접 만들고 관리했던 당사자들이 안성맞춤이다. 다음 북조선에 대한 긍정이미지를 만드는 것이다. 자본주의 사회 사람들이 사회주의 사회로 대거 이동은 북조선 우월 선전인 셈이다.

최만오는 고개를 연신 끄덕인다.

그에게 진지하게 설명하는 리숙은 며칠 전 내각 중앙간부회의에 위원장과 함께 참석했다. 그 자리서 부수상으로부터 당중앙위원회 정치국 결정을 전달받았다. 그에 따르면 일본에 있는 수십만의 재일조선인들을 북조선이 나서서 적극 돕자는 것이다.

그러기 위해서 우선 내각에 '재일조선공민주권위원회'를 내오고 일본에 있는 재일동포들에 대한 지원을 대대적으로 늘리라는 지침이었다. 그리고 이미 김일성 수상의 특별지시로 일본의 조총련에 발전기금을 보냈다는 것이다. 그 돈은 대학교, 중학교, 문화회관, 병원, 유치원 등을 짓는 데 사용하고 있다고 했다.

서글픈 눈빛의 최만오.

"재일동포들이 어떻게 어렵습니까?"

"그들 대부분 도시빈민촌서 거지로 살아요."

"그렇습니까?"

"일본 정부도 2차 세계대전 이후 일자리, 치안 문제 등이 난무하고 거기에 수십만의 귀화 조선인들이 사실 골칫거리겠죠."

"…"

"만약 이 일이 성사되면 일거양득이 돼요. 우리도 좋고 일본도 좋고…

그러니 저들이 적극적으로 나오는 거예요."

"예! 그렇군요."

두 사람에게는 재일조선인 소리가 진지하다. 그동안 일본에 대해 나쁜 감정만을 갖고 있었다. 36년간 식민지 민족의 설움을 증폭시킨 일제의 지배가 이유다. '한일합병'으로 강토는 물론이고 '창씨개명'으로 조선인들의 이름까지 빼앗아 전(全) 조선을 일본화하려고 했던 일본국이 아닌가. 재일조선인은 대부분이 해방 전 조선반도에서 이주한 사람들로 사실 그들의 조국은 남과 북 모두라고 해도 맞다.

리숙은 노동당이 조총련에 보내는 기금 사용처 중에 가장 우선적인 곳은 학교건설 및 운영이라고 한다. 거기서 교육은 당연히 우리말 과목이다. 귀화재일조선인의 2세들에게 조선(한국)어를 가르치는 것이 그 무엇보다 중요하다고 강조한다.

얼굴이 조금 어두워지는 리숙.

"동포들은 세금도 일본인보다 2배 이상 비싸요."

"그런가요?"

"무슨 구실이 없어 추방을 못 한다고 해요."

"일본 놈들이 그렇게 악질입니까?"

"거기에 야쿠자 등 깡패들이 재일동포들의 금품을 마구 빼앗고 특히 젊은 여성을 강간하고 납치 유괴하는 등."

"저런 쪽발이 새끼들…"

"그야말로 이역 땅에서 죽지 못해 사는 재일동포라고 보면 돼요. 조국과 주권이 없는 그들은 한갓 짐승만도 못하고."

"어휴! 불쌍한 사람들…"

"그래서 우리가 돕자는 거죠."

두 사람은 일본의 재일동포들을 불쌍하게 본다. 자본주의 나라 사람들은 정말 힘겹게 살 것이다. 세금폭탄, 천정부지로 치솟는 물가, 회사파산으로 생기는 실업난… 거지들이 득실거리고 강도와 사기꾼들이 판을 치는 무서운 사회… 나라 없는 서러움이 그렇게 크다. 거류민들은 어디서 업신여김을 당해도 하소연할 곳이 없다. 우리 민족끼리 아닌가. 태평양전쟁에 쓰일 군수무기생산 등의 명분으로 강제로 끌려간 일본 열도에서 노예노동에 시달리며 사는 재일동포들이다. 북조선이 일본에 사는 동포들을 어떻게든 도와야 할 것이다.

리숙이 심각한 표정이다.

"혼자만 아세요. 실은 당에서 일본에 있는 재일동포들을 받는 조건으로 공화국에 남은 일본인을 돌려보내겠다고 했어요."

"아! 그래요?"

"지극히 인도주의적 차원에서 말이에요."

"일본 정부는 좋아하겠는데요…"

"물론이죠. 청진, 함흥, 원산 그리고 여기 평양에 현재 수천 명의 일본인들이 남아 있는 걸로 파악돼요."

"일본으로 안 돌아간 사람도 있겠죠?"

"아마 그럴 거예요."

지난 1910년부터 1945년까지 일본국이 조선을 식민지로 지배했다. 이 기간 조선거주 일본인들이 현지에서 살기도 했고 또 현지인과 결혼을 하여 가족이 생기기도 했다. 군인, 기업인, 공무원 가족 등 다양했다. 열도와 반도를 왕래하면서 업무와 사업을 했던 출장자와 가족친척도 제법 많았다. 이들에게 갑작스러운 해방은 무척 당황했다. 그로 인해 열도로 귀국하지 못한 일본인도 적지 않게 있었다.

3년 전 공화국 정부에서 조선에 남은 일본인과 일본에 있는 조선인을 맞바꾸자는 성명을 대외에 발표했으나 인민들에게는 철저히 비밀인 조선

거주 일본인들의 귀국 문제이다. 후에 인민들에게 조용히 알려줘도 인도주의 문제라고 할 것이다.

최만오가 차를 한 모금 마신다.

"부위원장 동지! 궁금한 것 있습니다."

"뭔가요?"

"우리가 일본서 받을 식민지 보상금은 어느 정도죠?"

"US달러로 수억 달러는 족히 될 걸요."

"앞으로 남조선 정부가 일본한테 식민지 피해보상을 받아낼 거라 합니다. 우리도 그래야 하지 않을까요?"

"물론이지요."

최만오의 뜬금없는 일본 보상금 소리는 일리가 있다. 사무라이 정신으로 한때 대륙침략의 야망으로 가득했던 일본은 36년간 조선을 강점하고 조선인들에게 헤아릴 수 없는 고통과 정신·물질적 피해를 주었다. 그 간악한 일본 정부로부터 보상금을 받아서 평양시 전후 도시복구건설 등에 쓰면 아주 유용한 일이 될 것이다.

한 푼의 외화가 절실하다. 돈이 있어야 전쟁으로 멈춘 공장이 돌아간다. 그 돈 없이는 평양도 개건불능의 유령도시가 된다. 그러면 미국의 호언대로 북조선은 100년이 가도 거지나라가 된다. 그것은 상상조차 싫다. 자기들이 왜 전쟁을 했고 오늘까지 존재하는가? 돈을 벌어서 사회주의 지상낙원을 세우기 위해서다.

리숙이 신문을 펼쳐든다.

"서기장 동무! 만약 조총련 산하 조선학교에서 음악시간에 〈김일성 장군의 노래〉를 배워주는 것은 문제가 안 될까요?"

"아니? 그게 왜 문제입니까?"

"그게 아니라. 외국 영토인 일본 땅이니 말이에요."

"조총련은 우리 공화국의 한 부분입니다."

"일종의 치외법권 지역? 그렇지만 〈김일성 장군의 노래〉가 울려 퍼지면 불온사상이고 적색가요라고 하지 않을까요?"

"그건 일종의 내정간섭이 됩니다."

두 사람의 미묘한 생각이 일치해진다. 향후 도쿄 조총련에서 요란한 평양선전을 할 것이다. 과거 일본의 식민지였던 북조선이 당당한 독립국가로 사회주의 노선에 따라 어떻게 발전하는지 세상에 똑바로 보여줄 것이다. 당과 인민이 일심동체가 되어 사회주의 지상낙원 건설 모습을… 세인이 놀랄 것이다. 일본에 있는 수십 만 재일동포의 마음이 평양으로 향하도록 수단과 방법을 다할 것이다.

최만오가 고뇌의 얼굴이다.

"재일귀국자는 어느 정도 예상합니까?"

"음! 최소한 수천? 수만 명? 아니 그 이상이죠."

"그 사람들 귀국 수단은 뭡니까?"

"그거야 당연히 배지요."

"우리에게 수백 명씩 태울 배는 없습니다."

"나도 그게 좀 걱정이에요."

우리 조국은 어딘가

일본 도쿄 히비야공원 벤치에 앉은 긴 머리가 아름다운 여인은 조총련 중앙본부 허선아 선전부장이다. 요즘 그녀에게 가끔 회원들의 문의가 있다. "한반도에서 우리 조국은 어딘가? 남조선인가? 북조선인가?"… 굳이 한곳을 선택하라면 어디가 진짜 조국인지 잘 모르겠다는 동포들이다. 충분히 그럴만한 일이다. 엄밀히 해방 전에는 하나의 조선이었고 지금은 두 개의 국가가 존재하는 한반도이니 말이다.

"온 지 오래 되었소? 허 동무!" 하는 소리에 화들짝 놀라는 허선아가 다소 수줍은 모습을 보인다. "어머! 오셨어요? 의장 동지!" 하는 그녀에게 "볼수록 공원이 참 좋소!"라며 벤치에 앉는 한덕수다.

"이곳이 일본 최초의 서양풍 공원이죠?"

"그렇소. 나보다 4살이나 많고…"

"어머! 그래요?"

"참! 허 동무! 요즘 하는 일이 재미있소?"

"예! 밥맛이 많이 나네요."

허선아는 독신이고 고향이 경남 김해다. 20대 시절 성악가를 꿈꾸며 현해탄을 건너왔고 간절히 원했던 음악대학 입학은 못했다. 이후 밤에는 사카바로 나가 노래를 불렀다. 자기의 음악재능을 팔아 적지 않은 돈도 벌었다. 가족형제도 없이 혼자 사는 여자라 크게 돈 쓸 일도 없었고 생활의 재미를 별로 느끼지 못했다.

그러다 가부키초서 한덕수를 만났다.

항상 검은 양복을 반듯하게 입은 우람한 체격의 젊은이들이 한덕수를 깍듯이 모시고 다녔으니 재벌인줄 알았다. 후에 알고 보니 조총련 우두머리였다. 어쩌면 재벌 이상이다. 조총련에는 도쿄에서 돈 좀 있다는 상공인 회원도 제법 있으니 말이다.

한덕수의 건의로 허선아는 조총련에 들어와 사업조력, 기부문화를 알았다. 그런데 기부를 점점 하다 보니 자기가 더 기뻤다. 기부를 하는 만큼 많은 사람들은 자기에게 허리를 숙였다.

"선전부장 동무! 하나 묻기오. 조국이란 뭐요?"

"태어난 고향산천이 있는 곳이죠."

"재일조선인 90% 이상은 고향이 남쪽이오."

"알고 있습니다."

"허면 그들의 조국은 남조선이겠소?"

"그거야 당연한 것 아닌가요?"

한덕수는 쓴 오이를 씹은듯 씁쓸한 표정이다. '조선'은 여기 일본에서 수십 년째 쓰고 있는 반면에 '한국'은 해방 후 1948년 대한민국정부 수립과 동시에 생겼다. 많은 동포들이 이제 새로 생긴 지 10년이 갓 지난 '한국'은 입에 덜 올린다. 대부분 재일동포들은 고향 남조선은 조금 알지만 북조선은 전혀 모르는 실정이다. 그곳을 지칭하는 사회주의 '인민의 낙원' 소리가 마냥 신기하기만 하다. 엄밀히 보면 6·25전쟁 당시 남쪽에 비해 포격도 덜 받은 북쪽이 아닌가. 그래서인지 서울보다 평양이 더 활발하게 전후복구건설을 진행하는 것 같다.

이런 와중에 평양의 김일성으로부터 "재일조선인은 해외에 사는 북조선공민입니다. 그들의 애로 되는 문제들을 우리가 깊이 헤아려서 해결해 드려야겠습니다"는 감동적인 교시를 전달받았다. 이후 북조선에서 조총련의 사업자금으로 적지 않은 금액의 지원금을 보내어왔다. 그러니 한덕수에게는 누가 뭐라도 조국이 북조선이다.

"허 동무! 공부 좀 하시오."

"예? 무슨 공부를?…"

"재일동포에게 무관심한 리승만 정부이고 반대로 우리에게 학교·병원, 유치원 등을 지어주는 김일성 수상님이시오."

"…"

"그래도 조국이 남조선이오? 선전부장이 그 모양이니 회원들이 조국이 어딘지 잘 모르겠다고 하지 않겠소?"

"글쎄요? 아리송하네요."

"우리에게 조국은 김일성 수상님이 계시는 북조선이오. 동포사회에 이 진리와 같은 우리의 입장을 철저히 각인시키시오."

"호호! 알겠어요. 의장 동지!"

푸르고 아름다운 연꽃이 맑은 물 위에 두둥실 떠있는 연못에서 물오리 한 쌍이 "꽥! 꽥!~"거리며 헤엄을 친다. 잠시 어디를 물끄러미 쳐다보다가 물속의 먹잇감을 잡아 서로에게 먹여주기도 하는 다정한 모습이다. 하늘의 따스하고 밝은 햇살은 물 위에 반사되어 두 사람의 시야에도 눈부실 정도이다. 연못 주변은 푸른 녹지며 산림이 우거져 산책을 나온 시민들의 발걸음을 쉽게 붙잡아 둔다. 평온하면서도 고요한 일상의 행복을 그대로 보여주는 한 폭의 그림이다.

허선아가 살며시 추파를 던진다.

"의장 동지! 밖에서는 머리 좀 식혀요."

"그럴까?"

"다 살자고 하는 일인데요 뭐! 안 그래요?"

"그건 맞소."

"제가 가부키초에서 많은 사람을 상대했잖아요."

"맞소. 나도 거기서 알았고."

"사람의 짧은 인생 별게 아니더군요."

허선아가 자기의 얼굴을 한덕수의 어깨에 살포시 가져다 붙인다. 과거에는 사카바에서 흔하게 있었던 이런 모습이 직업이 달라지고서 전혀 없다. 주로 저녁시간과 심야에 영업하는 사카바와 달리 현재 자기가 몸담은 일종의 사회단체인 조총련중앙본부의 업무는 대낮에 많은 사람들과 그것도 공공장소에서 있으니 자연스럽게 빚어지는 환경이다. 그녀도 분명 한창 사랑을 갈망하는 중년의 여인이다.

조금은 싫은 척면서 한덕수도 은근히 좋아한다. 그가 제 얼굴을 허선아의 얼굴과 맞대고 비비며 "허 동무! 밤이면 남자가 생각나오?"라고 묻는다. 허선아가 "그럼요. 제가 이제야 40대 초반이고… 왜요? 의장 동지가 저를 좀 도와주겠어요?" 하며 야릇한 눈길을 보낸다. "못할 것도 없지 않겠소?" 하는 한덕수.

애틋한 목소리의 허선아.

"의장 동지! 지금 조심하는 거죠?"

"공인이니까… 워낙 조선인들은 남 말하기를 좋아하는 민족이어서. 여자의 무릎을 보고도 속을 봤다 하고…"

"그렇죠?"

"이제 보오! 우리가 이렇게 몇 번 만나면 '한덕수와 허선아는 둘이 좋아한다'는 소리가 온 도쿄 장안에 퍼질 거요."

"호호! 재밌네요."

"더운 밥 먹고 싫은 소리 듣는 거지."

"그래요? 나야 뭐? 전혀…"

"내가 말이오. 허 동무 치마폭에 논다고…"

"입질할 인간들은 실컷 하라지요. 그거 부러워서 그래요. 저들도 능력껏 연애를 하면 되는 거죠. 안 그래요?"

"호호! 그렇긴 하지."

허선아는 도쿄에서도 내로라는 사카바 가수 출신이어서 웬만한 남자들의 뒷담은 귓등으로 듣는 버릇이 있다. 처음에는 작은 소리에도 크게 반응했었는데 시간이 지나고 보니 허사임을 깨달았다. 오히려 풍얼 같은 소리를 즐겁게 듣고 거기서 쾌락을 찾기도 한다. 혼자 사는 여인인 자기만의 생활습관인지도 모른다.

한덕수가 자기 품에 안긴 허선아의 가슴을 만지며 다른 한 손으로 그녀의 치마 속 허벅지를 더듬는다. "아! 좋아요. 의장 동지! 솔직히 저는 의장 동지의 숨은 아내가 되고 싶어요" 하는 허선아다. "이러면 숨은 아내지 뭐 딴 게 있소? 이제부터 가끔 퇴근 때 사카바에 가서 한 잔씩 하고 갑시다" 하는 한덕수의 표정이 능청스럽다.

"그나저나 외로운 밤은 어떻게 보내오?"

"별 수가 있나요? 노처녀가?"

"음! 그것도 참!…"

"이제는 의장 동지가 퇴근길에 사카바에서 넘치는 제 욕정을 좀 해결해 주실 거죠? 설마 사케만 마시자는 것은 아니죠?"

"사랑이 그렇게 좋고 그립소?"

"그럼요. 이성간의 사랑은 건강한 사람의 징표이죠. 신체 어디 한 부분이라도 아파 보세요. 사랑 생각도 없어요."

"그건 맞는 말이오."

한덕수도 싫지 않은 시간이다.

허구한 날 사무실에서 검토와 비준을 기다리는 서류와 전화통을 붙들고 있던 자기가 아니었던가. 공기 좋은 아름다운 공원에서 이성과의 만남은 아주 상쾌한 기분이 들게 한다. 이것도 어쩌면 생활의 활력소가 되는 시간이고 공간인 것만은 확실해 보인다.

허선아는 행복에 취해 입이 귀밑에 걸린 한덕수의 품에 꼭 안겼다. 햇살보다 더 따스하고 못내 기다리던 남자의 사랑이 아닌가. 직장상사와 부하 사이를 떠나 남자와 여자와의 만남은 외로웠던 그녀에게 커다란 흥분을 안겨준다. 고작 깊은 밤에만 가슴이 설레도록 그리운 남자가 대낮에도 멋있게 보이는 순간이다. 그만큼 자기생활의 한 부분은 이성사랑 감정이 메마를 정도로 가물렀다. 그 메마른 사랑포전에 촉촉이 단비가 내리는 행복한 시간이 너무나 환상적이다.

한덕수가 몸가짐을 바로 한다.

"그나저나 요새 민단의 동향은 어떻소?"

허선아도 바로 하는 몸가짐.

"그거야 우리 조총련이 항상 잔칫집 분위기이니…"

"거기는 상갓집 분위기이겠지."

"당연하지요."

기세가 도도해진 조총련은 날이 갈수록 한덕수의 1인 지배체제로 굳혀졌다. 평양의 특별지시대로 조총련 활동가가 3명 이상 있는 각급기관, 단체, 사업장 지역에 비공식의 중추적 지도조직으로 '학습조'가 조직되었다. 이는 김일성 사상의 조총련 내 침투와 한덕수 지도체제 강화촉진을 위한 수단으로 자리매김 되어간다.

민단에서 전혀 볼 수 없는 대중이 공부하는 풍경에 재일동포들은 조총련에 고개를 돌렸다. 사람이 무엇을 배우며 공부한다는 것이 얼마나 아름답고 멋있는 일인가. 조총련 회원들은 북조선 제도에 너무 신비해 한다.

모든 사람이 똑같이 일하고 골고루 살자, 나라에서 집을 무상으로 주고 세금과 직업 걱정이 없는 사회주의가 인류가 지향하는 최고의 사회라는 노동당의 선전이 들을수록 감동이다.

한덕수가 두 눈을 부릅뜬다.

"허 동무! 조총련 각급 조직으로 선전원들을 파견하여 김일성 수상님의 크나큰 사랑을 알려주는 강연을 조직하시오."

"…"

"그리고 선전은 참으로 중요하오. 구라파 서부 독일의 선전부장 괴벨스의 '거짓말을 하려면 크게 하라, 그리고 반복하라, 그러면 사람들은 결국 믿는다'는 명언이 있잖소?"

"아니? 우리가 거짓말을 하나요?"

"그건 아니고 이를테면 그렇다는 거요."

"명심하겠어요."

두 사람 뒤로 고경민이 왔다.

"안녕하십니까?"

한덕수가 크게 반색을 하면서 "어서 오시오. 우리 청년부장 고 동무!"라고 한다. 항상 패기가 넘쳐 보이는 고경민 직속 상사인 한덕수의 극진한 총애를 받는 본부부서장 중에 한 사람이다. 그는 무슨 일이든 한 번 하겠다고 결심하면 끈질기게 집행하여 결과를 보는 습관이 있다. 상부인 한덕수에게는 마음에 드는 버릇이다. 그래서 동생처럼 믿고 신뢰하며 조총련 내의 큼직한 일도 선뜻 맡긴다.

방금 전까지 야릇한 모습에 도취되었던 허선아가 언제 그랬나 싶을 정도로 시치미를 떼고 "수고 많아요. 고경민 부장!" 하며 정겹게 눈인사를 한다. 그동안 사무실에서 열심히 업무열성을 보였던 세 사람은 모처럼 야외로 나와서 담소와 휴식을 취하고 있다. 셋은 도시속의 아름다운 공원의 정경에 푹 빠진 듯하다.

고경민이 무겁게 입을 놀린다.

"어제 귀국사업협의회서 특별한 문제가 있었습니다."

"무슨 문제요?"

"일본이 해방 후 북조선에서 미처 귀국하지 못한 일본인들을 찾는 행정비용도 전부 정부가 부담하겠다고 합니다."

"그거 좋은 일이구먼."

"왜 일본이 그렇게 적극적인지?…"

"쪽발이들이 간특하오. 이제 보오. 북조선 경제가 서서히 고도에 오르면 저 놈들이 그냥 가만있을 것 같소?"

"아네! 듣고 보니…"

"일본이 조선을 지배한 것부터가 대단했소. 그게 어디 쉬운 일이오. 한 개 나라를 접수해서 강력히 통치한다는 것이…"

한덕수의 훈시는 일리가 있다.

아시아의 경제대국, 세계 경제대국을 꿈꾸고 있는 일본국은 절대 혹은 가급적이면 손해 보는 장사를 안 한다. 한때는 만주, 로씨야 등 광활한 세계제패를 꿈꿔왔던 대일본제국의 후손들. 일본의 재일조선인 북송문제 협조는 훗날 유익한 경제교류를 설계하고 준비함도 분명 있을 것이다. 지난 36년간 조선을 지배했던 일본국의 통치정책을 들여다보면 충분히 그런 예감이 들고도 남는다. 과거 북조선에서 활용하지 못했던 지하자원을 언제든 일본으로 수입하고 싶을 것이다.

그렇게 해서 아시아서 자동차를 처음 생산한 나라, 최초로 지하철을 만든 나라 일본국이 아시아의 최대 경제발전국의 영예를 넘어 세계적인 경제대국으로 거듭 나려고 할 것이다. 일본국민들의 경제발전에 보이는 열의와 관심은 정말 대단하다.

허선아가 말한다.

"참! 큰형님이 퇴직을 했다면서요?"

"예. 요즘 아주 적적해 하죠."

"아니? 그러면 우리 조총련 활동 좀 하시라고 해요."

"안 그래도 그럴까 하죠."

"사람이 집에 가만있으면 심신병만 나요."

고경민은 적극 공감하는 눈치다.

요즘 형님 고경식은 부쩍 짜증이 늘었다. 형님의 아들 고일욱은 공부벌레로 밤낮 책에만 몰두한다. 그렇다고 딸 고일녀가 아버지를 살갑게 대하는 것도 아니다. 두 자식은 사춘기여서 신경도 매우 예민해졌다. 고경식의 아내는 평범한 주부인데 성격이 다혈질이서 별다른 문제도 아닌 것 같고 남편과 티격태격하는 버릇이 있다.

그때마다 고경식이 "그래 너 잘 났다!" 하며 자리를 피한다. 싸워봤자 둘 다 피곤한 부부싸움이다. 그럴 때면 고경식은 어김없이 동생인 고경민의 집에 와서 푸념을 한다. 술도 안 먹는 그는 하루 이틀씩 묵고 집으로 돌아가곤 한다. 그런 모습을 자주 곁에서 보아온 고경민은 자기 형님이 어떤 때는 마냥 불쌍해 보인다.

한덕수가 이어간다.

"내가 조만간 사이타마에 가서 고 동무의 형님을 만나보려는데 괜찮겠소? 나와 일을 같이 하자는 제안을 갖고 말이오."

"의장 동지가 그러시면 저는 고맙죠."

"요즘 회사에서 50세면 개 쫓듯 내쫓으니 하루아침에 실업자가 되고… 이 자본주의가 다 좋은 것도 아니요."

"…"

"오죽하면 평양서 자본주의 사회는 '황금만능의 사회'라고 비난하겠소? 돈을 위해서라면 사람도 속이고 죽이고…"
"그런 것 같습니다. 의장 동지!"
"참! 큰형님이 고집은 센 편이오?"
"아닙니다. 전혀…"

도쿄 치요다 기차역 주변의 주택촌. 대부분 막노동에 종사하는 재일조선인들이 밀집된 지역이다. 자기들만의 상권이 어느 정도 형성되어 자치마을 비슷하게 유지하고 있다. 어느 허름한 집안에는 올망졸망 3명의 여자애가 놀다가 지쳤는지 곯아 떨어졌다. 신영자가 애들을 바로 눕히고 방 정돈한다. 넉넉지 못한 살림으로 배불리 먹이지도 못하는 아이들이고 학교에 매달 바치는 월사금(수업료)은 항상 빠듯하다. 그나마도 두 아이는 아직 학령 전이다. 출입문이 삐걱 열린다.

술 취한 주정남이 들어온다.
"야! 신양자! 하늘 같은 남편이 왔다."
"으이고. 커가는 애들 생각하면 술값이 아깝지 않나?"
"애들은 애들이고 나는 나지! 안 그래?"
"그럴 것이면 왜 셋씩이나 낳았소?"
"그 애들은 나 혼자 낳았나?"

신영자가 거의 매일 술 먹고 들어오는 남편과 싸움도 해봤지만 아무 소용없다. 그냥 저 인간을 안볼 수만 있다면… 어디가 하소연 할 곳도 없고… 애들만 아니었어도 가출을 열두 번 남아 했겠는데… 분신과도 같은 아이들에게 발목이 잡힌 신영자다. 남편도 자기도 가족 친척이 적어서 하나 둘 낳다보니 셋까지 생겼다.

신영자는 집에서 미싱(재봉기)을 돌려 피복회사에 납품하는 일을 한다.

손수레에 원단을 싣고 와서 그것을 집에서 열심히 재단하여 어떤 재료로 만들어준다. 그래도 항상 아이들이 먹고 입고 쓰고 사는 생활비 그 중에서도 교육비가 제일 걱정이다.

가끔은 조총련 학습·강연회 소식에 귀를 기울인다. 북조선 이야기는 자기에게 위안이 되고 새로운 희망을 갖도록 한다. 정말이지 아이들 키우는데 돈 걱정 없는 북조선이라면 한 번 꼭 가보고 싶다는 생각도 몰래 든다. 정치요, 이념이요, 같은 것은 잘 모르나 나라에서 아이들을 무료로 공부시켜 준다는 것이 마냥 꿈같은 소리이다.

주정남이 너스레를 떤다.

"여보! 그렇게 악한 마음 말고 당신의 뽀얀 가슴을 보여주면 안 되겠소? 애들도 다 자는데 우리 아들 하나 만들까?"

"무슨 정신 빠진 소리요?"

"내 친구 박승호가 그러는데 밤 12시 이후에 아기를 만들면 아들이래. 당신도 알잖아. 내가 아들 얻는 것이 소원인 것을…"

"나는 더 이상 아이 만드는 것 싫소."

"휴! 못된 여편네."

"허참! 배부른 소리하네. 이 도쿄 시내 구석구석 찾아보소. 이 신영자만큼 착한 조선 년이 어디에 있는지?"

"어휴! 잘 났다. 이 년아."

"그래서 오늘은 이렇게 밤 12시가 넘어서 들어왔소?"

"그렇다. 어쩔래?"

신영자는 이런 생활이 지긋지긋하나 아이들은 가능한 잘 키우고 싶다. 지금의 고생을 자식들에게 대물림하고 싶지도 않다. 지금껏 자기 부모들이 그렇게 살아왔고 또 자기들이 그렇게 산다. 그래야 자식들이 그 모습을 본받는다고 철석같이 믿는 그녀다.

결혼 이전과 이후는 달랐다. 미운 짓도 예뻐 보이는 연애시절 두 사람은 서로 좋은 것만 보았다. 허나 아이를 하나 둘 낳고 가정생활을 하다보면 그동안 감춰진 남편의 추하고 나쁜 것을 다 알게 되었다. 물론 남편도 자기를 그렇게 알고 있겠지만.

어쩌면 팔자라고 보자. 남이 아닌 부부이니까 가능한 좋은 것만 생각하자. 세상은 보기 탓이 아닐까. 결국 좋음 나쁨도 자신의 마음에 있지 않겠는가. 이왕 가정을 이뤘으니 그냥 어쩔 수 없이 그러려니 하고 살자. 그래도 어떤 때는 도무지 아닌 것 같고…

한숨을 크게 쉬는 신영자.

"꼴 보기 싫으니 어서 옷 벗고 눕소."

"뭐야? 아들을 만들 거야?"

"무슨 개수작이야?"

요시히로 부사장

일본 적십자사 요시히로 부사장이 널따란 자기 방에서 올림머리에 안경을 낀 중년여성과 찻잔을 놓고 마주 앉았다. 매력적인 눈빛의 미츠키 재일조선인귀국협력위원장이다. 둘의 얼굴에는 여유로움이 한껏 어렸다. 일본 정부의 민간지원 사업 중 하나인 재일조선인 북조선 귀국(북송) 사업의 지원업무를 맡은 두 사람이다.

수개월 전 가와사키시(市)에서 있은 재일조선인들의 북조선 귀국 궐기모임은 일본 사회를 깜짝 놀라게 했다. 데모는 쉽게 끝날 줄 알았는데 계속되었고 거기에 도쿄 외무성 점거시위는 성난 한국인은 정말 무섭다는 인식을 세상에 보여줬다.

요시히로가 신문을 펼쳐들었다.

"미츠키 위원장! 기뻐하오."

"무슨 좋은 일이라도 있는가요?"

"조만간 우리 일본과 북조선은 인도의 콜카타서 '재일동포 북조선 귀국에 관한 협정'에 조인하기로 했소."

"어머! 그렇게 빨리요?"

"그렇소. 빨리빨리 민족 조선인들 때문에…"

"호호! 표현이 재밌네요."

"우리가 군이 인도까지 가서 평양대표단과 합의함은 이 문제의 국제사회 보증 취지가 강하다고 보면 되오."

"그런데 한국 정부가 노발대발하겠죠?"

"할 테면 하라지."

이들이 보기에 한국 정부가 문제다. 그동안 일본인으로 살던 조선인들이 해방을 맞아 일본인 국적을 포기하고 고국으로 돌아가겠다고 한다. 가난해도 부모형제가 살고 조상의 무덤이 있는 고향이고 조국이기 때문이다. 이들에게 한국에서 정착할 돈을 쥐어서 보내라는 리승만 정권이다. 갓 해방이 되어 나라의 경제사정이 너무나 어렵다는 것이다. 일본이 조선강점 36년간으로 다소 경제적 이익을 보았으면 돈 좀 쓰라는 것이다. 일본은 뭐 돈을 쌓아놓고 사는 나라인가.

지난 36년간 일본의 지배를 받은 반도조선인들은 원망이 가득하다. 그 심정은 이해하나 냉정히 보면 다른 환경도 발생했다. 미개한 봉건국가 조선이 근대사회로 탈바꿈했다. 낙후된 경제와 산업개발 부문이 바뀌었다. 한반도국토의 남단서 북단으로 가는 철도가 놓이고 달구지만 다니던 농촌 길로 자동차가 달렸다.

요시히로의 코멘소리.

"우리는 서울에 할 만큼의 예우는 충분하게 했소."

"저도 그렇게 봐요. 부사장님!"

"하여간 이 특수사업이 아주 흥미롭소."

"하이! 그런 것 같아요."

미츠키 생각에 재일조선인 귀국사업은 세상에 흔치 않는 일이다. 과거 식민지서 이주형식으로 왔었던 이방인들이 둘로 갈라져 치열하게 싸운다. 엄연히 남의 나라 땅에서… 그 두 집단을 지지하고 견제하려는 남과 북의 정권도 희한하다. 리승만 서울 정권은 민단을, 김일성 평양 정권은 조총련을 강력히 지원하고 있다.

이틈에서 정계의 일본 공산당은 활기에 넘쳤다. 일본 정부와 북조선 정부 간의 조총련을 통한 재일동포 귀국사업 거론이 시작되자 솔선수범으로 중재자 역할을 나섰다. 소위 약자를 대변하는 극성좌경화에 재일조선인들이 대거 합류하는 모습이 열성이다.

차를 한 모금 마신 미츠키.

"부사장님! 제가 보기에 조총련이 아주 열성이에요."

"뭔 일이라도 있소? 미치키 위원장!"

"북조선 귀국사업이 시작되면 관련 행정수속을 일본의 각 지방자치단체서 당사자에게 신속히 해달라는 거예요."

"오! 그렇소?"

"재일조선인 우두머리 조총련 한덕수 의장이 우리 위원회를 찾아와 향후 북조선행 귀국선에 오르는 재일동포들의 호적은 출국당일 영구 삭제해 달라고 간절하게 부탁하더군요."

"아니? 그게 무슨 소리요?"

"만에 하나 북조선에 갔다가 심경변화로 다시 돌아올 경우도 있을 것 같고… 그러면 사회적 혼란도 생길 것 같으니…"

"귀국자들이 북조선에서 다시 돌아온다?"

"충분히 가능성 있는 문제이죠."

미츠키가 도도히 설명한다.

자기의 추측으로 자유세계 일본서 귀화 일본인으로 살던 재일조선인들이 전체주의 국가 북조선에 가서 살기는 쉽지 않을 것이다. 일본은 국민들이 정부와 정치권에 대한 비판과 어떤 문제에 대한 시정대책 등을 요구하는 나라이다. 그것도 정정당당하게 백주에 공공장소에서 말이다. 오히려 경찰의 신변보호를 받으며 국민들은 당당한 주권행사를 하고 있다. 이랬던 재일조선인들이 북조선에 갔으니 어떤 형태로든 자기 의사를 표현하는 모습이 분명 나타날 것이다.

그건 불보듯 확실하다. 똑같은 마음과 의지를 가진 동료들끼리 모임, 집회나 시위, 다른 어떤 물리적인 행동까지… 거기에 최악의 경우 탈출이라는 방법도 있다. 사람이 어떤 사회에서 억눌림을 당하면 반드시 거기서 벗어나려는 속성이 있다.

심사숙고해지는 요시히로.

"재일귀국자의 북조선 탈출방법에는?…"

"우선 해상으로 할 수 있지요."

"참! 마음먹으면 휴전선(38선)도 가능하지 않소?"

"물론이죠. 한국을 거쳐 일본으로 오고…"

"음! 그렇단 말이지?"

"또한 제3국 경유 방법도 있어요."

"그건 또 뭐요?"

미츠키는 북조선은 중국과 국경을 마주해서 마음만 먹으면 베이징과 동남아를 거쳐 재일귀국자들이 돌아올 수 있다고 한다. 만에라도 그런 일이 발생하면 매우 난처하다. 조총련서 훗날 자기들의 꾸준한 협조로 진행된 북조선 귀국운동 사업이 세상에 비도덕, 비윤리적인 문제로 낙인될 경우 골칫거리가 된다.

세계 각국에는 일본대사관이 있다.

엄연히 과거 일본 국적자 혹은 거주자였던 재일귀국자들이 북조선 사회가 싫다며 일본으로 되돌아오겠다는 의사도 분명히 밝힐 수 있다. 일본 행정당국이 호적서 지워버린 비윤리적 사실도 그들이 알면 상당히 놀랄 것이다. 이는 제3국에서 발생하는 불미스러운 문제이기에 국제사회에 나쁜 영향을 끼치고도 남는다.

미츠키가 골똘해진다.

"내 생각에는 해외서 재일귀국자 탈출사건이 발생한다면 우리 일본 정부는 단호한 입장을 보일 필요가 있다고 봐요."

"그게 뭐요?"

"북조선에 간 재일동포들은 엄연히 외국공민이고 우리가 받을 의무는 없으니 북조선대사관으로 넘기는 게 합당하죠. 자칫 국제사회 외교문제로 번질 우려가 없지 않지만."

"그래도 되겠소?"

"하이! 우리 일본국은 사실상 외국인의 일본으로의 정치망명을 잘 허가 안 해주는 나라인 것은 세상이 다 알죠."

"그러면 이 문제는 외무성과 협업을 해야겠구먼."

"아마 그래야 할 것 같아요."

자유민주주의 국가서 국민들은 특정 이유가 있거나 혹은 사회 통제가 싫으면, 아니면 더 좋은 나라에서 살기를 원하면 외국으로 이민을 가는 것이 보통이다. 그에 대한 어떤 처벌도 전혀 없으며 그것은 모든 국민들에게 있는 개인의 권리이다.

북조선은 이민정책 제도가 없는 국가다. 그런 폐쇄사회에서 사람들은 당국이 무서워 말을 못해 그러지 불만은 가득하다. 그것을 당국이 공권력으로 강하게 짓누르고 있으니 표출되지 못할 뿐이다. 요시히로와 미츠키가 두 팔을 걷어 부치고 협조해주는 재일조선인들의 북조선으로의 귀국사업은 꼭 낭만적인 것만은 아니다. 일단은 한국 정부가 거세게 반발하는 사안이 아닌가. 언제든 환경이 바뀌어 부작용이 될 수도 있는 시한포탄이다. 제발 터지는 일은 없어야 할 것이다.

계속하는 요시히로의 소리.

"미츠키 위원장! 조총련 세력이 그렇게 크오?"

"하이!"

"도쿄 중앙본부 산하에 무슨 위원회도 많다던데?"

"여성, 노동자, 청년, 소년단, 과학자동맹, 문화예술인위원회, 조선신보사, 금강산예술단과 별도로 본부도 있죠."

"조직은 곧 돈인데…"

"맞습니다. 조총련이 갖고 있는 은행만도 수십 개며 각 현본부, 시지부마다 상공회가 있어 자금 확보가 탄탄하지요."

"굉장하구먼! 조총련이…"

"일본 내 조선인 80~90%가 조총련 가입자로 유치원서부터 대학, 각 지역부녀회까지 전국망으로 되었죠."

요시히로가 입을 쭉 벌린다.

미츠키는 조총련의 행사 조직력, 단결력 등이 탁월하다고 본다. 도쿄 시내서 벌어지는 그들만의 각종 데모나 집회는 혀를 찰 정도이다. 일본 사회서 발생하는 재일조선인들의 이권문제에 관해서는 민단보다 더 맹활약하는 모습이다. 하여 일본인들도 조선인들에게 고개를 쉽게 가로젓는 지경이니 더 말해 뭐하겠는가.

해방 후 일본서 귀화인으로 살던 조선인들이 비록 해외서 살지만 자기들도 마음속으로 믿는 어떤 정신적 사회와 조국이 필요했다. 과거 자기들이 살았던 남조선은 지질히도 가난한 나라이다. 그에 비하면 북조선은 잘 모르는 신비한 나라다.

공산주의를 지향하는 사람들은 어딘가 모르게 특별하다. 왜 그럴까? 자본주의에 대한 실증 같은 것도 갈등 문제로 존재하지 않을까. 물론 이런 조총련의 왕성한 활동이 있기까지 뒤에서 강하게 밀어주는 일본 공산당이 있다. 좌경화가 득세를 하는 일본 사회에서 자유민주주의를 핑계로 활개 치는 조총련이다.

"평양이 그렇게 돈이 많소?"

"그게 꼭 돈으로 하는 일은 아니라고 봐요."

"그럼 뭐요?"

"이를테면 입으로 하는 정치의 힘이라고 할까?"

"허면 이유를 어떻게 분석하오?"

"재일조선인들이 이국땅에서 자신들의 권리와 민족의 존엄을 지키기 위한 조직이라는 명분으로 조총련에 모여드는 것 같아요. 사회적 동물인 사람에게는 자연스러운 모습이지요."

"그리고 또?…"

"다음 한국보다는 북조선이 더 잘사는 것!"

"그 원인은 뭐요?"

"소련과 중국 등의 통 큰 지원을 하기 때문이지요."

"음! 그렇단 말이지."

보는 신문을 한 장 넘기는 요시히로. 그가 보기에 일본에서 민단에 비해 조총련의 사회활동은 매우 대표적인 상황을 넘어 광란적이다. 그 속에서도 눈에 거슬림은 한덕수를 총수로 하는 조총련의 북조선에 대한 정치·체제선전이다. 사회주의 북조선은 인민의 지상낙원이요, 세금 없는 나라, 무상치료의 나라… 등 온갖 얼빠진 소리를 일본 사회에 퍼트리는 것은 별로 좋은 모습이 아니다. 지금은 몰라도 장기적으로 자유민주주의 체제에 작은 중대 위협으로 되는 요소가 된다.

다르게 생각해보면 공산주의 붉은 이념에 열혈극성적인 외국 이주민들은 자유 민주국가 일본에서 조용히 없어지는 것도 나쁘지 않을 것이다. 어쩌면 그 해결의 효과도 분명하게 있는 자신들의 성실한 협조의 재일조선인 귀국사업이다.

미츠키가 빨간 입술을 계속 놀린다.

"어제는 차호 민단중앙 단장이 저희 위원회에 와서 한참 소리를 지르다 가 갔어요. 이 문제를 UN에 공식 상소하겠다며…"

"그래서 뭐라고 했소?"

"마음대로 하라고 했죠. 우리로서도 최선을 다했으니 재일조선인 귀국 문제를 UN에 가져든, 미국에 가져가든…"

"잘했소. 우리가 주눅들 필요는 없지."

"허나 자칫 일한외교문제로 번지지 않을까요?"

"한국인들이 워싱턴을 잘 모르는 것 같소. 미국은 외교에서 정치와 경제 계산을 따로 하는 사람들이오."

"어머! 그런가요?"

바다 건너 북조선 정부가 재일조선인들이 귀국하면 그들의 생활보장을 전적으로 당국이 책임질 것을 세상에 공포했을 때 일본 정부는 내심 반겼다. 안 그래도 골칫거리인 조선인을 일본 영토에서 내보낼 만한 구실이 없어서 전전긍긍하던 찰나였다.

한국 정부는 당연히 노발대발했다. 일본에서 6·25전쟁의 피해를 잘 모르는 순진한 동포들을 귀맛 좋은 거짓말로 속여서 공산집단에 가져다 바치는 것이라고 했다. 그 배후에 조총련이라는 북조선의 앞잡이 집단이 있으니 이를 단죄한다고 했다. 서울, 부산, 광주, 대전 등 대도시에서 연일 일본 조총련을 성토하는 시위가 있었다.

소련과 중국 등 사회주의 진영 나라들은 '재일조선인 귀국'을 적극 환영했다. 일본은 1958년 각 정당의 고위인사들이 망라된 '재일조선인귀국협력위원회' 결성 등 조선인 북송운동을 활발히 전개했다. 이 일을 전담한 일본관료 요시히로와 미츠키다.

"그런데 부사장님! 난처한 문제가 있어요."

"무슨 소리요?"

"북조선행 귀국선을 공해에서 은밀히 폭파하겠대요."

"누가? 한국 정부가?"

"아니요. 한국의 극우보수 세력들이…"

"허허! 그깟 민간인들이 뭘 한다고… 걱정 마오!"

"그렇게 쉽게 볼 문제는 아닌 것 같아요."

"왜?"

"그걸 한국 정부가 배후서 몰래 지원할 수 있죠."

분명히 한국인들은 과거 36년간 열도인들의 주범인 일본 지배에 커다란 불만을 갖고 있다. 덩치가 일본인보다 큰 조선인들이 화가 나면 무섭다. 한반도 양쪽에 서로 다른 국가가 생겨 저들끼리 피터지게 싸운 것만 봐도 쉽게 볼 민족이 아니다. 괜히 잠자는 사자를 굳이 건드려서 쑥대밭 되는 최악의 상황은 없어야 할 것이다.

두 사람은 뜨거운 고민이다.

현지 경찰에 니가타항 주변 특별경비를 요청할 것이다. 니가타항 중앙 부두는 앞으로 북조선행 여러 척의 대형선박이 입·출항하는 항구이다. 귀국선박이 공해 상을 거쳐 항해하는 만큼 국제해양 경찰에도 협조의뢰를 공식 요구할 것이다. 망망대해서 일본정부와 북조선당국이 주도하는 국제적 사업을 조용히 수장시켜 버리겠다는 일부 과격분자 한국인들이 무섭다. 서울이 지금껏 일본정부에 대한 수차례 불쾌감정을 표출했으나 그걸로 그칠 한국정부가 아닌 것 같다.

미츠키가 반색한다.

"부사장님! 제3국의 선박을 쓰면 어떨까요?"

"제3국? 어느 나라요?"

"소비에트사회주의연맹. 즉 소련이에요."

"음! 그거 아주 적합하오."

"평양과 모스크바가 매우 친하죠."

"좋소. 반대 없소."

의외로 쉽게 풀리는 선박문제이다. 북조선 정권 탄생에 일조한 소련은 6·25전쟁 때 평양에 많은 군수물자를 지원한 동맹국이다. 지금 한창인 북조선 전후복구 건설도 소련의 건축기술자들이 들어가 활발하게 도와준다. 사회주의 이념과 가치를 함께하는 평양 정권을 돕는 일이라면 언제든 두 팔을 걷고 나서는 소련 정권이다.

선박 임대료, 사용료는 일본 정부가 착실하게 지불하면 된다. 북조선이나 소련은 아무런 손해도 없을 것이다. 문제는 한국 정부다. 일본 정부와 조총련이 필사의 노력을 다해 추진하는 재일조선인 귀국사업이다. 평양과 도쿄가 나름대로 이익이 되는 이 중대한 사업을 어떻게든 저지하기 위해 무진 애를 쓰는 서울이다.

이어가는 요시히로.

"세상에 저런 상바보들이 어디 있소?"

"어머! 누구를 보고 하는?…"

"저 한반도 안의 조선인들 말이오. 둘이 합쳐도 어렵겠는데 동족살육의 전쟁이나 했고, 우리가 보기에도 너무나 답답하오. 두고 보오! 저들은 100년이 가도 통일을 못할 거요."

"예?"

"조선인들은 이기심이 너무 많소. 미래를 위해 자기들이 희생을 바쳐야 한다는 삶의 진리는 잘 모르는 것 같소."

"하이! 정말 그렇군요…"

"거기에 감투와 완장은 왜 또 그렇게 좋아하는지? 모름지기 그것도 세계 어느 나라 국민한테서도 찾아볼 수 없는 희귀한 민족성이오. 아무리 민족제일주의라고 해도 말이오."

공감의 표정인 미츠키.

일본 사회의 한 부분에 있는 이방인들의 생활문화에서 서로 시기질투에 두 번째라면 섭섭할 정도의 조선인들이다. 언제 어디서나 남보다 제가 더 잘났고 아는 것이 많다고 자랑한다. 남 잘되는 꼴은 두고 못 본다. 사정이 어떻든 고국을 떠나 타국에서 사는 신세인데 외로움과 슬픔을 함께 하는 모습은 별로 없어 보인다.

어디서 싸움이 났다 하면 재일조선인들이다. 술 먹고 주먹질과 금전 문제로 싸우고, 서로를 고소 고발하고, 세력다툼의 패싸움이 연속이다. 도쿄 가부치초서 발생하는 깡패들의 몸싸움은 언제나 골칫거리 소식이다. 왜 그럴까? 수백 년 봉건사회에서 수십 년 식민사회를 겪은 가난한 나라, 조선이었다. 외세에 눌리고 당했던 억압에서 국민교육이 안 되었던 탓은 아닐까. 그런 환경도 영향을 끼쳤을 것이다.

미츠키가 흡족해 한다.

"여하튼 재일조선인 귀국사업이 흥미로워요."

"김일성이 희세의 난 인물이오. 정치 고단수란 말이오."

"저도 그렇게 봐요."

"미국에서 공부한 리승만이 쩔쩔 매는 걸 보면…"

"호호! 맞아요."

"리승만 위에 있는 김일성이 같지 않소?"

"하이! 만주에서 중퇴학력이 고작인 그가 어떻게 그런 천재적인 독재자가 되었는지? 많은 전문가들이 의아해 하죠?"

"정치에서 학력은 중요치 않소."

"어머! 그럼 뭐가?…"

"경력과 실력이오. 그 다음 강한 배짱이고. 정치는 사람 마음으로 하는 거요. 대중을 장악하는 기술이 바로 정치거든."

"정확한 말씀이네요."

요시히로가 진지하게 설명한다.

재일조선인 북조선 귀국사업은 일본 정부가 중장기적으로 밀고 나가야 할 국책 중에 하나다. 일본은 제2차 세계대전에서 패망했지만 이제부터 다시 시작이다. 미래는 자본이 국운을 좌우하는 경제전쟁의 시대이다. 열도 일본국이 대국인 중국과 소련으로 육로로 경제 진출을 위해서는 그 앞을 가로막은 북조선을 뚫어야 한다.

그토록 중차대한 미래의 국가경제 개척대업에 북조선으로 귀국하는 재일조선인들을 이용할 수 있다. 그들을 통해 평양에 돈과 기술, 제품이 속속 들어간다. 특히 자동차, 기계제품, 반도체 등은 북조선이 장기적으로 매력을 느끼는 일본 상품이다.

그에 대한 대가는 아연, 석탄, 광석 등 지하자원과 원료이다. 즉 북조선에서 생산되는 철강, 금, 시멘트 등 지하자원이 일본으로 마구 들여올 수 있다. 어떤 정치문제도 아닌 일본이 세계경제 강국으로 도약하는 노선에 있는 한 부분이다.

신문을 접는 요시히로.

"참! 미츠키 위원장! 사케 좀 하오?"

"하이! 조금…"

미츠키가 퇴근길에 지하철역으로 왔다. 삐익!~ 힘차게 달리는 도쿄 지하철 열차 안. 그녀는 지하철을 이용할 때면 누구보다 대일본 국민의 자부심을 깊이 간직한다. 1927년 아시아 최초로 수도 도쿄에 지하철(아사쿠사-우에노)을 건설한 일본이다. 대부분의 아시아 나라는 자동차도 겨우 있었고 우마차가 달리던 시절이었다. 그동안 지상으로만 운행한 철도의 열차가 땅 속으로 달리니 사람들은 의아했다.

세상이 놀랐다. 일본의 경제기술 발전의 잠재력은 대단하다. 세계 최초로 원자폭탄 피해를 입은 수치스러운 나라의 오명을 씻는 것은 오로지 경제대국으로 거듭나는 것뿐이다. 돈이 최고다. 그 돈이 있으면 무기도 사올 수 있고 전쟁도 이길 수 있다.

땅속에서 경제대국으로 발전한다.

자기 조국 일본국이 참 위대하다.

그로해서 많은 국민들이 꿈과 희망을 가슴 한가득 안고 사는 오늘이다. 자동차도 아시아서 최초로 만든 나라, 번영의 조국 일본국을 끝없이 사랑하는 미츠키다. 애국심이 남달리 높은 그녀는 아이러니하게도 가족사랑 마음은 별로이다. 집에 들어가도 혼자인 미츠키는 가정생활에서 별다른 재미를 못 보고 있다.

청진에 째포들이 온다오

밝은 햇살이 들어오는 청진시인민위원회 소회의실에 10여명 사람들이 긴 테이블을 마주하고 앉았다. 닫힌복(인민복) 차림의 이들은 청진, 함흥, 원산 등 전국의 일부 시(市)인민위원회 관계자 및 8과장이다. 최근 당의 지시로 신설된 일부 시의 8과는 '귀국동포지도과'로 북조선에 입국한 재일동포들의 정착지원을 돕는 부서이다. 외형상 인민위원회에 소속되었으나 실제는 당위원회의 통제를 받는다.

최만오가 서기장인 '조선적십자회 중앙위원회'가 형식상 내각에 있고 내적으로 노동당의 엄격한 통제와 지시를 받는 것과 같다. 무엇보다도 해외서 동포들이 볼 때 평양의 적십자회가 정치기관인 노동당에 소속되어 있음은 좋은 모습이 아니다. 가뜩이나 해외서 북조선을 보는 시선이 곱지만은 않은 것도 현실이다.

회의 참가자들의 수다.

"요즘 소문 들었소? 청진에 째포들이 온다오."

"아니, 째포가 뭐요?"

"재일동포의 줄인 말 재포!"

"아하! 저기 일본에서 온다는 귀국 동포들 말이오?"

"째포라? 어쩐지 째째해 보일 것 같소."

바다 건너오는 재일동포들이 무척 궁금한 사람들이다. 당국의 엄격한 통제로 외부세계에 대해 전혀 알지 못하는 청맹과니들이니 그렇다. 다소 신비스러운 일이다. 그동안 청진으로 '형제의 나라' 소련에서 북조선 경제 지원 물자나 건축 기술자 및 고문을 태운 배는 자주 들어왔다. 그런데 '미제의 앞잡이 나라'로 불리는 일본에서 살던 동포들이 귀국을 위해 여기 청진항으로 들어온다? 소련 사람들과 재일동포들! 분명 일본이 북조선보다 잘사는 나라인데. 이건 좀 아리송한 문제다.

정치성이 짙은 회의 진행을 맡은 사회자가 "자! 동무들! 모두 자리를 정돈해주십시오. 지금부터 평양에서 내려온 최만오 조선적십자중앙회 서기장 동지가 발언하겠습니다"라고 한다. 상석에 앉은 최만오가 고개를 끄덕이면서 가볍게 눈인사를 한다.

그가 말문을 연다.

"현재 일본 전역에 수십만의 재일동포가 뿔뿔히 흩어져 가난하게 삽니다. 짧게는 해방 후부터, 길게는 조일합병(한일합병, 1910년) 이전부터… 이들의 고향은 대부분 남조선입니다."

"…"

"재일동포들은 해방 후 고향으로 돌아가고 싶었으나 리승만 정부가 돈보따리를 요구하는 바람에 귀향이 좌절되었습니다."

참석자들의 눈이 커진다.

세상에 그럴 수도 있는가? 과거 북조선 인민들도 일제 식민지 시절 만주와 소련으로 살길 찾아 고향을 떠났다. 타향에서 삶이 너무나 고달픔을 자기의 온몸으로 체험한 그들이 다시 고향으로 돌아오겠다고 할 때 아무런 조건 없이 받아준 북조선 정부다. 크게 지원은 못해줬어도 따뜻한 마음으로 받아준 고국의 인민들이었다.

여기에 비하면 너무나 대조적인 남조선 정부가 아닌가. 나라에 아무리 돈이 귀하다고 해도 어떻게 사람의 마음을 그깟 종잇장에 불과한 돈으로 본단 말인가. 사람 낳고 돈 낳지, 돈 낳고 사람을 낳았는가. 황금만능의 자본주의 사회가 바로 그런가.

최만오가 이어간다.

"재일동포들은 이역 땅에서 온갖 수모를 겪으며 생활하죠. 하루 14시간의 강제노동, 죽벌이도 겨우 되는 임금을 받으며."

"…"

"누구보다 아이들이 더욱 고통을 받고 삽니다. 특히 조선옷을 입은 여학생의 치마가 찢기고 인격모욕을 받고 일본 학교에서 남자아이들은 모두 매를 맞기 일쑤이지요."

장내가 다소 술렁인다.

"저런 천하에 불한당 같은 쪽발이들…"

"정말 불쌍한 재일동포들이구먼."

"나라가 없으니 아마 사는 집도 없지 않을까요?"

"이름도 없고… 주권도 없고…"

그는 일본에 사는 조선인들의 비참한 상황을 말한다. 조선 민족의 신분을 숨기고 일본인으로 살아가는 고통은 말로 다 형용을 못할 것이다. 일본옷을 입고 일본 음식을 먹으며 일본어를 사용하니 얼마나 불편하겠는가. 거기에 원주민한데서 이방인이라고 온갖 조롱과 천대를 받고 멸시받고… 나라 없는 설움은 36년간 우리도 느껴봤기에 아픔을 잘 안다. 그 고통을 계속 받는 재일조선인들이라고 한다.

계속 연설하는 최만오.

"최근 당에서 '재일동포는 해외공민'이라고 했지요."

박수소리가 터진다.

"조총련 일군과 회원들은 감동하고 있습니다."

짝! 짝!~

"지금 일본 땅 전역에 평양 호기심이 넘쳐나죠."

짝!~ 짝!~ 짝!~

지방인민위원회(자치단체) 행정일군인 이들도 전체 인민처럼 외국방송과 신문, 언론을 접할 수 없다. 지금 자기들 앞에서 열변을 토하는 적십자회 서기장의 소리가 진짜인지? 가짜인지 하는 것은 간단하다. 일본 방송 혹은 남조선 방송만 들어도 그 진위여부를 확실히 알 수 있다. 중앙의 간부인 최만오도 그렇다. 그는 평양의 내각에서 내로라는 일본 전문가이다. 그렇다고 해외를 쉽게 다니거나 외국의 언론을 마음대로 접하는 것도 아니고 당에서 주는 별도의 '참고통신'만 본다.

헛기침을 하고 이어가는 최만오.

"앞으로 여기 청진으로 재일동포들이 옵니다."

"…"

"김일성 수상님이 구상한 정책입니다. 재일동포들이 자본주의 제도서 우리 사회주의 제도로 민족의 대이동을 합니다."

"…"

"우리는 일본에서 어렵게 살던 동포들을 따뜻한 조국의 품에 받아주는 당의 고마운 사랑을 잘 전달해야 합니다."

최만오는 부연설명까지 붙인다.

지금 많은 자본주의 나라 사람들은 자국서 살기 힘들어 낯설고 물설은 외국에서 불우한 이민자로 전락되어 있다. 타향살이 고통과 슬픔은 말로 다 표현하지 못할 정도로 아프고 큰 것이다. 일자리 잡기도 하늘의 별따기지만 겨우 잡았다고 해도 언제 해고될지 모르는 이민자들이다. 똑같은 범죄를 저질러도 원주민의 2~3배나 되는 가중처벌을 준다. 여성이나 노인, 어린이 등 취약계층의 피해가 크다.

그렇게 고통 속에 살아가는 이민자들은 고국으로 돌아가고 싶어도 받아주지 않아 못가고 있다. 이유는 이런 저런 명목으로 거액을 국가에 바쳐야 하는 그야말로 돈밖에 모르는 썩어빠진 자본주의 국가이기 때문이다. 그러니 모국에 대한 원망과 새 사회에 대한 그리움을 마음 한 구석에 갖고 사는 이민자들이다.

이어 웅성거리는 소리.

"썩어빠진 자본주의 나라는 참 살벌하구먼!"

"그렇지. 돈 밖에 모르니…"

"사람을 귀히 여기는 우리네 사회주의가 좋소."

"우리나라가 세상에서 최고요."

"김일성 수상님이 제일이오."

열정적인 최만오의 설명이다. 당에서 재일동포들을 공화국 품에 받는 것은 해외서 사는 동포들에게 진정한 조국이 어딘지를 확실히 알려주기 위해서다. 재일동포들 대부분이 태어난 곳은 남조선이지만 그곳은 가난한 자본주의 사회다. 귀국을 원하는 동포들에게 돈 보따리를 요구한 리승만 괴뢰도당은 천하의 악당이다. 물에 빠진 사람을 구해주지는 못할망정 모르는 척하는 격이다. 이런 남조선을 향해 세계 언론이 '사람을 돈으로 보는 더러운 사회'라고 맹비난하고 있다.

이런 실태를 보고받은 김일성 수상이 못내 가슴 아파하며 재일조선인 누구든 사회주의 조국으로 오고파하는 사람은 단 1%의 차별도 없이 전부 조선 공민으로 받아주라는 하늘같은 은총을 베푸시었다. 세상에는 나라도 많고 영도자도 많지만 이렇게 외국에서 사는 동포들을 공식 국민으로 받아주신 지도자는 없었다.

최만오가 계속한다.

"귀국동포들의 직업배치 문제입니다."

모두의 눈빛이 초롱초롱하다.

"우선 여기 청진과 함흥, 평양 등에 배치할 예정입니다. 참고로 해방 전 기준으로 보면 청진, 원산, 함흥은 일본인들이 북조선에서 가장 많이 거주했던 지역 순입니다."

"…"

"아참! 귀국동포들은 고향이 대부분 남조선이니 사정을 고려해 남조선과 가까운 황해도 지역에도 보낼 것입니다."

장내는 물을 뿌린 듯 고요하다.

최만오는 평양과 달리 지방서 '재일동포귀국사업'이 어떻게 인식될지 모르나 그런 것에 신경을 쓸 사이가 없다. 당에서 앞에 있는 벽을 문이라면 문으로 생각하고 무조건 밀고 나가는 절대복종의 혁명정신만이 자기에게 필요한 것이다.

당의 충직한 일군으로 맡은 혁명임무에 충실함은 그가 가진 사업태도의 기본 골격이다. 당에서 자기에게 맡겨준 과업은 무조건 충성으로 받들고 100% 수행하는 것이다. 그것은 자기가 김일성종합대학 시절에 열정으로 배운 당과 수상에 대한 절대적 충성심의 표본이다. 하늘이 무너져도 땅이 갈라져도 당에 충성해야 한다.

어떤 여성이 손을 번쩍 든다.

"청진시인민위원회 부위원장 김은희입니다."

최만오가 "아! 잠깐!" 한다.

"일본에서 오는 귀국동포들은 여기 청진서 사회 정착교육을 받습니다. 그런 점을 고려해 청진시 8과는 시인민위원회 부위원장이 겸직합니다. 계속하시오. 부위원장 동무!"

참석자들이 고개를 끄덕인다.

"동포들은 일본 선박으로 들어옵니까?"

"아닙니다. 소련 선박 '크릴리온호'와 '토보르스크호'로 수천 톤급입니다. 아직 우리는 이만한 큰 선박이 없습니다."

"예. 그렇군요."

회의실에 정적이 흐른다.

"참! 부위원장 동무! 질문 잘했습니다. 자본주의 나라 일본서 입국하는 동포들인 만큼 환영사업부터 잘해야 합니다."

"…"

"행사에 동원되는 사람들은 몸가짐, 옷차림까지 모범적 시민들로 선출해야 합니다. 우리 조선의 첫 모습이죠."

조금 다른 생각을 하는 김은희.

그가 토박이로 사는 여기 청진은 해방 전까지 조선 남해가 부산에서 만주로 돈 벌러 가는 사람들이 많았다. 그들은 동해바다 뱃길을 이용하여 만주와 부산을 오고가며 중간 지점에 들려갔던 지역이다. 그러다가 중간에 쉬어가거나 정착한 사람들도 많았다. '유동이방인'들의 아름아름 입소문으로 흥미로운 정보도 있었다. 추운 지방의 만주보다는 더운 지방의 일본에서 돈벌이가 더 쏠쏠했다는 것이다.

일본서 동포들이 분명 돈주머니를 차고 청진으로 올 것이다. 그것은 외화이고 생활용품도 있을 것이다. 일본은 확실히 북조선보다 산업이 발전한 나라이다. 여하튼 자기들의 생활에서 변화가 생길 수 있다. 사람이 잘 살아야 당에도 충성하고 혁명도 잘 할 수 있을 것이 아닌가. 이것도 진정 변화의 시대가 확실하다.

김은희가 또 묻는다.

"동포 환영행사 참여자도 8과서 뽑나요?"

"아닙니다. 그건 각 도·시당 행사과서 맡습니다."

"좌우간 기대가 되네요."

"각 시·도 8과의 동무들의 임무는 무겁습니다."

회의 참가자들이 진지하다.

"북조선에 좋은 첫 인상을 주어야 합니다."

꼼꼼히 메모하는 사람도 있다.

평양의 중앙당이 주도하는 재일귀국동포 환영사업은 수립 10년의 공화국정권 역사에서 처음 있어보는 특이한 사변이다. 황금만능의 자본주의나라 일본에서 살던 동포들이 대거 입국하여 똑같은 북조선공민이 되어 함께 살아야 한다.

온 나라 전체 인민이 김일성 수상의 강력적인 지시를 높이 받들고 전후복구건설에로 한 사람같이 떨쳐나섰다. 도시와 산골, 공장과 농촌, 학교와 군부대가 따로 없다. 노동자와 농민, 군대와 학생, 과학자와 예술인 등 각 계각층 인민이 의기양양 일어나서 영광스러운 노동당의 전투적 혁명과업 수행에 매진한다. 이런 역동적 사회건설 현장의 모습을 세상에 많이 보여줘야 한다. 이제 곧 일본에서 대거 몰려오는 째포들을 따뜻한 어머니 심정으로 맞아야 한다는 최만오의 연설.

어느 젊은 사람이 말한다.

"함흥시인민위원회 8과장 진성입니다. 그러면 귀국동포들의 북조선 내 직업배치를 우리 8과가 하는 겁니까?"

모두의 눈빛이 긴장한다.

"그렇소. 여기 청진서는 중앙과 도급기관 배치를… 나머지 시·군 지역 공장, 기업소 배치는 해당 인민위원회서 합니다."

"예에!~"

"또한 그들이 거주할 집이며 생활문제 등도 해당 공장, 기업소, 농촌 등이 맡아서 책임적으로 해결해줘야 합니다."

최만오가 참조설명을 한다.

귀국동포에게도 인민들과 똑같이 식량배급을 진행할 것이다. 유치원생 (7살) 미만의 어린이는 300그램, 16살 미만의 청소년들에게는 500그램, 성인들에게는 700그램의 식량이 배급될 것이다. 식량은 쌀, 옥수수, 밀가루 등이다. 가족 인원수에 따라 간장, 된장, 배추, 무, 물고기 등 부식물도 철저히 배급제로 공급된다.

노동자들이 한 달간 공장에서 하루 10시간 이상의 노동을 일하고 받는 돈은 월급이 아니고 생활비이다. 일반 근로자의 1개월 생활비는 보통 40원 가량. 이 돈으로 시장서 돼지고기 10근(6kg) 사면 끝이다. 귀국동포들에게는 다소 놀랄 일이 분명하다.

"모름지기 귀국동포들이 불평할 겁니다."

단단히 당부하는 최만오.

"문제는 거기에 절대 맞장구를 치면 안 됩니다."

아리송한 참석자들.

"겉과 속이 다른 귀국동포들이 많죠."

진성은 묘한 상념에 잠긴다.

째포들이 북조선 사회에 악영향을 끼치지 않을까. 돈밖에 모르는 자본주의 사회는 당이나 국가보다 한 줌도 못되는 지주·자본가가 사회를 쥐락펴락하지 않는가. 돈이면 뭐든 다 가능하다는 물질만능의 세상이다. 그 속에서 살았던 째포들이 아닌가. 더구나 제가 사는 함흥지역은 6·25전쟁 때 흥남부두서 월남하는 피란민들을 대거 태운 미국 화물선이 출항한 곳이다. 어쩌면 그때 월남시도와 실행에 실패한 많은 반동분자들이 그에 대한 아쉬움을 안고 사는지도 모른다.

노동당의 전민 대상 사상교양 중에는 '제국주의자들의 침략본성은 절대로 변하지 않는다!'는 내용도 있다. 미제와 남조선 괴뢰들에 철두철미 동조하는 세력도 북조선 방방곡곡에 숨어있을 것이다. 여기에 양념으로 일본서 입국하는 째포들이 사상, 이념, 개인이속 등이 너무나 잘 통할 수도 있지 않겠는가.

장내가 다시 술렁인다.

"자본주의 나라 사람들은 제멋대로라죠?"

"그렇다고도 하오."

"사회집단이나 가족에 대한 도덕성도 없고… 오직 개인 잇속에만 눈이 밝고… 단체생활 등은 딱 질색한다면서요…"

"정신이 썩은 놈들이구먼."

"아참! 전쟁 때 남조선에서 우리 공화국으로 의거 입북한 어떤 사람의 말을 들으니 자본주의 나라 남자들은 여자 나체사진이나 그림을 무척 좋아한다고 하두만…"

"그건 또 왜 그런다오?"

"모두 일하기 싫은 놈들이니 그거야 빤하지 않겠소. 그냥 허구한 날 부화방탕한 생각만 가득하고… 돈으로 여자를 성노리개로 사고파는 자본주의 사회라고 하잖소?"

"이거 보통 심각하지 않구먼!"

"어딘가 째포들이 무섭기도 하오."

대중의 소리를 참고하면 진성의 시각으로 귀국 동포사업은 꼭 만족할 업무는 아닌 것 같다. 귀국한 째포들과 접촉은 또 하나의 골칫거리 사회문제가 될 수 있다. 더구나 그들 대부분이 남조선 출신이 아닌가. 똑같은 고향의 사람들이 동일한 마음이라면 위험한 요소도 충분히 발생할 거라는 의심도 슬그머니 든다.

자기 친구인 함흥시내무부 연창식 내무원한데서 반동분자가 많은 지역은 황해도 다음 함흥이라고 들었다. 오래전부터 노동당에 이를 부득부득 가는 토종반동분자들이 많다. 북부지방에 있던 지주와 자본가들이 6·25

전쟁 때 이남으로 도주하려고 함흥에 밀집했던 사례가 있었다. 언제든지 자유세계로 탈출을 원하는 인민들을 태우려 미군 군함이 올 것이라는 막연한 기대감이 넘쳤다. 그래서 흥남항을 암암리 배회하는 흑심을 품은 반동분자들이 함흥지역에 많다고 했다.

그의 심정을 안 듯 최만오가 말한다.

"함흥 8과장 동무! 너무 걱정 마시오."

"예?"

"우리 내무일군들이 바보가 아니오."

"물론 그렇지요."

"그러나 모두가 경각성을 높여야 합니다. 자본주의 사회서 살던 사람들 수천 수만 명이 한꺼번에 밀려옴은 주의해야 할 일은 분명하오. 제방도 든든할 때 그 관리를 잘해야 합니다."

"…"

"그들의 머릿속 자본주의 노란 물을 짜내고 사회주의 붉은 물을 넣어줄 임무가 동무들에게 달렸소. 모두 알아들었소?"

참석자들이 합창한다.

"알았습니다."

1959년 12월, 니가타항

도쿄 조총련중앙본부 귀국 수속실.
소파에 앉은 박승호가 눈을 감았다.

쾅! 쾅!~ 늦은 밤, 주정남의 집이다. 요란한 노크소리에 놀란 신영자가 "누구예요?" 하며 밖으로 뛰쳐나온다. 술에 잔뜩 취한 주정남을 힘겹게 부추긴 박승호가 "아주머니! 형님이 좀 취해서… 모시고 왔습니다"라며 문 앞에 서있다. 정말 밉다. 사흘이 멀다하게 보이는 추한 남편의 모습이다. 남편 주정남은 월급의 일부는 어김없이 술값으로 쓰는 아주 특이한 버릇이 있다. 사실 그 돈으로는 거의 매일 술 먹기는 어려운데 든든한 '돈주머니' 동료 박승호와 술독에 빠져 산다.

"그럼 저는… 이만!" 하고 망설이는 박승호.

"남편을 방에 좀 들여서 눕혀줘요."

"아예!~" 하고 박승호가 짧게 답하고 주정남을 부추겨 방에 들어왔다. 초록색 다다미가 깔린 작은 방에서 5명의 식구가 산다는 것이 신비할 정도로 놀랍다. 신영자가 "방이 너무 작지요? 어떤 때는 조총련서 해주는 강연이 생각나요"라고 한다.

"무슨 강연이요?"

"우리 같은 사람들이 북조선에 가면 집을 무상으로 준대요. 북조선은 인구가 많지 않아서 집도 크다고 하더라고요?"

"오! 그래요?"

"일본서 북조선에 입국하는 가족에 아이가 2명이면 방 2칸짜리, 3명이면 방 3칸짜리 집을 배정해준대요."

"와! 진짜 신기하네요."

"정말 이 좁은 집에서 해방되고 싶어요."

"예, 그렇군요."

박승호가 다소 꿍꿍거리며 한쪽 방구석에 눕힌 주정남은 "드르렁!~ 드르렁!~"코까지 골며 잠에 푹 빠졌다. "어휴! 저 인간의 고약한 술버릇은…" 하며 신영자가 이마에 송골송골 땀방울이 맺힌 박승호에게 수건을 건넸다. 올망졸망 3명의 여자 아이들은 깊은 잠에 들었다. 머쓱한 표정의 박승호가 "아주머니! 저는 이만 가보겠습니다" 하며 나가려고 한다. 순간 신영자가 아니꼬운 눈빛을 보이며 말한다.

"애 아빠 친구지요?"

"맞습니다. 박승호라고…"

"고향도 애 아빠와 같은 부산이지요?"

"예! 아주머니도 부산인가요?"

"아니요. 저는 거제예요" 하는 신영자는 오래전 부모와 온 가족이 함께 일자리를 찾아 일본으로 건너왔다. 두 남동생이 있었는데 각각 질병과 교통사고로 사망했다. 졸지에 혼자 남은 그녀가 병든 부모님을 시중하며 어렵게 살던 중 주정남을 만났다.

체격도 좋고 인물도 훤칠했다. 술·담배를 안 해 가정생활에 도움이 될 거라는 희망이 가슴에 가득했다. 이후 결혼해서 셋째 딸을 낳고서부터 안 생기는 아들 타령하면서 술을 자주 마시는 버릇이 생겼다. 아니, 딸을 못난 것이 어찌 여자인 자기만의 결함인가. 어떤 때는 술에 푹 취해 아무 말 안하는 것이 좋았다.

그냥 숙명이라고 생각한다.

고개를 끄덕이는 박승호는 부산에서 바다일 하던 20대 시절 일본으로 왔다. 고향에는 부모님과 형님 4명 있었다. 첫째, 셋째 형님은 바다에서 고기를 잡다가 풍랑을 만나 물귀신이 되었다. 이후 둘째, 넷째 형님은 만주 대륙으로 돈 벌러 간다며 집을 나섰다.

막내인 자기는 일본에서 돈벌이가 좋다는 입소문을 듣고 무작정 여기 열도로 왔다. 5형제가 뿔뿔이 헤어졌고 그 여파여서인지 부모님은 자기가 일본에 온 이후 3년도 못되어 1년 간격을 두고 모두 하늘나라로 갔다. 고향 부산에는 아무도 없다.

신영자의 눈빛이 차가워 보인다.

"제 남편과 왜 그렇게 술을 좋아해요?"

"예에?"

"간절한 부탁인데 제 남편과 술 좀 적게 마셔요."

"예. 그리하겠습니다."

"승호 씨는 미혼이니 잘 모르겠지만 아이를 키우는데 큰돈이 들어요. 애들은 하루가 다르게 점점 커가니 말이죠."

"…"

"어떤 때는 아이들 앞날 생각에 눈이 딱 감겨요. 공부시키고 옷 입히고, 먹여야 하고… 그런 걱정 없는 세상은 없을까요?"

"정말 미안합니다."

신영자는 때로 남자들이 이해가 어렵다.

자주 먹는 아까운 그 술값이면 아이들 공책과 간식 값이라도 보태겠다. 자기 마음을 전혀 모르는 남편이고 그 곁에서 마냥 술친구가 되는 박승호가 아닌가. 꼴 보기 싫은 것들이다. 일본 땅의 조선인 누구에게나 있는 슬프고 애절한 가족사연인데 그걸 꼭 술로만 해결하려는 남정네들이 어쩌면 꼭 철없는 어린애들 같이 보인다.

가정살림을 맡은 주부는 한 푼이라도 아끼고 절약해야 한다. 가급적 필요한 것에 돈을 쓰는 습관이 있어야만 가정생활을 유지할 수 있다. 그러지 않고 먹고 입고 쓰고픈 대로 다하면 돈이 물처럼 흔해도 감당하지 못할 것이다. 펑펑 쓰는 돈으로 한 순간은 행복할 수 있으나 종당에는 거지꼴을 면하기 힘들지 않겠는가.

박승호는 조용히 말을 건넨다.

"아주머니! 조총련 회원은 쉽게 되나요?"

"별로 어렵지 않아요."

눈을 뜬 박승호가 접수대 앞에 떳떳이 섰다. 단발머리 아가씨가 "누구신지요?" 하자 어색한 인상인 그가 "저는 민단에서 왔습니다"라며 우물쭈물한다. 아가씨가 "아! 신영자 씨가 말하던 분인가요?" 하고 반긴다. 주변 사람들이 환한 얼굴이다. 누군가 "우리 조총련에 가입하러 온 모양이구먼!" 하자 박승호는 고개를 끄덕인다. 새로운 사람들과 어울리고 싶다. 시간에 쫓기여 돈을 벌고 사람대접도 차별로 받는 돈의 노예생활이 싫다. 밝은 생각으로 일하는 사회가 못내 그립다.

박승호가 말한다.

"저는 조총련에 가입함은 물론이고… 이제 곧 있게 된다는 북조선으로 1차 귀국선에 오르려고 여기에 왔습니다."

"어머! 그래요. 환영해요."

여러 사람들이 크게 놀라는 모습이다.

"그 청년이 아주 통쾌하구먼."

"저는 농담할 줄 모릅니다. 그리고 내일 모레면 나이 마흔입니다. 많이 부족해도 곱게 보시고 잘 부탁드립니다."

"오! 그렇소? 그런데 그리 안 보이오."

"20대 후반이라 해도 믿겠소."

"고맙습니다. 확실히 조총련 회원들은 다른 사람을 긍정적으로 보는 면이 있군요. 민단 회원들과 달리…"

"그렇지. 못되먹은 민단 놈들은 안 그렇지."

"그냥 생트집을 잡지 못해 지랄이고."

박승호는 북조선이 무척 그립다. 신영자와 야학선생 등한테 들은 북조선은 모든 인민이 평등하게 산다. 제가 하고픈 일을 하고 살고픈 곳에서 살면 행복이 아닐까. 새로운 곳으로 가서 열심히 살아보자. 그러다보면 주변에 어떤 착한 여자도 눈에 띄지 않겠는가. 아니면 그런 여자에게 자기가 용기 있게 사랑을 고백하리라. 홀로단신 건강한 몸으로 어디서 무슨 일을 하든 꾸준히 하면 사람들도 보는 눈은 있지 않겠는가. 많고 큰 것을 바라지도 않는다. 그냥 북조선에서 자기를 알아줄 만한 여성을 만나 가정을 꾸리고 자식을 낳고 살고 싶다.

"우리도 조국으로 가는 귀국선에 오르려는 사람이오."

"우리 함께 사회주의 지상낙원으로 가보세."

"영명하신 김일성 수상님의 나라로…"

짝! 짝! 짝!~ 박수소리가 터진다.

주변에는 귀국 신청을 하러 온 조총련 회원들이 많다. 얼굴에는 밝은 웃음기가 어렸다. 그들이 가려는 북조선은 모든 인민이 요람서부터 무덤까지 아무런 근심걱정 없이 살고 있다고 하지 않는가. 그곳으로 달려가는 마음이 한껏 들떠있는 모두다. 여기저기 웅성거리는 사람들, 다정한 부부·연인으로 보이는 이들, 혼자 온 젊은이도 적지 않다. 서로가 구면인 듯, 초면인 듯해 보인다. 따뜻한 눈빛과 상냥한 모습이 인상적이다. 새로운 사회로 가는 기대와 희망이 가슴에 부풀었다.

접수대 아가씨가 묻는다.

"실례이지만 선생님은 민단 어느 지부서 오셨나요?"

"신주쿠지부서 왔습니다."

"성함과 주소를 말씀해주세요."

"이름은 박승호, 주소는 신주쿠로 208번지."

"가족은 어떻게 되나요?"

"저 혼자 삽니다" 하는 박승호가 슬며시 웃는다. 접수대 아가씨와 잠깐 주고받은 대화가 친절하다. 민단서는 이런 따뜻한 감정을 느껴본 적 없다. 조총련 회원들은 정이 많아 보인다. 자기처럼 독신은 누군가와 함께 소박한 정을 주고받으며 살고 싶다. 이제 그런 사회가 눈앞에 펼쳐질 거라고 생각하니 마냥 기분이 즐겁다.

소파에 삼삼오오 앉은 회원들.

"며칠 전 강연서 부의장이 말해준 대로 정말 우리는 빈 몸으로 귀국선에 오르면 된다는 것이 사실이오?"

"그렇다지 않소."

"북조선은 우리에게 주택과 직업을 주고 아이들은 무료로 공부하고 병이 나도 무상치료이니 돈이 필요 없다지 않소."

"듣고 보니 그렇소."

"허면 우리가 평생 벌어 장만한 집과 재산은 어떡하오? 가족이 모두 귀국선에 오르고 친척이 없는 사람들은…"

"조총련에 기부하면 된다고 했소."

"옳소. 무연고자 집이나 돈은 일본 당국에 고스란히 들어갈 것인데 우리가 왜 그런 남 좋은 일을 하겠소?"

"음! 일리가 있는 소리요."

조총련중앙본부는 현(도), 시 등 열도 각 지역에서 진행한 귀국사업설명회서 북조선 우호선전을 한껏 강조했다. 북조선은 세계최초 세금 없는 나라이다. 전체 인민이 자기 능력껏 일하고 그에 합당하는 대우(보수)를 받는다. 모두 똑같이 일하고 평등하게 나눈다. 식량과 부식물, 식료품은 물론 생활용품에 이르기까지 전부 국가에서 공짜나 다름없는 싼 가격으로 인민들에게 골고루 배급한다고 했다.

어느 구석에서 박승호를 쳐다보는 신영자.
그녀가 입술을 꾹 깨물며 고개를 숙인다.

어느 날 신영자는 집에서 남편과 신중한 표정으로 마주했다. 며칠을 고민하던 중 그녀는 북조선으로 가는 귀국선에 애들과 함께 오르겠다고 선언했다. 이유가 거기서는 아이들을 돈 한 푼 안 받고 국가가 공부시킨다는 것이 가장 큰 매력이라고 했다.

북조선은 자기 같은 다자녀 주부에게 복지천국임은 틀림없다. 딸 셋은 의무교육인 소학교까지라도 기어이 보내고 싶다. 자기가 배우지 못한 아쉬움도 평생토록 가슴에 안고 사는 신영자다. 아이들의 미래 고등학교나 대학진학은 꿈도 못 꾼다. 세 아이를 소학교생으로 키우는데 드는 돈만 벌자고 해도 숨이 벅차다.

주정남이 고한다.
"여보! 북조선의 무료교육은 불가능한 일이오."
"뭐라고요?"
"세상에 그런 나라는 없소."
"그럼 조총련이 지금껏 거짓말을 하나요?"

"그렇소. 제발 망상에서 깨어나오."

"뭐예요? 망상? 정신이 해롱해롱 해지는 술을 좋아하더니 이제는 제 마누라까지 망상증에 걸린 환자로 보이는가요?"

"여보! 진짜 정신 좀 차리오."

"됐어요. 거짓말인지 아닌지 가보면 알겠죠."

"뭐라고? 북조선에 가본다? 허면 북조선으로 갔다가 마음에 안 들면 돌아올 수 있다오? 조총련 사람들이…"

"아이고. 골 아파요. 그만해요."

"여보! 당신 골 아파도 제발 들을 소리는 듣소."

"됐어요, 날 더 괴롭히지 마오."

"그건 내가 당신에게 꼭 당부할 소리요."

신영자는 고개를 가로젓는다.

물론 자기도 전혀 가보지 못한 사회주의 북조선이지만 남편도 그 북조선을 제대로 알지 못한다. 반공사상이 골수에 박힌 주정남이다. 사상은 사상이고 이성은 이성이다. 젊었을 때 숨겼든지 아니면 그 이후에 생겼든지 나쁜 술버릇을 모르고 결혼했고 지금까지 억지로 살아왔다. 지나간 세월이 야속하기만 하다.

그녀는 아들을 못 낳은 죄책감으로 그동안 참고 살았으나 이제는 그러고 싶지 않다. 조총련의 북조선, 지상낙원 소리가 귀에 꽂히면서부터다. 자기는 금쪽같은 딸 셋이면 세상에 부러울 것 없다. 술주정뱅이 남편은 아내가 없어봐야 그 빈자리가 귀중함을 뒤늦게 깨달을 수도 있다. 그러니 이것도 어쩌면 절호의 기회이다.

주정남이 애원하다시피 고한다.

"여보! 당신이 정 그러면 내가 술을 끊겠소."

"그 소리 백 번도 남아 들었어요."

"그래도 이번만은 진심이오."

"그만해요. 여기 도쿄에서 새장가 가든 말든 그건 알아서 해요. 나는 바다 건너 북조선에 가서 아이들과 열심히 살 테니… 사실 어차피 우리는 억지로 오늘까지 왔죠."

"무슨 소리를 그렇게 해?"

"그리고 이 집은 조총련에서 자기네 단체에 바치라는 것을 내가 한사코 거부했어요. 남편은 일본에 남아서 살아야 하니 집이라도 있어야 하지 않겠냐며 강력히 설득시켰어요."

"여보! 다시 신중히 생각하오."

"백 번 해도 같아요. 술은 꼭 끊으세요. 당신 같은 술꾼을 어느 여자가 좋아할까요? 술집 여자들이 아니고서…"

"그건 맞는 소리요."

"명심해요. 어제는 당신이 술을 먹었지만 오늘은 술이 술을 먹고 내일은 술이 당신을 먹을 수 있어요."

신영자는 매정하게 단호하다.

눈빛이 흐려지는 주정남이다. 드디어 아내가 자기에게 쓴 이별을 고한다. 그동안 이국땅에서 공허한 마음의 한 편을 달래고 위로해준 가족이 아닌가. 그러면 자기도 아내 따라 귀국선으로 오를까? 밥이 되던, 죽이 되던… 아니다. 공산정권은 기가 막힌 선전선동으로 사람들을 기만하는 기술이 대단하다. 분명히 지금 아내가 속고 있는 선동이 그렇다. 자기는 빤히 나쁜 것이 보이고 느껴지는데 아내는 전혀 모르거나 설령 알아도 좋다고 하니 환장할 노릇이 아니고 뭔가.

아! 숨이 막히도록 답답하다. 어쩌다 아내가 저 지경까지 이르게 되었는가. 누가 뭐라고 해도 자기 눈에는 최고로 보이는 특정 현상이니 제 눈에 안경이다. 누가 강제로 시켜도 저렇게 중독이 될까. 그러고 보면 버릇과 습관이라는 것이 참 무서운 것이다.

"더 이상 당신이 가겠다는 길 막지 않겠소?"

"지금의 이역살이도 싫어요."

"당신이 가겠다는 북조선은 뭐 여기보다 나을 것 같소?"

"북조선도 어쨌거나 사람 사는 세상이겠지요."

"맞소. 사람도 어떤 사람인가 다르지."

"사람이면 같지 뭐가 다른가요?"

신영자가 접수대 앞에 섰다. 단발머리 아가씨가 "어머! 신영자 여사님이네요?"라며 환히 반긴다. 마치 거울에 반사된 듯이 신영자도 똑같은 표정이다. 그녀는 확실히 여기 조총련중앙본부 사무실에 나오면 만사 시름이 놓이고 기분이 좋아진다. 그 미묘한 감정이 언젠가부터 자기에게 정말 상쾌한 순간이 되어버렸다.

여기서 다정다감한 조총련 회원들의 소리는 북조선이 '인민의 지상낙원'이라는 내용이다. 대부분 사람들이 선하고 따뜻한 눈빛이니 그것도 좋다. 마치도 친정집 같이 편하고 아늑하게 느껴진다. 집에 박혀 있으면 자식들의 앞날이 걱정이고 저녁이면 만취된 남편을 상대하는 것도 정신적 고통이다. 그야말로 지겨운 일본 살이다.

아가씨가 묻는다.

"애들 아빠는 끝내 안 간다고 하나요?"

"속이 다 시원해요. 실은 그 술주정뱅이가 싫어 일본 땅을 떠나는데 북조선까지 따라오면 내가 제명을 못살 것 같아요."

"그래도. 애기 아빠인데…"

"몰라요. 이젠 남자라면 실물이 나요."

"어머 그래요?"

"사실 지금까지 신 여사님의 가정은 금슬 좋은 부부인 줄 알았는데… 부부비밀은 참 모르겠네요."
"아가씨도 이제 결혼해 봐요."
"호호! 알았어요."

1959년 12월 14일, 일본 니가타항.

부웅! 부웅!~ 대형선박의 고동소리가 길게 울린다. 쌀쌀한 겨울 날씨에도 아랑곳 않고 많은 인파가 부두에 모였다. 여기저기 화려한 꽃다발과 댕기, 그림판 등이 어떤 경사스러움을 맞이한 상황을 잘 보여준다. 한복차림의 여성들, 가족식구들, 청소년, 노인과 어린이들… 다양한 사람들이 인산인해를 이루었다.

며칠 전 재일조선인들의 북조선으로의 귀국 반대를 강하게 외치는 민단주도의 횃불시위가 도쿄서 있었다. 한덕수와 정필용은 그걸 보면서 "저 민단 놈들이 일본서 조선인 망신을 다 시키면서 깨끗하고 고상한 척하기는 젠장!" 하고 비웃었다.

중앙부두에 정박한 2척의 소련 선박.

크릴리온호(5,000t급)와 토보르스크호(3,500t급)에는 "제1차 귀국선에 오르는 재일동포들을 열렬히 환영합니다!"는 글귀의 대형플래카드가 보인다. 선박 양면과 선상의 게양대에는 혹시 공해서 있을지 모를 해적단의 테러방지 차원서 국제적십자 깃발을 걸었다. 선박의 난간 대에는 화려한 꽃다발과 오색 댕기가 드려져 있다. 곳곳에 바람에 펄럭이는 인공기(북한 깃발)와 소련 깃발이 보인다. 일본과 북조선의 상호존중을 희망하듯 태양을 상징하는 일장기(일본 깃발)도 눈에 띤다.

뚜! 뚜!~ 삐릭! 삐릭!~

취주악대의 각종 악기소리.

크릴리온호 선박 앞에 한덕수와 정필용이 섰다. 마웅석 조총련 니가타현 본부장도 있다. 가와사키서 김일성에게 귀국요청 편지를 보낸 정필용이고 이곳 니가타에서 귀국사업 최고중책을 맡은 마웅석이다. 두 사람의 얼굴이 환하다. 자기들이 앞장서 하는 보람찬 이 애국거사의 첫 테이프를 끊는 역사적인 순간이다.

요시히로와 미츠키 등 일본 인사들은 만족한 표정이다. 저들이 조총련과 협업하여 두 팔 걷고 나선 국제적 특정이민운동 협력사업이다. 그 사업의 열성자인 허선아와 고경민의 모습도 보인다. 그들 뒤로 '제1차 귀국선출항 및 환송식'이라고 쓴 현수막이 있다. 누구를 찾고 부르는 소리, 뭐라고 소리치는 외침, 서로 부둥켜안고 볼을 비비는 사람들, 이별의 아픔을 애써 감추려고 몸부림치는 남녀노소들…

마웅석이 신나서 보고한다.

"의장 동지! 크릴리온 호에 600명, 토보르스크호에 376명, 이렇게 모두 976명의 사람(재일동포)들이 북조선 청진으로 가는 귀국선에 탑승하게 됩니다. 지금 한창 진행중입니다."

"세부적인 상황은 어떻소?"

"가족은 160가구, 친척 관계가 300여 명, 나머지는 독신이죠. 탑승객 절반 정도가 여기 니가타 거주 동포들입니다."

"아주 잘했소. 수고했소."

"오늘 공식 출항하는 두 선박은 모레 북조선 청진에 도착하죠. 거기서 하루 정비를 받고 여기 니가타로 돌아옵니다. 다음 주 월요일은 2차 귀국선이 출항할 예정입니다."

"2차 출발 예정자는 몇 명이오?"

"1,080명이고 5차까지 모두 1,000명 안팎입니다. 고등학교를 졸업한 학생들이 수백 명씩 집단적으로 신청했습니다."

"역시 젊은이들이 다르구먼."

"그렇습니다."

마웅석은 마음이 뿌듯하다. 이 사업에 최선의 노력을 다한 그는 현장서 날과 밤을 보냈기에 입술이 다 부르텄다. 자기들의 정신적 지주인 평양의 김일성 수상 앞에 충성을 맹세한 재일동포 10만 명 귀국추진사업의 첫 시작이다. 그동안 해외서 설움 속에 살던 동포들을 조국으로 안내하는 보람차고 영광스러운 일을 한다.

사회자의 안내 소리.

"지금부터 영광스러운 우리 조국 조선민주주의인민공화국으로 가는 재일동포 제1차 귀국선출항 및 환송식을 시작하겠습니다."

군중의 박수소리가 터져 오른다.

"먼저 한덕수 의장 동지가 연설하겠습니다."

한덕수가 마이크를 잡았다.

…사랑하는 재일본조선인총연합회 회원과 가족 여러분! 우리는 오늘 민족의 어버이 김일성 수상님의 크나큰 사랑과 배려에 의해 조국으로 가는 1차 귀국선에 오르게 됩니다. 모든 인민이 평등한 북조선은 세계가 부러워하는 지상낙원입니다.

조국에 가서 여러분은 당당한 조선민주주의인민공화국의 공민이 될 것이며 원주민인 조국의 인민들과 어떤 차별도 받지 않을 것입니다. 노동당에서는 일본에서 가는 여러분을 따뜻이 맞이하고 한량없는 은총을 베풀어줍니다. 살림집과 직장을 무상으로 공급할 것이며 돈 한 푼 안 내고 공부하고 치료를 받을 수 있습니다.

새 삶의 보금자리를 찾아가는 여러분! 아무쪼록 지난날 마음속에 있던 조국 없는 서러움을 여기 일본 땅에 훌훌 던져놓고 밝고 새 희망을 안고 귀국선에 승선하시기 바랍니다. 조국에 가서 김일성 수상님의 높은 신임에 충성으로 보답하기 바랍니다…

"김일성 수상님 만세!"

"조선노동당 만세!"

계속되는 사회자의 안내.

"다음은 일본국 적십자사를 대표하여 요시히로 부사장님께서 귀한 축사를 하겠습니다."

요시히로가 한덕수에게 목례를 한다.

…친애하는 재일조선인 여러분! 사회주의 나라 북조선행 귀국선에 첫번째로 승선하시는 탑승자 여러분! 축하드립니다. 오늘의 영광스러운 이 순간을 위해 우리 일본국 적십자사는 조총련중앙본부와 함께 손잡고 열심히 해왔습니다. 한국 정부와 민단의 악랄한 모략에도 굴하지 않고 국제 적십자사와 공조해 여기까지 왔습니다.

한덕수 의장님! 마웅석 본부장님! 정필용 지부장님! 조총련 관계자님들! 미츠키 재일조선인귀국협력위원장님! 모두 수고했습니다. 탑승자 여러분! 그동안 이곳 일본에서 가졌던 나쁜 감정은 모두 저 바다에 버리시기 바랍니다. 새로운 희망의 나라에 가시는 여러분의 행운을 빕니다. 안녕히 가십시오. 감사합니다…

짝!~ 짝!~ 짝!~

한복을 입은 2명의 아가씨가 둘둘 말린 붉은 천을 간부들 앞에서 양쪽으로 쭉 편다. 또 다른 여성이 가위가 든 받침대를 한덕수와 마웅석, 정필용, 요시히로, 미츠키 등 귀빈들에게 차례로 드린다. 반짝반짝 빛나는 가위를 든 조총련 간부들과 일본 적십자사 인사들이 1차 귀국선 승선 테이프를 끊는다. 순간 환영곡이 울리고 여기저기서 꽃 보라가 터진다. 웃음소리, 울음소리가 번복이 된다.

"모두! 안녕히 계세요."

"가서 몸성히 잘 있어라. 편지도 하고…"

"통일의 날 꼭 다시 올게요."

두 대의 대형선박으로 오르는 늘어진 줄에 신영자와 세 딸의 얼굴도 있다. 순진한 아이들은 너무 좋아 어쩔 줄 모른다. 지난날 오랫동안 정붙이고 살았던 일본 땅. 새 희망을 갖고 찾아가는 사회주의 조국은 분명 자기들을 크게 반겨 맞아줄 것이다.

또 다른 줄에는 무덤덤한 표정인 박승호의 얼굴이 보인다. 결국 이곳 일본도 자기 떠돌이 인생의 한 정류장이었을 뿐 이제 또다시 낯선 정착지로 향한다. 소박한 꿈을 갖고 승선하는 자기에게 북조선은 이상적인 생활의 출발점이 될 것이다.

이 귀국선은 나의 희망을 함께 실었다.

가보자! '인민의 지상낙원' 북으로….

동해 선상에서

부두에 나온 수천 명의 환송인파를 뒤로하고 "부웅! 부웅!~" 하는 요란한 고동소리와 함께 출항한 크릴리온호가 니가타항을 점점 멀리하고 있다. 태어나 세세연년 정을 붙이고 살았던 일본 땅이 아닌가. 지금 새 조국을 찾아가는 항로다. 차가운 겨울 날씨지만 선상에 오른 사람들의 마음은 마냥 따스해 보인다. 얼굴에는 밝은 미소가 한껏 어렸고 손에 든 작은 인공기를 마구 흔드는 승객들이다.

누군가의 선창으로 노래가 울린다.

만주벌 눈바람아 이야기하라 / 밀림의 긴긴 밤아 이야기하라 / 만고의 빨치산이 누구인가를 / 절세의 애국자가 누구인가를 / 아 그 이름도 그리운 우리의 장군 / 아 그 이름도 빛나는 김일성 장군

또 〈김일성 장군의 노래〉이다. 조선학교 교실과 인공기가 나붙기는 운동장 등 일본 땅 곳곳에서 버젓이 불리던 이 노래가 이제는 동해 바다 위에서도 불린다. 평양을 사랑하는 누구나 쉽게 부르는 정치송가다. 많은 사람들은 이 노래를 부르며 어떤 만족감을 느끼기도 하고 그동안 쌓였던 피로와 괴로움을 푸는지도 모른다.

난간을 부여잡고 희미해지는 일본 땅을 물끄러미 쳐다보는 사람들, 자기의 큰 가방에 걸터앉은 젊은이들, 친지들끼리 모여 수다를 떠는 중년남성들, 여기저기 좋아라 뛰어다니는 아이들을 달래는 여인들… 각양각색의 얼굴들이 활기에 차고 넘쳤다. 선상에 거세게 불어오는 차가운 바닷바람은 사람들을 조금 움츠러들게 한다. 요란한 김일성 찬가를 마치자 승객들은 침실로 사라졌다. 일부는 흥분된 마음을 시원한 바닷바람에 식히려고 좀처럼 자리를 뜨지 못해한다.

두 청년이 서로를 마주보며 놀란다.

"너 기백이 아니야? 나 오재천."

"야! 반갑다. 부모님도 같이 가나?"

"아니야! 혼자 올랐어. 아버지가 반대하셨는데 뿌리치고 이 배에 올랐어. 자식으로서 잘못된 처사인 줄 알면서도…"

"그래? 그럼 나와 비슷하구나."

"뭐야? 너도 혼자 올랐냐?"

"대신 어머니한테는 승인을 받았어. 처음에는 완고하게 반대하시다가 차츰 시간이 지나서 이해를 하시더구나."

"잘 됐다. 나 혼자 외로웠는데…"

오재천은 자기 소리를 한다.

그의 부친 오길도는 고교졸업을 앞둔 아들이 북조선으로 가겠다고 하자 "심사숙고해라! 북조선이 어떤 나라인지 잘 알고 그래라"며 만류했다. 하지만 아들이 완고하게 고집을 피우니 모르겠다는 식이었다. 이후도 아들을 붙잡고 '귀국선 탑승생각'을 조금이라도 바꿔주려고 애타게 노력했으나 자식을 이길 수가 없었다.

오재천의 모친도 남편과 마찬가지였다. "아니, 아무리 좋은 세상이라고 해도 제 부모의 품을 떠나 생소한 나라로 가겠다는 것이 말이 되냐?"며 가슴을 치며 답답해하였다. 정말 낳고 키운 부모라도 제 마음대로 안 되는 일이 자식문제인 것 같다.

　부모가 완고하게 반대를 해도 오재천은 자기의 귀국 결심을 굽히지 않았다. 그는 정말 새로운 세상으로 가고 싶었다. 세계에 사회주의가 새로운 사회로 떠오르는 시기라 진취성이 강하고 열정이 많은 자기 같은 청년들이 충분히 가볼 만한 곳이었다. 새 세상에 가서 다른 사람으로 살아보는 것도 인생의 도전이라고 굳게 믿었다.

　계속하는 오재천이다.

"부모님은 자기 바람대로 될 줄 알았는데…"

"무슨 바람?"

"그냥 아버지의 인쇄소나 물려받고… 착하게 일했으면 하는 요구였는데 이렇게 내 생각대로이니…"

"그래서 사람은 감정 동물이라잖아?"

"북조선 가서 멋진 나의 모습을 꼭 편지할 거야."

"그게 좋겠다."

"그래서 부모님도 내 뒤를 따라 북조선에 오도록 할 거야."

"엉? 그게 가능할까?"

"응! 귀국사업은 앞으로 계속한다고 했어."

"오! 그래?"

　독고기백은 마음 속 조용히 품은 북조선 귀국 문제로 어머니와 갈등이 심했다. 초기에는 사실 자기처럼 대학공부를 하고 싶어 하는 여동생과 함께 귀국선에 승선하려고 계획을 했었다. 그것이 경제적으로 어머니를 조금 돕는 선심으로 생각해서다.

　그러나 자기의 북조선행 귀국선 승선문제를 어머니가 한사코 반대하자 여동생은 마음을 달리했다. 슬하의 자식 둘이 동시에 어머니 곁을 떠나면 향후 홀어머니가 고생을 할 것 같아 여동생은 손사래를 쳤다. 자기도 돌아설까? 하고 고뇌하던 독고기백은 어느 날 조총련의 귀국사업 설명회에 참가하고 배에 오를 결심을 확실히 굳혔다. 무엇보다 대학공부를 무료로 할 수 있어서다. 그는 자기의 꿈인 공부만 할 수 있다면 북조선이 아니라 세상 어디든 갈 기세이고 배짱이다.

독고기백이 말한다.

"이제 북조선으로 가서 나는 대학생이 되고…"

"나는 멋진 자동차 운전수가 되고…"

"그러면 일본의 친구들이 우리를 많이 부러워하겠지."

"그거야 물론이지."

"나는 기계학자가 되고파. 일본 놈들 과학기술이 좀 발전했다고 다른 나라를 얼마나 깔보고 무시하는지 너도 알지?"

"응! 그건 사실이잖아."

"저! 일본 놈들의 콧대를 팍! 꺾어놓고 싶어."

"정말? 대단한데…"

두 학생은 일본에서 태어나 살았지만 정체성 문제에 항상 무거운 짐을 갖고 있었다. 부모인 조선 사람에게서 태어났으니 핏줄은 조선인이고 출생지는 일본이다. 조상의 무덤이 있는 조국은 한반도의 남쪽 한국이다. 여기 일본의 대부분 조선인들이 '남조선'으로 부르는 그 곳은 가보지 못했지만 일본과 같은 자본주의 나라다.

다소 열이 오른 독고기백.

"그래서 일본보다 더 좋은 자동차를 만드는 북조선이 되도록 내 지식과 열정을 바치겠어. 북조선은 지하자원이 많대."

"오! 그래?"

"나는 적어도 20년 정도면 북조선이 일본만큼이나 경제가 발전할 수 있다고 봐. 그리고 20년 후에는 앞설 수도 있고…"
"어떤 이유에서?"
"북조선은 남조선과 달리 구라파 사회주의 국가들의 경제 원조를 받아. 그리고 전체 인민이 단합이 잘 되었고."
"음!"

배 안의 어느 침실에 들어온 가족.
고경식이 창밖을 물끄러미 쳐다본다. 그가 아내와 아들 고일욱, 딸 고일녀를 데리고 이 배에 올랐다. 아내는 처음 마음이 썩 내키지 않았다. 언론에 알려지기를 일본보다 못사는 사회주의 나라였으니 말이다. 그러던 중 남편이 조총련서 근무하는 동생과 자주 만나며 생활모습이 달라졌음을 보았다. 밝은 표정, 뭔가 새 희망에 부푼 듯했다. 그러니 북조선에 대한 부정적 이미지가 점점 사라진 것이다.

고경식이 운명의 배에 오르기까지 한덕수의 공적이 컸다. 자기를 만나려고 도쿄서 사이타마현까지 찾아온 그를 처음 뵙고 호감이 무척 끌렸다. 어쩐지 구면 같은 느낌에 자기도 모르게 마음이 확 열렸다. 한덕수가 연장자인 고경식을 깍듯이 예우했다. 두 사람은 사이타마 온천에서 진지한 이야기를 주거니 받거니 했다.
"고 선생님! 동생한테서 많이 들었습니다."
"예? 무슨…"
"평생을 교육사업에 바쳐 오신 고 선생이 퇴직으로 공한 시간을 보내고 있음을 말입니다. 한참 사회활동 할 시기인데."
"이제는 아무 쓸모없는 고목이죠."
"무슨 말씀을 그리 하십니까?"

"그러면 제가 할 일도 있나요?"

"너무나 많습니다. 열도의 각 현(도)본부와 시(市)지부서 우리 글과 노래를 가르치고 민족 역사와 문화를 공부시킵니다."

"예에!~"

신비한 느낌에 포로가 되는 고경식이다.

자기는 퇴직하면 무엇을 하나 고민하던 중 동생 고경민의 사회활동 참여권장을 받고 어리둥절했다. 멀쩡한 사람이 집에 있는 것도 아닌 것 같았다. 교단에서의 직장생활은 고수인지 몰라도 사회생활에서는 이제야 유치원생이나 마찬가지다. 그런데 대뜸 자기가 사회활동에서 누구를 가르치고 선도할 수 있다고 하니 솔깃한 마음이다. 어쩌면 자기가 평생을 해왔던 일인데 그것을 계속 이어갈 수 있음에 감사했다. 무엇을 어떻게 해야 하는지 귀를 크게 열고 차분하게 잘 들으리라.

계속하는 한덕수의 구수한 소리.

"참! 고 선생은 여기 사이타마현서 오래 사셨죠?"

"예!"

"그러면 여기 한 개 시 지부를 맡아주셨으면 합니다."

"아니, 제가요?"

"예! 교장을 했던 분이니 자격은 충분합니다."

"제가 할 수 있을까요?"

"모든 일은 배우면서 합니다. 선생님 같은 인텔리들이 김일성 수상님이 이끄는 북조선으로 가면 할 일이 더 많습니다."

"아니? 퇴직자인 제가요?"

"고 선생은 많이 배운 분 아닙니까?"

처음부터 재일동포 귀국사업에 두 팔 걷고 나선 한덕수는 누구든 더 많은 재일동포를 북조선으로 가는 귀국선에 한 명이라도 더 태우는 것이 목적이다. 그들에 대한 성향과 성격, 희망사항 등은 현지에 도착하면 북조선 당국이 알아서 할 것이다.

오직 김일성에게 약속한 10만 귀국동포 계획을 완수하려면 남녀노소, 학력과 경력, 출신배경 등을 따지지 말고 북조선행 배에 승선시켜야 한다. 인텔리 등 지식인과 전문가, 기술자들을 보내면 평양이 더욱 좋아한다. 그것은 곧 자기가 이역 땅, 일본에서 평양의 김일성에게 절대 충성하는 성과물이 되는 것이다.

고경식이 우물쭈물한 모습이다.

"그래도 나이가 있는데…"

"나이는 숫자입니다. 고 선생은 북조선에 가면 교육 및 행정기관서 고문으로 일할 수 있습니다. 보증은 제가 하겠습니다."

"고문이요? 제가요?"

"그럼요. 여기 일본에서 '동네 할아버지'로 사는 것보다 조국으로 가서 '인민위원회 고문'이라는 직함을 갖고 일는 것이 더 멋있지 않나요? 사람들로부터 존경과 사랑을 받으면서."

"인민위원회요?"

"예. 여기로 치면 지방자치단체입니다."

"행정기관인가 보죠?"

"맞습니다. 그리고 북조선은 60청춘 90환갑 무병장수의 나라입니다. 고 선생은 북조선에 가면 30년은 더 일할 수 있죠."

"허허! 듣고 보니 그것도 참!…"

흥분을 주체 못하는 고경식이다. 그의 아내는 예전부터 심장질환으로 병원을 자주 드나든다. 진찰비와 약값에 드는 돈이 만만치 않고 앞으로도 병원을 계속 다니며 돈을 써야 한다고 생각하니 밝은 내일만은 아니다. 두 자녀가 있지만 성인이 된 그들에게는 자기 앞날의 생활준비도 벅찰 것이다. 아내의 병을 고칠 수는 없어도 더 심해지지만 않는다면, 그래서 그 생명만은 꺼지지 않았으면 하는 바람은 항상 그의 마음속에 있다. 아이들에게는 아빠보다 엄마가 오래 있어야 한다.

고경식은 아내의 지병이 하루빨리 나아지기를 간절히 바라는 마음뿐이지 별로 특별한 방법은 없다. 될 수록이면 환자인 아내를 자극하지 않고 집안의 화목을 위해 자신이 솔선수범으로 가사일 등을 하는 버릇을 일부로 제 몸에 붙이고 있다.

한덕수가 뻔뻔한 모습이다.

"참! 부인님의 병세는 좀 어떤가요?"

"그 병은 시시 멀쩡해서 어떤 때는 꾀병 같기도 하죠."

"북조선의 의료기술은 대단히 높습니다."

"아! 그런가요?"

"일본과 미국도 많이 부러워하는 의료기술이죠."

"거참! 대단합니다."

"부인의 병은 평양에 가야 고칩니다."

순간 고경식의 눈앞에 환상의 내일이 그려진다. 평양의 종합병원서 환자인 아내가 기뻐하고 있다. 병원의사가 치료가 잘 되었다며 이제는 퇴원해도 좋다고 한다. 면회를 왔던 일욱, 일녀도 너무 좋아 제자리에서 퐁퐁 뛴다. 엄마의 기쁨은 너무나 소중한 것이다. 오랫동안 앓아오던 아내의 지병이 나으니 온 가족이 환해졌다.

아내 곁의 고경식도 너무 만족해한다. 북조선에 왔으니 이런 행복한 날을 맞았지 일본에서라면 평생 고생만 하다가 죽었을 것이다. 북조선이 이렇게 좋은 나라임을 늦게 안 것이 아쉽다. 고마운 북조선 당국이다. 이제 자기와 아이들은 더욱 분발하여 사회서 열정을 다해 일할 것이다. 비록 자기는 근로 나이가 지났어도 지식 기부든 자문이든 어떤 형식이라도 사회에 도움이 되는 일하고 싶다.

상상에서 깨어나는 고경식.

"제가 아내를 잘 설득하겠습니다."

"일본에서 나라 없는 설움을 가진 우리 재일동포들은 자애로운 김일성 수상님의 품에 안겨야 사람답게 살 수 있습니다."

"수상님은 어떤 분이신가요?"

"영명하신 김일성 수상님은 언제나 인민들 속에서 계십니다. 참 소탈하고 매혹적인 성품을 지니신 분입니다."

"오! 그래요?"

부웅!~ 소리와 함께 북행하는 두 선박.

망망대해에 어둠이 내려앉았고 공해까지 일본 경찰 순시선이 두 선박을 호위했다. 순시선에 달린 스피커에서 "귀국선에 있는 여러분! 우리는 여기까지 당신들의 신변안전을 보장(호위)했고 모두 안녕히 가십시오!"라는 소리가 나온다. 귀국선 선창에 나와 있던 몇몇 승객들이 순시선을 향해 두 팔을 힘껏 저어주고 있다.

이제는 일본 영토 및 영해와 영영 작별이다. 자기들이 태어나 혹은 한반도 남쪽에서 살길 찾아 입국했던 일본이다. 식민지 국민의 설움도 그곳에서 깊이 체험했고, 조국에 대한 그리움도 바로 일본에서 애타게 느끼지 않았던가. 잘 있어라! 애증의 나라 일본이여.

귀국선 내 스피커서 나오는 소리.

"알려드립니다. 승객 여러분! 음식, 간식, 음료수 등은 바다에 버리십시오. 우리 인민들은 일본 물건을 싫어합니다."

일부 사람들은 어안이 벙벙하다.

"아니? 이게 무슨 소리요?"

"글쎄 말이오. 듣고도 모르겠구먼."

"북조선 인민들의 정서상 일본 상품을 배척한다는 소리인데… 그러면 일본에서 태어난 우리는 더 증오하지 않겠소?"

"그거 정말 그렇구먼…"

"이거 뭔가 이상하지 않소?"

고경식의 아내는 배 멀미가 심해 침대에 누워 꿈쩍하지 않고 있다. 몇 번을 토했고 밥이며 간식 등 아무것도 입에 대지 않고 지긋이 버티고만 있다. 사람의 운명은 참! 누가 인생 말년에 이런 고생이 있을 줄이야 어떻게 알았겠는가. 그녀는 한시라도 빨리 목적지인 육지에 도착하여 배에서 어서 내렸으면 하는 마음뿐이다.

고일욱, 고일녀의 마음은 흥분되었다. 난생처음 타보는 외국선박도 신기하고 더구나 자기들이 지금 찾아가는 새로운 사회주의 조국에 대한 기대가 한껏 부풀었다. 자기들이 살았던 일본은 치열한 자본주의 경쟁사회인데 찾아가는 북조선은 어떤 사회인지? 사회생활의 초년기에 들어선 둘은 부모 따라 이 선박에 올랐다. 새 세상으로 가서 새 사람으로 살아가자는 아버지의 제안에 찬성했던 것이다. 평생을 교육자로 살아온 아버지의 말씀은 항상 생활의 유익한 내용이 많았다.

고일욱이 신난 얼굴이다.

"일녀야! 너 북조선에 가면 뭐하겠니?"

"응! 음악학원에 다니고 싶어."

"너 말끝마다 꼭하고 싶다는 피아노 연주자?"

"응! 그러는 오빠는?"

"나는 대학에 가서 공부를 하고 싶어. 처음에는 아버지처럼 교육자가 되고 싶었는데 이제는 건축학자가 되고 싶어."

"아니? 왜?"

"어쩐지 사람을 가르치는 교육자는 정말 힘들 것 같아. 지식뿐만 아니고 인성과 도덕도 가르치는 것이… "

"음! 그렇구나…"

"일녀야! 이제 우리는 떳떳한 주권을 가진 공민이 되기에 모든 선거에도 참여하겠지. 그리고 나라의 주인으로서 정정당당한 발언을 하는 참 사람다운 삶을 살게 될 거야."

"그렇지? 오빠!"

"야! 정말 기분이 좋다!"

고일욱이 불쑥 고경식을 쳐다보며 "아버지는 조국에 가면 뭐하시나요?"라고 묻는다. 아래 입술을 삐죽 내민 고경식이 "글쎄, 집에서 가만히 놀자니 심심할 것 같고… 어디 회사경비원 자리나 없을까?" 하며 히죽이 웃는다. 고일녀가 "어머! 학교장, 조총련 지부장을 했던 아버지가 고작 회사경비원을?" 하며 눈을 흘긴다. "회사경비원 자리가 어때서? 난 있으면 마다않고 하겠다"며 능청스러운 고경식이다.

고경식은 조총련에 선뜻 가입하여 몇 달간 사이타마현 오오미야시(市) 지부장 직책을 가졌었다. 그리고 열심히 했던 것은 지역동포들에게 '조선신보'(조총련 기관지)를 배달해주고 중앙본부에서 내려오는 학습 및 강연제강을 대중에게 설파한 일이었다.

남매는 아버지가 농담 반으로 하는 소리인 줄 안다. 일본에서 살 때도 늘 그런 모습을 자주 보였던 고경식이다. 오늘은 조국으로 가는 길에 자식과 허물없이 화기애애한 대화를 하자고 아버지가 '회사경비원' 소리를 했다. 직업에 귀천이 없다고 고경식은 어떤 일자리든 당국에서 맡겨주면 기꺼이 가지려는 마음이다.

꼬박 하루를 달린 북향 선박이다.

저녁식사 후 일부 승객은 홀에 모였다.

무슨 노래를 부르며 어떤 수다도 떤다. 이제 하루 밤 더 지나면 사회주의 조국에 도착하니 무척 설레는 마음을 감추지 못하는 승객들이다. 저마다 행복한 미래를 조용히 그려보며 즐거운 시간을 보낸다. 오늘따라 시간은 왜 이렇게 더딘지? 시간아! 어서 가라. 내일아! 빨리 오라! 하는 마음은 모두에게 있을 것이다. 지긋지긋한 이역살이에 종지부를 찍고 새 조국으로 가는 영광의 날이다. 늦은 밤이 되어서야 승무원들의 통제에 따라 객실로 헤어져 간 승객들이다.

'형님선박' 크릴리온호는 꽁무니에 '동생선박' 토보르스크호를 달고 밤새껏 달려 공해를 지나 북한 영해에 들어섰다. 저 멀리 동이 터오고 날이 밝았다. 사방을 둘러봐도 검푸른 바닷물뿐이다. 크릴리온호는 요란한 동음을 내며 계속 향해한다.

어디서 누군가가 외치는 소리.

"조국이 보인다. 북조선이다."

객실에 있던 여러 가족이며 승객들이 마구 방을 뛰쳐나와 계단을 뛰어올라와 선상의 갑판에 섰다. 승무원들이 가리키는 서쪽으로 눈길을 돌리니 구름인지? 혹은 육지인지 분간이 어려운 어떤 물체가 희미하게 보인다. 점점 가까이 가니 도시 전체가 침침하고 어두워보였다. 대형제철소에서 나오는 검은 연기 때문이었다.

자기 인생의 가장 기나긴 이틀 밤을 보낸 승객들이다. 그 지루한 시간에 과거 희로애락의 일본 생활까지 역사의 저편으로 던졌다. 이제는 평범한 인민이 나라의 주인이 되는 북조선으로 왔다.

"저기가 우리의 조국입니다."

"사회주의 우리 공화국 만세! 만세!"

모두의 눈에서 기쁨과 감격에 젖은 눈물이 흐른다. 어디서 누군가의 선창에 따라 〈김일성 장군의 노래〉를 합창하는 승객들. 손에 든 작은 인공기를 세차게 흔드는 그들이다. 마치도 오랫동안 멀리 떨어졌던 정든 고향에 돌아오는 기분마냥 한없이 설레는 마음이다. 분명 선조의 고향은 38선 남쪽인 사람들이 대부분인데 어쩐지 38선 북쪽인 사람처럼 분주한 몸가짐과 행동이 흥분된 상태이다.

안내방송이 나온다.

"승객 여러분! 저희 배는 12월 14일 일본 니가타항을 출발해 오늘 16일 조선민주주의인민공화국 청진항에 도착했습니다."

또 어디선가 구호 소리가 터진다.

"영광스러운 우리조국 만세!"

"조선민주주의인민공화국 만세! 만세!"

선상의 승객들이 약속이라도 한 듯이 합창한다. 군중 속에 정치 선동원이 있지 않을까 하는 착각이 들 정도로 규칙적으로 진행되는 구호 합창이다. 승객들은 대단히 흡족한 표정이다. 왜 안 그러겠는가. 얼마나 손꼽아 기다려온 이날인가. 그리고 "이제는 우리에게도 조국이 있다!"며 자신만만하게 자긍심을 가질 이들이 아닌가.

"부웅! 부웅!~"

두 선박이 청진항 부두에 닻을 내린다.

드디어 일본 니가타항을 떠나 2박 3일이 지나 북조선 청진항에 무사히 도착하는 제1차 재일동포들이 탄 귀국선이다. 환영곡이 울리는 항구서 군중들이 질서 있게 "만세! 만세!~"를 연호한다. 배에서 내린 동포들은 약 1천 명, 환영군중은 그 2배인 2천 명 이상으로 보인다. 대형 스피커에서는 〈김일성 장군의 노래〉가 나온다.

고경식도 선상의 갑판에 서서 손에 든 인공기를 마구 흔들며 환영 나온 인파에게 답례를 보낸다. 저 멀리 일본 땅에서 오는 생면부지의 자신들을 열렬히 맞이해주는 사람들이 마냥 고맙기만 한 것이다. 앞으로 함께 살아야 할 이웃들이 아닌가.

그런데 이게 뭔가? 좀 이상하다.

다소 희한한 풍경이 눈앞에 있다.

환영인파를 자세히 보니 사람들 머리 모양이 전부 똑같다. 여자들은 조선옷(한복), 남자들은 인민복(앞부분에 단추가 5개 있는 양복) 차림이다. 까칠한 피부, 광대뼈가 튀어나온 얼굴, 모두가 유사한 옷을 입었는데 얼핏 일본의 제조회사 노동자 작업복보다 못해 보인다. 저들은 어떤 노동현장에서 일하다가 잠시 여기 환영행사에 동원되었는가? 혹시 그럴 수도 있겠다. 조총련에서 듣기로 북조선 사람들은 시간이 모자랄 정도로 국가와 사회를 위해 열심히 일한다고 했으니까.

환영인파들은 자발적이 아닌 강제적인 당국의 행정지시에 따라 마지못해 나온 모습이라는 느낌이 든다. 승무원들이 몇몇 노인과 거동이 불편한 사람들을 부축하며 배에서 내리기 시작한다. 그 뒤로 가족과 개인 등이 줄지어 하선한다.

"자! 자! 밀지 마시고 천천히 내려요."

"무엇이든 덤비면 사고가 나요."

"맞아요. 질서를 지켜요."

이거 말조심 해야겠구먼

청진항 대합실에 모인 째포들의 안색이 흐려졌다. 낡은 벽체에 정치선전 내용의 포스터가 덕지덕지 붙어 있다. 높다란 천장에는 거무스레한 철근들이 보이고 백열등이 가로 세로 줄 맞춰 걸려있다. 커다란 창문은 언제 닦았는지 먼지가 쌓여 뿌옇고 어떤 소창문은 싯누런 비닐로 유리를 대신하고 있다. 스산하기 그지없는 풍경이다.

사방을 신기해서 쳐다보는 어르신들, 이제 자기들은 어디로 가야 하는지 궁금한 중년의 성인들, 군중을 통솔하는 누군가의 지시를 기다리는 사람들… 각양각색이다. 곳곳에서 고개를 가볍게 가로젓는 이들의 꼴도 보인다. 주변에서 수근 거린다.

"아니? 분위기가 왠지 이상하오."

"가만! 이거 우리가 잘못 온 것 아니오?"

"에이! 설마 그러기야…"

째포들은 애써 마음을 진정하려 한다. 자기들이 도쿄서 열심히 경청한 북조선 실상강연이 혹시 거짓은 아니겠지. 그래도 북조선 정부가 자국의 이름을 걸고 해외공공단체와 공식 진행한 귀국(북송)사업이 아니겠는가. 아무렴 타국에서 동포를 초대하고 푸대접하고 냉대할까? 이념이고 뭐고 사람은 도덕성의 동물이다. 북조선도 공산국가지만 엄연히 사람이 통치하고 사는 사회가 아닌가. 처음 있는 일이니 좌왕우왕 하겠지만 좋은 모습도 있을 거라는 희망의 아련한 눈빛들.

어느 여인이 소리친다.

"어머! 내 가방 없다. 여기 경찰이 없어요?"

안내요원이 슬며시 웃는다.

"아주머니! 참고로 여기서는 '내무원'이라고 합니다."

"내무원이든 경찰이든 뭐가 중요해요?"

"경찰은 자본주의 나라 말입니다."

싸늘한 분위기가 주변을 감돌며 째포들은 다소 신중해졌다. 몇 시간 전까지만 해도 선상에서 수다를 떨며 주고받았던 화기애애한 감정은 싹 사라졌다. 아주 쌀쌀맞은 안내요원이 사라졌으나 어디서 누군가가 지켜보고 있는 것 같다. 무척이나 당황스러운 사람들. 따뜻한 미소 속에 반가운 대화가 오고가야 할 장소에서 지긋이 눈살 찌푸리게 하는 불길한 환경을 보았으니 마음이 썩 좋지만은 않다.

가방을 분실한 아주머니는 허공만 물끄러미 쳐다볼 뿐 아무 말 없다. 주변의 누구도 그를 동정하지 않는다. 아마도 새 사회에 왔으니 자기부터 잘 해야겠다는 속생각이 가득한듯하다.

계속되는 째포들의 수다.

"가만! 그러고 보니 좀 전에 우리가 배에서 내리기 전 안내방송에서 나왔던 알림소리가 우연한 것 같지 않구먼."

"무슨 안내방송이 있었소?"

"나는 분명히 들었소. '여러분! 배에서 하선하면 숙소로 가는 도중 소매치기, 불량소년 등을 조심하십시오!'라고 했소. 자기 부주의로 발생한 사건은 본인이 책임져야 한다고…"

"아니 뭐라고요?"

"아! 생각난다. '육지에 내리면 여행 짐과 보따리는 자기가 꼭 그러안고 있어야 한다'는 내용인 것 같아? 맞지요?"

"어머머! 세상에…"

"아니? 정말 그랬단 말이요?"

일부 여인들은 잔뜩 겁에 질린 표정이다. 만약 선상에서 했다는 안내방송 내용이 사실이라면 그것은 결국 북조선의 공공치안이 매우 낙후하다는 뜻이 아니겠는가. 아무리 그래도 외국에서 공식 입국하는 사람들에게까지 그런 당부를 할 정도이면 현지 사회질서와 환경이 얼마나 나쁜지를 조금은 짐작할 수 있다.

"이거 말조심 해야겠구먼!"

"그러게 말이오."

"입에 자물쇠를 채워야 하나?"

째포들을 측은한 눈빛으로 보며 최만오가 대중 앞으로 나간다. 그는 며칠 전 평양서 여기 청진으로 내려와 관련행사를 지휘하고 있다. 귀국자(째포) 환영모임, 숙소배정, 정착교육, 담화사업 등에 열성을 보이는 최만오다. 자본주의 나라서 살던 부르주아들이 자기 앞에 한가득 모여 있다. 이들은 분명 동포이면서도 경계해야 할 인물이다. 이 속에 반동 놈들이 숨어 있지 않다고 누가 장담하겠는가. 그가 행사 보조요원이 건네주는 휴대용 확성기를 어깨에 메고 마이크를 잡았다.

사태가 물을 뿌린 듯 조용해졌다.

"일본에서 우리 사회주의 조국으로 오신 귀국자 선생과 가족들을 전체 조선인민의 이름으로 열렬히 환영합니다."

"…"

"이제 우리는 한 가정의 인민입니다. 김일성 수상님을 받들고 사회주의 지상낙원 건설에 매진해야 합니다."

헉! 이게 무슨 소리인가.

째포들은 무척 의아한 눈빛이다.

일본에서 바다 건너 온 자기들은 이제 평범한 북조선 인민으로 살아야 한다. 우선 혁명의 최고수뇌부 노동당의 노선을 철저히 따라야 할 것이다. 조선노동당은 김일성 수상이다. 그에 대한 어떤 불평불만도 있을 수 없다. 북조선 인민은 혁명을 위해 목숨도 기꺼이 바칠 각오가 있어야 한다. 혁명이란 사회 각 분야서 자기가 맡은 업무이고 과제이다. 개인보다 집단이 우선이고 당과 국가에 절대 충성해야 한다.

계속되는 최만오의 힘찬 목소리.

"친절한 우리 안내원 동무들이 숙소인 초대소로 여러분을 잘 모실 겁니다. 맑은 공기와 아름다운 경치가 좋은 곳에서 8주간 머물며 신체검사 및 정착교육 등을 받습니다."

"..."

"초대소생활의 불편함은 언제든 담당자에게 말하면 됩니다. 모두 안내원 동무들의 지시를 잘 따라주시기 바랍니다."

전날까지 밝았던 얼굴들은 없다.

대부분 많이 시무룩해진 표정.

고경식과 아내는 정신이 멍한 느낌이다. 손님을 맞는 자세가 마치도 수용소에서 석방되어 나온 사람을 대하는 태도마냥 썰렁하다. 희망을 안고 바다를 건너온 사람들에게 "고생했다! 좋은 곳으로 왔으니 함께 잘 살아보자!"는 내용의 메시지는 없다. 그냥 노동당과 국가에 충성해야 한다는 소리가 처음부터 끝까지다.

오재천과 독고기백도 아리송한 눈빛이다. 이제 막 소년의 티를 벗어난 저들 생각에는 또래 북조선 아이들이 반갑게 맞이할 줄 알았다. 학원에서 공부를 하든, 현장에서 노동을 하든 비슷한 나이의 친구들과 살아가야 할 내일이 아닌가. 혹시 자기들이 어떤 꿈을 꾸고 있지는 않을까 착각이 들 정도로 흐리터분한 기분이다.

대합실을 우르르 빠져나오는 째포들.

빵! 빵!~ 경적을 울리며 달리는 버스.

20여 명이 탑승한 소련제 버스는 배기가스 냄새가 실내로 들어올 정도로 형편없이 노후된 차량이다. 일부 유리창이 없고 합판과 철판으로 막았다. 비포장도로를 뽀얀 먼지 속에 덜컹거리며 가는 버스가 당나귀처럼 껑충껑충 뛰는 듯했다. 차창 밖으로 지나가는 풍경은 낯설다. 가끔 어긋치는 시커먼 화물자동차의 적재함에는 초라한 인부로 보이는 사람들이 한가득 올랐다. 일본에서는 전혀 볼 수 없는 광경이니 점점 마음이 아리송해지기만 하는 째포들이다.

버스에 오른 어느 중년부부.

센다이에서 온 조춘심 내외다.

얼굴이 하얀 조춘심은 '하루코'라는 이름의 일본여자였다. 미야기현에서 자그마한 식당을 운영하던 그녀는 결혼한 지 수년이 지나도록 아이가 생기지 않아 마음고생을 했다. 용하다는 병원과 의원은 전부 다녀 봐도 소용이 없었다. 그 와중에 북조선은 의술이 발전하여 불임치료를 잘하다는 조총련의 강연소문에 귀가 커졌다.

조춘심의 친정집은 센다이에서 편직기 판매업을 한다. 그래서 조총련에 발전기금으로 거액을 후원하기도 했다. 그 덕에 조총련 센다이 지부장 직책까지 얻은 그의 남편 재일조선인 변서무와 함께 귀국선을 타고 북조선으로 오게 되었다. 일본 이름은 북조선 입국이 불가하다는 조총련의 권유로 조선이름으로 바꾸었다.

조춘심이 옆에 앉은 남편에게 말한다.

"여보! 이거 우리가 잘못 온 것 아닌가요?"

"허참! 그런들 이제는 어쩌겠소?"

"그게 무슨 소리예요?"

"아까 간부선생이 신신당부하는 말을 못 들었소. 이제는 우리 재일동포들도 이 나라 공민이 되었다고. 그건 무슨 의미겠소? 이 나라 법을 잘 지키라는 소리 아니겠소?"

"아니 우리가 무슨 법을 어겼나요?"

"아이고!… 좀 조용하오."

이마에 송골송골 땀방울이 보이는 변서무가 손으로 조춘심의 무릎을 꾹꾹 찌른다. 제발 진정하라는 신호이다. 이틀이 지나 딴 사회에 와서 조심스럽게 각성된 자기와는 달리 아내의 모습은 푼수가 넘친다고 할까? 여하튼 천방지축의 아내가 조금 불안해 보인다. 그러다가 실수라도 하면은 정말 큰일이다. 모두는 차창 밖을 내다보는데 정신이 팔렸고 운전수는 히물히물 웃는 얼굴로 열심히 운전한다.

조춘심은 계속 소곤거린다.

"아니? 법도 알아야 지킬 것 아닌가요?"

"글쎄, 당신은 아까 대합실에서 어떤 여인이 지갑 없어졌다니까 안내요원이 딱딱한 표정을 짓던 것 못 봤소?"

"봤어요. 그것도 두 눈으로…"

"그렇단 말이오. 여기서는 누구든지 말을 잘못하면 통제요원에게 추궁을 받는 것 같소. 그러니 당신도 말조심하오."

입을 쭉 벌리는 조춘심.

창밖의 을씨년스러운 풍경은 승객들의 눈살을 한껏 찌푸리게 한다. 드물게 지나가는 사람들의 모습은 영 볼품없을 정도이다. 남루한 옷차림, 시커먼 얼굴, 앙상한 모습… 일본에 비하면 거지 떼로 보였다. 거무스레한 얼굴들이 대부분이고 머리와 어깨에 보통 자기 상체만한 물건이며 배낭을 이고 메고 다닌다.

　녹음이 무성하지 못하고 허연 속살이 드러난 민둥산, 당국이 대중을 선동하는 대형 포스터이며 구호 등이 자주 나타난다. 전부 당과 수상을 위하여, 조국과 후대를 위하여 전체 인민이 당에 충성하자는 내용이다. 일본의 상업광고 같은 것은 전혀 없다.

　어떤 곱슬머리 째포가 소리친다.

　"기사 양반! 좋은 노래나 있으면 틀어주오."

　운전수가 소형전축의 버튼을 누른다.

　로동자 대중에겐 해방의 은인 / 민주의 새 조선에 위대한 태양 / 20개 정강 우에 모두 다 뭉쳐 / 북조선 방방곡곡 새봄이 온다 / 아 그 이름도 그리운 우리의 장군 / 아 그 이름도 빛나는 김일성 장군

　입술을 비쭉 내민 곱슬머리.

　"아니? 다른 노래는 없소. 이 노래는 그제 니가타항에서, 배에 오르고 내려서, 그리고 지금까지 모두 4번째 듣소…"

　"아! 그렇군요."

　"좋은 노래도 한두 번이지. 안 그렇소?"

　"선생님은 우리 조선을 몰라서 하는 소리인데. 우리 인민들은 이 노래를 하루 100번 들어도 좋아합니다."

　째포들의 눈이 커진다.

　세상에 이런 일도 있는가. 아니 뭐라고? 특정노래를 하루 100번 들어도 싫어하지 않는다? 그게 어떻게 정상적인 사람일까? 무엇보다 노래 가사부터 정상이 아닌 것 같은데… 그런데 몇몇도 아니고 나라 전체 인민들이 똑

같은 노래를 계속 들어도 좋아한다고? 이게 무슨 말도 안 되는 괴상한 소리인지 도무지 이해가 어렵다.

버스는 한참을 달려 수림 속의 초대소 정문 앞에 왔다. 운전수가 내려 근엄한 보초병에게 뭔가를 속삭인다. 그리고 다시 버스에 올라 열려진 차단봉 아래로 운전을 하여 경내에 들어왔다.

버스가 현관 앞에 멈추자 군인이 올랐다.

매서운 눈초리의 군인은 버스운전수와 무슨 말을 주고받으며 고개를 끄덕인다. 이윽고 허리에 권총을 찬 군인은 곱슬머리 앞으로 와서 "저기 선생님은 짐을 챙기시고 저를 따라오시기 바랍니다"고 말한다. 순간 당황해진 곱슬머리가 "이건 뭡니까? 왜 군인이 저를 통제합니까? 저는 민간인입니다"라고 변명한다.

"여기는 일본이 아닙니다."

"일본이든 북조선이든 사람 사는 곳 아닙니까?"

"같은 사람이 아닙니다. 당신이 살았던 일본은 돈벌레들이 사는 곳이고 여기 북조선은 혁명가들이 사는 곳입니다."

"뭐? 뭐라고요?"

주변의 일행들도 분명 들었다. 아니 뭐라고? 일본은 돈벌레들이 사는 곳? 이 무슨 해괴망측한 망언인가. 그동안 일본에서 나라 없는 설움을 안고 살았던 자기들이 돈벌레라고? 타국에서 고생을 했다며 따뜻한 위로의 말은 못해줄망정 이런 막말수모를 받는 것이 정상인가? 그리고 뭐? 북조선 사람들은 혁명가? 그런 혁명가들이 해외에서 오는 동포를 맞는 초보적인 예의마저도 없는 무례한들인가?

군인의 얼굴은 매우 차갑다.

"좋게 말할 때 들으십시오."

"허참! 별일도 다 있네" 하며 곱슬머리가 자리서 일어나 군인의 뒤를 따라 버스에서 내린다. 군인이 그를 데리고 어디론가 사라지는 모습을 보며 버스 안의 째포들은 아연실색한다.

깍깍!~ 깍깍!~

창밖서 들려오는 까치울음소리. 신영자가 세 딸을 데리고 초대소 안의 어느 방에 들어왔다. 싯누런 벽에는 바다의 풍경 유화와 유선방송(라디오)이 걸려 있다. 다른 벽면에 "우리의 아버지 김일성 원수님! 우리의 어머니 조선노동당의 품!"이란 글귀가 보인다.

세 딸의 얼굴은 밝지 않다. 북조선이 어떤 나라인지는 잘 모르나 그냥 엄마의 손에 끌려 찾아온 새 사회이다. 일본과는 너무나 다른 나라다. 아이들의 웃음소리가 없으니 조금은 걱정이다.

맏딸 주보애가 신영자에게 묻는다.

"어머니! 무슨 생각을 하세요?"

"우리는 이곳 초대소에서 정착교육을 받고 앞으로 여기 청진에서 사는지? 아니면 다른 도시로 가는지? 하고 생각했다."

"그리고 또요?"

"음! 우리는 아이가 3명이니 방 3개가 있는 살림집을 배정 받겠지? 너희들 각각 방1개씩 사용하면 좋을 것이고, 거기에 나를 어떤 직장으로 직업 배치해줄까? 하는 고민도 했다."

"예에!~"

"우리 보애는 무슨 생각을 했냐?"

"앞으로 우리의 생활이 일본에서보다 더 힘들지 않을까? 꼭 그럴 것 같다는 고민이 마음속 깊이 들어요. 어머니!"

신영자는 조금 따분한 심정이다.

이틀 만에 딴 세상으로 왔다. 아직 속단하기 이르다. 이 북조선에 발을 디딘 지 하루도 안 됐다. 의심보다 희망이 낫지 않을까. 그래! 나는 분명 좋은 선택을 했어. 내 생각이 맞았음을 확신하는 순간이 꼭 올 거야! 그날이 내일일까? 아니면 몇 개월 후일까.

"우리 보애는 앞으로 뭐가 되겠냐?"

"나는 직장에 다니겠어요."

"뭐라고?"

"나와 어머니가 돈 벌어 두 동생을 키워요."

"애가 점점 못하는 말이 없네…"

저녁시간이 되어온다.

똑! 똑!~ 소리와 함께 문이 열렸다. 초록색 가운을 입은 처녀가 "미안해요. 현재 식당에 사정이 생겨서 오늘 저녁밥은 변도(도시락)로 대체합니다. 이 방은 모두 4명이죠?" 하고 묻는다. 신영자가 고개를 끄덕이자 처녀는 도시락 4개를 건네고 냉큼 사라진다.

나무 재질의 얇은 도시락 안에는 밥과 반찬이 들었다. 반찬은 단무지, 계란 반 알, 된장이 전부이다. 아이들의 눈살이 찌푸려진다. 일본에서 구경도 못한 한심한 수준의 도시락이니 말이다. 머나먼 외국에서 국가의 초청으로 영구 귀국하는 동포들에게 주는 첫 도시락 식사가 고작 이 정도이니 다소 씁쓸한 기분이 든다.

둘째가 입술을 비쭉 내민다. 보애는 고개를 가로젓는다. 아이들의 엄마인 신영자가 보기에도 너무나 부실한 도시락이니 말이다. 자기가 일본에서 아무리 어렵게 살아도 이런 도시락 한 번 싸보지 못했다. 그녀의 가슴에 점점 재가 앉는 것이다. 어딘가 이상하다.

막내가 투정질한다.

"엄마! 난 이 도시락 못 먹겠어!"

둘째가 볼이 부었다.

"엄마라면 이 도시락 먹겠어?"

상념에 잠긴 신영자다. 자기도 이 부실한 도시락에 쉽게 손이 가지 않는다. 며칠을 굶으면 어쩔 수 없이 먹겠는지 문제는 아이들이다. 일본 같으면 투정질하는 딸들을 제 마음대로 욕했겠는데 낯선 땅 여기서는 도무지 그러지 못하겠다. 자기가 주동이 되어 찾아온 생소한 사회에 온 것만도 아이들에게는 충격이다.

신영자가 문득 방구석에 놓은 큰 여행가방을 연다. 그 속에 들은 과자, 초콜릿, 사탕 등을 꺼내며 "이것도 많지 않다. 이것 다 먹으면 어쩌겠냐?"라고 한다. 막내가 "엄마도 참! 별 걱정 다 하네. 마트에서 또 사면 될 것 아니야?"라며 생긋한 얼굴이다.

신영자의 얼굴이 금방 환해진다.

…아! 상점에 당과류는 있겠지. 일본 상품만큼 좋지 않아도 아이들 간식거리는 되겠지. 내가 괜한 걱정을 했네…

귀국, 북송… 귀환

1962년 가을이 왔다. 일본에서 조선인들이 '인민의 지상낙원' 북조선으로 가는 민족의 대이동 귀국사업은 시작해서 3년이 지났다. 커다란 환희와 기쁨 속에 귀국선에 선뜻 오른 사람들… 어쩔 수 없이 마지못해 승선한 동포들… 세상 사람들에게 사회주의가 자본주의보다 우월하다는 미스터리를 남긴 거대한 인구유동 역사의 흐름이었다. 계속되고 있는 재일동포들의 비정상의 북조선행 귀국선 탑승이다.

도쿄 조총련중앙본부 의장실.
한덕수가 상념에 잠겼다.

3년 전 12월 초 어느 날, 고경민이 헐레벌떡 의장실로 마구 들어오며 "의장 동지! TV를 켜십시오. 지금 NHK에서 긴급뉴스가 나옵니다"고 소리를 친다. 화들짝 놀란 한덕수가 눈을 부라리며 "뭐요? 전쟁이라도 났소?" 하고 묻는다. "전쟁보다 더한 것이 터졌습니다" 하는 고경민은 숨이 당장이라도 넘어갈 것처럼 보인다.

한덕수가 빠르게 TV버튼을 누른다.

…다시 말씀드립니다. 오늘 오후 경찰은 한국에서 일본에 입국한 재일

조선인 북송저지 특공대원으로 추정되는 30명의 괴한을 현장에서 체포했습니다. 이들은 여러 조로 나뉘어 일주일 전부터 일본에 출입국 신고를 위반하고 도쿄시내 곳곳에 잠입했습니다.

그동안 이들은 도쿄 치요다구 조총련중앙본부를 주야로 배회하면서 향후 북조선으로 귀국하려는 재일조선인들을 은밀히 위협하고 몰래 협박하는 행동도 서슴지 않았습니다.

경찰은 이들의 일본 입국 순간부터 철저히 감시했으며 간단한 조사를 마치는 대로 내일 한국으로 전원 추방할 예정입니다. 이번 사건은 국제적십자사와 공조로 이뤄지는 북조선재일동포 귀국사업을 방해하려는 한국 정부의 모략으로 추정됩니다…

한덕수의 입이 쩍 벌어진다.

'드디어 상처가 곪아 터졌군.'

분명 한국 정부가 가만있지 않을 것이며 어떤 형태와 방법으로든 자기들 업무에 방해를 놓을 것이라고 짐작은 했다. 언론에 나와서 조총련을 성토하며 니가타 중앙부두서 북송반대 피켓시위도 벌일 것이다. 그에 대한 예방대책은 일본 경찰에 사전신고를 해놓은 상태이다. 만약 지금처럼 한국 정부나 민단이 이 문제에 지속적으로 개입하면 자칫 골칫거리. 언론에 부각됨은 부담스러운 면도 있다. 북조선을 대표하는 조총련의 특별업무가 국제 망신거리가 될 수 있다.

고경민이 의아해 한다.

"의장 동지는 저 일을 미리 알았습니까?"

"그렇소. 조금 짐작은 했소."

"아니, 그러면 왜 경찰에 신고를 안 했습니까?"

"우리끼리 제 얼굴에 침 뱉기요."

근래에 재일동포 사회가 시끄럽다. 민단 회원으로 위장한 한국의 민간

특공대원들은 일본열도 각지서 북조선 귀국 희망자들을 태우고 출발한 열차가 니가타역으로 진입 못하게 아예 철로에 드러눕기도 했다. '조총련 사기집단!' '재일조선인 강제북송 중단하라!' 등의 글귀가 써진 머리띠와 허리띠를 두르고 강력 항의했다. 확성기에서 "조총련은 빨갱이 앞잡이 이적집단이다. 당장 해산하라!"는 소리가 나왔다.

일본 국민들은 어째서 조선인들은 외국 땅에까지 와서 시끄럽게 소란을 피우는지 고개를 가로저었다. 싸울 것이면 자기네 나라 한반도에 가서 실컷 싸울 것이지 왜 남의 나라에 와서 주변사람들을 괴롭히며 서로 피터지게 싸우는지 무척 의아했다.

고경민이 계속한다.

"향후 한일관계는 최악으로 번질 것입니다."

"제 얼굴에 똥칠하는 한국 놈들…"

"우리 조총련도 영향을 받지 않을까요?"

"어쩜 그럴 수도 있겠지…"

한국 정부의 거센 반발은 어느 정도 예상했던 사안이다. 서울의 리승만 정부가 일본서 벌어지는 조총련의 재일동포 귀국사업을 강력히 방해하고 나선다. 일본 내 한국공관은 물론이고 여러 지한파 인사까지 총동원했으나 별다른 성과가 없다. 고심 끝에 한국 정부가 문제해결을 위해 외교적 방법으로 미국과 접촉했으나 실패했다. 국제적십자사와 북조선 정부, 일본 정부가 공동으로 하는 귀국사업이다. 미국도 이 껄끄러운 일에 참여하기 싫다. 그렇다고 방심할 수도 없다.

한덕수가 악에 바쳤다.

"리승만이 노망났구먼. 청년부장! 지금 곧 대변인과 함께 한국 정부를 규탄하는 조총련 명의의 성명서를 내라고."

"어떤 내용으로 할까요?"

"한국 정부가 재일동포사회에 먹칠을 하고 있다. 민족의 수치이고 국제사회의 망신이다. 서울의 리승만 정권은 재일동포 북조선 귀국사업에 일체 관섭 말고 신경을 끄라고 하시오."

"…"

"그리고 해외서 자기 민족끼리 싸우도록 부추기는 민단 놈들의 악행도 낱낱이 규탄하시오. 천벌을 받을 놈들이라고…"

"알겠습니다. 의장 동지!"

고경민이 자리서 일어나 방을 나간다.

정세는 조총련에 유리하게 흘렀다. 서울에서 1960년 4·19가 발생했기 때문이다. 리승만 대통령은 자유당의 3·15부정선거가 직접적 계기가 된 4·19혁명에 대한 책임을 지고 대통령직에서 하야했다. 그동안 일본 내 재일동포 귀국사업에 '국제사기행위'라며 완강한 반대 입장을 고집하던 리승만 대통령이 권좌에서 내려왔다. 이는 북조선과 조총련에 천군만마의 날개를 달아주는 격이 되었다.

…고맙다. 남조선의 리승만 역도야! 모두 자업자득이다. 네가 당대 그 자리서 있을 것 같았지. 세상은 한 치 앞도 모를 일이다. 이제부터 이 한덕수가 북조선의 김일성 수상님과 함께 세계 이민역사에 어떤 업적을 쌓는지를 두 눈 뜨고 잘 보라…

따르릉!~ 한덕수가 매서운 눈을 번쩍 뜬다.

수화기에서 나오는 소리.

"안녕하세요? 평양의 조선적십자회 리숙이예요."

"아! 부위원장 동지! 안녕하십니까?"

"그래요."

"참! 영명하신 김일성 수상님은 건강하십니까?"

"예. 대단히 건강해요."

한덕수는 조총련중앙본부의 전반적 사업이 좋은 성과를 거두었다며 만족한 어조로 실태보고를 한다. 1960년과 1961년에만 약 5만 명, 그 이듬해 2만 5천 명의 재일동포들을 귀국선에 승선시켰다. 이에 대해 평양은 대만족이다. 과거 조선을 지배했던 일본서 살던 사람들이 자본주의서 사회주의로 민족의 대이동을 했다.

이것을 해외언론이 특집으로 세상에 타전하고 있다. 당연히 평양의 성과라고⋯ 한덕수는 자기들의 마음은 항상 평양에 가있다며 전체 재일조선인들의 사랑을 담아 김일성 수상님의 만수무강을 삼가 축원한다고 정중한 어조로 아뢴다.

수화기에서 들리는 소리.

"의장 동지! 수상님 말씀을 전달하겠어요."

한덕수가 자리서 벌떡 일어난다.

"예! 재일본조선인총연합회 의장 한덕수 우리 민족의 영명하신 김일성 수상님의 말씀을 정중히 전달받겠습니다."

잠시 정적이 흐른다.

⋯존경하는 한덕수 의장 동지! 일본에서 북조선 애국사업을 하시느라 고생이 많습니다. 앞으로도 일본 조총련의 학교, 유치원, 병원 등 건설 및 운영자금을 계속 보내주겠습니다. 특히 조선학교 학생들에게 장학금도 해마다 보낼 것입니다. 재일동포들은 사회주의 조선의 해외공민이라는 높은 영예를 갖고 어깨를 쭉 펴고 당당하게 사시기 바랍니다. 건강을 축원합니다. 1962년 11월 30일. 조선. 평양. 김일성⋯

한덕수는 감격에 흥분되었다.

"경애하는 수상님! 고맙습니다."

김일성의 편지는 현재 진행중인 재일동포 귀국사업이 더욱 분발했으면 하는 취지의 내용이다. 사회 정치계에서 잔뼈가 굵은 한덕수는 온갖 권모술수를 다 써가며 동포들의 마음을 얻어 김일성이 있는 평양으로 재일동포들을 마구 보내고 있다.

지난 3년간 재일동포들의 북조선 귀국사업은 엄밀하게 평양의 쾌거였다. 사람이 곧 국가다. 북조선과 일본 정부가 체결한 이 사업협정의 유효기간은 1959년부터 1967년까지다. 그러나 도중에 더는 귀국선에 오를 사람이 없다든지, 혹은 전쟁이나 자연재해가 발생했을 경우 사업을 중단한다는 조항도 분명하게 포함되어 있다.

이어지는 리숙의 발언.

"참! 그리고 김일성 수상님께서는 최근 당중앙위원회 전원회의에서 재일동포 귀국사업 성과를 축하하여 한덕수 의장 동지에게 '공화국영웅' 칭호를 수여하자고 말씀하셨어요."

"아니? 그게 사실입니까?"

"의장 동지가 민단과 남조선정부의 온갖 방해에도 굴하지 않고 일본에서 잘 싸우는 것은 영웅적 사례라고 했어요."

"…"

"그러시면서 당과 국가의 간부들은 절대적 수상 충성심과 무한한 애국심을 지닌 조총련 한덕수 의장 동지의 고귀하고 훌륭한 모범을 적극 본받아야 한다고 간곡히 지시했어요."

"예? 수상님께서요."

감격함을 금할 수 없는 한덕수다.

지금껏 누가 이렇게까지 자기를 사회의 영웅으로 내세워 주었던가. 일본도 한국도 아닌 오직 북조선만 그랬다. 이제 자기는 당당한 조선민주주의인민공화국의 해외공민이고 영웅이다. 그리고 사실상 일본국에 주재하는 북조선대사관 격인 조총련의 최고지도자이니 거의 일본에 있는 대리 김일성 수상이나 다름없다.

계속하는 한덕수의 아첨소리.

"조총련중앙본부 산하 각 현본부, 시지부에서 계속 귀국자 모집사업을 하겠습니다. 많은 동포들이 조국으로 가고파 합니다."

"알았어요. 많이 기대할게요."

"감사합니다. 리숙 부위원장 동지!"

도쿄 시내 사쿠라호텔 커피숍.

서글픈 음악소리의 레코드판이 빙빙 돌아간다. 실내 벽면에는 야자수가 보이는 동남아의 바다풍경을 담은 그림이며 서양미녀들의 얼굴사진도 보인다. 각종 모양의 술잔들과 술을 진열한 장식장이 있다. 오후 한가한 시간대이라 손님이 적다.

미츠키가 찻잔을 만지작거린다.

며칠 전 차호 재일본대한민국민단 중앙단장으로부터 '재일조선인 귀국문제'로 만나자는 제안을 받았다. 사실 예전부터도 있었지만 차일피일 미루다가 고민했다. 세상을 떠들썩하게 시작한 '재일조선인 귀국문제'는 시간이 지나 많이 시들어진 '타민족이동' 문제면서 동시에 껄끄러운 사안이다. 조금도 피할 마음은 없었고 언젠가는 꼭 넘어야 할 산이라고 생각했다. 자기와 요시히로가 주동이 되어 진행하는 이 사업은 일본 정부도 특별히 신경을 쓰고 있는 국책 중에 하나다.

차호가 들어와 미츠키 앞에 앉는다.

"요즘 살판났소. 미츠키 위원장!"

"그건 무슨 소린가요?"

"온 열도에 〈김일성 장군의 노래〉가 울리니 말이오."

"그게 어째서요? 우리 일본은 자유민주 국가예요. 합법적 범위 안에서 벌어지는 국민의 각종 사회활동이지요."

"뭐요?"

"익히 아시겠지만 우리 일본의 정치권에는 합법적으로 공산당이 존재해요. 한국에는 공산당이 없겠지만… 참! 공산정권 북조선과 피를 보며 전쟁한 후유증이 아직 있겠네요"

"그래도 전범자 김일성 장군의 노래는 안 되오."

"김일성 장군의 노래든, 김일성 역적의 노래든… 우리 일본에는 한갓 외국노래예요. 그깟 노래가 뭔 대수라고… "

"흥!~"하고 코웃음치는 차호.

민단은 일본 정부에 조총련이 조선학교에서 보급하는 〈김일성 장군의 노래〉를 금지곡으로 해달라는 탄원서까지 제출했으나 효과는 별로 없었다. 일본 당국은 조총련에 처음 건의 형식으로 제지를 했고 이후 강한 통제를 보였으나 한갓 물거품이 되고 말았다. 고작 학교에서 부르는 〈김일성 장군의 노래〉를 탄압하면 도쿄역전이나 시청광장 같은 곳에서 대놓고 부르겠다고 강변한 조총련 간부들이었다.

차포의 표정이 일그러졌다.

요즘 그에게 들려오는 민단 회원들의 항의가 많다. 그에 따르면 조총련 회원들은 마치도 여기 일본 땅이 북조선 영토인 마냥 활개 치면서 떼를 지어 다닌다는 것이다. 조선학교, 유치원 건물마다 김일성 초상화가 걸리고 인공기가 펄럭인다.

"김일성 수상님 고맙습니다!"

"영광스러운 조선노동당 만세!"

엄연히 평양에서나 볼 법한 붉은 사상 선전구호가 조총련 관할 지역도처에 도배되었다. 일본 속의 북조선이라 할 만큼 도쿄에서 조총련의 위세는 하늘을 찌를 듯 높아졌다. 민단이 보란 듯이 의도적으로 내실 있게 밀어붙이는 북조선 선전이다. 더구나 일본 공산당이 공식 존재하고 활동하는 시국이어서 전혀 이상하지 않았다.

차호가 커피를 한 모금 마신다.

"재일조선인 북송사업 중단하시오."

"북송사업이라니요? 말은 바른대로 귀국사업이죠."

"귀국? 그들의 조국은 대한민국이오."

"본인들이 조국으로 귀국한다고 하잖아요."

"뭐라고요?"

미츠키의 모습이 당당하다. 조총련의 집요한 선동에 따라 '귀국'으로 불리는 이름이다. 귀국은 본래 곳으로 돌아간다는 뜻이다. 분명히 맞는 소리다. 해방 전 조선은 하나였다. 지금처럼 둘로 갈라진 것은 해방 이후의 빚어진 일이다. 그러니 해방 전부터 일본에 정착하고 산 사람에게는 '귀국' 표현이 낯선 이름이 아니다.

일본 여성 미츠키는 3자의 입장서 객관적으로 보는 사안이라며 일본에서 한반도로 되돌아가는 당사자들의 마음을 최대한 존중해줄 뿐이라고 한다. 그것은 어디까지나 일본 정부의 공식방침이라면서… 차호는 고개를 가로젓는다. 대한민국의 입장서 보면 그것은 강제로 북조선에 보내는 '북송'이 맞다. 친북좌경단체인 조총련이 김일성과 한 통속이 되어 사리에 어두운 동포들을 지옥으로 보내고 있다.

다소 화가 치민 차호.

"정확한 표현은 '재일북송자'가 맞소."

"호호! 참 고집도 보통이 아니시네요. 그것은 어디까지나 한국을 대변하는 당신의 민단의 완고한 주장이 아닌가요? 북조선을 대변하는 조총련은 엄밀히 '재일귀국자'로 쓰지요."

"…"

"우리 일본 정부의 공식표현은 '재일귀환자'로. 뜻을 풀이하면 돌아가는 사람인데… 그게 귀국자와 같은 내용 아닌가요?"

"…"

"차 단장님! 속이 불편해도 제 말을 잘 들어보세요. 3자인 우리 일본 국민들이 보기에도 조선인들이 고국으로 되돌아가는 귀환이니 인도주의적 입장서 기쁘고 박수칠 일이죠."

미츠키가 태연한 자세를 보인다.

그녀가 보기에 조총련의 재일조선인 북조선 귀국사업에 대해 민단이 한사코 제동을 거는 것이 이해가 어렵다. 왜 두 집단이 서로 반대가 되는 이념대립으로 팽팽히 맞서 있는지 잘 모르겠다. 분명 세력은 조총련이 크고 탄탄한 재정을 바탕으로 사회활동을 광범위하게 진행하고 있다. 다르게 보면 두 집단 사이에서 일본 정부가 받는 고뇌도 있어 보이니 이 사업이 빨리 끝나기를 바라는 마음도 있다.

"그리고 조총련 귀국사업은 이제 서서히 끝나가요."

"무슨 소리하는 거요?"

"내년쯤에는 그 사업이 종료될 수 있어요."

"아니, 다시 시작할 수도 있소."

"호호! 참! 아름다운 세상을 부정적으로만 보시네요."

"그건 내가 당신에게 할 소리요."

차호는 심기가 매우 불편하다. 자기는 일본서 벌어지는 재일동포들의 북조선 귀국현황을 일일이 체크하여 주일한국대사관에 보고한다. 엄밀히 원적고향이 대한민국인 재외동포들을 눈뜨고 북한의 공산독재정권으로 빼앗기는 통탄할 노릇이다.

여기 도쿄에서 조총련 회원들의 모습은 정말 꼴불견이다. 지독한 공산독재집단 북조선을 제대로 알고나 그렇게 설쳐대는지 모르겠다. 동족살육의 6 · 25전쟁을 일으켰다는 하나만으로도 치가 떨리고 소름이 끼치는 야만집단인데도 사람들은 참 이상하다.

너무나 평화에 도취된 것은 아닐까. 북조선을 몰라도 너무 모르는 많은 재일조선인들이다. 어떻게든 이 저주스러운 귀국사업을 중단시켜야 하는데 뾰족한 방법이 없다. 오죽했으면 지푸라기라도 잡는 심정으로 동분서주하면서 관련 일을 하겠는가.

흥분된 마음을 진정 못하는 차호.

"북송사업을 중단하시오."

"쉬운 일 아니에요. 우리는 북조선 정부의 산하단체 조총련의 업무에 협조할 뿐이에요. 일종의 국제사업이기도 하죠."

"뭐요? 국제사업?"

"그럼요. 3년전 인도 콜카타에서 북조선, 일본 양측대표가 서명한 협정을 국제사회에 공개하고 공평한 의견과 여론도 심히 참작해서 정당하게 진행하는 특수이민 업무이죠."

"뭐라고요? 특수이민?"

"우리 일본의 입장에서 말이에요. 그리고 이 사업은 초기 한국 정부에 통보를 안 했던가요? 분명히 했지요."

"여하튼 중지하시오. 이 국제사기행각을."

"아니, 점점 하는 소리가…"

차호는 답답한지 담배를 꺼낸다. 엄연히 일본 당국의 위장된 강제추방이고 그 내막도 모르는 재일동포들의 실수이다. 아무리 동포가 사는 고국 땅이라 해도 그곳은 김일성 공산독재정권이 통치하는 비정상적인 전체주의 사회이다. 어떻게 동족을 상대로 전쟁까지 불사했던 김일성의 감언이설에 속아 북으로 보낸단 말인가.

자기도 6 · 25전쟁 때 이북에서 내려온 피란민들의 증언을 들은 적 있다. 공산정권은 주민들의 육체는 물론 정신까지 일거수일투족 통제하는 광신도 집단이다. 부모형제, 가족, 친인척끼리도 사상이 틀리면 반동분자라고 당국에 보고할 수도 있다. 그것이 정상이고 자유민주주의가 비정상이라고 보는 정신병자들이다.

차호가 대노한 표정이다.

"평양의 독재자 김일성이 그렇게 고맙소?"

"아니, 그건 또 무슨 소린가요?"

"무고한 재일조선인들을 공짜로 받으니 말이오?"

"호호! 참!"

"왜? 내 말이 말 같지 않소?"

차호는 한국 정부가 봉건국가에서 식민지를 거쳐 자유민주주의로 바뀐 그야말로 신생 자본주의 국가여서 재정도 많지 않다고 한다. 그래서 재일조선인들에게 한국 정착금을 조금 쥐어서 보내라는 리승만 정권인데 그게 그렇게 미운가고 따진다.

그에 비하면 일본 정부는 한국 정부만큼이나 가난하고 어려운 것은 아니지 않는가. 아시아에서 첫번째 경제대국이다. 한국전쟁 때 미군의 군사기지로 경제 호황기를 맞은 것도 사실이다. 그래서 2년 뒤에는 아시아 최초로 도쿄올림픽까지 하는 나라다.

미츠키가 지지 않는다. 제2차 세계대전 이후 조선과 동남아 등 세계 각지에 나갔던 일본인들이 수백 명씩 귀국하여 왔다. 그들도 일본 사회에 새로 정착하기는 마찬가지다. 거기에 들어가는 사회간접비용도 만만치 않다. 후에는 모르겠으나 지금은 일본 정부도 너무나 어렵다. 그러니 한국 정부도 이해를 좀 해달라는 것이다.

흥분을 금치 못하는 차호.

"재일조선인 90% 이상이 고향이 한국이오."

"그런데요?"

"독재집단 북조선과는 아무 연고도 없단 말이오."

"남과 북은 동일한 민족이 아닌가요?"

"자꾸 말꼬리 잡겠소? 이건 우리 민족의 문제란 소리요."

"우리에게는 타민족 문제일 뿐이죠."

"재일조선인 강제북송 야만행위를 멈추시오."

차호는 화가 가라앉지 않는다. 조총련의 작태는 도를 넘었다. 매일 북조선 홍보대회를 열고 일본 정부의 협조요청을 한다. 머리에 띠를 두르고 가두행진을 하며 현수막을 걸고 데모를 한다. 마치도 과거 36년간 일본에게 지배당한 설움을 분풀이 하듯이.

정치와 사회생활에 어두운 소외계층들, 세상물정에 어두운 고지식한 사람들, 무지몽매한 인생의 작자들을 감언이설로 속이고 있는 조총련 간부들과 회원들이다. 그것을 빤히 알면서도 '외국단체의 일'이라며 뒷짐 지고 모른 척하는 일본 정부 관료들이 아닌가.

미츠키가 시치미를 뗀다.

"한국인은 동방예의지국 사람이라는데…"

"사람이 화나면 무슨 예의요?"

한덕수의 똥개

고경란이 남동생 고경민의 집을 찾았다. 그녀의 남편은 오키나와에서 큰 건설회사를 경영한다. 하루가 다르게 너무 빨리 부유해지는 자본가의 집에서 사장인 남편 공대를 잘하며 두 아이를 키우는 주부로 살고 있다. 그래서 오빠 고경식이 귀국(북송)선에 오르든 말든, 동생 고경민이 조총련에서 무엇을 하던 신경을 안 썼다.

50대 중반을 넘은 오빠가 귀국선을 타고 북으로 가서 평양도시경영사업소 부소장이 되었으니 너무 신기했다. 다른 귀국자들에 비하면 특별한 대우를 받는 것 같았다. 일본에서라면 벌써 동네노인이 되었을 오빠인데 여하튼 여동생으로 기뻤다.

반가운 표정을 보이는 고경민.

"어이고! 누님이 어떻게 우리 집을 다 찾았죠?"

"왜? 나는 너희 집에 오면 안 되냐?"

"안 될 거야 없지요…"

고경란은 언짢은 인상이다. 사회물정에 어두운 오빠를 살살 구슬려 조총련에 선뜻 가입시킨 얄미운 동생이 아닌가. 퇴직 후 이래저래 심란한 시간을 보내던 오빠는 조총련의 시(市)지부장을 몇 달간 하고 북조선행 1차 귀국선에 너무나 쉽게 승선했다.

이후 수개월 뒤 평양서 날아오는 편지에는 사회주의 조국에서 행복하게 산다는 소리뿐이었다. 김일성 수상의 크신 사랑에 감사하며 조국의 번영과 통일을 위해 자기의 깨끗한 양심을 바쳐 열심히 산다고 했다. 가족 간의 편지에 무슨 수상(대통령)이요, 조국이요, 통일이요 하는 정치 내용 자체가 어색했고 이상했다.

"경민아! 하나 물어보자!"

"예. 어서요. 누님!"

"북조선으로 간 동포들이 현지정착을 잘하면 3년 후 고향 일본 방문도 가능하다고 하지 않았냐? 너희 조총련에서…"

"그런데요?"

"그런데 왜 3년이 지나도 일본 방문 소리가 없냐?"

"글쎄요. 저는 잘 모르겠는데요."

"어머머! 얘가 정말?"

고경민이 깍지 손하고 "진정하세요. 누님! 지나친 신경질은 건강에 해롭답니다. 안 그래요?"라고 한다. 하나뿐인 누나고 혈육이다. 역시 하나뿐인 형님은 북조선으로 갔고 이제 남은 것은 누나뿐이 아닌가. 지금 이렇게 오랜만에 자기 집에 와서 속이 불편한 소리를 하는 것도 형제이니 그러는 것이다. 한편으로 생각하면 꺼져가는 형제애를 살려준 누나가 마냥 고맙기만 하다. 상당히 열이 오른 고경란.

"고경민! 너 한덕수 똥개지?"

"허허! 누님도 이제는 나이를 드시는군요."

"야! 내 정신은 너보다 더 바르다. 바보 같은 놈, 똥인지? 된장인지 구분할 줄 모르고 김일성의 똥꼬가 그렇게 달더냐?"

"누님! 말조심하쇼."

"왜? 내가 못할 소리를 했냐?"

"김일성 수상님에게 무슨 그런 험담을…"

"수상은 뭐 말라빠진… 가만! 그러고 보니 수상이 맞네. 수상한 짓거리만 하는 조선민족 최고의 수상한 놈, 맞지?"

"됐어요. 그만해요."

"왜? 마음에 크게 찔리지?"

고경란은 형제 사이의 파국을 만든 이념이 지긋지긋해 깨끗이 잊으려고 했다. 머나먼 동남아 나라도 마음대로 오고가는데 가까운 북조선은 그렇지 못하다. 유다른 공산국가이기 때문이다. 그 위에 있는 더 큰 공산국가 소련과 중국이 북조선을 양팔에 안고 보호하며 공산화로 이끌어간다. 그런 나라에 오빠가 가서 산다.

그러니 마음이 늘 불안하다. 그러다가도 '내 일도 아닌데!' 하고 신경을 끄려 했다. 그러나 나이가 들수록 형제의 소중함을 새삼 느낀다. 왜 진작 오빠의 북조선행 귀국선 승선을 힘써 말리지 못했을까? 하는 아쉬운 후회도 가슴 한구석에 있다.

"경민아! 하나 또 묻자!"

"예. 얼마든지요."

"네가 오빠와 가족을 평양으로 보냈지?"

"그런데요?"

"그러는 너와 네 가족은 왜 안 가냐?"

순간 얼굴이 빨개지는 고경민이다. 이 소리는 재일동포들이 처음 귀국선에 오르고 1년 쯤 후부터 조총련 내부에서 솔솔 흘러나왔다. "도쿄 중앙본부서는 왜 회원들에게 귀국선 승선을 독촉하면서 정작 간부들은 쉬쉬하는가?" "김일성 수상님의 지시를 관철하자고 앞에서 요란히 선동하고 뒤에서는 다른 모습인가?"며 불평이 나왔다. 유사한 소리는 평양에서도 귀국동포 인원수가 적을 때면 어김없이 울렸다. 그럴 때마다 조총련 간부들은 하나 같이 못 들은 척하는 모습이었다.

"누님! 나는 여기서 할 일이 많아요."

"할 일? 아! 더 많은 동포를 북조선으로 보내는 것!"

"그게 다 그들에게 나중에 좋은 일입니다."

"뭐라고?"

"누님은 형님이 평양으로 간 것이 그렇게 불편하나요?"

"너는 잘했다고 생각하고?"

"당연하지요."

고경민은 형님이 나이 들어 평양에서 좋은 집과 직업도 받았다고 한다. 평양도시경영사업소 부소장은 도쿄로 치면 도쿄시설관리소 부사장이란다. 교단에서 퇴직한 형님이 북조선에 가서 그만한 직업을 얻었으면 횡재한 것이나 마찬가지라고 한다.

고경란은 평양으로 간 오빠한데서 잊을 만하면 '생활지원요청'을 꼬박꼬박 받는다. 한 달 남짓 기간이 걸려 오고가는 평양-도쿄 편지 속에는 "경란아! 이번에는 무엇을 좀 보내 달라!"는 식의 내용이다. 그것도 한두 번이지 이건 연속이다. 그러니 은근히 '이건 뭐가 이상하다!' 하는 느낌이 새록새록 든다. 마치 귀신에 홀린 것처럼 말이다.

오빠가 평양으로 간 이듬해 봄, 오빠의 업무에 필요하다는 간청을 듣고 남편과 의논 끝에 화물자동차 5대를 보냈다. 이후 오빠의 신분이 상승적으로 달라졌다. 예전은 평양도시경영사업소 경비원이었던 오빠가 하루아침에 '부소장' 직함을 받았다. '아! 돈이면 평양에서도 통하누나!' 하는 생각도 은근히 들은 고경란이다.

고경민이 계속한다.

"누님 너무 흥분하지 마시고 잘 생각해 봐요. 형님이 평양서 새 직분을 가졌고 형수님의 건강도 좋아졌죠. 일욱이는 대학에 갔고 일녀는 백화점 판매원이 되었으면 잘된 것 아닌가요?"

"야! 내가 그래서 지금 말하는 거 아니다."

"그럼 뭐예요?"

"오빠는 북조선에 가서 어딘가 모르게 많이 달라졌어. 이를테면 떳떳이 살지 못하고 누구에겐가 반드시 굴종해야만 겨우 살아가는 처지라고 할까? 여하튼 그렇게 느껴진다."

여유로운 표정의 고경민.

"누님! 사람 사는 세상은 어디나 비슷해요. 상부에 아첨하고, 돈이나 권력이 좀 있으면 아래 것들은 하찮게 보고…"

"뭐라고?"

"내 말이 틀린지 매형에게 물어봐요. 기업인 매형이 누구보다 잘 알죠. 누님은 집에서 살림만 하니 몰라요."

"듣기 싫다."

고경란이 받은 오빠의 편지에는 조카소식도 실렸다. 평양건설대학에 입학한 고일욱은 소원대로 건축가의 길에 들어섰다. 다행히 대학에는 일본서 온 여학생이 있었다. 그녀와 이성 친구 사이로 변한 조카가 대견해보였다. 여학생은 부모와 북조선으로 왔다. 과거 아버지가 일본 삿포로서 파친코(도박기계) 임대업을 했고 조총련에 큰돈을 기부하여 지역 상공회장 직함을 가졌다. 그녀의 가족은 귀국선 하선 후 평양에 집을 받았고 아버지는 연료보장자(정년퇴직자)로 쉬고 있다.

일욱의 여동생 일녀는 음악학원 진학이 부결되었고 평양제1백화점에 입직했다. 니가타항을 출항한 귀국선에서 자기가 오빠 앞에서 맹세했던 피아노 연주자가 되겠다는 꿈은 이뤄지지 못했다. 허나 백화점 판매원이 된 기쁨도 컸다. 분명 잘사는 나라에서 왔다고 부러워하는 눈초리로 바라보는 동료들도 있으니 말이다.

볼이 부은 고경란이다.

"그리고 작년에 승합차 10대를 평양에 보냈다."

"그럼 나도 좀 도와주세요. 누님!"

"너는 네 힘으로 살아라."

"자동차 몇 대 도와준 걸 생색내기는…"

치요다구 골목 사카바.

자지러진 음악소리가 흘러나오는 사카바 앞을 지나며 주정남이 엉거주춤 거린다. 살짝 들어가서 가볍게 한 대포 걸치고 갈까? 마음도 심란한데… 아니지 아니야. 내가 이제 더는 그러면 안 되지… 지난 3년간 허구한 날 저 사카바 안에 들어가 술을 퍼마시고 한 맺힌 소리를 목이 터져라 해본들 무슨 소용이 있었는가. 전혀 아무것도 없었다… 그냥 자기 몸이나 망가졌고 아까운 시간이나 낭비했던 것이다.

언제인가 본 아내의 편지가 생각났다.

보애 아버지! 잘 계시지요.

우리는 북조선의 공업도시 함흥시에 집을 배정받고 잘 살고 있어요. 아이들은 학교에 다니고 나는 종이공장 가공반에 취업해서 일해요. 힘들기는 일본에서 일하던 것과 비슷한데 나름 동료들과 애서 어울리며 일하는 편이죠.

내가 세 딸을 데리고 귀국선에 오른 지 어느덧 3년이 되어오네요. 그 기간 새로운 것도 알았고 또 인생수업도 하고 있어요.

여기 북조선 생활이 생각만큼 넉넉하지 못하다는 것을 뒤늦게 알았어요. 그러나 후회는 안 해요. 애들은 가끔 아버지가 보고 싶다고 하네요. 내가 고집 피워 딸들과 같이 온 북조선이지만 일본에 있는 아버지는 그래도 엄연한 아버지가 아니겠어요. 나도 어떤 때는 당신이 보고 싶기도 해요. 못된 마누라라고 생각하겠지만.

보애 아버지!

많이 어렵겠지만 돈을 좀 보내주세요. 우선은 아이들을 키우자니 돈 드는 곳이 한두 군데가 아니네요. 여기 북조선에서는 무상치료, 무료교육 등을 실시하지만 그 외에도 생활에 드는 비용이 만만치가 않네요. 먹고 입고 쓰고 사는 일상생활에서 말이에요.

일본 돈은 가치가 높아서 당신이 받는 월급에 절반만 보내줘도 우리 4식구가 여기 함흥에서 3~4개월은 남부럽지 않게 넉넉하게 살 수 있어요. 주변에 다른 귀국자 가족들을 보면 일본의 친인척에게서 돈을 송금 받아 사는 부류가 제법 많아요. 조금 부럽기도 하고요.

꼭 부탁드려요. 우리가 자진해서 왔는데 당신이 뭐라고 해도 할 말은 없어요. 다만 여기서 생활하는 것이 조금 어렵기 때문에 염체를 불구하고 도움을 요청하는 거예요. 우리는 어떻게든 여기서 정착하며 열심히 살겠어요.

그럼 오늘은 이만 마칠게요.

1962년 8월 20일

당신의 아내 신영자. 조선 함흥에서.

자기가 그토록 만류했던 아내와 자식들의 북행길이다. 세상에 무상치료와 무료교육의 제도는 있을 수 없다고, 제발 북조선 환상에서 깨어나 정신을 차리라고 당부했건만… 그런데 이게 뭔가. 아내가 북조선으로 가서 1년 후부터 오는 편지는 대체로 이런 내용이다. 어쩌겠는가. 운명이고 팔자라고 생각하고 그럴 때마다 적든 많든 있는 대로 돈을 보내주었다. 가족인데 생각하고 말고가 있는가.

주정남이 이런 답장편지를 쓴 적도 있다.

보애 엄마!

3년의 세월이 훌쩍 지나니 내 분신과도 같은 사랑하는 아이들이 무척 보고 싶구면. 우리 어른들의 잘못된 선택으로 단란했던 가족이 갈라진 이 현실을 생각하면 가슴이 막 아프오. 아무리 그래도 부모 없는 아이들의 서러움을 무슨 말로 다 표현을 하겠냐만.

우선 순진한 아이들의 마음에 아버지의 소중한 자리도 못 지켜주는 내가 과연 무슨 아버지 자격이 있는지 가끔 나 자신을 크게 자책할 때가 종종 있소. 나 혼자 여기 일본에서 사는 것이 결코 행복한 모습이 아니라고 느껴지는 시간도 자주 있단 말이오.

나의 지난날을 돌이켜 보면서 어떤 때는 잠자리서 조용히 눈물도 흘려보오. 가정과 아이들을 위해 날 더러 사카바 출입을 중단하라고 애원했던 당신의 조언도 지금 생각해보면 맞는 소리였고… 그냥 내일에 대한 미련 없이 대충 살았던 내가 원망스러울 때도 많소.

그래서 고민 중이오. 나도 늦게나마 북조선으로 가는 귀국선에 올라야 하지 않을까? 하고 말이오. 북조선 생활이 힘들어도 우리 둘이 같이 힘을 합치면 조금이나마 도움이 되지 않겠소.

종잇장도 맞들면 가볍다고 하잖소. 사람의 행복이 뭐겠소. 잘 먹고 잘사는 것이 전부는 아니라고 보오. 마음과 정신적 편안함도 분명 행복이 아닐까 하오. 잘나도 못나도 내 아내고 자식들이 아니겠소. 내가 북조선으로 가서 우리 다시 모여 살면 어떨까 하오.

일본 도쿄에서, 당신 남편, 주정남.

정말 궁금하다. 주정남이 편지로 아내에게 자기도 북조선행 귀국선에 오르겠다는 의사를 몇 번 물어보았으나 아내의 답변은 시종일관 시원치 않았다. 자기까지 와서 고생하는 것은 더욱 바람직하지 않다며 굳이 북조선으로 오지 않아도 된다고 한다. 언제는 그렇게 앞장서 가겠다고 한 그 북조선으로 오지 말라고 하는 것이다.

어딘가 모르게 이상하다.

자기는 일본서 북조선으로 간 가족에게 돈 보내는 기계인가. 자식과 가족사랑, 이런 것은 돈으로 대체하지 못한다. 그러니 북조선의 자기와 애들 곁으로 오지 말고 일본서 돈만 보내라는 아내 신영자의 편지가 야속하다. 식구들은 바다 건너 북조선에서 어렵게 사는데. 3년을 보냈어도 쉽게 잊혀 지지 않는 가족이다.

홋카이도 스스키노거리.

오길도가 도보로 해가 떨어진 퇴근길에 올랐다. 그는 요즘 사흘이 멀다 하게 북조선으로 간 아들 문제로 아내 유순정과 말다툼이다. 아들구실 못할 놈 잃은 셈치고 살아온 3년이다. 그러다가 그 아들의 생일 즈음이면 또 그래도 못난 자식이 못 견디게 그립다.

그동안 북조선 함경북도 청진자동차사업소 운전수가 된 아들 오재천한데 몇 번 편지는 왔다. 부모의 안부를 묻는 등 마는 등 대충이고 내용은 모두 자기가 사는 북조선이 너무 마음에 든다는 것이다. 그래서 지금 자기가 하는 일도 만족하다고 했다.

어느 날, 아내가 투덜거렸다.

"당신은 아들에게 너무 무관심 했어요."

"내가 무관심 했다고?"

"그냥 '너는 내 사업을 이어 받으라'고만 했죠?"

"그런데?"

"사람이 겉옷만 잘 입으면 좋은 사람인가요?"

"뭐요?"

"애한데 바른 정신을 안 가르쳤죠?"

"바른 정신?"

부부가 심심치 않게 하는 아들 소리다. 두 사람은 가능하면 안 그러자면서 우연히 반복하는 말다툼이다. 미우나 고우나, 곁에 있으나 멀리 있으나 세상에 하나뿐인 자식이다. 어느 날 갑자기 도둑처럼 북조선으로 간 아들의 못난 짓을 생각하면 열불이 터질 지경이다. 어떤 때는 부모의 만류도 무시하고 막무가내로 가출한 아들 걱정에 정신병에 걸릴 것 같은 근심마저 드는 부부다. 자기 품에서 나온 새끼가 과연 무엇인지? 가끔은 무자식이 상팔자라는 소리가 부럽기도 하다.

오길도도 화가 났다.

"내가 그 녀석에게 '가능하면 공부해서 훌륭한 사람이 되라!'고 거의 잔소리 하다시피 말한 것은 잊었소?"

"그거도 그래요. 싫다는 걸 왜 강요했나요?"

"뭐라고? 강요? 내가?"

"그래요. 당신이 하는 일 좋아서 하는 거죠? 마찬가지죠. 공부도 본인이 하고 싶어서 해야지요. 거꾸로 생각해봐요."

순간 오길도는 멍한 기분이다.

자기는 꼭 제 마음 속에 있는 진심의 소리를 아들에게 하였을 뿐이다. 자기가 하지 못한 대학공부니 그걸 아들이 해주었으면 하는 바람이 있었다. 그래서 자기 집에도 대학생이 있다는 소리를 주변에 설파하고 싶었다. 무엇보다 직원 몇 명을 데리고 있는 인쇄소에서 아들 자랑을 하고 싶은 생각도 분명 있었다.

말을 끊지 않는 유순정.

"당신이 하기 싫은 어떤 일을 누가 억지로 하라면 하겠어요. 사람은 다 하고 싶은 일이 있는 거예요. 공부도 일도…"

"엉? 그게 그런가?…"

"과거 당신이 아들에게 해온 강제 요구지요? 사람은 자존심 있어 강제적 일은 잘 안하는 습관이 있어요."

입을 꾹 담은 오길도다.

아내의 잔소리가 틀린 말도 아니다.

이제 와서 곰곰이 생각하니 자기가 아들문제에 있어서 너무 일방적이었다는 자책도 든다. 왜 그랬을까? 그러면 문제는 아들보다는 자기 탓이라고 봐도 무방하다. 보수적인 자기의 뜻과 의지와는 정반대인 아들은 지금 북조선으로 가서 자기인생을 산다. 보이지 않아도 마음속에 있는 그 자식은 자나 깨나 근심이다.

발작증같이 도지는 아내의 아들소리에 질리는 순간도 있다. 그때는 집으로 가고 싶지 않아 작업장에서 쪽잠으로 긴 밤을 보낸 적도 적지 않게 있었다. 결국은 자기 건강만 나빠졌지 그렇다고 북조선으로 간 아들에게서 희소식이 온 적도 전혀 없었다.

오길도가 볼이 부었다.

"오재천! 이놈의 불효 자식!"

"그 놈을 낳고도 미역국을 먹은 나도…"

"당신은 아들문제 어떤 해결책이라도 있소?"

"내 재간에 무슨 방도가 있어요?"

오길도의 집. 퇴근해서 들어오서는 남편에게 아내 유순정이 "북조선으로 간 잘난 당신의 아들한데서 또 편지가 왔네요" 하며 아니꼬운 눈치다. 오길도가 "그렇소? 안 봐도 빤하겠구먼. 또 그 수상한 김일성 아바이의 하늘같은 사랑으로 행복하게 잘 지내고 있으니 걱정하지 말라는 내용이겠지? 안 그렇소?"라고 한다. 유순정이 "흥! 궁금하면 편지나 보고 말든지?"

하며 콧방귀를 낀다.

아들의 편지 내용이다.

사랑하는 아버지! 어머니!

아들 오재천은 사회주의 조국에서 잘 있습니다. 부모님이 계시는 일본 땅을 떠난 지도 벌써 3년이 지났네요. 세월 참 빠릅니다.

일본에서 내가 다니던 정든 학교길이며 일요일마다 아버지 따라 냇가에 고기잡이하러 다니던 그 행복했던 시간이 무척이나 그리워집니다. 그리고 어머니의 손목을 꼭 잡고 공원으로 꽃구경 갔던 지난날도 영화의 한 장면처럼 알른거리기도 합니다.

아버지! 노동자, 농민이 주인이 된 여기 북조선에서는 모든 인민들이 하나의 대가정을 이루고 화목하게 서로 돕고 이끌면서 살아갑니다. 사람들은 개인이익보다 국익을 먼저 생각하죠. 남의 아픔을 자기 고통으로 생각하고 무엇을 하나 생겨도 서로 똑같이 나누어 가집니다.

어머니! 도움을 요청합니다.

내가 일하는 우리 자동차사업소에는 자동차 타이어가 매우 부족합니다. 멀쩡한 자동차는 있는데 타이어가 없어 운행 못하는 차가 많습니다. 그래서 타이어를 사려면 외화가 필요합니다.

염체인 줄 알면서도 부모님께 부탁합니다. 타이어 200짝을 구입할 수 있는 일본 돈을 다음 선박 편에 보내주시면 정말 고맙겠습니다. 미국 달러로 5,000달러를 보내주시면 필요한 자재도 충분히 사고 저의 생활에도 많이 도움이 됩니다.

꼭 기다리겠습니다. 아버지! 어머니!

1962년 9월 5일.

청진에서 아들 오재천 올림…

오길도는 신중한 얼굴이다. 아들이 자기에게 돈을 보내달라는 것은 처음이다. 그것도 사유를 분명 밝혔다. 그런데 다소 찜찜한 마음이 든다. 아들이 일하는 청진자동차사업소에 부족한 타이어가 왜서 개인이 걱정하는 문제로 되는가. 그 사업소가 개인의 것이라도 되는가. 북조선에는 개인회사나 기업이 없는 줄 안다. 국가가 개인에게 앵벌이를 시키는 것이나 뭐가 다른가 말이다. 결국은 아들이 간 사회주의 북조선이란 나라가 궁핍하고 어려운 것만은 확실하다고 느껴진다.

유순정이 투덜거린다.

"그래 당신은 아들 편지 글이 믿겨져요?"

"아니? 그게 무슨 소리요?"

"솔직히 나는 어딘가 매우 이상하다고 봐요."

두 눈을 크게 뜨는 오길도.

유순정은 어딘가 모르게 꼭 누군가가 철저히 검열을 하고… 마치도 그걸 피해서 쓴 아들의 편지 같다고 한다. 그러면서 그런 소리가 여기저기서 돌고 있으며 남정네들보다 자기 같은 엄마들이 제 자식을 보는 눈은 더 정확하다고 덧붙인다.

아내의 말에 공감하는 오길도이다. 아들이 간 북조선은 분명히 세상과 단절된 그들만의 낙원인 것 같다는 의문이 깊이 든다. 그 곳에서 오는 편지는 쓴 날짜로부터 보름 정도 지나서 겨우 받아볼 수 있다. 물론 편지는 일본 니가타항과 북조선 청진항을 오가는 선박 편을 이용해 오고간다. 북한 당국이 충분히 검열할 것이다.

눈이 커지는 유순정.

"어쩌겠어요? 돈 보내야죠. 아무리 미워도 새끼가 아닌가요? 그냥 낯설고 물 설은 북조선 땅에서 사람들로부터 구박과 멸시를 받지 않고 밥이나 먹고 살아도 다행이건만…"

"그건 나도 같은 심정이오."

"참! 자식은 품안의 자식이라더니…"

"왜? 정이라도 떼고 싶소?"

"아니, 그걸 말이라고 해요? 참! 남자들은 너무 단순하다니까요. 재천이 그 자식도 그렇지. 정 가겠으면 먼저 간 사람들의 소리도 후에 자세히 들어보고 천천히 갈 것이지…"

"그건 맞는 소리요."

"아니? 내 말이 언제 틀린 것 봤어요?"

"참! 잘 났어요. 유순정 여사!"

"으이고! 못난 오 사장님!"

'거포'… 그리고 '상포'

평양 조선적십자회 중앙위원회 소회의실. 방 가운데 책상을 마주하고 오른쪽에는 최만오와 청진에서 올라온 김은희가 앉았다. 맞은편에는 얼굴에 보조개가 예쁜 리숙과 대좌계급의 초록색 군복을 입은 남성군인이 자리를 잡았다. 이들은 수도인 평양과 청진에서 해당기관에 근무하며 귀국동포사업에 열성적인 일군들이다.

일본에서 귀국한 째포들을 친절히 맞이하고 적재적소에 배치하고 이후 사회정착 생활을 잘 지도하는 일은 당에서 맡겨준 혁명과업이다. 그것을 철저히 수행해야 함은 영예로운 조선노동당원인 자기들에게 가장 중요한 의무이고 책임이다.

리숙이 펼친 노트에 볼펜을 다독인다.

"동무들! 수고가 많아요."

"모두 당에서 하라는 대로 했을 뿐입니다."

"김일성 수상님의 영도 덕분이죠."

북조선에서 점점 늘어나는 째포 사회에도 빈부격차가 있다. 일본의 가족·친척 중에 돈 많고 잘 받아쓰는 이들을 '상포'(상공인 째포)라고 부른다. 반대로 일본에서 1년에 1만 엔짜리 한 장 안 오는 이들을 '거포'(거지 째포)라고 한다. 상포는 간부들의 영접을 받으니 무척 좋아했고 거포들은 청진항에 첫 발을 딛는 순간 '아! 잘못 왔구나. 일본보다 못한 거지 나라 북조선이다!' 하는 느낌을 받았다.

노트 장을 넘기는 리숙.

"자! 오늘 회의는 행정과 보안 등의 분야가 잘 협의하여 귀국동포들의 문제에 원만히 대처하려고 소집했어요."

"…"

"참! 인사들 하세요. 제 옆에 앉은 대좌 동무는 내무성(경찰) 정치보위국 강지철 부국장인데 우리와 사업을 함께할 거예요."

"강지철입니다. 만나서 반갑습니다."

"저희도 같은 심정입니다."

"호호! 좀 무서워요. 군인이 옆에 있으니."

모두의 얼굴에 웃음꽃이 폈다. 자유분방사회, 일본서 살던 째포들이 왔다. 일본과의 경제수준 차이는 둘째 치고 북조선 인민들의 생활문화 등에서 이해가 어려움이 많을 것이다. 시간이 지나면 의례히 알게 되는 일상적인 생활이지만. 전체 인민이 당과 수상의 주변에 굳게 뭉친 '강철의 천만 혁명대오' 광경부터 말이다.

군이 비교하면 넓은 강에서 자유롭게 살던 물고기가 어항 속으로 들어온 것이나 마찬가지다. 답답하고 숨이 막힐 수도 있다. 그러니 분명히 째포들은 북조선 현실에 불만이 있을 것이다. 그들은 일상에서 보고 듣고 느끼는 그대로 인식한다. 째포들의 속마음을 이 사회에 털어놓는 행위는 절대 막아야 할 것이다.

최만오가 먼저 입을 연다.

"우선 직업문제입니다."

"아니, 왜요?"

"간혹 왜 본인 의사대로 직업배치 안 하냐고 따집니다."

"그건 일부 현상이 아닌가요?"

"맞습니다. 그런데 문제는 그들이 대중 앞에서 '왜 당의 방침은 앞뒤가 서로 다른가?'며 토를 달기도 합니다."

눈이 커지는 리숙.

"혁명을 하자면 소수는 다수에 복종해야죠. 거꾸로 다수가 소수에 복종함은 부르주아들의 망동이고."

"공감합니다. 부위원장 동지!"

째포들 중 과거 조총련중앙본부, 현본부, 시지부서 간부를 했던 자들은 거의 평양으로 거주지 배치를 받았다. 여기서부터 차별이 시작되었다. 본인이 원하는 지역으로 배치를 받는다는 조총련의 강연은 빈말이었다. 지방의 시·군·읍 단위 등 산골이나 광산, 탄광, 어촌 등에 간 째포들은 망연자실했다. 1920~30년대에서 시간이 멈춘 듯해진 광경이었다. 비포장도로는 기본이고 물도 전기도 부족했다. 농촌에 초가집이 그대로 있었고 광산에 광차를 미는 사람도 보였다.

지방의 일부 째포들은 수도 평양으로 이사를 하려고 은밀하게 노력을 한다. 방법은 나라경제에 돈으로 보탬을 주는 것이다. '사회주의 애국물자 지원운동'이라는 명목 하에 국가와 사회, 공장과 농촌, 학교와 병원 등 공공기관에서 필요한 어떤 물건이든 기부형식으로 바친다. 자동차, 타이어, 기계설비, 농기구, 의료장비, 돈과 식료품, 생활용품 등 뭐든 가능하다. 간부들에게 찔러주는 돈은 남몰래 한다.

강지철도 발언에 합류한다.

"불평은 주로 거포들 속에서 나오죠."

"왜 그런가요?"

"여기 북조선이 일본보다 낮은 생활수준인 거죠. 반대로 돈이 많아 여기 와서 배 떵떵거리며 사는 상포들은 불만이 없죠."

최만오도 보탠다.

"맞습니다. 전체 귀국동포들 중 약 25%가 과거 일본 정부로부터 생계보조비를 받던 영세민들입니다. 그런데 북조선에서 그런 것이 없으니 입이 한 발씩 나올 만도 하죠"

"아! 그렇군요."

엄하게 계속하는 강지철.

"그리고 째포들의 평양 거주문제는 좀 신중해야 합니다. 그들의 머릿속에는 분명 자본주의 구정물이 있습니다."

"동감해요. 부국장 동무 의견에…"

"혁명의 수뇌부는 꼭 지켜야 합니다."

내무성 정치보위국이 귀국동포 문제를 전담한 이유가 있다. 째포들의 대거 입국초기 일부는 북조선에 항의하는 모습을 곧잘 보였다. 청진항에 도착한 귀국선 갑판에서 부두에 나온 환영인파의 초췌한 몰골을 보고 "아! 속았다. 일본으로 돌아가겠다"며 고함을 질렀다. 어떤 날에는 선박 아래서 일본 말로 "배에서 내리지 말고 일본으로 돌아가라!"는 먼저 귀국한 째포 여럿이 있었다. 선상의 몇몇 사람들이 "그게 도대체 무슨 소리인가?" 하며 묻자 "북조선은 인간생지옥이다"며 소리쳤다.

또한 최근 째포들 속에서 "북조선 입국 3년이 지나면 일본 방문도 가능하다고 하지 않았는가? 그런데 어째서 3년이 지나도록 그에 대해서 아무런 말도 없는가? 처음부터 우리들을 속인 북조선 정부가 아닌가?" 하는 소리가 솔솔 나왔다. 그에 대해서 관계기관과 담당자들도 "상부의 지시가 없다"고만 변명하는 실정이다.

이런 소리도 있었다.

"여하튼 일본에서 알았던 북조선이 아니다."

"조총련이 우리를 속인 것 같다."

"북조선은 일본보다 50년은 뒤떨어졌다."

김은희가 고개를 끄덕인다.

그녀가 알기로도 초기 일부 째포들은 청진항에서 일본으로 되돌아가는 귀국선에 올라 귀향하고 싶다며 강열한 농성투쟁을 벌렸다. 때로 5~9명씩 조를 짜서 청진시인민위원회 앞에서 해당 간부들의 업무에서 나타난 비리 행태를 성토했다. 째포들의 모습을 본 북한 주민들은 커다란 충격이었다. 자기들 같으면 정부가 하는 어떤 일에도 감히 입도 벙긋하지 못하니 말이다. 무슨 이유든 이것은 주민들의 노동당 충성사상 골간을 흔드는 매우 위험한 요소였다.

최만오도 고민이 있다.

귀국사업 3년쯤 지나 째포들 중에는 일본에 있을 때 재일조선인과 결혼한 일본 여자와 남자들이 1,600여 명 존재했다. 이들에게 북조선 문화는 너무나도 이질적이었고 다른 째포들보다 2~3배나 어렵게 정착하고 있다. 여러 사회문제에 대해 좋다, 나쁘다고 직설적이었으며 일부 노동당 정책에 불편한 심정을 숨기지 않았다.

일본에서 나서 자란 사람들…

언젠가 내각에서 최만오에게 임무를 주어 도쿄 한덕수와 문제해결을 나서도록 조치를 취했었다. 그때 한덕수는 "다시 귀국선을 타고 일본으로 되돌아오겠다는 재일조선인들은 정신병자나 다름없으니 알아서 처리하라"고 했다. 그리고 일본 출국과 동시에 귀국선에 오른 재일동포의 국적을 자동적으로 말살시켰다.

"정말 그래도 될까요?"

"북조선 공민이 된 귀국동포들 아닙니까?"

"고맙습니다. 의장 동지!"

"내가 더 감사합니다. 서기장 동무!"

한덕수는 이토록 잔인했다.

북조선 내무성도 발 빠르게 움직였다. 일본으로 되돌아가겠다는 째포는 1차적으로 경고를 주고 그래도 계속하면 '정신병자' 진단을 붙여 병원으로 보냈다. 그래도 안 되면 노동교화소(구치소)에 보내는데 형량은 최소 3년, 최장 10년이다.

사람들의 입소문은 빨랐고 위력했다.

매주 귀국선이 입항하는 날이면 어김없이 청진항 부두로 몰려와서 반(半)시위 형식으로 하던 일본 귀국 요구도 조용히 없어졌다. 그뿐만이 아니다. 일상 생활에서 농담반 진담반으로 하던 일본 귀향 소리도 째포들의 입에서 더는 나오지 않았다. 그만큼 노동당의 철저하고 강한 째포통제가 잘 먹혀들었다는 소리이다.

김은희가 흘러내린 머리를 바로 한다.

"저!… 그리고 이건 아주 중요한 문제인데…"

"어서 말하세요. 뭐든 괜찮아요."

"현재 귀국동포들은 우리 인민들과 똑같이 근로단체 조직생활을 합니다. 그런데 그들이 회의 및 생활총화에서 세포위원장, 초급단체위원장 등 간부들에 대한 비판도 서슴지 않아요."

"어머! 그게 정말이에요?"

"모든 조직의 초급일군들은 당에서 임명한 사람들인데 그들을 비판하는 것은 곧 당에 대한 비판이나 다름없는데 말이죠."

"정말이지 큰일 날 문제네요."

일본에서 입국한 귀국동포들은 청진항에 발을 딛는 순간부터 북조선 공민이 된다. 노동당에서 철저히 계획하고 완벽한 실행명령을 내리는 전체 인민을 대상으로 하는 조직별 정치학습 및 강연시간이다. 그 외에도 총화, 토론회, 선서모임, 노래공부 등 다양한 사상교육 종목이 있다. 공민이면 여기에 의무적으로 참여해야 한다. 이런 북조선 문화를 째포들은 의아해한다. 향후 그들 속에서 사회제도 비판적 언행이나 행동이 나타나지 않을 거라고 누가 장담하겠는가.

언제 어디서 무슨 일이든 작은 것에서부터 시작된다. 괜히 소홀이 했던 분야에서 커다란 사건이 발생하면 수습이 어려울 정도로 위험하다. 첫째도 둘째도 째포들로부터 사회주의 체제를 지키는 것이 자신들의 어깨에 놓인 당과 국가에 대한 충성이다.

무겁게 입을 여는 리숙.

"그러면 귀국동포 특별학습반을 운영하면 어때요?"

눈살을 찌푸리는 최만오.

"현재 인민들과 똑같이 하는 조직생활은?"

"그건 그대로 하는 것이고요."

찰칵! 찰칵!~ 벽시계소리가 멈춤 없이 울린다. "자! 15분간 쉬고 합시다" 하는 리숙의 제안에 모두 자리서 일어난다. 회의 열기에 얼굴이 달은 네 사람은 건물옥상으로 올라왔다. 사방을 둘러보면 여기저기서 건설현장의 풍경이 시야에 들어온다. 보람찬 창조의 노동으로 새날을 맞고 보내는 사람들의 열성이 대단해보인다.

최만오와 강지철은 담배를 붙여 문다. 골 아픈 회의 도중에 한 대 피우는 담배가 꿀맛인 듯하다. 리숙과 김은희는 가벼운 체조를 한다. 사무실에만 앉아있는 이들은 잠시 야외에서 시원한 공기를 마시며 간단한 운동을 하는 버릇이 있다.

김은희가 말한다.

"남자들은 담배를 왜 피우나요?"

눈을 크게 뜨는 최만오.

"식후일미라고 밥 먹고 피우는 소화초! 기분 좋을 때 피우는 흥분초! 나쁠 때는 화풀이초! 누구를 만나면 인사초!…"

"호호!~"

"업무 중 뭐가 잘 생각이 안 날 때 피우면 사색초! 다소 심심할 때는 심심초! 추울 때 피우는 것은 난로초! 더울 때는 시원초! 시도 때도 없이 아무 때나 피우면 열성초!…"

"너무 재밌네요. 남자들은…"

때와 장소를 가리지 않고 담배를 붙여 무는 남자들은 사무실, 노동현장, 회의실 등 흡연·금연 장소가 따로 없다. 그냥 자기 기분대로 아무 데서나 피우는 것이 보통이다. 마치도 담배를 피우는 남자의 모습이 멋있다고 생각하는 이들이 주변에 많다. 제일 미운 사람은 길거리를 가면서 담배를 피우는 몰상식한 남자들. 아무 인연 없는 행인에게 나쁜 담배연기로 피해를 주니 말이다. 그렇다고 그 모습에 인상을 찌그리는 행인도 없다. 그랬다가는 남자의 성난 주먹이 날아올 수도 있다.

강지철이 보탠다.

"사실 건강에도 나쁜 이놈의 담배입니다."

아랫입술을 삐죽 내미는 리숙.

"어머! 그런데 왜 그렇게 독한 애연가인가요?"

"정신적 피로감도 좀 풀어야 하니…"

"음! 담배가 그런 걸 조금 풀어주나 보죠?"

"어떻게? 한 대 피워보겠습니까?" 하는 강지철의 소리에 "호호! 아니요. 연기 냄새도 싫은데요…" 하며 리숙이 손사래를 친다. 정말 남자들의 담배사랑은 대단하다. 멀리도 말고 자기 아래 직원인 최만오만 봐도 그렇다. 그는 어디서나 둘째라면 섭섭할 정도의 골초다. 사무실과 주변서 가끔 따가운 눈초리도 받는다.

그는 담배 때문에 뭇사람들의 잔소리를 들어도 자기는 밥은 못 먹어도 담배만큼은 끊기 어려울 것 같다고 고백한다. 거기에 문학에 조예가 깊은 최만오는 어떤 날에는 밤새껏 줄담배를 하며 책을 보거나 사색에 빠지기도 한다. 그의 옷에는 항상 지독한 담배 냄새가 깊이 찌들었다. 자기는 그 냄새를 전혀 모른다고 한다.

최만오가 담배 연기를 맛있게 빤다.

"여자들은 인생낙이 뭔가요?"

"글쎄요? 여자들이 모여 하는 남의 뒷소리?"

미소를 짓는 리숙.

"그 중 제일 만만한 남편 흉보는 소리…"

네 사람은 다시 소회의실로 들어왔다. 그새 탁했던 방안의 공기가 확 갈아졌다. 찰칵! 찰칵!~ 벽시계 소리는 변함이 없다. 그 공정한 시간 속에 평범한 순간이 흐른다. 각자 제자리에 앉았고 리숙은 다소 진지한 표정으로 어떤 서류를 뚫어지게 쳐다본다. 어쩐지 오늘 회의서는 뭔가 중요한 안건이 있어 보인다. 적어도 자기업무에 책임적이고 열성적인 세 사람의 시선이 회의 주재자인 리숙에게 꽂혔다.

"자! 이제부터 진지한 토의 좀 해요."

세 사람의 표정이 정색하다.

"아시겠지만 재일동포 귀국사업은 그들의 권익을 보장하고, 노력보충도 하고… 중요하게는 외화벌이 목적도 있죠."

"…"

"3년이 지난 지금까지 공화국에 입국한 재일 귀국동포는 약 8만 명입니다. 문제는 우리가 귀국 인원 늘리기에만 신경을 썼지 정작 중요한 것은 놓치고 있다는 거예요."

"…"

"그것은 바로 다른 외화 벌이 방법을 찾거나 써보지 못했다는 거죠. 그래서 지금부터 그 방법을 찾아보자는 거예요."

모두의 눈빛이 초롱초롱하다.

평양이 조총련에 조선학교 및 병원건설 지원비, 학생장학금 명목으로 보낸 돈보다 100배, 1,000배 이상의 돈이 일본에서 들어오고 있다. 티끌모아 태산이라고 북조선에 정착한 귀국동포들에게 일본에 남겨진 가족친척에게서 보내오는 돈이다. 거기에 만족하지 않는 관계자들이다. 더 많은 돈을 일본으로부터 들여와야 할 것이다. 그에 따라 당과 국가에 대한 자신들의 충성심이 계산되고 인정이 된다.

귀국동포들의 권익옹호, 사회노력보충, 외화벌이… 이 중에서 가장 중요한 것이 바로 노동당에 바치는 외화벌이다. 그 외화가 있어야 나라의 경제도 발전시킬 수 있고 무엇이든 할 수 있다. 북조선도 엄밀히 세계경제 속에 있지 않는가.

최만오가 말문을 연다.

"외화를 당에 많이 바치는 상포들을 적극 찾읍시다."

모두의 눈이 커진다.

"1년에 일본 돈 100만 엔을 바치는 상포들…"

"100만 엔이요?"

"일본에서 일반 노동자 1년 치 월급이죠."

"상당한 거액이네요."

"그렇습니다. 거액만큼 자유를 주자는 거죠" 하는 최만오의 모습이 도도하다. 네 사람이 입을 쭉 벌리고 놀란다. 자유라니? 아리송한 표정을 감추지 못하는 강지철이 "서기장 동지! 도대체 무슨 자유죠?" 하고 묻는다. 최만오가 설명한다. 째포들 중에 1년에 100만 엔 이상 노동당에 바치는 능력자들은 중국과 동남아 등 외국으로 나가 마음껏 사업할 수 있도록 특혜를 준다. 그들에게 일본서 가졌던 국적을 복원해주고 원하면 북조선 공민증도 주고… 즉 2중국적을 허가한다.

여기서 가장 중요한 것은 평양에 가족을 둔 조건이다. 째포들 중 사업능력이 뛰어나거나 돈 버는 재간이 좋은 자들을 북조선에 묶어두지 말고 다시 외국으로 내보내 외화를 벌게 하자는 것이다. 상포에게 당당한 재일조선인 귀국자 증명서, 북조선 여권 등을 주어 해외에서 어떤 사업이든 자유롭게 할 수 있도록 승인한다.

물론 제3국을 통해 일본 방문도 허가할 정도로 통 큰 정책도 필요하다. 김은희가 눈을 크게 뜨며 "귀국동포들은 일본을 떠날 때 현지 행정당국이 그들의 호적등본을 전부 없애버렸다는데 복원이 가능한가요? 또 필요할까요?" 하고 묻는다.

모두의 눈이 커진다.

"할 수밖에 없죠. 엄밀히 호적등본 말살은 본인 혹은 가족이 승인해야 가능한데 일본 당국은 그걸 무시하고 했습니다."

"맞아요. 그렇죠."

"그러니 일본 당국도 떳떳치 못한 거죠."

환해지는 모두의 표정.

"귀국동포들 전체의 약 0.1~0.5%는 분명 돈 좀 있거나 돈 벌줄 아는 상포들로 추정이 됩니다. 이들을 가급적 적재적소로 활용하자는 겁니다. 작은 고추가 맵다는 소리도 있죠"

강지철도 한 마디 한다.

"저는 별다른 반대 없습니다."

리숙은 매우 만족한 표정이다. 이래서 회의가 좋고 진지할수록 우수결과가 나오기도 한다. 의외로 쉽게 풀리는 문제이다. 일본은 확실하게 북조선은 물론 남조선보다도 경제적으로 앞선 나라이고 명실공이 아시아 최고의 경제대국 아니겠는가.

그런 일본에서 일반노동자 한 달 월급이 일본돈 10만 엔이다. 그 돈은 북조선에서 일반노동자 수년 월급과 맞먹는 고액이다. 일본에서 10만 엔으로 보통시민으로 사느니 그 돈으로 북조선에서 큰 부자처럼 떵떵거리며 살 수 있다. 북조선에 들어와 사는 일부 상포들이 자유가 없는 불편함은 있으나 간부들이 허리 굽혀 깍듯이 인사하고 귀빈대접을 받으며 폼 나게 산다. 그들에게 외국에 나가서 돈을 벌어오게 하면 그것은 분명 나라에 경제적인 보탬이 되는 것이다.

노트에 뭔가를 적는 리숙.

"그러니까 돈을 받고 자유를 주자! 이거죠?"

고개를 끄덕이는 최만오.

"좋아요. 한 편 적들을 항상 예리하게 경계해요."

신중한 표정의 김은희.

"적이라면 귀국동포들을 말하는 거죠?"

강지철이 미소를 보인다.

"그렇습니다. 우리의 사상과 반대인 자는 적입니다. 대표적으로 국군포로와 째포들. 이 두 부류는 혁명의 암초이죠."

리숙이 곁들어 말한다.

"전체는 아니고 그중 일부만 그렇죠."

"예. 맞습니다. 위원장 동지!"

북조선 최고 비밀정보기관 내무성 정치보위국이 보기에 째포들의 실체가 신중하다. 북조선으로 입국한 그들은 어떤 방법으로든 일본에 부정소식을 전할 것이다. 공화국의 민낯이 세상에 폭로되는 꼴이다. 이것은 막아야 한다. 그들에 대한 철저한 감시·보고체계가 더 절실하다. 8과 강습도 중요하지만 째포들의 정신사상 태토를 곁에서 지켜보는 사람들이 상급기관에 하는 신고체계가 필요하다.

정확히 표현하면 서로 관찰(감시) 및 신고제이다. 신고자에게는 철저한 신원 비밀을 보장해주며 어느 정도 수고비도 지불할 것이다. 그래야 더욱 활성화되는 대중관찰 활동이다. 어떻게든 귀국동포들 속에 있을 반동 놈들을 찾아야 할 것이다.

강지철의 입이 쉴 새 없다.

"째포들이 항의를 하죠. 자기들은 일본에서 전국을 마음대로 다녔는데 왜 공화국에서는 통행증 제도가 필요한가고?"

"여기는 조선이라고 하세요."

"그래도 쉽게 이해는 못할 겁니다."

"당에서 주는 혁명과업이니 잘 설명하세요. 우리는 미제와 남조선 괴뢰들이 있는 남반부와 마주하고 있다고… 그러니 우리의 사회주의 제도를 지키려는 통행증 제도라고…"

리숙이 단호한 눈빛이다.

"자유의 싹은 애초 없애야 해요."

엄마 생일인데 왜 우나

두두두!~ 그라인더 도는 소리다. 전동기에 붙은 벨트의 힘으로 회전하는 그라인더 앞에서 가정용 가위의 날을 가는 박승호다. 3년 전 이곳 함흥 철제일용품공장에 배치 받은 그는 실습을 포함한 3개월간의 기능공교육을 받고 연마공이 되었다. 프레스에서 찍혀 나오는 각종 철제용품을 매끈하게 그라인더로 연마하는 작업이다.

생각이 깊은 박승호.

그는 3년 전 '땅딸보' 동료 귀국자와 함께 이 공장으로 배치 받아 와서 한동안 정신이 나가는 줄 알았다. 아침출근을 해서 하루일과 시작으로 독보시간에 어김없이 수상인 김일성의 지시와 노동당의 방침을 관철하자는 충성맹세가 무척 불편했다.

"당의 결정을 무조건 관철하자!"

"혁명하고 투쟁하고 전진하자!"

이런 사회정치적 구호가 마음에 없어 땅딸보는 늘 볼이 부었다. 똑같은 근로환경의 일본서는 전혀 없었던 광경이니 말이다. 이상했다. 인민이 주인이라는 사회에서 왜 그 인민은 노동당의 정책을 절대적으로 따라야 하는지? 그 정책을 반대하는 사람도 있겠는데 전혀 보이지 않았다. 땅딸보가 직설적 성격으로 못마땅한 자세를 보이면 주변에서 눈치를 준다. 그러면 그때뿐이고 차후 불평 늘어놓기를 반복했다. "내가 내 입을 가지고 내 생각도 말을 못하는가?"라는 식이다.

"당의 지시는 왜 앞뒤가 너무 다른가?"

"애초 간부들의 업무태도가 마음에 안 든다."

"혁명사상 학습은 왜 하는가?"

대체로 이런 소리였다. 땅딸보는 어느 날 공장당위원회로 불려가 호된 비판을 받고 한동안 잠잠해졌다. 허나 세 살 적 버릇이 여든까지 간다고 그의 불평이 또 시작되었다. 그러던 어느 날 땅딸보는 출근을 안 했는데 사람들이 궁금했다. 이후 그가 없어지고 1년쯤 지나 소문에 따르면 노동교화소(구치소)에 끌려갔다.

일본에서 함께 온 귀국자 땅딸보가 사라진 후 박승호의 어깨는 축 쳐졌다. 내무성 산하 수용소로 한밤중에 끌려갔으니 마음이 편할 리가 없었다. 안그래도 가뜩이나 일본에서 온 째포로 안 좋게 보는 주변의 눈빛들이니 저도 모르게 입이 무거워진 박승호다.

잘못 찾아온 북조선이다.

누가 이런 곳인 줄 알았는가?

이제 와서 가슴을 치며 열백 번 후회한들 아무런 소용이 없다. 이미 흘러간 물이고 누구도 아닌 자신이 바보였다. 지금 생각해보면 그 자유로운 일본 땅에서 숨이 막히는 이곳 북조선으로 왜 왔는지? 아니, 분명 귀신에게 홀린 것은 아니었을까?

3년 전 귀국선 하선 후 청진 초대소를 거쳐 이곳 함흥에 도착한 박승호는 눈이 딱 감겼다. 일본에 비하면 시골도시보다 못한 함흥이 북조선에서 두 번째로 큰 도시라고 한다. 도시 곳곳에 동유럽 기술자들의 도움으로 짓는 건축물이 눈에 띄었다. 마치 유럽의 위성도시 같은 느낌이 든다. 그 속에서 질서 있게 움직이는 사람과 사회를 보니 '아! 이곳은 강력한 생활통제 사회이구나!' 하고 눈치 챈 그다.
되돌릴 수 없는 시간이다.
박승호가 함흥으로 와서 배치 받은 직업은 그럭저럭 일할 만했는데 문제는 노동과제 말고도 정치사상적 과제물이 많았다. 노동자들도 인텔리 마냥 정치학습, 강연 등을 지속적으로 받으며 살아야 했다. 세상 그 어디에도 없는 인간생활 문화인데 이건 도무지 자본주의 사회서 살던 자기로서는 이해가 힘들었다.

하늘에 어슬어슬 어둠이 내려앉는다.
퇴근시간 공장 밖을 나선 박승호는 직장 동료들과 '충성의 노동'(2~3시간의 야간작업)을 하려 함흥역전거리 아파트 건설현장으로 향한다. 당의 지시에 따라 진행하는 충성의 노동은 강제노동이다. 붉은 깃발이 휘날리는 대오 속에 선동원은 구호를 외친다.
"모두다 천리마 운동에로!"
"전체 노동계급은 단결하자!"
박승호는 과거 일본에서 하루일 마치고 퇴근길에 사카바로 가서 술 한 잔 걸치고 집으로 들어가는 것이 유일한 낙이었다. 이제는 달콤한 추억으로 남았을 뿐이다. 그의 곁에서 홍얼홍얼거리며 걷는 동료가 있다. 몸집이 호리호리하고 바싹 야윈 얼굴인 그는 '먹새'라는 별명을 갖고 있다. 그가 "에이! 이거야 살겠소? 일은 일대로 하고 또 무슨 연장 작업에 나가고…" 하며 입이 한 발 나왔다.
"박 동무! 일본에도 연장 작업이 있소?"
"있소! 연장수당도 있고…"
"연장수당? 그게 뭐요?"
"돈이요. 연장노동 작업대가의 금액이란 말이오."

"허면 불평이 없겠구먼!"

"참! 여기는 왜 불평하는 사람이 없소?"

"당의 지시에 불평하면 반동이 되오" 하는 먹새다. 박승호는 속으로 놀란다. 그가 여기 함흥서 3년간 살아보니 분명 인민들은 주눅이 들어있다. 사회생활에서 서로가 극도로 말조심하는 경향이 뚜렷하다. 일반적인 생활의 대화는 전혀 괜찮은데 꼭 민감한 정치적 소리에서 사람들은 극도로 주의한다. 지금껏 당과 정부를 비판하는 사람을 보지 못했다. 노동자들은 국가정책에 대해 지지응원은 해도 거절은 절대 못한다. 무슨 일이든 찬·반이 있기 마련인데 말이다.

먹새는 일본이 무척 궁금하다.

그가 노동당에서 교육을 받기로 조선을 강점했던 일본 놈들은 이 땅의 은금보화를 통째로 깔고 앉아 2천만 인민의 피와 땀을 고열로 짜내었다. 그 비싼 대가로 아시아 제패의 망상을 실현시켜 보려 했던 야망에 가득 찼던 일본이었다. 침략과 패망의 나라다.

그런 일본 사회는 얼마나 다른 곳인지? 사람들의 의식주 생활은 어떤 모습인지? 째포 박승호를 보면 똑같은 노동자이지만 인성이며 지식 등이 남들보다 높은 것 같다. 자본주의 나라서 살았던 그가 남들보다는 세상물정을 더 알 것이 아니겠는가.

"박 동무! 일본서는 월급이 대체 얼마요?"

"내가 도쿄서 일할 때 한 달 노임으로 10만 엔을 받았소. 그 돈으로 한 달간 나 혼자 밥 먹고 사는 데는 문제없소."

"한 달 생활비는 얼마나 썼소?"

"나는 회사에서 받는 노임의 절반을 쓰고 나머지는 저금했소. 쌀과 부식물 등 먹는 것은 그렇게 비싸지 않는데 집세나 생활비에 큰돈이 드오. 전기료, 병원비, 세금 등…"

"집세라는 게 뭐요?"

"내가 들어가 사는 집 주인에게 매달 지불하는 돈이오. 흔히 우리가 여관에서 하룻밤 자면 돈 내는 것과 같소."

"세금은 또 뭐요?"

"노동을 해서 소득이 발생하는 국민이 나라에 바치는 돈인데 보통 수입의 5~10% 정도요. 그 돈으로 국방, 치안, 교통, 행정 등 나라가 운영되오. 세금납부는 국민의 의무요."

"의무? 그걸 어기면 안 되오?"

"물론. 벌금이 나오고 재산이 압류되오."

먹새는 박승호의 말이 귀에 속속 들어오며 그럴수록 신비하다. 일본은 분명 북조선하고는 전혀 다른 사회가 아닌가. 평양에서 말로만 일본이 나쁘다고 했는데 정작 그 곳에서 살던 사람의 증언을 들으니 매우 놀라울 정도이다. 무엇보다 노동자가 자기 과제 외에 야간작업을 하면 그에 대한 수고비를 따로 지급한다고 한다.

멍한 기분을 주체 못하는 먹새. 거의 의무적, 반강제적으로 야간작업을 하는 북조선에서는 꿈같은 소리가 아니고 뭔가. 일본의 보통 노동자가 한 달간 일해서 받는 월급으로 먹고 입고 쓰는 생활에서 아무런 지장이 없다는 증언도 마치 거짓말처럼 들린다.

박승호도 궁금하다.

"그런데 우리는 왜 월급도 제대로 못 주오?"

"국가는 월급을 주는데 간부들이…"

"그들이 갈취하는 거요?"

"짤가닥 나서서 당에 충성자금을 바치자고 선동하오."

"그러면 저들이나 그럴 거지?"

"간부들의 말을 안 들으면 반동이오."

좋은 여성을 만나 결혼하고픈 마음을 갖고 일본서 북조선으로 온 박승호다. 그는 직장생활을 하면서 처녀는 고사하고 과부라도 만나 함께 살고픈 생각이 간절하다. 허나 직장의 종업원 절반이 여자라지만 자기에게 눈을 마주치려는 여성은 없다. 도대체 무슨 이유일까? 자기가 남들보다 뭐가 모자라는가? 남들처럼 세끼 밥 먹고 출근하고 퇴근하고… 남들이 하는 학습이며 직장문화 생활도 잘 참가한다.

함께 일하는 직장여성들 중 "승호 동무! 우리 한 번 사귀어 봐요"하는 소리가 전혀 없다. 어쩌다가 자기가 그런 눈빛을 보이면 상대에서는 이상한 표정을 보인다. 어딘가 모르게 자기를 경계하고 있는 듯 하는 묘한 느낌이 슬그머니 드는 것이다.

먹새의 목소리가 낮다.

"박 동무! 궁금한테 일본 여자들이 곱소?"

"갑자기 그건 무슨 소리요?"

"우리는 노총각이잖소? 나는 조만간 결혼하오. 남편은 전쟁 때 낙동강 전투서 전사했는데 아이가 1명 있는 과부요."

"아! 그렇소. 축하드리오."

"히히! 박 동무. 여기 북조선에서는 나 같은 놈을 팔푼이라고 하오. 처녀장가 못가고 과부장가 간다고."

"허허! 사랑은 진실하면 되는 것이오."

"그렇게 봐주면 고맙소."

신영자는 지친 몸을 이끌고 퇴근했다.

함흥 종이공장에 배치 받은 그녀가 아이 셋을 데리고 사는 어렵고 불쌍한 여자라고 행정당국이 관심을 갖고 특별한 혜택을 주었다. 시(市)인민위원회 8과에서 우선적으로 배정해준 단칸짜리 집이다. 다른 째포들은 집이 없어 수개월씩 기다려야 했다.

아이가 3명이어서 살림방 3개짜리 집을 기대했던 것은 완전 망상이었다. 배정 받은 단칸집은 분명 자기가 일본에서 살던 집보다 못했다. 수돗물은 고사하고 원료는 석탄이나 나무가 고작이었다. 그것도 전부 국가에서 배급을 받는 형국이다. 그렇다고 넉넉할 정도의 양은 아니고 뭐든 쓰고 남지 않을 정도의 빠듯한 양이다.

먼저 퇴근한 보애가 저녁밥을 짓는다. 성인이 된 그녀는 맏이로서 중학생, 인민(초등)학생인 동생들 앞에서 열성이다. 세대주 아버지가 없는 집안을 남들이 업신여길 수 있는 조건이 풍부하다.

"어머니! 인제 오세요?"

"오냐! 직장에서 총화가 길어지는 바람에…"

"또! 그놈의 총화? 수상님의 말씀이 어쩌고저쩌고?"

"아니? 얘가… 동생들 있는데…"

"미안해요. 어머니! 안 그러자고 해도…"

"아사라! 버릇이 된다."

신영자는 어느덧 북조선 인민이 되어간다. 정치적 발언을 조심해야 하는 이 사회서 가족도 예외가 아니다. 당국에 대한 불평불만을 집에서 하다 보면 버릇이 되어 밖에서 실수할 수 있다. 사람들은 불평분자에 대해 상부에 신고하는 제도서 산다. '부정'을 신고 안 하면 똑같은 '범인'으로 보기에 반드시 신고해야 한다. 북조선 생활 3년간 그냥 입 꾹 다물고 있는 것이 나을 듯싶었다. 그것이 그나마도 생명을 유지할 수 있는 방법이고 그 반대의 모습은 자멸의 길임을 느꼈다.

"야! 우리 엄마가 왔다."

"어머니 오셨어요?"

둘째와 막내가 반색을 한다.

"오냐! 너희들 숙제하고 있구나" 하는 신영자가 애들을 보며 일본에서 흔했던 사탕과자를 여기 북조선에서 구경조차 하기 힘든 가난함에 마음만 아프다. 3년 전 청진에 도착해 초대소에서 애들에게 줬던 일본제 사탕과자가 그립다. 그래도 지금까지 큰 불평불만 없이 잘 자라주는 세 딸이 마냥 고맙기만 하는 신영자다.

그녀가 보애에게 "너희 직장은 작업시간을 마치고 당정책 학습을 안 했냐?"고 묻는다. 보애는 아랫입술을 삐쭉 내밀면서 "아픈 핑계를 대고 조퇴 받고 왔어요. 오늘은 어머니 생신이잖아요? 그래서 좀 일찍 퇴근했거든요" 하며 말끝을 흐린다.

순간 신영자는 울컥하는 마음이다.

그러고 보니 자기 생일이 맞다.

평상시 먹을 것이 흔한 일본서는 미처 생각지도 않았던 생일이다. 여기 북조선에 와서는 생활 자체가 어렵지만 사람들이 소속 단체에서 무슨 교육사상으로 그렇게 들볶는지 정신이 다 혼미할 정도다. 그러니 생일 같은 것을 생각할 시간조차 없다. 자기 생일에 고된 노동을 마치고 당과 국가에게 충성하겠다는 총화를 하고 왔다.

신영자가 보애에게 말한다.

"네가 맏이로 우리 집에서 수고가 제일 많다."

"참! 어머니도 새삼스럽게…"

"그래도 참 미안하구나. 이 어미 때문에."

"됐어요. 생일날 무슨 그런 소리를…"

주보애는 가족과 같이 청진항에 도착해 초대소에서 8주간 생활하면서 '북조선은 내가 공부할 만한 사회가 아니구나. 어머니와 두 동생을 도와 일을 해야지' 하는 결심을 했다. 일본보다 가난한 북조선에서 공부는 사치인 것 같았다. 하여 그녀는 시(市)행정위원회 8과에서 어머니 신영자의 직업을 배치할 때부터 곁에 찰싹 붙어 다니며 무조건 엄마가 소개받는 직장으로 함께 해달라고 졸랐던 것이다.

보애가 방에 대고 소리친다.

"둘째야! 막내야! 어서 밥상을 펴라!"

"예. 언니!" 하는 둘째다.

둘째와 막내가 음식을 나른다. 평상시에 보기 힘든 통닭 한 마리, 송편, 녹두지짐, 고사리무침, 꽈배기, 옥수수국수 등이다. "이 귀한 음식은 어떻게 장만했나?" 하는 신영자에게 "걱정 마세요. 나도 수완은 있어요" 하는 맏딸이다. 자기 애용품인 일본에서 차고 온 손목시계를 팔고 시장에서 이 음식을 가져온 보애다.

둥근 밥상에 빙 둘러 앉은 모녀들.

막내가 생글생글 웃으며 말한다.

"엄마! 학교선생님이 집에서 맛있는 음식을 먹을 때는 꼭 김일성 수상님께 고맙다는 인사를 드리고 먹어야 한다고 했어!"

둘째도 한 마디 한다.

"웅! 맞아. 나 내일 학교로 가서 우리 학급 동무들에게 자랑해야지. 야! 신난다. 우리 엄마! 우리 언니가 최고야."

고개를 가로 젓는 신영자다.

교육이 이렇게 무섭구나. 어린 두 딸은 과연 김일성이 누구인지 알까? 동해 섬나라 일본 땅의 수만 명 재일조선인에게 '인민의 지상낙원'이란 거짓말로 속여 북조선으로 데려온 나쁜 사람인데… 그런 일만 없었어도 우리는 지금 일본서 단란하지는 못해도 이토록 힘겹게 살지는 않았을 텐데… 이런 날이면 온 가족이 식당에 가서 맛있는 음식을 먹고 극장과 영화관에도 갔을 것이다. 여기 함흥에는 가족이 갈 만한 식당도 없지만 영화관 극장서도 모두 사상교양 영화 공연뿐이다.

보애의 마음은 열 받았다.

'이 음식은 내가 발로 뛰어 장만한 음식이다. 그것도 나의 애용품 시계를 주고서. 그런데 이것이 왜 김일성의 배려인가. 온종일 어디가나 수상님의 배려이고 당의 사랑이란다. 미치겠다.'

신영자가 보애에게 눈을 껌벅인다.

그냥 넘어가자는 신호다. 둘째와 막내는 귀국사업 이해를 못하는 아이들이다. 가정은 밥 먹고 잠자는 공간이다. 집보다 공장과 학교, 사회노동 현장서 더 많은 시간을 보내는 신영자이고 딸들이다. 혈육인 가족보다 다른 사람들과 더 오래 어울리는 시간이 많다. 그 속에서 언제 어떻게 실언이 발생할지 모른다.

억지로 미소를 짓는 신영자.

"그래! 막내 말대로 김일성 수상님께 감사의 마음으로 이 음식을 먹자. 수상님 계시기에 우리는 너무나 행복하다."

"…"

"우리 귀한 세 딸이 앞으로 무럭무럭 자라서 세상에서 제일 살기 좋은 인민이 주인인 사회주의 나라에 꼭 필요한 보배둥이, 재간둥이가 되어라. 그게 이 엄마의 소원이란다."

눈물이 보이는 신영자의 눈가.

막내가 놀라는 표정이다.

"엄마! 생일인데 왜 우나? 울지 마!"

"오! 그냥 너희들이… 아니, 노동당의 품이 고마워서! 이 좋은 날에 너희 아버지도 함께 있었으면 얼마나 좋겠냐?"

"엄마! 울지 마!"

보애의 마음이 무거워진다. 어머니가 오랜 만에 아버지 소리를 했다. 좀처럼 하지 않았던 아버지 소리다. 일본의 아버지는 한사코 가족의 북조선행을 반대했다. 그걸 뿌리치고 아버지와 등을 돌린 어머니와 세 딸이다. 그때는 몰랐는데 시간이 지나고 보니 아버지의 말씀이 옳았음을 조금씩 느끼는 어머니와 자기다.

단지 술을 좋아했고 가정을 나 몰라라했던 무책임한 아버지를 생각하면 잘했다는 생각도 든다. 그러나 그것은 한 가정의 문제이다. 지금 자기들은 하나의 가정보다 더 속속들이 알고 지내야 하는 거대한 사회주의 국가에 들어와 고달프고 어렵게 살고 있다.

이 북조선 사회는 거의 개인이 자주의식을 포기하고 살아야 한다. 무엇이든 자기 것은 없고 전부 국가 것이다. 재물은 물론이고 시간과 재능, 심지어 개인의 미래까지도 국가의 것이다. 그 국가는 김일성 수상이고 노동당이다. 여기에 충성해야만 살아갈 수 있고 그 반대의 모습이면 '혁명반동분자'가 되어 처형된다.

네 모녀는 음식을 먹는다.

보애가 말을 한다.

"어머니! 아버지의 북조선 입국을 왜 반대하나요?"

흠칫 놀라는 신영자.

"생각해보라. 이제 너희 아버지까지 여기 북조선으로 그나마 오면 일본에서 부쳐주던 돈은 누가 보내주겠냐? 내놓고 말해 돈이 없으면 우리는 진짜 거포가 된다. 거지 째포!"

"그래도 돈이 다는 아니지요?"

"으이그. 이 철없는 것아! 그래도 우리가 조금씩 일본돈 엔을 쓰니 사람들이 그나마도 대접을 해주는 거다. 안 그러면…"

"안 그러면요?"

"동네 개보다 못한 우리다. 여기서 3년을 살아보니 우리가 일본 돈 쓰는 사람이기에 원주민들이 부러워하는 거다."

"그건 맞는 소리예요."

"상포는 못 되도 거포는 되지 말아야지."

신영자는 북조선 도착 수개월 만에 궁금했던 점이 풀렸다. 북조선의 무료교육, 무상치료, 세금 없는 정책은 전부 형식이었다. 노동자들이 일하고 받는 것은 월급도 아닌 '생활비'이다. 전체 금액의 10% 정도이다. 나머지 90%를 국가가 갖고 전체 인민에게 무상으로 치료며 교육을 해준다. 모든 일을 똑같이 하고 나누자는 사회주의 정책이다. 상당히 비합리적이다. 무산자는 좋을지 모르나 유산자는 매우 불리한 국가정책이다. 결국 일본에서 했던 남편의 말이 꼭 맞았다.

신영자는 자기가 일본을 떠날 때 살던 집을 남편에게 맡긴 것은 천만다행이라고 생각한다. 그마저 없었다면 남편으로부터 가끔씩 오는 생활비도 없지 않겠는가. 아마도 남편과 함께 귀국선에 오르지 않고, 집도 조총련에 기부하지 않은 자기를 북조선 당국은 알게 모르게 미워하지 않을까 하는 의구심도 살짝 든다.

똑! 똑!~ 밖에서 문 두드리는 소리.

눈이 커지며 놀라는 신영자.

"누구예요?"

"저! 박승호 입니다."

함흥농마국수

3년 전 조춘심은 함흥에 거주지를 배정받고 남편 변서무는 함흥편직물공장 노동자로 직업배치를 받았다. 부부가 일본에서 알고 왔던 이상사회 북조선이 아니었다. 이곳에 오면 의료기술이 좋아 자기가 임신할 수 있다고 했던 생각은 한갓 헛된 꿈이었다.

변서무는 공장에 입직하여 자기 처지와 요구를 일본의 처갓집에게 전했다. 그의 장인·장모는 사위의 딱한 사정을 알고 함흥편직물공장에 편직기 20대를 기증했다. 그는 하루아침에 '부기사장' 직함을 가졌으며 기술과 간부가 되었다. 전날까지 동료들로부터 '변 동무'로 불리던 그의 호칭이 '부기사장 동지'로 상승했다.

변서무의 기구한 생활은 거기까지였다.

이후 간암으로 사망한 지 1년이 지났다.

조춘심을 꼼꼼히 조사한 함흥시인민위원회 8과장 진성은 그녀를 역전국수집 책임자로 상급에 알선했다. 일본에서 식당을 운영한 경력도 있고 사망한 남편이 생전 편직물공장에 기여한 공로도 있고 해서 '책임자'라는 자리를 선뜻 추천해주었다. 한편 혼자 사는 여인에 대한 각별한 애정도 마음 한구석에 있은 진성이다.

하늘 같은 남편이 사망한 이후 심한 우울증까지 겪었던 조춘심은 새 일자리를 잡으면서 생활의 활기를 찾았다. 식자재관리원, 창고장, 주방요리사, 접대원, 화구담당자 등 수명의 종업원을 통솔하는 시행정위원회 소속 급양부문 책임자이다.

점심시간이 지난 한가한 오후.

사무실에서 조춘심은 고민에 잠겼다.

그녀는 아침 출근길에 시(市)내무부에 들려 주간보고를 했다. 귀국자들의 동향을 보위과장 연창식에게 고하는 것이다. 정복차림 내무원이 수시로 국수집에 불쑥 나타나면 대중에게 나쁜 영향을 미칠 수 있어 자기가 출근 전에 내무부에 들르는 방식이다. 보고 내용은 언제 어디서 귀국동포 몇 명이 무슨 일이나 모임을 가졌다든지… 최근 일본의 정치사회 현황은 어떤지… 귀국동포들 곁에 가까이 오는 사람들은 누구인지 등 다소 일상에서 특이하게 보이는 현상이다.

연창식은 히죽이 웃는다.

"요즘 째포들의 마음과 동향은 어떤가요?"

순간 낯 색이 변하는 조춘심.

"어머! 내무원 동지도 우리를 '째포'로 불러요?"

"허허! 다소 불쾌한 기분인가 보지요? 사실 그게 '재일동포'의 약자 '재포'인데 억양을 강하게 '째포'로 부르죠. 생각하기에 따라 다르겠지만 그렇게 나쁜 표현은 아니지요."

"어머! 그래요?"

"굳이 비교하면 일본인들이 우리를 '조센징'으로 부르는 것과 같죠. 번역하면 '조선인'인데 그게 왜 나쁜가요?"

"호호! 그러네요."

조춘심이 조금은 안도하는 눈빛이다.

북조선 인민들이 자기 같은 귀국동포를 지칭한 '째포'라는 소리이다. 주변의 일부가 당사자들 앞에서보다는 뒤에서 흥보듯이 몰래하는 잡담이기도 하다. 주로 일상서 어떤 부정적인 일이 있을 때 소곤소곤 들려온다. 인간이 감정을 가진 동물인지라 인격비하적인 어감의 그런 소리를 듣고 기분 좋을 사람은 별로 없을 것이다.

자기도 그동안 '째포' 소리를 들으며 다소 불쾌했다. 그런데 오늘 공화국 내무원(경찰)인 연창식한테서 '째포'의 뜻을 확실하게 알고는 마음을 달리해야겠다는 결심이 선다. 이제부터 자신의 생각을 바꿀 것이다. 주변에서 자기를 째포로 부르든, 말든 전혀 개의치 않을 것이다. 안 그러면 자기만 손해가 아니겠는가.

열성껏 이어가는 연창식.

"여하튼 째포들의 의견을 꼭 알려주면 고맙겠어요."

"그런데 그걸 왜 내무부가 하나요?"

"조 동무! 이것은 진짜 혼자만 알고 있으시오."

다소 긴장해지는 조춘심.

"째포들 속에 민단간첩이 있을 수 있죠."

"어머! 그래요?"

조금은 아리송한 조춘심이다. 자기는 일본 여자여서 도쿄에 북조선을 지지하는 '조총련'만 있는 줄 알았지 남조선을 지지하는 '민단'이 있다는 것은 여기 북조선으로 와서 남편에게서 들었다. 조총련의 반대가 민단이면 그렇게 나쁜 것 같지 않다.

그녀는 간혹 보고할 내용이 없어도 가급적이면 들르는 이 방이다. 그럴 때면 연창식은 귀국동포인 그녀에게 은밀히 사상교양사업을 한다. 사회주의 우월성, 자본주의 반동성 등을 주입시킨다. 속으로 불편해도 조춘심은 그렇다고 내부부에 거짓보고를 할 수 없다. 내무원 연창식이 자기뿐 아닌

다른 귀국자한데 최근 주·월간 동향보고를 받을 것이다. 그중에 어떤 내용이 사실과 맞지 않을 경우 난감한 일이 발생한다. 그것은 괜히 긁어 부스럼을 만드는 꼴이 된다.

연창식이 엷은 미소를 보인다.

"참! 전번에 받은 옷감은 시집가는 동생에게 줬어요."

"어머! 별로 큰 것도 아닌데요…"

"솔직히 경공업품도 일본 것이 좋더군요."

"자본주의 상품이니 그렇죠."

"책임자 동지! 다소 놀랍겠지만 어쩌겠습니까. 또 신세를 좀 집시다. 일본제 방송설비가 그렇게 좋다죠? 내무부 강당에 설치할 방송설비가 필요한데 마땅히 구입할 데가 없어서…"

"내무부에 일본제 설비를 들여놔도 되나요?"

"허허! 설비에 무슨 사상이 있습니까?"

"어머! 그래도… 사람들 인식에…"

"방송설비에 붙은 상표나 설명서를 지우면 됩니다. 간혹 거기에 공화국 상표를 붙일 수도 있고요…"

"그래요? 허나 호기심 가는 사람이 있을 텐데…"

"우리 사회에는 그런 사람이 없습니다. 만약 있으면 반동분자로 규정되어 조용히 처리되는 것이 원칙입니다."

"어머! 그렇군요."

조춘심은 속으로 무척 놀란다. 노동당은 인민들에게 자본주의가 나쁘다면서 그 자본주의나라 제품은 국가기관서 사용해도 된다니 말이다. 이건 자기가 연애하면 로맨스, 남이 하면 불륜이라는 소리와 뭐가 다른가. 국가기관에서는 노골적으로 사용해도 되고 개인은 몰래 사용해도 반동이 되는 자본주의 상품이다.

인민들의 생활을 감시하는 내무부의 요구상품이니 어쩔 수 없다. 자기가 북조선에서 살자면 이 청탁을 거절할 명분이 없다. 만약에 이 요구를 거절하면 충성심이 부족한 쩨포로 찍혀 이래저래 불이익을 많이 받는 것이 북조선 생활이 아니겠는가.

퇴근시간이 되어온다.

조춘심이 홀에 나와서 "오늘은 일찍 퇴근 합시다" 하고 직원들에게 외친다. 아주머니들이 얼굴에 환한 미소를 지으며 "그저 우리 책임자 동지가 최고네요", "어디 듬직한 남자가 있으면 중매라도 서고 싶어요" 한다. 화사한 얼굴의 조춘심이 "그리고 주방에 남은 음식은 종업원 동무들이 골고루 나눠 가져가도록 하세요. 집에 가서 남편과 아이들 식사에 보태세요" 하자 직원들이 너무 좋아 어쩔 줄 몰라 한다.

"고맙습니다. 책임자 동지!"

"어쩜 우리의 심정을 그리 잘 알까?"

"가정에서 우리 여자들이 살림도 잘하고 집안이 화목해야 남편과 아이들이 밖에 나가서 기죽지 않고 열심히 일하고 생활한답니다. 그래서 예로부터 가화만사성이라고 하잖아요."

"우리 책임자는 꼭 대학선생 같아 보여요."

"호호! 대학은 못 나왔어요."

"그래도 어쩐지 많이 배운 분 같네요."

"고맙습니다. 그렇게 봐 줘서! 배움이 특별한가요? 항상 남을 존경하고 겸손하고 열심히 일하면 되죠."

"시 여맹위원회 간부를 해도 되겠어요. 충분히."

"어머! 정말요?"

조춘심은 일본에서 대학공부를 한 여자가 아니다. 중학교도 겨우 나온 그녀는 가정에서 예절교육과 사회에서 도덕과 질서를 지키는 평범한 시민으로 살았을 뿐이다. 민주주의 국가는 국민들에 대한 교육을 강제로 하지 않는다. 학교와 단체, 공공기관에서 그리고 종교단체 등에서 자유롭게 진행하는 국민문화 교육이다.

그에 비하면 북조선은 어떤가? 노동당이 강제로 시키는 국민교육이다. 전체 인민이 소년, 여성, 청년, 근로자, 농민 등 계급별로 나뉘어 조직에 소속되어 평생 정치사상(정신교육) 생활을 한다. 종교단체나 자율적 시민단체 등은 없다. 오직 집권 유일당만 있다.

일제강점시기 문맹률이 높았던 북조선 인민들의 사회적·교양적 의식수준은 매우 낮았다. 그러니 똑같은 계층에서 단순 비교해 봐도 북조선 인민과 일본 국민의 사회문화 사고인식 정도는 초등학생과 대학생 수준으로 격차가 크게 났던 것이다.

직원들이 퇴근하고 조춘심만 남았다.

그녀가 봉사일지를 정리하고 있다.

"수고 많습니다. 책임자 동무!"

진성이 밝은 얼굴로 불쑥 식당에 들어선다.

"어머! 이게 누구죠? 과장 동지!"

조춘심에게 은인 같은 진성이다. 그가 자기를 역전국수집 책임자로 만들어주지 않았다면 지금쯤 뭐하고 있을까? 아이도 없는 과부가 혼자 산다는 것은 주변의 따가운 눈총감이다. 가뜩이나 뒷소리하기 좋아하는 함경도 여인들이다. 무엇보다 일할 수 있다는 것이 얼마나 행복한가. 사람은 꼭 돈을 벌어서가 아니라 무엇인가에 열중을 해야 정신적으로 잘못되지 않는 법이다. 그래서 부자들도 일하는 것이다.

그런데 꼭 고마운 것도 아니다. 능청스러운 진성은 조춘심 앞에 담화사업이요, 뭐요 하면서 한 달이 멀다하게 나타난다. 그리고는 몰래 외화를 요구한다. 핑계는 좋다. 상급간부에게 적당한 인사차림도 하고 또 자식을 키우는데 어지간히 드는 돈이 아니라고 한다. 그래서 그의 요구를 군말 없이 들어주는 그녀다.

"퇴근길에 오셨나 봐요?"

"그렇소. 일본여인 하루코도 보고 싶어서…"

"어머! 제 일본 이름을 아세요?"

"그게 뭐 비밀이오? 고향은 센다이고."

"좋네요. 오랜 만에 듣는 제 일본 이름과 지명까지…"

조춘심은 마음이 무척 설렌다. 생전에 남편에게서 그것도 둘만이 있을 때인 집에서 가끔 들어보던 자기의 일본 이름 하루코. 부부는 북조선 생활에 불평이 있을 때 집에서, 그것도 일본 말로 조용히 속삭이곤 하였다. 자기들이 살던 일본이 정말 낙원이었다고, 그에 비하면 북조선은 인간 생지옥이라고… 그렇게 조금이라도 북조선에서 받는 정신적 고통에 욕설을 내뱉어야 마음이 후련해지기도 했다.

"참! 시원한 국수 한 그릇 말아드릴까요?"

"농마국수 말이오? 좋지!"

"잠깐 기다리세요. 내가 얼른…"

조춘심은 주방으로 모습을 감췄다. 진성은 업무상 째포들과의 접촉이 잦아지면서 일본 사회가 무척이나 궁금한 것이다. 도쿄는 어떻게 시민들을 통제하는지? 자본주의 경제구조와 사회제도 존재 법규는 어떤 것인지? 등이다. 역설적으로 자기 맡은 귀국동포 정착지도 일을 잘하려고 해도 뭐든 알아야 하지 않겠는가.

진성이 주방 쪽에 대고 소리친다.

"하루코! 술 좀 없소?"

"아, 예! 있어요."

조춘심이 술과 잔을 들고 식탁으로 와서 "무슨 일이 있었나요?" 하고 묻는다. 피식 웃는 진성의 얼굴에는 고뇌가 어렸다. 그의 아내는 성격이 괴 벽해서 별 것 아닌 것 갖고도 화를 잘 내는 버릇이 있다. 진성은 부부싸움 때마다 큰소리로 "무슨 여자가 저렇게 드센지?" 하며 나무란다. 그러면 "내가 드세다고요? 증거를 대봐요?" 하며 맞서는 아내다. 부부싸움의 본질은 둘 다 똑같다고 보는 진성이다.

그는 항상 부부싸움을 마치면 흥분되었던 마음을 진정하고 먼저 "그래! 내가 미안하오"라고 수그러든다. 그럴 때면 아내도 "나도 미안 했어요"라고 하면 좋겠는데 전혀 그러지 않는다. 그걸 보면서 아내의 배짱이 남자처럼 세다고 보는 진성이다.

"남의 여인들은 왜 그렇게 다 고운지?"

"어머! 과장 동지도 참!…"

"하루코! 우리 둘이 있을 때는 동무, 동지 호칭을 쓰지 말기요. 참! 일본서는 상대방을 부를 때 어떻게 호칭하오?"

"호호! 그거야 씨라고 하죠."

"하루코 씨? 이렇게?"

"아랫사람에겐 이름만 불러도 돼요. 진성 씨!"

"진성 씨? 그거 듣기 좋구먼! 우리가 쓰는 동지보다… 동지! 어쩌면 공적인 자리에서는 맞는 소린지 모르겠으나 사적인 자리서는 좀 아닌 것 같소. 어딘가 너무 어색하기도 하고…"

"저도 그렇게 생각해요."

"당에서는 부부도 혁명동지로 살라는데…"

"그건 무슨 뜻인가요?"

"그러니까. 부부의 생각도 당을 받드는 혁명의 길에서 일심동체가 되라는 소리요? 하루코는 잘 이해 못할 거요."

술 한 잔 걸친 진성의 상승 기분.

평상시 째포들을 통해 외부세계에 대한 호기심이 많은 터라 자본주의 생활문화에 쉽게 동화되는 자신이다. 그가 일상에서 째포들의 대화를 가만히 들어보면 어감도 좋고 부드러운 용어도 제법 있다. 선생님, 사장님, 선배님… 등의 호칭인데 북조선 당국의 통제로 쓰지 못하고 째포들은 저들끼리 몰래 쓴다. 어딘가 모르게 자유세계서 쓰는 용어가 더 좋은 것도 있어 보인다. 속으로는 따라 하고 싶다는 욕망도 있지만 만약 그랬다가는 자기도 반동사상에 전염된 걸로 취급된다.

조춘심이 계속한다.

"남의 떡이 커 보이죠. 사모님께나 잘해주세요."

"사모님이라니?"

"진성 씨 아주머니 말이에요."

"내 마누라가 사모님? 그것도 듣기 좋구먼. 안 그렇소?"

"여기서는 사모님 소리 없던데요?"

"평양의 빨치산 간부집 부인들에게나 쓰오."

"어머! 그래요?"

"그러고 보면 일본에서 배울 것도 많이 있구먼."

"잠깐! 제가 국수를 말아 올게요" 하고 자리서 일어나려는 조춘심에게 진성은 "가만! 하루코! 내 옆에 와서 좀 앉소"라고 당부한다. 의아한 눈빛의 조춘심이 얌전한 모습으로 그의 곁에 살며시 앉는다. "그냥 같이 앉고 싶어서 그러는 거요" 하는 진성에게 미소를 보이는 그녀다. 잠시 어색한 분위기가 흐르고 안절부절못하는 조춘심의 팔을 잡아 눌러 앉히는 진성이다. 이어 그녀의 탱탱한 엉덩이를 어루만지며 "사실은 국수보다 하루코의 사랑을 먹고 싶소"라고 한다.

"어머머! 무슨 말씀을 그렇게…"

"정말이오. 하루코!"

내심 화들짝 놀란 조춘심은 자리에서 벌떡 일어나 주방으로 모습을 감추었다. 진성은 또 한 잔 마시고 담배를 붙여 문다. 자기와 아내 사이에는 아들이 2명 있다. 이제 막 인민학교에 다니는 어린 것들이 그나마 집에 들어가는 유일한 희망이기도 하다.

부부싸움 때마다 '자식들만 아니면 열두 번도 갈라졌건만…' 하는 마음이다. 자기는 타인의 모범이 되어야할 사무원(공무원)으로 이혼도 어렵다. 직무에서 해임되고 타지로 추방된 상태에서나 가능할지 모른다. 하여 속을 죽이고 사는 진성이다.

조춘심이 국수그릇을 쟁반에 바쳐 들고 왔다.

"어서 드세요. 풀어지기 전에…"

"오! 이거 맛있겠구먼."

하얀 감자전분 국수다. 윤기가 자르르 도는 면 사리가 초록색 맑은 육수에 잠겼다. 잘 말은 국수사리 위에는 김치와 돼지고기, 명태회, 계란 반쪽이 올랐다. 젓가락을 진성 앞으로 놓으며 조춘심이 겨자와 식초를 국수사리 위에 조금씩 놓아준다. 그 모습을 물끄러미 보는 진성은 어딘가 모르게 연민의 정을 느낀다. '이 여자가 퇴근하는 자기 가방을 받아주는 아내이면 얼마나 좋겠는가…' 하는 마음이다.

진성이 야릇한 눈길을 보낸다.

그 눈길을 애써 피하는 조춘심.

그녀의 남편 변서무는 간암에 걸려 사망했지만 생전에 술은 안 마시던 사람이었다. 그러고 보면 질병은 참 신기하다. 평시에 음식관리를 잘하는 사람도 병에 걸리고 안 그런 사람도 무병장수하니 말이다. 사람 운명은 하늘의 뜻에 달렸다는 말도 맞는 것 같다. 조춘심은 자기가 애 없는 과부가 된 것은 평생 아쉬운 마음이다. 세상에 여성으로 태어났으면 아이를 낳아

보는 것도 행복이 아닐까. 아! 어디서 아이를 하나 낳을 수 있는 환경이 있다면 얼마나 좋으랴. 그게 소원이다.

진성이 또 한 잔 마신다.

"하루코! 하나 궁금한데 물어도 되오?"

"예. 어서…"

"쩨포 여자들은 그렇게 상냥하오? 내 보기에는 여기 북조선 여자들보다는 교양이 있어 보인다… 그 말이오."

"어머! 그래요?"

"사실이 그렇잖소? 우리 조선은 과거 일제 식민지에 있었으니 못 배우고 무식했을 것이고… 반대로 일본은 우리를 지배했으니 유식했고 부유했을 거란 말이오. 안 그렇소?"

"듣고 보니 그러네요."

"단순히 생각해도 일제 시기 부잣집 자식들은 공부를 했을 것이고 쌍놈의 자식은 그 부잣집에서 머슴살이나 했고…"

"그러면 부자가 일본이고 쌍놈이?…"

"여기 북조선이고…"

"어머머! 북조선이 쌍놈?"

순간 진성이 눈을 크게 뜨고 주변을 둘러본다. "쉿! 하루코! 조용히 말합시다. 어디서 누가 들으면 어쩌려고…"라며 자기 손으로 조춘심의 입을 막는다. "어머머!" 하며 수줍은 표정을 보인 그녀에게 "부끄러워하긴 여기 우리 둘뿐인데…" 하는 진성이다. 긴장된 얼굴인 그가 조춘심의 손을 꼭 잡고 "아! 하루를 살아도 하루코 같은 여자와 살아봤으면 원이 없겠소"라고 한숨 섞인 소리를 한다.

"하루코! 하나 부탁이 있소?"

"예? 또 무슨…"

"겁나오? 오늘은 엔 몇 장을 요구할까? 하고…"
"호호! 잘 아시네요."
"그깟 돈은 필요 없고 그냥 하루코를 진하게 안아보고 싶소."
"어머머! 지금 무슨 말씀을…"
"하루코도 남편을 잃고 1년이 지났으니…"
"어머! 아무리 그래도…"

조춘심은 아기를 간절히 원하는 여인이다. 일본에서 같이 온 남편 변서무는 불행히도 사망했다. 아이를 낳으려면 꼭 남자가 필요했다. 진성과 사랑을 나누는 것은 엄연히 불륜이지만 그래도 아이만 낳을 수 있다면 얼마나 좋을까? 아버지가 없더라도 그 아이는 자기가 잘 키울 것 같다. 그러면 그것도 행복일 것이다.

고민에 빠진 표정의 조춘심이 자리에서 일어나 창가로 가더니 초록색의 커튼을 친다. 실내는 어두워졌고 천장에 붙은 조명등이 환히 켜졌다. 암실에 밝은 빛이 뿌리니 더욱 아름다워 보이는 두 남녀의 모습이다. 두 사람 얼굴에 사랑의 열기가 타오른다.

진성의 곁에 사뿐히 앉은 조춘심이다.
"내가 정말 하루코를 다정히 안아봐도 되겠소?"
"그러세요. 저야 주인 없는 여잔데요 뭐!"
"이거 비밀로 할 수 있겠소?"

수줍은 얼굴의 조춘심이 고개를 끄덕인다. 진성의 마음은 쿵쿵 뛴다. 그동안 업무상 자주 만났던 일본 여자 하루코의 속살이 그리웠다. 그걸 만져보는 촉감은 또 어떨까? 집에서 미운아내를 안아본지 퍽 오래되어 여자의 육신이 못내 그리웠다.

흥분된 진성은 조춘심을 와락 껴안는다. 이어 자기의 두툼한 입술을 그녀의 빨간 입술에 대고 힘차게 빤다. 너무나 달콤한 그녀의 입안에 온 몸을 밀어 넣고 싶다. 아! 이 아름다운 일본 여인을 이제야 안아보다니? 얼마나 기다린 순간인가?

　조춘심도 은밀히 그리웠던 남자의 품이다.

　일본에서 함께 귀국한 남편 변서무가 불행하게도 간암으로 사망하기 전 수개월은 병상에 있었다. 그러니 자연스럽게 수년간 부부관계를 해본 적 없는 그녀. 젊은 여자인 자기도 왜 고요한 밤, 포근한 잠자리의 남자가 그립지 않았겠는가. 한껏 흥분된 조춘심은 사랑에 갈증이 난 진성의 품에 뜨겁게 달은 제 몸을 기꺼이 맡겼다.

　"진성 씨! 사랑해요."

　"그게 정말이오? 하루코!"

　"사실은 오래전부터 남몰래 연모해왔어요. 이 몸은 당신 거예요. 행복한 이 순간이 너무 좋아요. 당신 마음대로 하세요."

　"일본 여자들이 좋구면."

　"뭐가요?"

　"몸도 마음도 다!…"

회사와 귀국 준비하다

정필용은 가와사키시(市)에서 수산물 냉동설비를 제조하는 '우미냉각기 회사'를 운영한다. 제주도 태생인 그는 오래전 일본으로 유학을 왔다. 요코하마 대학시절 눈이 맞은 일본 여학생은 무남독녀로 자본가의 딸이었다. 정필용과 연애를 탐탁지 않게 생각하고 있던 아버지의 "조센징과의 결혼은 안 된다"는 말에 처녀는 돌변했다. "그러면 우리 두 사람은 같이 죽겠다"고 하니 바로 항복한 부모이다.

정필용이 결혼 후 아내를 쏙 빼닮은 자녀 2명을 연년생으로 낳으니 처갓집 식구들은 그제야 그를 사위로 인정했다. 성실한 근로정신, 가정에 대한 책임감 등은 일본 남자에게서도 찾아보기 힘든 생활습성이었다. 데릴사위인 그에게 장인은 지병인 대장암으로 사망 전 기업을 물려주었다. 기술자와 직원 수십 명인 회사다.

"인민의 지상낙원 북조선이 맞다."

"일본보다 훨씬 좋은 사회주의 나라 북조선."

"평양서 사람다운 대접을 받는다."

요즘 정필용에게 솔솔 들려오는 소리다. 사회주의 조국으로 간 일부 상포들 중에 북조선 생활이 너무 만족하다고 외치는 상황이다. 수도 평양에서 살거나 혹은 외국으로 나가서 사업하는 일부 상포들은 전체의 0.1%도

안 되는 소수 인원이다. 그들에게는 누가 뭐라고 해도 진짜 북조선이 좋다. 똑같은 일본 돈이 북조선에서는 수십 배나 효과가 있으니 평양에서 대접을 받는 것이다. 일본에서 존재감도 없던 평민이 북조선에서 많은 사람들의 부러운 눈길을 받는 부자로 바뀌었다.

"무상치료, 무료교육이 좋다."

"북조선 여자들은 너무 아름답고 순진하다."

"매너가 아주 좋은 북조선 간부들…"

자기를 무척이나 기분 좋게 만드는 소리가 분명하다. 정필용은 3년 전 세상을 떠들썩하게 했던 북조선 귀국사업에 적극적으로 앞장 선 공로를 인정받아 1960년 4월 평양서 보내온 김일성의 표창장까지 받았다. 이후 조총련중앙본부 이사를 겸하고 있다.

그가 한덕수와 주동으로 벌리기 시작한 '재일조선인북조선귀국운동'은 거두절미하고 사회주의 애국 사업이었다. 그동안 나라 없는 설움을 가슴에 안고 이국땅에서 사는 동포들이 참 조국을 찾아가자는 목적의 사회운동이었다. 그 일이 있었기에 일본과 북조선이 그나마도 민간차원에서 경제적 교류를 하고 있다.

"북조선에는 왜 자유선거가 없을까?"

"주민들의 이사와 유동의 자유도 없다."

이런 소리는 정필용에게 안 들릴까? 들려도 흥미가 없다. 어느 사회나 잘사는 사람이 있으면 못사는 사람도 있다. 북조선만 그러겠는가? 여기 일본도 그렇다. 아니, 남조선은 물론 미국도 세상 어디나 사람 사는 곳은 유사한 법이다. 또한 "평양서는 건국의 망치소리가 들려오는데 서울에서는 전혀 안 들린다"는 소리가 재일조선인 사회에 파다하게 퍼져 있다. 남조선보다 북조선이 더 잘 산다는 뜻이다.

정필용은 전형적인 기업인이다. 일본에는 거지가 없는가? 있다. 자기는 북조선에 가면 기업인으로 가난한 사람들과는 전혀 다른 사회에서 살 것이다. 세상의 기업인들은 별 차이가 없다. 어디서든 열심히 일해 나라에 세금만 바치면 될 것이다.

하루빨리 가고 싶은 북조선이다.

맑은 하늘에 구름 한 점 없는 청명한 날씨다. 일본 동해안의 가와사키 지역에는 제조공장이 제법 많다. 정필용이 회사 마당에서 누구를 기다린다. 조총련 소속의 많은 기업인들 중에 그런대로 잘 나가는 그가 언제나 바쁘게 살고 있다. 빵빵! 은빛색 '토요타' 한 대가 들어온다. 정차된 승용차에서 내리는 한덕수와 마웅석.

"안녕하오. 정 사장! 오랜만이오."

"어서 오십시오. 한덕수 의장 동지!"

"정 이사! 수고 많소."

"아니, 어떻게 마 본부장님도 같이?…"

"중앙에 볼 일 있어 왔다가 겸사해서 왔소."

"환영합니다. 존경하는 두 분!"

한덕수가 머리 위로 손차양을 하고 사방을 둘러보며 "이거 회사가 제법 크구먼. 대단하오"라고 한다. 크게 부러운 눈빛인 곁에 선 마웅석이 "제 보기에도 그렇습니다. 이사님들이 하는 기업 몇 군데를 가봤는데 쉽지 않은 규모인 것 같습니다"라고 말한다.

"의장 동지! 사무실로 모실까요?"

"아니, 현장구경부터 하기요."

"알겠습니다" 하며 정필용이 두 사람을 안내하며 현장 내부에 들어왔다. 벽체에 달린 소형 스피커서는 은은한 일본음악이 흘러나온다. 사장인 정필용이 음악을 좋아하는 취미가 있어 노동일을 해도 즐겁게 하자는 취지로 작업시간에도 틀어놓는 것이다. 수십 명의 노동자들이 부분별로 맡아서 각종 냉동시설들을 조립 및 검수한다. 전기보일러, 냉각기, 온도조절기, 전동복합기 등이다. 여기서 생산 및 조립되는 제품들은 지역의 수산물 가공 회사들에 납품 및 판매된다.

한덕수가 입이 귀에 걸렸다.

"대단하구먼. 정 사장! 월 매출이 어느 정도요?"

"대략 3천 5백에서 4천만 엔입니다."

"순 이익은 몇 퍼센트나 되오?"

"약 20% 안팎입니다."

한덕수는 매우 만족한 기분이다. 여전히 자기가 최고수장인 조총련은 잘 운영되고 있다. 그 이유 중 하나가 정필용 같은 임원들과 일부 부자회원들이 도쿄 중앙본부에 바치는 후원금이 적지 않기 때문이다. 자기가 다년간 일본에서 단체운영을 해보니 첫째도 둘째도 모금과 후원금 확보가 제일 중요하다. 오늘 이렇게 정필용의 사업장까지 와서 활발한 현장을 목격하니 마음이 더욱 든든해진다.

마웅석은 부러운 눈빛이다.

"정 이사가 업종을 잘 선택했소. 일본은 섬나라로 수산물 산업이 발전했고 앞으로도 지속될 가능성이 매우 높소…"

"모두 처가댁 덕이죠."

"그러고 보면 여복은 있소? 정 이사!"

"감사합니다."

"일본인들은 육류보다 수산물을 잘 섭취하오. 조선인이 김치를 많이 먹듯… 정 이사의 회사는 전망이 좋소."

한덕수가 박수를 친다.

"사실 북조선 인민들에게 사시장철 더 많은 물고기를 먹이시려는 우리 김일성 수상님의 하늘 같은 심려도 크오. 언젠가 정 사장이 북조선에 가서 한 몫 하리라 믿소."

"감사합니다. 의장 동지!"

"우리는 해외조선 공민의 영예와 긍지를 갖고 어떻게 하면 수상님의 심려를 덜어드릴까 노력을 해야 하오."

"언제나 명심하겠습니다."

자나 깨나 평양의 김일성에게 충성하는 불같은 한덕수다. 북조선 사회주의혁명 초행길에서 동지가 된 김일성의 손을 꼭 잡고 가야 할 것이다. 누구도 가보지 못한 그 길에는 폭풍이 몰아치는 고난도 있다. 주저앉으면 안 된다. 그것은 용감하게 맞받아 나가거나 극복해야할 과제이다. 평양에 대한 충성심은 불변할 자신의 양심이고 도덕이고 의리이다. 그런 자신의 열정을 보여주기 위해 지금 현장까지 와서 관련 업무를 꼼꼼히 수행하는 한덕수다. 그리고 마웅석이다.

뭔가 생각이 난 듯 하는 정필용.

"제가 당창건기념 후원금을 입금했습니다."

"고맙소. 평양에 잘 보고하겠소."

"감사합니다."

"정 사장 같은 기업인들은 애국자요."

"허허! 그런가요."

한덕수는 자기의 권한으로 중앙본부에 부의장 10명, 이사를 30명 두었다. 더 많은 액수의 후원금을 끌어 모으기 위해서다. 사람은 명예욕의 동물로 어떤 직함을 받을 때는 그에 대한 인사차림으로 많든 적든 돈을 내는 경우가 있다. 단체의 활동을 위해서 바쳐야 하는 찬조금이라는 명분에 누가 이의를 제기하지 않는다.

대신 사람들로부터 인사를 받는 것이다. 어쩌면 돈을 기부금, 후원금 명목으로 단체에 바쳤으니 그 단체에서 주는 빛 좋은 명함이다. 그게 있으니 또한 사람들이 존경의 눈길로 쳐다보는 것이 사실이다. 그렇게 끌어 모은 돈은 김일성의 생일이나 공화국창건 기념일 등에 평양으로 보내기에 급구한 조총련 수장 한덕수다.

"마 본부장! 나는 하나 궁금하오."

"뭐가 말입니까?"

"어떤 사람은 돈은 잘 버는데 쓸 줄 모르고 또 반대로 돈은 적지만 잘 쓰는 사람도 있고… 이건 어떻게 봐야 하오?"

"글쎄요?"

"누구는 큰 후원금을 내면서도 전혀 내색을 안 하고 또 누구는 작은 후원금을 내면서도 크게 생색을 내고…"

"사람의 개성이겠지요."

"자기를 위해서는 쉽게 큰돈을 쓰고 남에게는 인색할 정도로 깍쟁이고… 반대로 남에게는 아낌없이 큰돈 쓰고 자기에게는 아주 검소한 사람도 있단 말이오. 신비하지 않소?"

"나도 잘 모르겠습니다."

"그래서 사람은 신비의 동물인 것 같소."

"예! 맞습니다."

마웅석은 엉뚱한 한덕수의 소리를 쉽게 이해한다. 한덕수는 중앙본부 의장이고 자기는 니가타현본부 최고책임자로 같은 단체장이다. 자기가 가끔 들여다보는 현본부 재정현황이 그렇다. 회비를 잘 내는 사람이 있는가 하면 억지로 내는 사람도 있고, 전혀 내려고 하지 않는 사람도 있다. 진짜 천태만상의 사람이다.

흐뭇한 마음의 정필용이다.

그는 마음 한 구석에 아리송한 문제가 있다. 자기도 이제는 북조선 행 귀국선에 오르고 싶은데 한덕수가 급구 만류한다. 3년 전 북조선 귀국운동 첫 시작 때부터 결심한 일인데 별 다른 태도가 없어 보인다. 더구나 귀국선에 오르는 동포들이 많이 줄어든 상태인데도 말이다. 한덕수가 그동안 수고했다며 자기 등을 떠밀어주길 고대하는데 그렇지 않은 모습니다. 그의 마음을 엿보는 한덕수다.

"회사와 같이 귀국할 마음은 전혀 변함없소?"

"물론입니다."

"직원들은 어떻게 하겠다고 하오?"

"대략 절반은 절 따라 가겠다고 합니다."

"그렇소?"

"그중 절반은 동포이고 나머지 반은 일본인입니다."

정필용은 자기의 북조선행 마음을 일찍 가족에게 알렸다. 현모양처인 일본인 아내는 대찬성이었다. 정체성이 불분명한 두 자녀에게 좋다고 했다. 일본에 살지만 재일조선인인 남편이 자기 조국으로 가서 사업하는 것이 더 좋을 것 같았다. 애국애족 기업인으로 긍지감도 무한이 들 것이고. 자기는 어디에 가든 남편공대 잘하고 아이들만 제대로 키우면 아내와 어머니로서의 임무를 다할 것이다. 철없는 두 자녀는 부모의 의향을 아무런 의심도 없이 그냥 따를 어린 나이다.

고민 끝에 정필용은 자기의 마음속 생각을 직원들에게 공개했다. 어차피 숨길 일도 아니기 때문이다. 언젠가 헤어져야 할 정든 사람들이고 한동안 살았던 일본 땅이다. 그는 가능하면 자기가 운영하는 이 회사를 통째로 북조선으로 이동하고 싶다. 그곳에 가서도 지금의 이 일을 계속하고 싶다. 그것이 자기의 꿈이다.

한덕수가 계속한다.

"정 사장! 내가 당신의 귀국선 승선을 늦추는 이유는 3년 전 말했듯 더 많은 동포들을 보내고 가라는 거요."

"그건 3년 전에도 똑같이 그랬는데요…"

"맞소. 그러나 내가 하는 말 잘 들어보소. 솔직히 말해 북조선에 가면 과거 조총련에서 어느 만큼의 활동을 했는가를 보는 기준이 있소. 물론 누적액수의 후원금도 중요하지만…"

"…"

"조국으로 가는 귀국선에 얼마나 많은 동포들을 양적·질적으로 안내했는가? 그것도 수상 충성심의 척도란 말이오."

"양적보다 질적이요?"

눈살을 찌푸린 한덕수가 귀국동포 가족과 친인척들에는 1년 가도 북조선에 1만 엔 한 장 못 보내는 거지같은 사람도 많다고 한다. 그와 반면 1년에 수백 만 엔을 보내는 상인도 제법 있다고 실토한다. 북조선 경제 발전에 절실히 필요한 외화라고 한다. 정필용은 고개를 연신 끄덕이며 의장의 지적에 많은 공감이 간다고 한다.

세 사람은 휴게실에 들어왔다. 현장의 요란한 소음은 전혀 들리지 않게 방음장치가 잘 되어있다. 유리창 밖으로는 현장 노동자들의 모습까지 생동하게 보인다. 아늑한 소파에 앉은 세 사람이다. 똑!~똑!~ 문이 열리더니 미니스커트를 입은 경리아가씨가 "곤니찌와!" 하며 들어와 다과와 함께 커피를 3잔 놓고 나간다.

한덕수는 요즘 정필용을 비롯한 상공인들을 찾아다니며 북조선 홍보선전에 열을 올리고 있다. 자기 말대로 질적 수준에서 이 사업을 계속하고 있다. 가난한 사람 100명을 보내기보다 돈 있는 부자 1명을 보내는 것이 훨씬 더 북조선에는 유리하다고 판단해서다.

커피 잔을 드는 한덕수.

"참! 좋은 소식이 있소. 내가 언젠가 평양의 리숙 조선적십자회 부위원장과 토의를 했소. 정 사장의 귀국문제를."

"그랬더니요?"

"영명하신 김일성 수상님께 직접 보고를 드려서 정필용 사장을 함경남도 신포수산사업소 부지배인으로 임명하겠다고 하더구먼. 그곳은 북조선에서 가장 큰 수산사업소요."

"아! 그런가요?"

"직원이 2천 명인데 일본으로 치면 대기업이오."

"북조선에 그런 회사도 있습니까?"

정필용은 크게 놀란다.

자기가 민단 소속의 일부 재일조선인에게서 귀동냥으로 들은 내용에 따르면 북조선은 미개한 사람들이 사는 곳이라고 알았다. 그런 미개인은 낙후된 산업경제 속에 살기에 현대과학과 기술발전 등에 대해서 모른다고 했다. 그냥 원시적인 생활방식만 고집하는 시대에 뒤떨어진 사회이고 사람이라고 봤다. 그래서 더욱 가고 싶은 북조선이다. 하루빨리 가서 그 낡은 생활문화를 멋지게 바꿔주고 싶다.

흡족한 표정인 한덕수는 북조선에도 세상에 자랑할 만한 것이 제법 많다고 한다. 일본이 조선강점 시기에는 많은 공업시설을 북조선에 세운 것도 그렇다. 여기 자본주의 사회에서 무작정 공산정권은 나쁘다고 흠잡는 것이 정말 아니꼽다고 한다.

기분이 좋아진 한덕수.

"북조선 신포수산사업소 부지배인이라?…"

"그게 어느 정도 직책입니까?"

"여기 일본으로 치면 대기업 부회장이오."

"아! 그런가요?"

"대단하오. 비서와 운전기사까지 있소."

"이거 마음이 설레는데요."

대학시절부터 좌경화에 깊이 빠진 정필용은 해방 후 북조선에 관심이 많았다. 일본 공산당의 합법적 활동이 그의 마음을 더욱 흥분시켰다. 자기가 일본에서 보는 한국은 밤낮 정치권의 구질구질한 정쟁싸움이다. 일본의 정치권과 비교해도 너무나 치열하고 극단적이다. 어쩌면 그것도 36년간 일본에게 눌렸던 민족감정에서 나온 것은 아닐까? 한국과 일본 같은 자본주의 나라에서는 정치권이 잠시도 조용하지 않기에 기업인들은 별로 좋은 영향을 받지 못한다.

그러고 보면 북조선은 아주 매력적인 사회가 아닌가. 그 곳은 정쟁 자체가 없다. 그래서 두 팔을 걷고 나선 재일동포 귀국사업이다. 그 일은 분명 자기에게 기쁨과 희망을 주었다. 한덕수의 제안을 받고 재일조선인들의 귀국 마음을 담은 김일성께 보낸 편지 발표행사는 자기가 개인적으로 커다란 영광으로 자부하고 있다.

마웅석이 커피를 한 모금 마신다.

"정 이사! 혹시라도 북조선으로 먼저 가면 나에게 자리 하나 주소. 신포수산사업소 자재과장이나 혹은 다른 자리라도…"

"그거야 여부가 있겠습니까?"

"나도 젊어서 기업 활동을 좀 했소."

"그렇습니까? 허면 제가 앞으로 마 본부장님한테 자문을 많이 받겠습니다. 부족한 것이 많으니 잘 부탁드립니다."

뿌듯한 표정의 마웅석이다.

그 또한 누구보다 열성적인 조총련 간부가 틀림없다. 더구나 자기 지역에서 북조선행 귀국선이 출항하고 입항하는 특성으로 가끔 현지 언론의 조명을 받기도 한다. 사회적 명예욕도 많은 그는 나이가 들어도 대중적인 활동을 할 수 있다는 것에 감사를 느끼며 자기 맡은 일에는 항상 최선을 다하고 있다. 지금껏 그래왔던 것처럼 앞으로도 계속 조총련과 북조선 정부에 충성할 그가 분명하다.

정필용의 눈이 다소 커진다.

"의장 동지! 요즘 귀국사업이 위축되었죠?"

"나도 그렇게 생각하오."

"1964 도쿄올림픽 영향도 있겠죠?"

"그렇소. 요즘 사람들이 기분이 떠있는 것 보면 말이오. 아시아 최초로 일본이 개최하는 올림픽 아니겠소?"

"그거 원래는 1940년에 개최하려고 했다죠?"

"그렇소. 중일전쟁으로 개최권을 국제올림픽위원회에 자진 반납했소. 24년 만에 열리는 올림픽이어서 세계의 관심이 많소. 그나저나 일본의 국제무대 활동 저력은 대단하오"

"아마도 일본 경제가 도약하겠지요?"

"뭐든 반짝하는 특성도 있소. 올림픽이 끝나면 또 원래대로 돌아갈 거요. 높은 실업률, 물가, 부익부 빈익빈의 사회…"

두 사람이 고개를 끄덕인다.

가부키초 사카바

도쿄의 대표적 유흥가 지역 가부키초에는 밤이 더 황홀하다. 화려한 네온사인이 빛을 뿌리고 곳곳에서 음악소리가 흘러나온다. 한 집 건너 있을 정도로 사카바가 즐비하다. 저녁 퇴근길에 오른 남자들이 와서 사카바 여인들이 따르는 사케 한 잔에 희로애락의 시간을 보내는 곳이다. 여러 가게 앞에는 기모노를 입은 여자들이 "이랏샤이마세!" 하며 길가는 손님들을 정겹게 부르거나 맞이하기도 한다.

택시에서 다급히 내린 중절모를 쓴 사람이 사방을 두리번거리며 유유히 걷다가 어느 사카바 안으로 들어선다. 허리를 깊이 숙이는 유카타를 착용한 여자가 안내하며 2층으로 올라와 미닫이문을 열어준다. 그 안에 요시히로가 환한 표정이다.

"그러고 보니 영락없는 남자네."

"호호! 그런가요?"

"여기에 올 때는 그 차림이 좋소."

"하이! 명심하겠어요."

중절모를 벗은 미츠키다. 코 맞이 좋은 향수를 풍기는 그녀가 코트를 벗어 옷걸이에 모자와 함께 걸어놓는다. 그동안 사무실과 공공장소에서 업무로 뵈던 두 사람은 새삼 사카바에서 만나니 서로 호감을 느낀다. 요시히로가 마주한 식탁에는 보기만 해도 군침이 도는 다양한 종류의 생선회와 초간장, 튀김 등이 놓여 있다.

미츠키가 요시히로와 마주 앉는다.

"그러지 말고 여기 내 곁에 와 앉소. 미츠키!"

"숨 좀 돌리고요. 급히 왔더니…"

"궁금한데 남편하고는 여전히 별거 중이오?"

"어머! 그건 어떻게 아세요?"

미츠키의 남편은 후쿠시마에서 환경보호 시민단체를 운영하며 정치에 푹 빠져 언제인가 꼭 국회의원이 되고 싶어 한다. 회원들의 회비와 후원금으로 유지하는 시민단체는 항상 쪼들린 지갑을 갖고 운영하는 것이 보통이다. 그래도 많은 사람들을 만나고 대화를 하는 등 그야말로 대중과의 사업이 시민단체 일이다.

전형적인 정치꾼 기질이 가득한 남편은 단란한 가정생활에는 전혀 관심이 없다. 그것 때문에 미츠키는 부부싸움도 많이 했으나 아무 해결책이 없다. 고질적 병이었고 그렇다고 해서 헤어지고 싶은 마음도 없었다. 그래서 언제인가 "우리 부부는 서로 좀 떨어져 살면서 숙고의 시간을 좀 갖자!"고 합의하고 별거생활에 들어갔다.

"미츠키! 별거생활이 어떻소?"

"어머! 부사장님도 별거 해보시려고요?"

"못할 게 있소? 좋으면 해보지…"

"혹시 사모님과 마음이 잘 안 맞으세요?"

요시히로는 다소 번뇌스러운 모습.

자기만 몰래 갖고 있는 아내 의심의 괴로움을 누군가에게 털어놓으면 조금은 속이 후련할 것 같다. 그는 요즘 아내가 춤바람이 났다고 한다. 제 말로는 부인동창회 모임에서 사교춤을 배운다고 하는데 가끔은 댄스홀에 가서 늦은 밤까지 춤을 추다가 집으로 들어오기도 한다. 그러면서 아내는 자기를 바람난 여자로 절대 의심하지 말라고 으름장을 놓는다. 그래도 긴가민가한 요시히로였다.

어느 날 아내가 "당신도 사교춤을 배워봐! 너무 좋아! 이성 앞에서 세련된 매너도 생기고 또한 적당한 신체 운동도 되니 일석이조"라면서 함께 나가자고 하기에 마지못해 그래보았다. 그런데 요시히로의 마음에는 영 맞지 않는 꼴불견의 풍경이었다.

그는 도무지 이해하기 어렵다.

남의 여자 남자가 서로를 부둥켜안고 춤을 추는 것 자체가 이상해 보였다. 그러다가 서로 깊은 정이라도 들면… 결국은 자기 남편이나 아내가 미워질 수도 있지 않겠는가. 무엇이든 새로 처음 보는 것이 신기하다. 물체든 사람이든… 계속해서 시간이 지나면 결국 새로운 이성도 그냥 거기서 거기가 아니겠는가.

"별거란 뭐라고 보오? 미츠키!"

"글쎄요?"

"단도직입적으로… 좋소? 나쁘오?"

"내 경험에 의하면 그저 그래요. 사랑도 아니고, 이별도 아니고, 그 사이서 혼자만의 생각을 자유롭게 할 수 있는 시기?…"

"음! 책임도 아니고, 무책임도 아니고."

"긍정도 부정도 아니죠."

"일단은 도의적인 도덕성을 제외하면 자유스러움도 있겠소. 지금 이 자리에서 나를 부담 없이 만나는 것처럼…"

"뭐, 그럴 수도 있겠지요. 호호!"

요시히로는 정부에서 자기가 맡은 업무인 재일조선인 귀국지원 문제로 협력기관의 책임자인 미츠키와 자주 만나고 있다. 그 와중에 우연히도 그녀가 오랫동안 별거남편을 두고 외로운 시간을 보내는 여성임을 알게 되었다. 그러니 언제부터인가 남몰래 미츠키에게 어떤 미묘한 감정이 생기도록 깊은 관심을 갖게 되었다.

자기는 퇴근 후 귀가하면 춤바람 난 아내가 늦게 들어오니 재미도 없다. 저녁밥은 제가 알아서 챙겨먹고 TV를 보다가 졸리면 잠자리에 든다. 아침에 깨서 아내가 차려주는 밥이나 먹고 출근하면 최고로 기분 좋은 날이다. 미츠키도 비슷하다. 저녁시간 식당에서 대충 한 그릇 걸치고 집에 들어가 책이나 좀 보다가 잠든다. 그렇게 반복되는 생활이 몸에 푹 배였으니 이런 이성만남 자리가 너무 짜릿하다.

"미츠키! 우리 북조선으로 갈까?"

"어머! 뭐라고요?"

"나나 미츠키 모두 가족복은 없고… 우리 둘이 새 가정을 만들고 새 나라에 가서 새 삶을 사는 것도 좋지 않겠소?"

"…"

"물론 북조선이 일본보다 경제가 뒤떨어진 나라이긴 하지만… 꼭 물질우월주의가 사람을 지배하는건 아니요. 초유의 일본 공무원 출신이 북조선으로 가면 예우도 받을 거요."

"…"

"우리가 이제 5~6년 더 일하겠소? 퇴직 후 여가 노년생활을 여기 도쿄서 하면 어떻고? 평양서 하면 어떻소?"

미츠키가 아무 말이 없다.

이게 무슨 날벼락 같은 소리인가?

지금 자기 앞에 앉은 사람, 요시히로 일본적십자사 부사장이 과연 사무라이정신이 가득한 대일본제국의 후손이고 일본국의 고위공무원이 맞는가? 천황에 대한 절대적인 충성심, 국민에 대한 봉사, 애국충정의 뜨거운 마음이 있는 사람인가. 혹시 잘못 들었는가. 아니다. 분명 정확히 들었다. 뭐라고? 자기와 함께 사회주의나라 북조선으로 망명하자고? 아니 내가 아무리 여기 일본에서 가족행복 없이 사는 여자라고 해도 그런 불량 공산국가로 이민이나 갈 사람으로 보이는가?

"그건 아니죠. 요시히로 부사장님!"

"왜? 이유를 말해보오."

"다른 것은 몰라도 북조선은 자유가 없는 사회이죠. 그런 나라에 가서 우리 같은 자유인들은 하루도 못 살지 않을까요?"

"음!~"

"전체 국민이 수상 한 사람의 기분에 맞춰 사는 나라. 주는 배급받고 강제노동하는 주민들. 그런 폐쇄적인 제도에 조금이라도 반항하면 즉각 처형하는 무서운 집단. 그게 정상 사회인가요?"

"또?~"

"개인의 자유와 사유재산이 불허되는 곳… 그리고 저와 부사장님의 이런 만남과 자리도 평양에서는 절대 불가능할 걸요. 노동당 간부들은 이런 것을 싫어하죠. 속은 안 그러면서…"

요시히로가 박수를 친다.

"역시 미츠키는 태양의 딸이오."

"예?"

"태양의 나라, 우리 일본국의 딸! 대단한 미츠키요. 많은 열도인의 자랑스러운 여성공무원! 정신무장이 아주 잘 돼 있소."

"아니? 그럼 지금껏 하신 말씀은?"

"농담이었소. 아니 시험이었소."

요시히로는 미츠키가 재일조선인귀국사업을 하면서 혹시라도 정신이 해이되지 않았는지 궁금했었다. 하도 조총련이 '북조선 지상낙원'이라 떠드니 그에 동화되지 않았을까 걱정했다. 자기들은 일본국의 공무원이다. 시대와 환경이 어떻든 대일본제국 후손답게 나라에 충성한다는 투철한 정신만은 변함이 없어야 할 것이다.

미츠키에게 사케를 따라주는 요시히로.

정중하게 몸을 절반쯤 돌려 사케를 쭉 마신 미츠키다. 그녀가 재일조선인귀국 지원사업을 하면서 다소 특이한 환경을 발견했다. 조선인과 결혼했거나 동거하는 일본인들이 북조선으로 따라가는 문제이다. 망설임 없이 이름까지 개명하여 동행하는 그들을 주변에서 보는 일본인들이 가끔 기관에 문의전화가 온다.

"북조선이 정말 인민의 지상낙원인가?"

"진짜 소문대로 그런 곳이면 꼭 한 번 가보고 싶다."

"조선인과 연고 없는 일본인은 갈 수 없나?"

미츠키가 말한다.

"부사장님! 이건 정말 신중한 일인데 우리 일본인들 중에도 북조선에 호기심을 갖는 사람들이 적지 않게 있어요. 워낙 광신도적인 조총련 사람들이 선전을 요란하게 하다 보니…"

"내보기에도 그렇소. 지나친 조총련 선전이…"

"어느 정도 자제를 시킬까요?"

"그럴 필요까지야… 한심한 국민들에게 단단히 이르오. 북조선으로 가고 싶으면 조선인과 결혼이나 동거를 하라고."

"예에?"

"이건 내 말이 아니라 엄연히 조총련 공식 내부 규정이 그렇소. 그리고 가능하면 먼저 간 사람들의 증언도 잘 들어보고 귀국선에 천천히 오르라고 하오. 그래도 늦지 않는다며…"

"하이!"

"중요한 당부! 북조선으로 한 번 가면은 영영 못 온다는 것! 그러니 좋아도 싫어도 그 사회에서 살아야 한다는 것!"

두 사람의 투철한 자국민 보호정신.

지금 자기들이 열심히 진행하는 재일조선인 북조선 귀국지원 사업은 엄밀히 자국거주 외국인들의 해외이주 문제다. 공교롭게도 그 속에 다소 일본인들이 섞여 있기에 신경이 쓰인다. 조선인과 결혼으로 이미 한 가정이 된 일본인이야 어쩌겠는가? 그렇다고 강제로 이혼하라고 요구할 순 없다. 그것은 비도덕적 처사이다.

그랬다가는 여론의 뭇매를 맞는 것은 물론이고 많은 국민들의 시선과 세상의 눈초리가 크게 달라질 것이다. 가뜩이나 한국 정부에서 끈질기게 반대하는 재일조선인 북조선 귀국사업이다. 여하튼 일한외교 관계상 조심해야 하는 특수사업인 것만은 확실하다.

사케 한 잔 들이킨 미츠키.

"부사장님! 한덕수 의장을 잘 아세요?"

"왜? 무슨 일이 있소?"

"가끔 우리 기관에 오는 그를 보면…"

"뭐요?"

"참 일꾼인지 사기꾼인지 헷갈리기도 하고…"

"아주 비슷하게 봤구먼."

요시히로가 아는 한덕수는 명물이다. 사람 포섭력이 뛰어난 그는 갑부도 제 주변으로 끄는 마력이 있고 그들에게서 받는 돈은 신입회원 모집에 쓰는 특기가 있다. 그러니 그에게는 돈이 저절로 붙는다는 소문이 날 정도이다. 또한 특이하게도 경조사 같은 일에는 아주 열성적이고 적극적이다. 하여 주변에서 그를 따르는 사람들이 많다. 또한 김일성에게 배웠는지 무엇을 강압적으로 하는 업무추진 능력도 분명 있다. 어떤 일을 전공하고 실행에 있어 집념도가 대단하다.

계속 말하는 요시히로.

"미츠키! 이건 알고 있소? 여기 도쿄에서 방귀 좀 낀다는 놈치고 여기 가부키초에 얼굴을 안 보이는 자가 없소. 돈 버는 사람들 다 그런 것 아니겠소. 한덕수도 그 중에 한 사람이고…"

"그 사람한데 돈이 많나요?"

"왜? 청혼이라도 하겠소? 남편과 이혼하고."

"호호! 글쎄요?"

"한덕수가 수장인 조총련에 제법 돈이 많소. 돈이 돈을 낳는다는 소리도 있소. 그 조직에 금융은행도 있고 재벌급의 기업인과 국회의원도 여러 명이 있고… 좌우지간 그렇소."

"어머머! 정말요?"

여기 가부키초는 돈 많은 업주들이 상권을 잡고 있다. 그들 중에 조총련 회원도 적지 않게 있다. 그들로부터 꾸준하게 받는 후원금도 많은 조총련이고 명목은 '사회주의 애국헌금'이다. 앞으로 사회주의가 자본주의를 능가한다, 그것은 불 보듯 빤한 현실이다, 미래에 투자하는 것이 통일 애국 운동이라고 한다.

이런 유흥가에서 한 번 싸움이 났다하면 요란하다. 그때는 해결사의 한 사람으로 꼭 한덕수가 나타나기도 한다. 너무나 현장에 자주 보이는 인물이어서 일본 경찰은 물론 세무 당국자들도 한덕수 하면 재일조선인사회 우두머리로 알고 있다. 재일조선인들 과반수가 가입된 조총련, 그 조직의 총수 한덕수의 위상이 상당히 높다.

"부사장님! 한덕수가 왜 열성이죠?"

"북조선 수상 김일성과 동급이 되고 싶은 거지"

"예?"

"일본 내 조선인 사회의 김일성이 되려는 거요."

"어머! 그래요?"

"평양의 김일성이 누구요? 허나새나 일국의 대통령이오. 정치야심이 가득한 저 한덕수가 영리한 놈이오. 사회활동서 놀아도 큰 사람하고 놀아야 함을 잘 아는 자란 말이오."

사케를 또 한 잔 마신 요시히로.

"남자들의 권력욕이 그렇게 무섭소."

"호호! 남자들은 참!…"

"남자인 내가 봐도 불쌍한 존재들이오. 회사와 사회 생활에서는 직무와 직함 유지에 신경을 쓰고 집에서는 마누라 눈치를 봐야 밥이라도 겨우 얻어먹고… 안 그러면 손님취급 받고."

"부사장님! 제가 위로 좀 해드릴까요?"

"엉? 어떻게?"

미츠키가 핸드백에서 작은 손거울과 립스틱을 꺼낸다. 그리고 거울을 들여다보며 자기 입술에 빨간 립스틱을 진하게 바르고 헝클어진 머리카락도 바로 손질한다. 다음 향수를 꺼내더니 자기의 머리이며 옷 속에 골고루 뿌려댄다. 늘 하는 동작이어서 서툴지 않는 손놀림으로 다소 빠르게 하는 화장이다. 이윽고 자리에서 일어나 요시히로 옆에 와서 찰싹 붙어 앉는다. 눈이 커지는 요시히로.

"오늘밤 부사장님의 여자가 되고 싶어요."

"가만! 미츠키. 오늘은 나를 '여보!'로 부르면 안 되겠소?"

"호호! 그거야 뭐 어렵겠어요?"

"정말이오?"

"대신 부사장님이 저를 '당신'으로 불러주세요."

"좋소! 우리 그러기요."

두 사람은 평소 사무실과 공공장소에서 '부사장' '위원장'이란 호칭으로 서로를 불렀다. 그리고 자기들의 주요업무인 재일조선인귀국 협력사업에 충실했다. 정부에서 맡은 일이니 절대 열성적으로 수행해야 하는 것이다. 허나 그것은 어디까지나 공적인 업무이다. 그들도 사람인지라 개인적인 시간과 휴식도 필요했었다.

요시히로는 미츠키의 한 손을 살며시 잡아 제 무릎 위에 놓는다. 자기 손으로 꼭 덮은 그녀의 보드라운 손이 따스하다. 아! 이 아름다운 여인의 손을 잡은 시간이 그대로 멈추었으면… 이게 바로 인생행복이 아닌가. 미츠키의 얼굴에는 연민의 빛이 어렸다.

그녀가 몸을 요시히로에게 더 붙인다.

"그런데 여보! 여기가 좋아요?"

"그걸 말이라고 하오? 솔직히 이런 서민적인 곳이 수수하고 좋지. 사실 여자 맛이야 요정이나 이런 사카바나 모두 거기서 거기요. 꼭 다르다면 비싼 사케와 집 값뿐이지…"

"호호! 그렇군요. 여보!"

"자! 당신이 사케 한 잔 붓소."

미츠키가 자기 앞에 놓인 술잔에 사케 한 잔 사뿐이 따라 요시히로에게 준다. 그가 고개를 가로저으면서 입을 크게 벌린다. 자기 입에 넣어달라는 뜻이다. 살짝 미소를 보인 미츠키가 그의 커다란 입에 술잔을 대자 요시히로가 쭉 빨아 마신다. 반대로 이번에는 요시히로가 자기 앞에 놓인 술잔에 사케를 붓고 그걸 미츠키의 입에 가져다 댄다. 그녀가 야릇한 눈빛을 보이며 단 번에 쭉 들어 마신다.

입이 귀밑에 걸린 요시히로.

"당신이 부운 요 사케 맛이 달구먼."

"호호! 저도 같아요. 여보!"

얼굴이 벌개진 요시히로가 젓가락으로 안주 한 점을 집어 미츠키의 입으로 가져간다. 그녀가 고개를 가로 저으며 아랫입술을 비쭉 내민다. "여보! 이런 음식은 집에서도 먹어요. 이왕이면 집에서 못 먹는 특식을 먹어야죠. 안 그래요?" 하는 그녀다.

미츠키는 요시히로의 목을 감싸며 자기의 빨간 입술을 그의 입에 맞춘다. 요시히로는 마주 앉은 술상에서 약간 물러나며 그녀의 뜨거운 키스를 진하게 받는다. 아! 미츠키의 달콤한 입맛을 이제야 보다니… 두 사람은 윗옷 단추가 풀어진 상태로 서로의 손을 넣고 상대의 육체를 더듬는다. 행복의 절정에 빠졌다.

"미츠키! 당신 속살이 뽀얗구면."

"여보 품이 너무 따듯해요."

"사무실에서 당신과 업무를 할 때면 솔직한 마음으로 이 아름답고 큰 엉덩이를 꼭 한 번 안아보고 싶었소. 너무 좋구면…"

"제 엉덩이가 큰가요?"

"내 보기에 그렇소. 나는 큰 엉덩이가 좋소."

"왜요?"

"푸근해 보인단 말이오."

도쿄보다 멋진 평양을

버들이 휘늘어진 평양의 대동강변으로 두 남자가 걷는다. 여기저기서 "찍찍!~ 찌르륵!~" 하며 지저귀는 새들의 울음소리가 정겹다. 산들산들 바람이 부는 청명한 하늘에는 뭉게뭉게 새하얀 구름이 두둥실 떠다닌다. 자연의 환경은 세계 어디나 똑같다. 그 속에 사는 사람도 생활방식은 동일한데 이념(사상)만 다르다.

중절모를 쓴 최만오와 고경식.

평양도시경영사업소 부소장이 된 고경식은 도쿄의 고경란이 구세주나 다름없다. 만약 여동생이 자기에게 화물차 5대, 승합차 10대를 보내주지 않았더라면 오늘의 직함은 없었다. 그가 맡은 업무는 특별한 것이 아니다. 그냥 부소장이란 직함만 갖고 관계부처 혹은 산하 단위의 회의와 행사에 참석하는 것뿐이다. 평일에는 아침출근을 해서 독보모임에 참가하고 자기 방에서 신문이나 보다가 퇴근할 때도 있다.

담배를 한 대 붙여 무는 최만오.

"우리 평양이 도쿄에 비하면 초라하지요?"

"허허! 사실은 그렇죠."

"앞으로 아름다워질 겁니다. 도쿄가 '도시 속의 도시'라면 평양은 '공원 속의 도시'로 건설구상하는 우리 당이죠."

"공원 속의 도시요?"

"미래는 생활문화 시대가 될 것입니다. 도심 속 콘크리트보다 자연과 녹지, 수림 등이 우리 생활에 더 유익하겠죠."

"그건 맞는 말씀입니다."

최만오는 미래평양의 상상도를 설명한다. 맑고 푸른 물의 대동강이 흐르는 도심을 동평양, 본평양으로 나뉘어 근대 도시건설의 표본으로 계획하고 있다. 김일성광장과 평양제1백화점을 중심으로 주변에는 국가기관 청사들과 공공건물이 들어설 것이다. 평양역전 앞으로 현대식 아파트가 즐비하게 세워지고 여러 대학청사도 건설된다. 사회주의 도시건설은 처음부터 끝까지 국가가 주관한다. 모든 건축부지의 소유자는 정부이기에 미래지향, 계획적으로 100년 대계로 추진해간다.

"우리에게는 많은 것이 필요합니다."

"그게 무슨 소리인지?"

"자재와 원료, 기술과 돈 등 무엇이든지 말입니다."

"예에!~"

"당은 귀국동포들의 애국심을 기대합니다."

강가에 앉은 두 사람이다.

최만오는 나라에 돈이 많으면 이런 호소까지 안 하겠는데 현실이 그렇지 못하다보니 귀국동포들에게 경제지원 도움을 요청한다며 발언의 중요성을 강조한다. 온 나라가 사회주의 공산주의 건설에로 총동원하자며 도가니마냥 끓어 번진다. 우리가 좀 고생을 하더라도 후대들이 이 땅에서 행복하게 산다면 그보다 더 보람찬 일도 없을 것이라고 한다. 애국을 위한 길에서 함께하자고 독려하는 최만오다.

그가 담배를 다시 붙여 문다.

"부소장 동지! 직함에서 '부'자를 떼고 싶지 않습니까?"

"예? 그건 또 무슨…"
"이왕이면 책임자인 소장이 되고 싶지 않은가? 말입니다."
"나는 나이도 있고… 실무도 약하죠."
"소장 등 간부들은 5년간 더 일할 수 있답니다."
"그래요? 허면 흥미롭군요."

최만오는 내각 사무국에 업무용 승용차가 부족하다고 말한다. 승용차 1대를 여러 부서가 공동으로 사용하니 불편하다. 고경식의 생각이 깊어진다. 평양에서 3년째 살면서 '닛산', '토요타' 등 일본제 승용차는 보지 못했다. 보통 회색상의 '뽀베다' 소련제 승용차로 평양에 일본제 승용차를 들여와도 되는지 의문이 살짝 간다.

마치도 그의 속심을 엿보았는지 최만오는 피식 웃으며 일본제 승용차를 동남아에 가서 팔면 소련제 승용차를 두 대나 살 수 있는 돈이라고 한다. 그러니 일본에서 승용차 20대를 들여와 중국을 경유하여 밀수무역을 하면 소련제 승용차 40대가 생기는 것이다. 이거야 말로 앉은 자리에서 손쉽게 장사하는 것이다.

고경식이 고개를 끄덕인다.
"이제는 공영 승용차가 필요하군요."

북조선 간부들은 수시로 째포들에게 물자상납 요구를 한다. 형식상 국가경제지원 명분의 내용은 점점 더 상향수준으로 바뀌며 현금액수도 늘어난다. 일본 같으면 분명 부정부패인데 여기서는 애국사업이다. 자기는 한생 교단에서 학생들을 가르친 교사로 학생들에게 부정부패를 하면 안 된다고 강조했다. 사람은 물질욕구도 가졌지만 그에 못지않게 건실한 도덕성도 소요해야 한다고 훈시했다.

히죽이 웃는 최만오.
"모르죠. 언제 부소장 동지가 제자리로 올지?"

"그건 또 무슨 소리입니까?"

"당은 귀국동포도 간부사업에 쓰라고 하죠."

"그런가요?"

"일단 동료들에는 가급적이면 비밀로 하시오. 무슨 일에서든 경쟁자가 많으면 안 좋은 법이죠. 서로 모함하고 질투하고 뒷다리 잡는 것이 우리 조선 사람들의 악습이니 말이요."

"그건 맞는 소리죠."

"일본에서도 조선인들은 똑같지요? 조총련과 민단의 갈등과 대립을 봐도 그렇게 느껴집니다. 내 말이 틀린가요?"

"맞아도 정확히 맞습니다."

최만오는 고지식하고 경직된 인상이 틀에 박힌 고경식을 어떻게든 노동당에 성실한 '충성자금 상납기계'로 만들려 한다. 그러면 제가 당에서 맡겨진 일을 잘했다는 걸로 평가된다. 그가 고경식에게 대중한테 작은 시비요소도 잡히지 말고 기본업무에 충실하라고 조언한다. 사소한 일은 개의치 말고 중요하고 큼직한 일은 두둑한 배짱으로 밀어붙이는 사업태도를 가지라고 주문한다. 그러면서 자기가 항상 뒤에서 조용히 밀어주겠으니 힘을 내서 같이 열심히 해보자고 한다.

"참! 아주머니 건강은 좀 어떤가요?"

"예! 그럭저럭 괜찮습니다."

"차츰 좋아질 겁니다."

평양도시경영사업소 정문 앞. 경비실에서 고일욱이 눈을 크게 뜨고 누군가를 애타게 기다린다. 모처럼 아버지와 같이 퇴근하기 위해서다. 여느 때 같으면 일찍 퇴근하는 날이 많았던 아버지인데 요즘 들어서 제시간에 퇴근하는 모습이 잦다. 그만큼 무엇이든 하는 일이 많다는 소리이고 누가 봐도 좋은 그림일 것이다.

경비원이 소리를 친다.

"아! 저기 부소장 동지가 나오네요."

고일욱이 환한 얼굴로 아버지를 향해 달려간다.

"아버지!~"

"이게 누구냐? 아들이 어떻게?…" 하며 눈이 커진 고경식이다. 그의 팔을 낀 고일욱이 "모처럼 아버지와 함께 퇴근하고 싶어서요 너무 좋은 저녁이네요."라고 한다. 고경식이 "엉? 이거 내일은 해가 서쪽에서 뜨지 않을까?" 하며 능청스러운 표정을 보인다.

평양건설대학 학생인 고일욱은 아버지의 손목을 꼭 잡고 걷는다. 석양이 하늘가에 어렸다. 곳곳에서 퇴근길에 오른 인부와 시민들의 앙상한 모습… 군가 유사한 노래를 힘차게 부르며 열을 맞춰 지나간다. 처음에는 이해가 어려웠던 광경이었는데 3년이 지나니 일상의 풍경으로 보인다. 한 손에 두툼한 서류가방을 들은 고경식이 "요즘 대학에서 공부가 재미있냐?" 하자 일욱이 "그냥 그래요. 솔직히 어떤 때는 내가 대학생인지? 노동자인지? 헷갈릴 때가 있어요"라고 한다.

고경식이 의아한 눈빛이다.

"요즘 네 모습이 무슨 고민이던데… 가급적 집에서는 내색을 하지마라. 안 그래도 네 어머니 병색도 깊은데…"

"…"

"내가 네 엄마를 만나서 산 지도 30년이 훌쩍 넘었구나. 이제야 인간수업을 좀 했다고 할까? 남남끼리 만나서 아이들을 낳고 사는 부부다. 어디 모든 게 좋고 다 만족하겠냐?"

"…"

"너도 장가를 가봐라. 가족생활이 100% 맑은 날일 수 없다. 흐리고 강풍부는 날도 있고… 인간생활이 그렇다."

"아버지! 좋은 말씀 고맙습니다."

고일욱은 성인이 되어보니 부모님의 한없는 사랑을 조금은 알 것 같다. 태어나 출가할 때까지 배고플세라, 추워할세라, 어디 아플세라 낮이나 밤이나 근심걱정 속에 사시는 부모님의 노고를 말이다. 일본과 북조선은 전혀 다른 사회이다. 아버지와 자기는 서로 다른 일터에서 생활하지만 국가의 정치통제는 똑같이 받는다. 노동당의 학습과 강연은 북조선 인민 모두 공통으로 받는 정신교육이다.

"아버지! 밖에서 항상 말조심하세요."

"갑자기 그게 무슨 소리냐?"

"우리학과 동무 김초생과 그녀의 아버지 말이에요."

"아! 삿포로 태생 여학생 말이냐?"

"예! 요즘 자기 아버지 때문에 많이 울상이 되어 있어요."

"아니, 무슨 일이 있냐?"

고일욱은 대학생활 중에 평양처녀와 연애를 하고 싶었다. 그게 자신의 평양 정착에 도움이 될 거라고 생각했다. 그런데 어느 날 학교당국(학생위원회)에서 "일욱 동무! 공화국에서는 대학생활 기간에 연애를 할 수 없고 더구나 일본서 온 동무가 평양 여성과 사귐은 안 좋은 영향을 줄 수도 있다"는 내용의 통보를 받았다.

황당했다. 성인남녀의 연애를 통제하는 북조선 당국이 이해불가였다. 거기에 일본 출신의 남학생은 평양 출신의 여학생과 연애를 할 수 없다니 북조선은 국호 그대로 조선시대인가. 양반과 천민이 결혼하지 못하는 봉건사회인가. 미개하기 짝이 없다.

입학 1년 후 귀국 여대생이 생겼다.

그녀의 아버지는 연로보장자(정년퇴직자)다. 온갖 사회노동에 참여하고 봄·가을철은 농촌에 필요한 소농기구를 보내며 발전소, 주택건설장 등에 장갑이나 수건, 식품 등을 바쳐야 한다. 당연히 불평이 나올 수밖에 없다. 자기는 일본에서 조총련중앙본부 간부였다. 그래서 남들보다 더 많은 애국헌금을 당에 바쳤고 그 덕에 거주지를 평양으로 받았다. 명절이면 관계기관에 애국헌금을 바친다.

그러나 일반인과 똑같이 취급받는다.

불평이 나왔다. 해당기관에서는 보다 못해 계속 불필요한 발언이나 행동을 하는 경우 심각한 사상 문제로 보고 노동교화소(구치소)로 보낸다며 강하게 경고했다. 이후 그녀의 아버지는 평소 안 먹던 술까지 입에 대는 생활습관이 생겼다. 요즘 들어 그녀의 인상은 말이 아니다. 아직은 아버지의 그늘에서 살아가야 하기 때문이다.

고일욱이 은근히 걱정이다.

겨우 생긴 고향의 여자친구다. 고경식은 아무 말이 없다. 예전부터 귀국자들이 사회에서 말조심한다는 것은 주변의 풍설로 들어온 봐 있다. 특히 정치색상이 짙은 소리는 가급적 안하는 것이 좋다고… 괜히 그랬다가는 아닌 밤중에 출처 없이 퇴거조치 되는 행정처분을 받는다고… 그러나 다른 집도 아닌 미래의 사돈집에서 그런 광경이 발생했으니 왠지 놀랍고 난처한 느낌이다. 그에 비하면 자기는 중앙기관 간부인 적십자회 서기장의 확실한 신뢰를 받기에 천만다행이다.

"아버지! 꼭 입조심하세요."

"오냐! 고맙다. 좋은 조언을 해줘서."

"정말이지 북조선 인민들은 이해하가 어려워요."

"엉?"

"정부에 대해 정당한 비판도 못하고."

"음!~"

"이게 과연 인민이 주인인 나라인가요?"

"애야! 너부터 입 조심해라."

고경식의 생각에는 사람 사는 세상은 어딘가 유사한 것이 많아 보인다. 자기가 과거 살았던 일본에서나 지금 사는 여기 북조선에나… 그것은 간부들을 하나라도 친해두면 자기의 생활에서 알게 모르게 도움을 받는다는 점이다. 전혀 그러지 못한 사람과의 차이는 분명하게 있다. 그것도 어쩌면 자기 팔자가 아닐까. 대신 그 간부들과의 친분관계를 적절하게 유지하려면 인사차림 같은 것도 꼭 있어야 한다.

불평스러운 고일욱 소리.

"너무 답답해서 하는 소리입니다."

"그래도 밖에서 아무 소리나 막하고… 그러다가 누가 엿들으면 어쩌려고… 낮말은 새가 듣고 밤 말은 쥐가 듣는다."

"압니다. 하도 밖이어서?"

"밖이어서?"

"어쩐지 집안에는 더 무서운 것 같아요. 누가 밖에서 몰래 듣지 않을까? 혹은 옆집에서 누군가 벽에 귀에 대고…"

"엉? 정말?"

고경식은 눈빛이 아련하다.

지금 아들이 얼마나 마음속으로 걱정이 되었으면 퇴근길에 자기한테까지 와서 이런 무거운 당부를 할까? 인민들의 당국에 대한 불편한 소리, 아니 어쩌면 당연한 정책 비판의 심정인데 그런 표현을 조금 했다고 예비사돈에게 가혹한 행정처벌을 주다니? 의식을 가진 사람이 그 정도의 말도 못 하는가. 이건 정말 불길한 징조이다.

그리고 3년째 평양에서 살아보니 특이한 생활풍경이 있다. 그것은 간부든, 일반주민이든 어떤 과오를 범하면 그와 연관되는 사람들도 연대책임(연좌제)을 지는 것이다. 예하면 가족식구들은 물론이고 직장의 동료, 간부, 인민반의 책임자 등이다. 이들에게는 비판, 직무정지, 반성문 제출 등 여러 가지 처벌을 준다.

고일욱이 피식 웃는 얼굴이다.

"우리가 북조선에 바친 자동차 15대…"

"엉?"

"그 값이면 어머니 병은 고치고도 남았겠죠?"

"말하자는 뜻이 뭐냐?"

"우리가 바보짓 하는 것 같습니다."

청진자동차사업소 주차장.

중국제 '해방호'와 북조선제 '승리58형' 등 화물자동차가 여러 대 있다. 어두운 색상으로 군용트럭 모양에 가깝다. 실제로 전쟁 때 인민군부대들에 포탄을 운반했던 자동차들이다. 청진시 도시 주택 건설장으로 낮과 밤을 달리는 자동차들은 거의 2교대로 운행을 한다. 그래서 외형보다는 타이어가 더 빠르게 낡아지는 실정이다.

3년 전 오재천은 청진자동차사업소 수리작업반에 배치 받았다. 그러나 1년이 지나도 계속 수리만 해야 하는 자신이 싫었다. 그때 사업소장이 자기를 사무실로 불러 자동차타이어 애로사항을 말했다. 그래서 일본의 부모님에게 타이어 200짝을 구입할 수 있는 5천 달러를 요구했고 그것이 실행되었다. 하여 겨우 수리공의 신세를 벗어나 자동차 운전수가 된 오재천이 자동차 청소를 하고 있다.

지령실 처녀가 출차표를 내민다.

"오 동무! 오늘은 청진금속대학으로 가서 농촌동원을 지원하는 학생들을 태우고 수성협동농장으로 가야겠어요. 동무의 자동차를 포함해 모두 3

대가 배정되었어요."

"아! 그래요?"

"좋지요? 농촌 바람도 쏘이고…"

"그럼요. 요즘처럼 계속 도시 속에 먼지만 마시다가 시원한 농촌공기를 마시는 걸 생각만 해도 기분이 붕 뜨거든요."

"호호! 좋겠어요."

"지령원 동무도 좋겠어요. 남자 집단에서 일하니… 이를테면 나비 무리가 탐 내는 한 송이의 꽃이라고 할까?"

"저를 그렇게 곱게 보나요?"

지령원 처녀가 다소 심심했던지 오재천과 대화를 재밌어한다. 자동차정비, 배차, 대수리 등으로 분주한 수십 명의 직원 중 통계원 아주머니와 단 둘뿐인 여성인 자기이다. 사무실 일은 지루해 가끔 현장에 나와 운전수들과 수다를 떠는 짧은 시간이 꿀처럼 달다. 지긋은 농담, 낯 뜨거운 남녀신체접촉 등이 난무하는 남자 집단이다.

오재천은 어차피 자기가 선택해서 찾아온 이곳 북조선이다. 여기서 청년시절을 보내야 하며 자기도 때가 되면 마음씨 고운 처녀를 만나 결혼할 것이다. 그러기 위해 사회생활 속 남녀문화에 대해 알아둬야 한다. 안 그러면 일본 촌놈이 되니 말이다.

"지령원 동무! 여기 남자들은 입이 거칠어 보여요."

"맞아요. 쩍하면 '이 간나' '저 간나' 하고…"

"참! '간나'는 무슨 뜻인가요?"

"여자아이를 일컫는 함경도 지방의 사투리예요."

"예에!~"

"결혼한 여자를 '안까이'라고 해요."

"그래요?"

"신경환자 유사한 사람은 '새쓰개'라 부르고…"

"하하! 참 재밌네요."

오재천은 일본서 고등학교를 졸업하고 바로 북조선으로 왔기에 사회생활을 해보지 못했다. 미성년 시절의 학교생활과 성인의 사회생활은 다르다. 어쩌면 북조선이 자기에게는 사회생활의 첫 시작이니 너무 신기하면서 한편으로 놀랍다. 그나저나 이제는 이 사회에서 살아야 하기에 모르는 것은 하나씩 착실히 배워야 할 것이다.

계속 재잘거리는 지령원 처녀!

"어디 그뿐인가요? 건설장이나 농촌동원 현장에 가보면 일부 못된 남자들이 함께 일하는 여자들의 엉덩이며 가슴을 손으로 툭툭 만지는 것은 흔한 일상이죠. 누가 뭐라지도 않고"

"오! 정말요?"

"남자들은 마치도 그런 추잡한 행동을 자랑으로 착각하고 있어요. 여자들은 너무 부끄러워서 아무 말도 못하고요…"

"대단하네요. 북조선 남자들이…"

"머리에 든 게 없어 그래요. 배우지 못하고 무식하게 주먹질만 하고… 안 그래요? 빈 깡통이 요란하잖아요."

"정말 놀라운 일이군요."

"참! 일본에서도 남자들이 그러나요?"

"그랬다가는 경찰에 잡혀갑니다."

"어머머! 정말요?"

오재천을 자동차 시동을 걸고 사업소를 벗어난다. 어디나 비포장도로가 더 많다. 그러니 속도를 제대로 낼 수도 없고 길가는 젊은 사람들이 자동차 적재함에 무작위로 올라타기도 한다. 그리고는 아무 말 없이 가다가 제가 내릴 지역이면 알아서 내린다. 일본에서는 전혀 없는 풍경이니 무척 놀라지 않을 수 없었다.

처음에는 위험한 행동의 풍경이어서 차를 몇 번 세우고 오재천은 고래고래 소리를 질러 보았다. 적재함에 사람이 탔다가 어떤 사고라도 생기면 운전자의 책임도 있을 것이니 말이다. 그러나 모두 허사였다. 손님들이 웃으며 "같이 좀 갑시다!" 하거나 담배를 권하기도 하면서 사정을 하는데 어찌할 방도가 없었다. 이후로는 적재함에 사람이 타거나 말거나 전혀 신경을 쓰지 않고 운전하는 버릇이 생겼다.

어느덧 자동차는 중간 목적지에 도착했다.

대학 정문에서 기다리는 학생들.

오재천이 차에서 내려 사방을 두리번거린다. 어떤 노년남성의 히죽이 웃으며 "수성협동농장에 노력동원 나가는 학생들을 태우러 온 차가 맞죠?" 하자 오재천이 그렇다고 한다. 노년남성이 "저는 학생인솔을 책임진 대학선생입니다. 학생 동무들! 모두 차에 오르시오" 하는 지시에 따라 학생들이 으르르 적재함에 오른다.

그중에 누군가가 반갑게 소리친다.

"야! 너 오재천 아니야?"

"이게 누구야? 독고기백이잖아?"

"너도 청진에 있었구나. 세상은 넓고도 좁다더니…"

대학선생이 눈을 크게 뜬다.

"두 동무는 아는 사이오?"

"예! 선생님! 일본서 같이 온 동무입니다."

독고기백은 스승의 양보로 운전칸 조수석에 앉았다. 적재함에서 "운전수 동무! 학생들은 다 탔으니 목적지를 향해 출발해도 되겠소. 주소는 알지요?" 하는 대학선생이다. 운전대를 잡은 오재천이 쟁쟁한 목청으로 "예! 잘 압니다. 거기 여러 번 갔다 온 경험도 있어 눈감고도 찾아 갑니다"며 반색한다. 대학선생이 "그렇다고 눈 감고 운전하지 마오. 동무의 손에 25명 학생들의 생사가 달렸소"라고 당부한다.

자동차는 스르르 출발한다.

"기백아! 대학 공부는 재미있냐?"

"그냥 그래!"

"왜? 재미가 없는가 보지?"

"응! 재천아! 너는 이 북조선이 마음에 드냐?"

"안 들면 어쩌겠냐? 이제는 다 쏟아진 물이나 같은데."

"아! 평양의 대학에만 갔어도…"

독고기백은 귀국선에서 하선 후 북조선 수도 평양에 있는 대학을 원했으나 주거지 배치를 청진으로 받는 것부터 잘못되었다고 한다. 평양의 중앙대학은 실력도 보지만 출신성분을 알게 모르게 참고한다. 그리고 귀국자인 자기의 출신성분이 그다지 좋은 것이 못 된다는 것을 안 지는 북조선 정착 2년이나 훌쩍 지나서였다.

북조선에서 분명 출신성분이 우수한 부류는 김일성과 함께 빨치산 활동에 참여하여 일본 군대와 싸우는데 공헌한 사람으로 일명 '항일투사가족'이다. 그리고 1950년 김일성이 도발한 6·25(한국)전쟁에서 혁혁한 성과를 세운 군인들과 그 가족이다.

철저한 신분 증명사회 북조선이다.

자기 같은 귀국자가 출신성분이 좋으려면 부모가 조총련 간부를 했거나 평양에 애국헌금을 많이 하면 된다. 독고기백은 조총련 간부를 하는 가족도 없고 북조선에 애국헌금을 바칠 만한 친척도 없다. 그러니 일반 귀국자로 청진에 있는 대학에 추천받았다.

"기백아! 궁금한데 너는 일본이 그립지 않냐?"

"그립다 못해 막 미치겠다."

"오! 정말?"

"방법만 있다면 여기를 뜨고 싶다."

"그게 진심이야?"

오재천은 독고기백의 심정을 충분히 이해한다. 일본에서 온 10대의 어린 그들이 북조선에 대한 실망을 가진 것은 여기 청진에 삶의 보금자리를 편 지 몇 달 후부터이다. 낙후된 경제수준은 그런대로 이해를 하겠는데 문제는 다른 데서부터 생겼다.

그것은 바로 북조선 정부의 집권정당인 노동당의 혹독한 사람통제다. 전체 인민들 중 10대 중반까지 아동들은 소년단, 30대 후반까지 청년들은 청년단체, 50대까지 여성들은 여성단체에 의무적으로 가입한다. 20대부터 60대까지 중에 열성적인 사람은 노동당과 직업동맹에 귀속시킨다. 모든 직능단체는 엄밀히 노동당 산하이다. 전체 인민이 노동당에 절대 복종해야 한다. 조금이라도 반대 눈치면 반동이다.

"재천아! 우리는 조총련에 속았어."

"나도 그렇게 생각한다."

우리 이제는 함께 살아요

함흥시 내무부 보위과장 방. 새벽 열차로 평양에서 내려온 강지철이 방에 들어왔다. 연창식이 "이거 많이 누추한 곳이어서 죄송합니다. 지방내무부 사무실이 워낙 낙후해서…"라며 말끝을 흐린다. 강지철은 "뭘 그러오? 당을 위해 일하는 자세와 입장이 중요하지 사무실이 무슨 대수겠소?" 하며 연창식의 어깨를 다독여준다.

두 사람은 테이블을 마주하고 앉았다. 요즘 째포들의 사회적 문제를 면밀히 들여다보고 그에 대한 대책을 논의하려고 한다. 함흥은 공업도시로 일본에서 온 째포들이 많은 곳이다. 가지 많은 나무에 바람 잘날 없다고 사람이 많으면 그만큼 여러 문제들도 끊임없이 생긴다. 신경을 크게 써야 하는 지역이 틀림없다.

강지철은 성급한 어투이다.

"요즘 여기 함흥 째포들은 어떻소?"

"최근 성천강고등학교에서 집단 패싸움이 있었습니다."

"뭐요?"

"째포 아이들과 공화국 아이들이 말이죠."

"그래서 어디가 이겼소?"

"힘 좋은 째포 아이들이 이겼습니다."

연창식은 째포 아이들이 평시 좋은 옷이며 생활용품을 쓰다 보니 그것을 부러워하는 공화국 아이들이라고 한다. 처음 좋은 상품 한두 개 빼앗는 버릇이 나중에는 돈을 요구하는 아이들이다. 계속 그러다 보니 반발심이 생겨 째포 아이들도 세력을 합쳐 대항하기도 한다. 그들은 패하면 돈으로 힘쎈 아이들을 고용해 끝장을 본다. 싸울 때는 무섭다. 각목, 삽자루, 벽돌 등으로 상대를 제압하기도 한다.

계속하는 연창식.

"아이들 패싸움은 대체로 거기서 끝납니다."

"그래도 사람들의 보는 눈이 있잖소?"

"그렇기는 하지만…"

"발 없는 말이 천 리 간다는데… 문제가 안 되겠소?"

"마땅한 대책이 없습니다."

"그러면 내무부에서는 통제를 안 하오?"

"그냥 쉬쉬하는 편입니다."

"어째서?"

"째포 부모들이 돈을 쓰니 말이죠."

"음! 그렇구먼" 하고 강지철은 다소 고뇌한다. 뜻하지 않게 접하는 함흥지역 째포 아이들의 집단 패싸움 문제는 어떻게 봐야 하는가? 그냥 아이들의 문제라고 대수롭지 않게 지나갈 문제는 아닌 것 같다. 그러면 어디서 문제일까? 그렇지. 여기다.

사회의 모든 성인(17세 이상)들은 의무적으로 자기 소속 단체조직에서 학습이며 강연, 총화 등 정치생활을 한다. 17세 미만의 아동 및 청소년들은 전혀 안 한다. 대중이 서로를 경계(감시)하는 총화 위주의 조직생활은 사상단련의 용광로이다. 사상(통제)교육을 안 받는 데서 비롯되지 않았을까. 이 문제는 평양에 올라가서 리숙과 신중하게 의논할 가치가 있다. 결국은 째포 아이들도 해당지역 인민행정위원회 8과에서 진행하는 특별학습반에서 정신교육을 시켜야 할 것이다.

연창식이 노트를 펼치며 말한다.

"여기 함흥 째포들이 너무 활개를 칩니다."

"예를 들면 어떤 거요?"

"일상에서 째포들의 물질로 대중을 유혹하려는 결함을 모른 척하고 넘어가는 일부 간부들이 적지 않습니다."

"바로 그게 문제라는 거요."

"째포들은 돈을 갖고 간부들의 마음을 사기도 합니다. 그래서 좋은 일자리 혹은 사회동원 면죄 등을 받지요."

"노골적으로 말이오?"

"예! 그렇습니다. 부국장 동지!"

연창식은 자기의 깊은 속내를 털어놓는다. 째포들이 자신의 출세, 보신을 위해 당간부들에게 뇌물을 몰래 바친다. 그런데 이 문제는 본질적으로 다르다. 간부들이 먼저 뇌물을 요구 하는 것이다. 그들도 외화를 만져보고 싶고 북조선 물품보다 월등한 일본 상품을 사용하고픈 마음은 일반 인민들과 조금도 다르지 않다.

철면피한 연창식이다.

자기도 여동생 결혼식 때 조춘심한테서 옷감을 뇌물로 가졌고 이따금 일본 돈을 받아쓴다. 그는 당간부들도 째포들 한테서 뇌물과 돈을 받음을 안다. 그들에게 경종을 울릴 필요가 있다고 판단해 자기 속마음을 슬쩍 피력했다. 내무부 방송장비를 조춘심에게 부탁한 것은 공적인 문제로 본다. 여하튼 조춘심을 비롯한 째포들에게 자신이 당간부들도 떨게 할 수 있는 무서운 존재임을 보여주고 싶다.

똑똑!~

여성내무원이 들어왔다.

그녀가 어떤 서류를 연창식 앞에 놓는다. 〈최근 공화국정부 정책에 불평불만을 표출한 귀국자 명단〉 대내에 한한 비밀보고서다. 이맛살을 살짝 찌푸린 연창식이 그 서류를 그대로 강지철의 앞으로 밀어놓는다. 약속이나 한 듯이 두 사람의 눈길이 서류에 꽂혔다.

왕금철 흥남주택건설사업소 노동자.
오사카 태생, 제6차 귀국동포 – 직장퇴근 후 동무들과 술자리서 일본 국민들은 하루 3끼 쌀밥을 먹는데 왜 사회주의 북조선은 옥수수밥도 겨우 먹는지 모르겠고 했음. 술을 좋아하고 당정책 비방이 잦음. 해당조직에서 몇 차례 비판을 받았음.

라창식 신포수산물가공공장 노동자.
규슈 출신, 제14차 귀국동포 – 함께 일하는 직장에서 25살의 처녀를 강간했음. 처녀는 분명히 싫다고 했다는데 라창식은 서로 좋아서 퇴근길에 공원에서 남녀관계를 가졌다고 실토함. 현재 처녀는 대중과 접촉하지 않는 대인기피증에 심하게 걸렸음.

홍수남 풍경광산기업소 착암기공.
후쿠오카 태생, 제20차 귀국동포 – 평소 꾀병이 많다고 주변에서 평판이 나쁨. 최근 일주일간 여기저기 아프다면서 무단결석했음. 진단서를 요구하는 작업반장에게 퇴근 후 집으로 찾아가 말다툼 끝에 주먹질을 했음. 작업반장은 병원에 입원 중.

연창식은 문제를 중앙당에 보고하자고 한다. 강지철은 고개를 가로저으며 내무성 정치보위국이 전담하겠다고 한다. 그리고 정치보위국은 김일성 수상의 직속기관으로 내각의 간부들은 물론 당중앙위원회 부장들도 체포할 수 있다고 한다. 그런 기관이 째포들의 문제를 전담한 것은 그만큼 사안이 중대하기 때문이란다.

연창식은 흐뭇한 마음이다. 자기는 일부 째포들의 은밀한 부정행태를 지적하면서 동시에 당간부들을 우회적으로 비판했다. 그런 당간부들도 영장 없이 체포하는 내무성 정치보위국이 바로 자기 직속기관이다. 그러면 제가 적어도 동일한 시(市)급기관인 시당(市黨)간부들을 간접적으로 통제할 수도 있다는 것이다.

어슬어슬한 밤, 홍남바닷가 두 남녀.
박승호와 신영자가 모래밭에 앉았다.
"영자 씨! 그거 생각나요? 일본에서 우리의 첫 만남!" 하는 박승호의 말에 "그게 무슨?…" 하는 신영자다. 박승호가 "도쿄에서 어느 날 만취한 형님을 데리고 영자 씨 집을 찾았던 밤… 돌아서 나오려는 나에게 말을 걸었던 영자 씨! 맞죠?"라고 한다.
"어머! 갑자기 그 말은 왜?…"
"나는 그때 가족의 소중함을 새삼 느꼈어요."
"아니, 승호 씨는 독신이 아닌가요?"
"독신도 1인 가족이죠. 다인 가족이든 1인 가족이든 책임감 갖고 살아야겠다고… 이성교제도 그때가 처음이고…"
"호호! 정말요?"
"아니, 제가 거짓말을 할까요?"
"그건 아닌 것 같아요."
박승호는 그날 친구의 아내인 신영자의 집을 방문하고 다소 심경변화를 느꼈다. 한 가정의 주부이고 세 딸의 어머니인 순박한 여인의 애절한 부탁, 제발 자기 가족의 평안을 위해 술 좋아하는 남편 주정남과 멀어져달라는 당부가 가슴에 와 닿았다.

그러다가 자신이 평화로운 한 가정의 달콤한 생활을 파괴하는 최악의 공범이 되지 않을까 하는 걱정도 들었다. 이후 친구 주정남과 술자리를 뜸하게 가졌고 만취한 그를 집으로 데려다 주는 일은 없었다. 신영자와 진심으로 했던 선한 약속을 지키기 위해서였다.

신영자도 박승호가 은근히 고마웠다. 자기의 사적인 부탁을 확실하게 들어주었으니 말이다. 그래서 나름 조총련에 친절하고 쉽게 소개를 해주었고 같은 귀국선을 타고 여기 북조선으로 왔다. 또한 함흥으로 똑같이 주거지를 받은 것도 그나마 다행이었다.

"승호 씨! 정말 미안해요?"

"뭐가요?"

"이 푼수 같은 여자 신영자 때문에 조총련에 들어오고 결국 여기까지 오지 않았나요? 인민의 지상낙원, 이 북조선에…"

"음! 인민의 낙원이 맞지요."

"아니, 뭐라고요?"

"간부들도 인민이니까… 그것도 우선적이고 영예적이고 무엇이든 인민들보다 먼저 많은 상품을 받고… 맞죠?"

"듣고 보니 그렇네요."

"인민의 나라 아닌 간부의 나라."

"정확히 꼭 맞는 소리네요" 하는 신영자의 얼굴에 화색이 돈다. 과거 일본에 살았던 두 사람이다. 도쿄서 남편의 친구로 어느 날 밤, 우연히 만났으나 마음이 끌렸다. 어쩌면 그런 솔직한 감정이 있었기에 이 순간도 함께 있는지도 모른다. 고단하고 외로운 북조선 생활에서 절망을 느낀 신영자.

그녀도 분명 누구에게 의지하고 싶은 여자다. 이제는 구태여 숨김없이 허심탄회하게 만나고픈 남자 박승호다.

더구나 주변서 혼자 사는 과부로 불쌍히 보는 눈빛이 불편하고 싫었다. 같은 사람이 사는 일본서는 전혀 볼 수 없었던 생활의 환경이었다. 그러고 보니 똑같은 사람이지만 북조선은 다르다고 했던 남편의 말이 맞았다. 그 술주정뱅이 남편도 가끔은 그립다.

"영자 씨는 북조선에 온 걸 후회하나요?"

고개를 내리 흔드는 신영자.

"그러는 승호 씨는 안 그래요?"

"사회주의 북조선이 인민의 지상낙원? 그 인민들은 아침저녁 1년 내내 정신·육체적으로 들볶이고,… 거기에 밥도 배불리 못 먹고… 휴! 어쩌겠어요. 잘난 우리의 소행이니"

"…"

"아무리 후회를 해도 일본으로 되돌아가고픈 마음은 전혀 해결도 안 될 것이고… 그저 숙명이라고 살아야죠."

"성격이 좀 느슨한 것 같아요."

"어쩌면 그게 좋지 않나요? 급한 것보다…"

"예. 그렇긴 하지요."

박승호는 여기 북조선으로 와서 성격이 조심해졌다. 그리된 이유는 바로 직장동료 '땅딸보'가 일상에서 말반동(말을 잘못하여 반동으로 찍힌 사람)이 되어 어느 날 사라졌기 때문이다. 그런 경우 당국에서는 그 내막에 대해서 일체 알려주지도 않는다.

일부 사람들의 입소문으로 추정하거나 실제로 확인하는 경우도 있다. 유사한 일은 다른 지역의 째포들 속에서 간간히 나타났다. 그런 소문은 순식간 째포 사회에 파다하게 퍼진다.

담배를 부쳐 무는 박승호.

"어머! 담배는 안 피우지 않았나요?"

"실은 그랬는데 답답할 때 가끔 한 대씩 피웁니다."

"그래도 가급적 끊으세요."

"알았어요. 참! 일본의 남편 생각은 없나요?"

"있어요. 누가 뭐라도 애들 아빠잖아요" 하는 신영자의 초롱초롱한 눈가가 촉촉해진다. 그녀는 비로소 조총련의 허위선전에 속았음을 뒤늦게 깨달았다. 제 눈으로 보고 싶었던 이 북조선! 실제 살아보니 인민의 지상낙원이 아니고 지옥이나 다름없다.

자기가 소속된 종이공장에서 노동참여는 남녀가 따로 없이 시행된다. 건실한 남자들도 8시간, 연약한 여자들도 똑같은 8시간이다. 그렇다고 근로복지가 여성에게 특별히 있는 것도 전혀 아니다. 일은 그렇다 치고 무슨 정치행사가 그렇게 많은지? 아침마다 독보에 참가하고 충성의 선서모임을 꼬박꼬박 한다.

하루 일을 마치고 퇴근하면 온몸이 파김치가 된다. 세 아이의 더러워진 옷을 빨고 밥을 해야 한다. 아이들 학교에서 바치라는 물건은 왜 또 그렇게 많은지? 주택건설장 지원용 장갑, 수건, 노동도구, 재활용품, 농촌거름 등이다. 지긋지긋한 북조선 생활이다.

다시 새 담배를 붙여 무는 박승호.

"이건 좀 예민한 질문인데…"

"뭔가요? 말하세요."

"혹시 일본의 남편을 여기로 오게 할 생각은 없나요? 지금 영자씨가 하는 고생을 남편과 함께 나누면 좀 쉬울 것 같은데. 누구보다 애들에게는 아버지가 있어야…"

신영자가 후!~ 한숨을 쉰다.

"나라고 왜 그런 생각을 안 했겠어요? 허면 지금처럼 1년에 몇 번 일본서 보내오는 애들 양육비는 누가 대주나요?"

"예?"

"아이들을 기죽지 않게 키우려면 돈이 필요하죠. 그들의 간식과 옷 등은 일본의 아버지가 보내주는 돈 덕분이죠."

솔직한 마음을 고백하는 신영자.

자기도 분명 여자이고 사람이다.

평범한 남들처럼 자기라고 왜 남편이 안 그립겠는가? 과거의 제 잘못을 인정하고 새롭게 출발해보고 싶다. 이런 진심을 지금까지 누구에게도 털어놓지 못했다. 박승호는 귀국동포다. 같은 문화권에서 살았던 생활습성으로 대화가 통하고 서로를 이해한다. 그러니 비록 이렇게 어두운 밤 사람들의 눈을 피해 만났지만 마음속은 기쁘다.

"어머! 그냥 제 이야기만 했네요."

"아니, 그럼 여기서 또 누구 이야기 있나요?"

"승호 씨! 이야기 좀 해줘요."

"제 이야기요? 허허! 저는 별로 할 소리가…"

"그래도 이 북조선으로 온 목적 중 하나가 장가를 가기 위한 것 아닌가요? 그때 일본서 저에게 그렇게 말하고…"

"아! 그랬던가요?"

"우리 솔직해요. 승호 씨!"

귀국동포 노총각 박승호에게 지난 3년은 마치 3개월 마냥 빠르게 지나갔다. 일본에서는 의례히 휴식하던 일요일도 여기 북조선에서는 거의 없었다. "모두가 충성의 애국노동에 일요일을 바치자!"고 간부들이 선동하면 그에 무조건 따라야 한다.

그토록 강제노동을 쉼 없이 하다 보니 이성과의 연애 같은 것은 꿈도 못 꾼다. 어쩌다가 사회노동에 나가서 눈을 마주친 아낙네와 말이라도 하면 훗날 째포임을 알고는 대화가 무 자르듯 단절되고 연락도 두절된다. 일본에서 온 사람을 경계하고 있음이 생활에서 서서히 느낀 것은 북조선 정착 1년이 훨씬 지나서였다.

그러니 연애 용기는 더욱 없어졌다. 이러다 영영 총각귀신이 되겠다는 생각도 들었지만 그렇다고 어떤 마땅한 묘책도 없었다. 그냥 팔자라 생각하고 남이 웃든 말든 그런 것에 신경을 끄고 사는 것이 그나마도 낫겠다 싶었다. 안 그러면 자신만 손해다.

"저는 그냥 지금처럼 혼자 살렵니다."

"그래도 후대는 남겨야…"

"이 못난 놈이 제 발로 찾아온 인간생지옥 이 북조선에서 내 후대가 살라고요? 아니요. 그러고 싶지 않습니다."

"그건 맞는 말이지만. 그래도…"

"솔직히 말해 사랑은 하고 싶습니다."

"어머! 승호 씨! 그건 2중적 생각이 아닌가요? 여성과 달콤한 사랑은 하고 싶고… 새생명인 아이는 원하지 않고… 말도 안 되죠. 아무리 봐도 너무 이기적인 마음이 아닌가요?"

"허허! 그게 또 그렇게 보이나요?"

"맞지요? 제 말이…"

"그럼? 하나 물어봅시다. 영자 씨는 아이들 후원 때문에 남편이 일본에 있기를 바라면서 그 남편은 보고 싶지 않나요?"

"그건 아니지요."

"그렇죠. 사랑과 자식 생산은 별개일 수도 있죠."

"어머! 승호 씨는 연애박사 같아요."

"허허! 놀리는 소리 아니죠?"

"그럼요."

신영자는 북조선 생활 3년간 과부로 살아왔다. 집안에 대청소, 연료(석탄) 장만, 김장철 등 시기이면 일본에 있는 남편 주정남의 손길이 그리웠다. 명절이나 기쁜 날이면 더욱 그랬다. 지금이라도 어느 남자가 꼭 자기를 한 번 안아주었으면 그 품에 안겨 마음껏 웃고 울어도 보고 싶다. 사람이 모여 사는 인간생활이 뭐겠는가. 자기의 고민을 터놓을 수 있고 또 상대의 마음도 이해할 수 있는 시간이 소중하다. 정작 곁에 있을 때는 몰랐는데 없으니 더욱 그리운 남자의 품이다.

박승호의 표정이 부드럽다.

"영자 씨! 제가 세 딸의 아버지가 될까요?"

"네? 뭐, 뭐라고요?"

"내가 영자 씨 남편이 되고 싶다고요."

"어머머! 세상에… 저 같은 못된 년과 살아서 뭐가 이득이겠어요? 승호 씨도 알면서… 내가 남편을 버린 나쁜 년인걸."

"저는 그렇게 안 봐요."

"그럼 어떻게?"

"형님의 나쁜 술버릇이 가정을 버렸죠."

오랫동안 사랑에 갈증이 난 박승호는 몸을 획 돌려 신영자를 덥석 그러안는다. 그의 커다란 두 팔이 신영자의 봉긋한 가슴과 몸을 감쌌다. 박승호는 자기의 얼굴을 그녀의 귀밑머리에 기꺼이 갖다 붙인다. 따스한 온기, 달콤한 향수가 지긋하다.

가슴이 무척이나 설레는 이 순간을 마치 너무나도 기다린 듯 신영자는 어떤 저항도 하지 않고 두 눈만 꾹 감았다. 얼마 만에 안겨보는 남자의 품인가? 일본에 있을 때 자신을 이토록 뜨겁게 안아 준 적이 없는 남편 주정남이다. 엄연히 자기도 사랑받고 싶은 여자인데… 오랜만에 진한 남자의 뜨거운 사랑을 맛보는 신영자다.

　고요한 주변을 의식한 박승호는 강한 연모의 눈빛인 신영자를 번쩍 들어 자기 무릎에 가로 앉혔다. 이어 그녀의 윗옷 단추를 천천히 벗기고 훤히 드러난 하얀 속살에 자기 얼굴을 묻는다. 시간아 멈춰다오. 애타게 기다렸던 이 순간, 사랑하는 여인과 함께 있는 이 행복한 자리… 두 사람의 얼굴에는 희열이 비꼈다.

　"영자 씨! 정말 한없이 사랑해요."

　"저도요. 승호 씨!"

　"우리 이제는 함께 살아요."

　"예! 좋아요."

탈출 모의

청진항과 멀리 떨어진 어느 바닷가. 동해의 거센 파도가 작은 바위절벽을 친다. 독고기백이 친구 2명과 낚시질에 여념이 없다. 여기 해안도시에서 3년째 살아 이제는 제법 바다낚시에 재미도 들었다. 고향이 일본 땅인 이들은 봄·여름·가을·겨울 명절 때마다 바닷가에서 물고기를 잡아 어죽을 끓여먹으며 향수를 달래기도 한다.

'기짱' 별명의 독고기백이 나이가 많고 '키다리' 청진주택건설사업소 노동자, '코털' 청진농업대학생 순이다. 셋은 북조선 입국 후 초대소에서 정착교육기간 서로 알게 된 청년들이다. '기짱'과 '코털'은 일본서 조총련이 운영하는 조선학교를 다녔기에 귀국 후 지방대학이라도 입학할 수 있었다. 일본 학교를 다녔던 다른 학생들은 전부 일반 공장, 기업소, 농장, 건설장, 탄광 등에 강제 직업배치 받았다.

지금 자기들이 있는 이곳 북조선 북부 해안 도시 청진에서 동해로 직선거리 어느 끝 지점에 일본국이 있을 것이다. 꿈에도 그리운 나서 자란 정든 고장의 다정했던 사람들, 빠르게 변화되었던 사회생활, 이제는 고작 추억 속에서만 상상할 곳이다.

독고기백이 한 숨을 내쉰다.

"휴우!~ 키다리는 지금 하는 일 재밌어?"

"재밌기는 그냥 하는 거지…"

"여기 북조선에 와서 운동선수를 하고 싶었다며?"

"그랬지. 개꿈인 줄도 모르고…"

키다리는 원래 북조선에 오면 체육대학에 가려고 했다. 자기 특기인 농구를 전문 배워서 국제경기에 나가는 선수가 되고 싶었다. 허나 체육대학은 평양에만 있었다. 청진에 배치를 받은 자기가 평양으로 가는 것도 힘든데 거기에 체육대학까지 가려면 돈이 필요했다. 일본에서 돈이 올 만한 여유가 안 되는 집이라 포기했다.

"기짱은 대학 공부가 마음에 들어?"

독고기백이 고개를 가로젓는다.

자기는 일본을 떠날 때 평양 최고의 대학입학을 원했다. 거기에 운이 좋으면 소련의 수도 모스크바로 유학까지 갈 수 있다는 혼자만의 생각도 자졌었다. 그렇게 못되고 지방대학에 재학 중인 그다. 자나 깨나 설레는 맘속에 간직했던 자신의 바람이 하루아침에 빗나간 것이다. 이럴 줄 알았으면 북조선으로 오지 않았겠는데… 북조선의 지방대학은 말이 대학이지 교육의 수준이나 환경 등이 매우 낙후했다.

키다리가 낚싯줄을 던진다.

"내가 태어난 가고시마가 그립다."

그는 고등학교졸업을 앞두고 자기 실력으로는 일본서 체육대학입학이 어렵다는 불안감이 있었다. 체육선수가 되고픈 욕망으로 북조선행 귀국선에 선뜻 몸을 실었다. 평소 대화가 별로 없었던 부모에게는 도쿄에 가서 구직정보를 알아본다는 거짓말을 했다. 일본서든 북조선서든 체육선수가 되어 부모님 앞에 당당히 나타나겠다는 욕심에 사로 잡혔던 것이다. 열성이 말썽이 되었다. 지금 와서 생각해보면 자신의 처사가 진짜 철없는 행동임을 뼈저리게 느끼는 키다리다.

코털이 낚인 물고기를 끌어당긴다.

"규슈는 내가 나서 자란 곳이야."

"오! 그래?"

"나는 부모가 없어도 일본은 그립다."

3년 전 청진항에 내린 코털은 의학공부를 하고 싶었다. 일본에서 어린 시절 부모를 잃은 고아로 살았다. 그러다 먼 친척집에 들어가 생활했는데 우연히 조총련의 북조선 열성선전에 정신이 홀라당 빼앗겼다. 북조선으로 가는 문제를 신중히 결정하라는 친척어른의 소리를 귓등으로 듣고 운명의 귀국선에 오른 코털이다.

그는 꼭 의사가 되고 싶었다. 일본의 의사이면 어떻고 북조선의 의사이면 어떤가? 희생, 봉사, 장인정신이 담긴 히포크라테스 선서를 하고 환자생명을 치료함은 만국의 공통점이 아닌가. 코털은 황당하게도 청진농업대학 입학시험을 봤다.

세 청년은 원하는 대학에 못 갔다.

독고기백이 말한다.

"코털은 지금하는 농대 공부가 흥미 있어?"

"흥미는 무슨… 사람의 병을 고치는 의사가 되고 싶었던 이 코털이 고작 농작물이나 탐구하는 대학생이 되고…"

"야! 농작물이 어때서?"

"아니? 그래도 사람마다 각자 하고픈 공부도 있고 전공도 다르잖아… 노동도 마찬가지고… 안 그래?"

두 청년은 동시에 고개를 끄덕인다.

그들은 이렇게 사는 것이 싫었다.

현재도 그렇지만 미래도 암울해 보인다. 비단 대학생뿐만 아니라 사회의 모든 계층 사람들은 노동당의 철저한 통제 속에서 살아간다. 일본에 비하면 그야말로 숨이 막힐 지경인 북조선 사회다. 어떻게든 이 사회에서 벗어나고 싶은 마음이 있을 것이다. 다만 그것을 쉽게 표현 못하는 특성이 있다. 북조선 사회는 노동당이 서로를 감시 통제하는 생활규칙을 전체 인민에게 강요하는 특이한 체제이다.

이게 인민의 지상낙원이라고?

기짱은 일본열도의 최북단 지역인 홋카이도서 태어났다. '키다리'와 '코털'은 열도 최남단 출신이다. 조총련이 일본서 북조선 선전을 얼마나 집요하게 했으면 일본의 북단서 남단까지 완벽하게 전파된 '인민의 지상낙원' 허위선전인가. 감쪽같이 속았다. 시간을 되돌릴 수만 있다면 일본·도쿄 조총련중앙본부로 가서 거세게 항의하고 싶다. "당신들도 진짜 인간이냐고? 북조선이 '인민의 지상낙원'이라는 근거를 단 한 가지만 납득이 가도록 대보라!"고 따지고 싶다.

기짱이 낚싯줄을 잡아챈다.

"키다리, 코털! 잘 들어 뭐 좀 물어보자!"

둘은 눈이 커진다.

"솔직히 너희들은 이 북조선이 좋아? 아니면 싫어?"

엉? 이건 갑자기 무슨 소리인가.

신중한 질문이다. 자기의 속생각을 공개적으로 말해야 하는데 그것이 상대방과 맞을 수도, 혹은 틀릴 수도 있다. 같으면 다행인데 간혹 틀리면 '불편한 진실'이 된다. 이들이 여기 북조선에서 3년간 살아보니 모든 사람은 절대적으로 어느 조직에든 소속되어 있다. 그 속에서 혹독한 사상교육생활을 하는데 자기의 정신상태를 솔직히 고백하고 타인의 나쁜 행동도 기꺼이 찾아서 상부에 보고해야 한다.

기짱이 계속한다.

"낚시질 잠시 멈추고 이거 해보자."

"뭐야?"

"우리 셋의 진솔한 마음을 확인하자."

"어떻게?"

"내게 특별한 방법이 있다"며 독고기백이 설명한다. 세 사람이 서로 등을 돌리고 눈을 꼭 감고 앉는다. 자기가 "나는 가능한 일본으로 되돌아가고 싶다!"고 제안할 것이며 그에 공감하면 각자 오른손을 펴고 머리 위로 추켜올린다. 이어서 자기가 구령을 치면 동시에 눈을 떠서 결과를 확인한다. 키다리와 코털이 "오! 그거 아주 기발한 제안이다." "아니, 어쩌면 내 마음과 똑같으냐?"며 적극적인 자세다. 선동자 기짱의 뒤로 둘은 약간 벌려 앉았다. 그리고 모두 눈을 감았다.

떨리는 목소리의 독고기백.

"우리 운명이 걸린 문제로 꼭 양심적으로 표시해라. '나는 일본으로 되돌아가고 싶다'고 생각하면 오른손을 들라!…"

잠시 침묵이 흐른다.

"다 들었지?"

"웅!~" 하고 둘이 대답한다.

"그러면 내가 구령을 치면 동시에 눈 뜨고 결과를 확인하자. 절대 번복하면 안 돼. 그건 시시한 노릇이다."

숨죽인듯 고요한 순간.

"하나, 둘, 셋!"

세 사람이 동시에 눈을 떴다.

그리고 서로의 위를 쳐다본다.

모두의 오른손이 위로 들려졌다. 눈을 비비고 다시 봐도 분명하다. 순간 독고기백은 마음속 깊은 곳의 기쁨을 금할 수 없다. 이 지긋지긋한 북조선을 떠나 고향으로 되돌아가고 싶은 마음이 비단 자기뿐만이 아니었다. 그

숨은 진실을 제 눈으로 확인했다는 것이 얼마나 소중하고 다행스러운 일인가. 정말 모르고 찾아온 인간생지옥, 세상에 둘도 없는 악령의 영토, 여기 북조선에서 어떻게든 벗어날 수만 있다면… 하여 사랑하는 이들이 있는 일본으로 기필코 귀국하고 싶다.

기짱이 엄하게 고한다.

"너희들 오늘 일 어디가 절대 말하면 안 돼!"

"우리도 그 정도 눈치는 있어."

"설마 우리가 자살행위를 할까? 유치원 애도 아니고."

"일단 배가 고프니 어죽부터 끓이자."

세 청년은 이런 일이 자주 있어 능숙한 분담으로 어죽 끓일 준비를 한다. 하얀 쌀을 바닷물에 씻어 냄비에 담고 거기에 갓 잡은 성싱한 고등어 두 마리를 잘 손질해서 넣었다. 소금과 간장, 그리고 파, 마늘 등 양념도 제법 갖추었다. 집에서 나올 때 메고 온 배낭에 들은 마른 장작으로 바위짬에 불을 피워 냄비를 올려놓았다.

독고기백은 하늘을 날 것 같은 심정이다. 자기와 같은 생각을 가진 동료를 찾았으니 그게 어디 보통일인가. 이제는 일본으로 돌아가는 어떠한 방법이든 뭐든 해보고 싶다. 그동안 혼자서 고민해왔는데 비로소 우군이 생겼으니 마음이 든든하다.

"우리 북조선을 탈출하자!"

키다리와 코털이 동시에 깜짝 놀란다.

"아니? 어떻게?"

"무슨 좋은 방법이라도 있어?"

"그 방법을 지금 찾아보자는 거다" 하는 독고기백이다. 둘의 놀라움은 계속이다. 기짱이 자기들의 마음만 조용히 확인하는 줄 알았는데 내친 김에 아예 북조선 탈출계획 논의까지 제안했다. 전혀 생각지도 않았던 일이다. 그러나 이미 자기들 입에서 공개적으로 "일본으로 되돌아가고 싶다!"는 결정이 나온 만큼 심각하다. 어쩌면 자신의 운명이 걸린 이 중대문제 토론의 닻은 올랐다. 무슨 방법이 있을까?

골똘해진 코털이 고한다.

"청진항에 매주 들어오는 니가타발 소련선박에 몰래 올라타면 안 될까? 우리가 타고 온 귀국선에 말이야?"

"엉? 그래도 될까?"

"깊은 심야에 말이야. 귀신도 모르게…"

"허나 그 선박이 있는 청진항은 북조선 영토야."

"알아! 그래서 선박에 올라타서 출항할 때까지 어느 구석에 숨어 있자는 거야. 가능하면 일본에 도착할 때까지…"

"그게 말처럼 쉬울까?"

"아니? 그럼. 일본으로 가는 일이 죽 먹듯 쉽겠어?"

"아마 북조선 탈출 죄는 사형일 거야?"

청진항에 정박한 소련 대형 선박인 귀국선을 이용하자는 방안은 아주 위험하다. 청진항은 군사적 특별위수지역이다. 선박 주변에는 무장한 인민군 경비대군인들이 주야간으로 순찰을 한다. 24시간 개미 한 마리 얼씬 못하게 철통같은 경비를 선다.

그나마 가능한 방법은 군인을 매수해야 한다. 그게 쉬울까? 어느 정신 나간 군인이 자기 생명을 내 걸고 그런 위험한 범죄를 눈감아주겠는가. 설령 대상물에 접근했다고 해도 선창에 오름은 더욱 어려운 일이다. 수십 미터 높이의 선박 위에서 아래로 밧줄을 내려주면 몰라도… 거꾸로 위로 밧줄을 걸고 올라간다는 것은 거의 불가능하다. 그리고 깊은 밤에도 감시조명등(서치라이트)이 꺼지지 않는 선박주변이다. 결국 청진항 귀국선 접근제안은 실현불가의 소리다.

키다리가 갑자기 환한 표정이다.

"이건 어때? 우리가 쪽배를 직접 만들면 어떨까?"

"무엇으로? 나무로? 그거 어느 세월에…"

"그리고 그걸 어떻게 숨겨?"

"가만? 대형 화물자동차 타이어 3개를 밧줄로 든든히 묶어서 그 안에 세 명의 우리가 들어가서 노 저어가면 어떨까? 물론 밀물과 썰물 시간에 맞추면 노 젓기가 훨씬 쉬울 거야."

"오! 그런가?"

"여기서 일본이 지척인 줄 알아? 저 큰 소련 선박으로 옹근 이틀 쉼 없이 가는 거리야. 자그마치 수천 마일이고…"

"휴! 정말 그러네…"

"이래도 안 되고 저래도 안 되고…"

어느 새 장작불 위의 냄비 속 어죽이 부글부글 끓는다. 구수한 물고기 비린내가 셋의 미각을 자극시킨다. 코털이 "어죽이 다된 것 같으니 먹으면서 생각해보자!"고 한다. 키다리가 장작불에 물을 뿌려 불길을 소각한다. 그리고 뚜껑 다친 냄비에도 바닷물을 뿌린다. 뜨겁게 끓어오른 어죽을 빨리 식히는 방법이다.

냄비 뚜껑을 열고 3명이 둘러앉았다.

이 순간만큼은 너무 행복하다. 아! 오늘을 옛말하는 내일이 올까? 그것은 어떻게든 일본으로 돌아가야만 가능하다. 물론 북조선에 정을 붙이고 살면 이것도 훗날 옛 시절의 추억이 되겠지만 벌써 이들의 마음은 일본에 가 있다. 꼭 돌아가리라. 태어난 정든 집이 있는 일본으로… 모르고 왔던 이 북조선은 모든 것이 정말로 싫다.

성미가 급한 키다리가 어죽을 한 술 떠서 입 바람을 불고 입에 넣었다. 이어서 "카! 맛이 죽인다. 제대로 끓였다"고 환호한다. 기짱과 코털도 뒤따라 같은 동작을 한다. 세 청년의 얼굴에는 작은 미소가 어렸다. 어디까지 골치 아픈 문제는 차후이고 우선은 먹는 거다. 일단 사람은 잘 먹어야 건강하고 생명도 유지하니 말이다.

독고기백이 무릎을 꽉 친다.

"아! 이건 어떨까? 큰 고깃배 선장을 포섭하자."

"엉? 그게 뭔 소리야?"

"뇌물을 주고 승선하자. 무보수노동을 해주겠다며… 그리고 공해로 나가 야밤에 구명대를 착용하고 배에서 탈출하자."

"그러면?"

"공해상은 국제해양경찰 관할 구역이니 구조가 가능하거든…"

"그런데 우리를 태울 선장이 있을까?"

"그렇지. 사실 우리는 얄미운 귀국자들인데…"

"당연히 귀국자 신분은 숨겨야지."

"음! 그러고 보면 이 방법이 그중 가능성 있어 보인다. 문제는 그 큰 배에 어떻게 올라타는 것인가인데…"

"그게 어디 말처럼 쉬울까? 안 그래?"

"길고 짧고 해보자."

세 청년은 다소 공감하는 눈치다. 실제 자기들이 일상서 알게 모르게 대학선생이나 사업소 간부에게 바치는 뇌물이 만만치 않다. 기본적으로 술담배이다. 까짓것 밑져야 본전인 셈치고 정성어린 뇌물을 마음에 드는 고깃배 선장에게 바쳐보자. 물론 쉬운 일도 아니다. 이제부터 그 선비 같은 선장을 물색하는 것이 중요하다. 그리고 그와 친분도 쌓아놓고 어느 정도 시간도 자연스럽게 보내야 한다.

세 청년은 비장한 마음이다. 반드시 지옥의 이 땅을 떠나고 싶다. 이제 20살 안팎의 이들에게는 구만리 앞날이 있다. 그 미래를 암흑사회 북조선에서 보냄은 절망이다. 이 어두운 막장에서 꼭 벗어나야 한다. 흥분해서 떠났던 정든 땅, 일본으로 가다가 죽으면 넋이라도 가리라. 사랑하는 부모 형제가 기다리는 그곳으로…

평양 문수봉 산책로.

찌르륵!~ 찍찍!~ 찍!~ 하늘을 날으는 새들이 정겹게 운다. 대동강 동쪽의 동평양지구, 낮은 산이지만 평지대에 있어 82m 정상에 오르면 주변의 아름다운 경치가 한눈에 들어오는 명소이다. 소나무, 아카시아나무, 단풍나무 등이 무성하며 약수터까지 있다.

해방 후 1947년 4월 6일 김일성 수상은 이곳으로 와서 시범적으로 식수를 했다. 수도 평양을 녹음이 우거진 도시로 건설하자고 인민들에게 제안하며 말이다. 북조선에서는 수령이 다녀간 곳은 모두 혁명성지로 국가에서 영구보존 관리를 하고 있다.

리숙과 최만오가 산책로를 걷는다.

"서기장 동무! 요즘 얼굴색이 좋아요?"

"허허! 그렇게 보입니까?"

"이런 공기 좋은 곳에서는 사색이 깊어지죠?"

"그렇습니다. 그것도 아주 진하게…"

"어련하겠지만 가끔 한가한 시간에는 서기장 동무의 꿈인 장편소설 창작사색도 좀 하는 건가요? 어쩌면 그것도 고정적으로 반복되는 생활의 활력수가 되지 않을까요?"

"정확히 맞습니다."

"아주 좋은 취미인것 같아요."

"고맙습니다. 부위원장 동지! 관심을 가져주셔서…"

"창작은 노력의 산물이라지요?"

"그렇습니다. 자기 영혼까지 바치는 열정이 필요하죠. 마치 나무가 자기를 태워야만 진한 숯이 되는 것처럼."

"예에! 그렇군요."

요즘 일본서 북조선으로 입국하는 쨰포 숫자가 크게 줄어들고 있다. 이러다가 이 사업이 서서히 종료되지 않을까? 하는 걱정도 있다. 귀국동포사업의 주목적은 여러 사안도 있지만 중요하게는 외화벌이다. 어쨌거나 그 외화가 있어야 국제기구에 가입한 조선민주주의인민공화국 적십자회가 잘 존재될 것이다. 노동당원인 리숙과 최만오에게는 쨰포들을 통해 당에 많은 외화를 바쳐야 할 임무가 있다.

리숙의 목소리가 차분하다.

"서기장 동무! 요즘 상포들이 어때요?"

"외국에 나가 일하는 상포 20여 명 생겼습니다."

"어머! 그래요?"

"인원수는 계속 늘어날 듯합니다."

"장점이 있나 보죠?"

"외국에서 일본국의 신뢰도가 매우 높은 것이 이점입니다."

"아시아의 경제대국, 일본국이니…"

지난 번 적십자회 소회의실서 있었던 행정, 보안 등 분야의 귀국동포사업대책 회의시간에 최만오가 진지한 모습으로 발기했던 '상포 발굴 및 이용'이 성과를 보고 있다. 상포들에게 자유를 주어 외화를 벌게 하자는 내용이다. 리숙은 즉각 마음이 동해 상급기관에 보고했고 내각에서도 좋은 발상이라며 적극 승인해주었다.

상포들은 대번에 노동당의 제안을 쌍수 들어 받아들였다. 일본, 북조선 2중국적을 갖고 외국도 쉽게 드나들면서 자기 능력껏 자유롭게 일한다는 점이 좋았다. 일본에 있는 많은 사람들이 부러워할 풍경이다. 평양에 거주하는 가족들이 있는 한 상포들의 노동열성과 충성자금 상납열정은 조금도 식지 않을 것이다.

궁금한 눈빛의 리숙.

"사업은 주로 어떤 업종인가요?"

"제조품, 식품, 의류품, 광물 등 다양합니다."

"그래요?"

"앞으로 자동차, 전자, 반도체 부문이 추가될 겁니다."

"상포들이 1년에 평균 얼마씩 버나요?"

"적게는 일본 돈 500만 엔 정도이고 많기는 1,000만 엔 이상입니다. 해외사업자 상포들의 열의가 보통 아니죠. 수익의 20~30%를 노동당에 충성자금으로 바치고 있습니다."

"상포들! 대단하네요."

"일본에서 살았던 사람들은 역시 자본주의에서 태어났거나 살았기에 돈 버는 일에는 모두 도사 그 이상입니다."

"그럼 우리의 일은 잘 되는군요?"

"일단은 그렇게 봅니다."

리숙과 최만오에게는 만족한 일이다.

상포들이 국내서든 해외서든 어떤 방법으로든 더 많은 외화를 벌수록 좋다. 그 돈을 노동당에 충성자금으로 정성껏 바치면 그만이다. 허면 자기들의 노동당 충성업무 성과가 늘어나는 것이다. 직무에서 승진도 하고 영명하신 김일성 수상의 표창도 받아야 한다. 그것은 더없는 인생의 영광이고 보람이다. 그래야 자기 후대들이 선대의 모범을 본받아 당에 충성하고 대를 이어 혁명을 계속할 것이다.

이 아름다운 문수봉이 더욱 푸르러지려면 어떻게든 우선 나라에 돈이 많아야 한다. 공원이 푸르러지면 많은 사람들이 모일 것이다. 그들의 미래를 위한 나라사랑 교양장소로도 공공장소인 공원만큼 좋은 곳도 없다. 문수봉이 번영해야 한다.

리숙이 흘린 머리를 바로 한다.

"참! 서기장 동무! 최근에 귀국선을 타고 입국한 정필용 조총련 가와사키 지부장 동무는 일을 잘하고 있는가요?"

"예! 아주 만족해합니다."

"신포수산사업소 부지배인으로 말이죠."

"예! 정필용 부지배인 동지는 일본에 있던 자기 회사를 통째로 이동해 왔습니다. 쉽지 않은 통일애국자죠. 그의 모범을 따라 최근 여러 상포들이 그런 모습을 보이고 있습니다."

"오! 그래요?"

"치열한 경쟁이 붙은 거죠. 앞으로 조총련 기업인들이 우리 공화국에 수십 개의 회사 이전 및 건설을 할 겁니다."

"기대가 돼요. 서기장 동무!"

니가타 버드나무길

1964년 봄 어느 날, 일본 서쪽 항구도시 니가타 버드나무길 조총련 니가타현본부 1층 로비. 홋카이도서 온 독고기백의 어머니 소혜자가 딸과 함께 누구를 기다린다. 아들이 외지에서 고생을 좀 해보면 가족의 귀중함을 마음에 새길 것이라 짐작했던 그녀다. 하여 북조선에 간다는 아들 독고기백을 애써 막지 않았다.

공정한 시간은 유수같이 흘러 어느새 5년의 세월이 훌쩍 지나갔다. 나서 자란 일본으로 돌아오기는 고사하고 어쩌면 영영 못 만나는 것이 아닌가 하는 의구심만 날이 갈수록 쌓인다. 온밤 한잠도 못 자는 불면증에 시달리는 지도 벌써 수개월째이다.

연한 선글라스를 낀 허선아가 나타났다.

"안녕하세요? 무슨 일이예요?"

"당신은 누구인가요?"

"조총련중앙본부 선전부장이에요."

몹시 언짢은 인상의 허선아는 며칠 전 한덕수와 함께 니가타현 본부로 출장을 왔다. 한때 왕성하게 진행되었던 재일동포 북조선 귀국 사업의 본거지인 여기 니가타에서 보다 새로운 방법을 연구하고 그것을 차분하게 준비하기 위해서이다. 소혜자가 자기는 북조선으로 간 홋카이도 조선학교

졸업생 독고기백 학생의 어미이고 같이 온 기백의 여동생 독고향이라고 한다. 허선아가 반갑다는 눈빛이다.

"조국으로 간 아들한데서 종종 편지가 오죠?"

"조국이요? 무슨 뚱딴지같은 소리예요? 그 애는 여기 일본서 태어났고, 조상의 탯줄이 있는 남조선이 조국이죠."

허선아의 못마땅한 표정.

"여사님이 잘 몰라서 그러는데 아들이 태어난 곳 일본은 생물적인 조국이고 북조선은 정신적인 조국이라는 소리예요."

"생물? 정신? 그게 무슨 개소리요?"

콧방귀를 끼는 소혜자다.

지금 이 뻔뻔스러운 여자와 한가하게 노닥거릴 기분인가. 자기는 고등학교를 졸업하고 어느 날 북조선으로 도망치듯 달아난 아들 때문에 수년 간 맘속에 재가 들어앉았다. 계속 혼자서 골머리만 앓다가 혹시라도 무슨 방도가 있을 듯해서 이곳 니가타까지 왔다. 그런데 항간에서 듣던 대로 조총련 간부들은 입만 까진 작자들이다. 자기네를 찾아온 사람들의 진심을 헤아려볼 궁리는 전혀 안하고 처음부터 무슨 정신이요, 조국이요 하는 가증스럽고 철면피한 인간들이 아닌가.

소혜자는 몹시 화가 났다.

"내가 아들 돌아오라고 편지를 했는데 왜 안 오죠?"

"글쎄요? 아들이 오기 싫은가 보죠."

"당신들이 내 아들에게 편지를 안 보내죠?"

"그런 일은 없어요."

"아니요. 어딘가 좀 이상해요."

북조선으로 간 독고기백한데서 처음에는 자기 앞으로 몇 번 편지가 왔다. 가끔 생활에서 용돈이 필요하니 조금씩 보내줬으면 좋겠다는 내용이었다. 그리하여 수차례 돈을 보내줬는데 5년이 지나도 아들의 생활에서는 향상이 전혀 없다고 느껴진다.

언젠가부터 가물에 콩나물 나듯 제 여동생 독고향에게 오는 편지내용도 판박이로 똑같다. 그것을 본 독고향은 무척 어리둥절하였다. 어딘가 모르게 성격이 확 달라진 오빠다. 일본에서 함께 살 때는 전혀 그러지 않았는데 미지의 사회인 북조선으로 가서는 또렷이 변했다. 아무래도 무슨 곡절이 있는 것이 분명하다.

독고향이 거세게 반박한다.

"그러면 왜 지상낙원 북조선에서 꼭 필요하다고 돈을 부쳐달라는 소리를 5년 내내 계속하는가요?"

"아니? 오빠에게 보내는 돈이 아깝나요?"

"앞뒤가 안 맞으니 하는 소리지요."

"뭐가 안 맞는데요?"

"이름 그대로 지상낙원은 풍족한 물질과 문화생활이 있는 곳이지요. 그런데 단순하게 생각해봐도 돈이나 물건 등을 요구함은 그만큼 생활용품이 부족하다는 소리가 아닌가요?"

"…"

"다른 사람들의 편지에도 어떤 것을 보내 달라 등… 그저 뭘 요구하는 소리뿐인데… 그런 곳이 지상낙원인가요?"

"못 믿겠으면 가보든가? 허참!"

"뭐? 뭐라고요?"

북조선으로 간 귀국동포들과 일본에 남은 가족과의 연계는 유일하게 귀국선으로 한다. 그것은 이 사업을 시작할 때 북조선적십자와 조총련중앙본부, 그리고 일본적십자가 공동으로 합의한 것 중의 하나이다. 편지, 물품 전달, 심지어 송금까지 모두 니가타-청진 행 선박으로 하고 있다. 우편물은 도쿄 치요다구 조총련중앙본부서 일본 각 지방으로 발송한다. 거꾸로 일본 내 가족·친척들이 북으로 보내는 물품과 돈도 전부 도쿄 중앙본부에 걸쳐서 일괄적으로 배에 적재한다.

과거처럼 귀국선에 오르는 재일동포들이 줄어든 대신 반대로 물품은 늘어났다. 의류, 학용품, 생활용품, 약품, 식료품, 손목시계, 침구류, 사무용품 등 일상의 생활에서 필요한 어떤 물건이든 모두 가능하다. 그만큼 북조선에 정착한 동포들이 현지생활의 어려움을 호소하고 있으며 그에 대한 가족친인척들의 물품배송이다.

허선아의 독한 눈빛.

"그런데 둘이 오늘 여길 찾아온 목적이 뭔가요?"

"의장 양반한데 내 아들 소식을 알려고요."

"지금은 의장 동지가 바빠서 당신들 만날 시간 없어요."

"우리는 여기서 안 움직일 테니 그리 아시오."

순간 돌변하는 허선아.

"경비원! 이 오물들 밖으로 쫓아내!"

2층 조총련 니가타현 본부장실.

한덕수와 마웅석이 찻잔을 놓고 마주 앉았다. 둘은 재일동포 귀국사업의 1등 공로자. 도쿄와 평양이 합의하에 수년 기간에 재일조선인 7만 7천여 명이 일본서 북조선으로 이주했다. 한덕수가 주동이 된 북송사업은 세계사에 특이한 일이다. 인류사회서 국가가 생겨 자본주의 사회와 사회주의 사회가 평화적으로 인적, 물적 교류를 성공시킨 초유의 사례이다. 공식추방도 전쟁으로 인한 피난도 아니다.

한덕수는 은근히 고민이다.

자기가 평양의 김일성과 약속한 재일동포 귀국(북송)인원 20만 명 중 겨우 1/3을 채웠다. 이 사업초기 2년 안에 쌓은 기록의 수치대로라면 5~6년 안에 20만 명 북송계획을 달성했을 것이다.

이제는 뜸해졌다. 과거 1주일에 한 번씩 출항한 니가타 발 청진 행 귀국선은 이제는 월에 한 번도 겨우 뜬다. 그렇다고 안 가겠다는 사람을 강제로 태워 보낼 수도 없다. 국제사회가 보고 있다. 한덕수가 평양의 김일성에게 빚을 졌다. 20만 명을 다 채우지 못했으니 그에 대한 계산서는 언젠가 평양으로부터 날아올 것이다.

마웅석이 말한다.

"의장 동지! 불길한 소리가 있습니다."

"뭐요?"

"한동안 잠잠하였나 했더니… 주변 버드나무길에 심어진 버드나무가 요즘 들어 다시 몇 그루씩 뽑혀지고 있습니다. 예전에 그랬듯이 당연히 저 미친 민단 놈들의 소행이죠."

"아니, 그놈들이 또?"

"서울의 리승만 영감 낯짝을 보면 딱 알리죠. 제 기분에 안 맞으면 남의 것도 무참히 짓밟아버리는 야만인들…"

"경찰에 신고는 했소?"

"아직은?…"

"당장 하시오. 버드나무길은 일본 정부가 인정한 사회재산인데 그걸 함부로 훼손함은 엄밀히 법규위반… 아니 범죄요."

"예! 알겠습니다."

두 사람이 있는 4층짜리 이 건물은 버드나무길 남쪽에 있다. 그 옆의 2층짜리 건물은 일본적십자사 니가타지부가 북조선행 귀국선에 오르는 일본 출생자 및 재일한국인들의 빠른 출국수속의 행정지원 업무를 위해 사용하는 곳이다. 늘 사람으로 붐빈다.

두 건물이 있고 니가타항으로 들어가는 왕복 2차선도로 1.5km 구간 양쪽에 5m당 간격으로 버드나무가 심어져 있다. 북조선 청진항으로 향한 1·2차 북송선에 오른 승객은 대부분 니가타 지역 재일동포다. 그들은 북조선이 앞으로 발전해서 꼭 한반도통일도 김일성이 이룩하며 자기들의 고향 남조선도 지상낙원이 된다고 믿었다. 그 '인민의 지상낙원'으로 먼저 가는 기쁨으로 한껏 흥분되었다.

그리하여 무라카미시(市) 등지서 버드나무 묘목을 구입해 니가타항 주변도로에 심었다. 버드나무는 일본과 북조선 간의 우호상징으로 친하게 지내자는 의미와 함께 과거 식민지 시절에 있었던 싸늘한 양국관계를 회복하자는 취지도 있었다. 꼭 언젠가 금의환향하는 날에 무성히 자란 버드나무를 보리라 확신했다.

자기들의 의기양양한 북조선행 선택이 옳다고 믿은 그들은 버드나무 300여 그루를 심어 니가타현에 기증했다. 여기에 감동이 된 현지사(도지사)는 행정절차를 밟아 버드나무가 심어진 도로를 '버드나무길'로 명명하는 정부 결정을 받아 실행했다.

한덕수가 입을 연다.

"현본부장! 귀국사업 새 묘안은 없소?"

"여기 1층에 '조국왕래기념관'을 꾸리면 어떨까요?"

"조국왕래기념관?"

"많은 귀국동포들의 성공적인 북조선 정착 사례를…"

"사진과 자료로 전시해 놓자는 소리지?"

"그렇습니다."

"그거 아주 창조적이오."

똑!똑!~ 문이 열리고 허선아가 들어선다. 미간을 찌푸린 한덕수가 "왜?

늦었소?" 하고 묻는다. "로비서 어느 정신병자년을 만나다보니…" 하며 고개를 약간 숙이는 허선아다. 향수를 풍기는 그녀가 마웅석 곁에 앉는다. 담배를 붙여 문 한덕수가 "또 북조선으로 간 머저리남편을 찾아달라는 어떤 년의 개지랄이겠지? 혹은 미물자식의 소식을 좀 알려달라는 미친 어미의 소리든가?"라고 한다.

사발만큼 눈이 커진 허선아와 마웅석은 동시에 서로를 쳐다본다. 의장의 사고력이 놀랍다는 뜻이다. 한덕수가 "그게 아니라면? 또 이 한덕수 사기꾼이라고 말하고 싶어 입이 근질거리는 것들이겠지. 어디서 공짜만 좋아하는 것들…" 하며 중얼거린다.

허선아가 대답한다.

"의장 동지는 참 귀신이에요."

"내가 도쿄서 조선인을 다루기는 '넘버원'이오."

"그건 사실인 것 같아요."

"이건 똑똑한 일본 기자들이 하는 소리요."

"예 맞습니다" 하는 마웅석.

허선아의 표정이 매우 당돌하다.

그녀는 5년째 계속하는 재일동포 북조선 귀국 사업에 남다른 애정을 가졌다. 멀리 바다 건너 북조선으로 간 동포들이 현지서 어떻게 살든 중요치 않다. 그것은 엄밀히 말해 남의 나라 3등 시민들의 서글픈 모습일 뿐이다. 사람이 로마에 갔으면 로마 법대로 사는 것이 순리가 아니겠는가. 허나 북조선으로 간 귀국동포들과 여기 일본에 남은 가족, 친척들과 연계는 도와야 할 것이다. 그래서 북조선으로 사람은 적게 보내도 대신 어떤 상품이든 물건만은 많이 보내고 싶다.

단호한 한덕수다.

"이제부터는 돈을 보내야겠소."

두 사람이 또 놀란다.

"영명하신 김일성 수상님게서는 영광스러운 사회주의 조국은… 지식 있는 사람은 지식으로, 돈 있는 사람은 돈으로, 힘 있는 사람은 힘으로 받들고 지켜야 한다고 가르치셨소."

"아! 그게 좋겠어요."

"조선민주주의인민공화국은 우리의 조국이요."

"너무나 지당한 말씀입니다."

"우리 재일동포 7만여 명이 조국으로 찾아간 북조선이 일본만큼은 아니도 남조선보다는 잘살아야 하지 않겠소."

"정말 옳아요. 의장 동지!"

한덕수는 1964 도쿄올림픽을 계기로 재일동포 사회에도 다소 변화가 있음을 다소 감지했다. 무엇보다 북조선으로 가려는 사람들이 크게 줄어든 것이다. 굳이 머나먼 북조선까지 가지 않아도 일본에서 경제부흥으로 일자리 등이 많이 생겼다. 다르게 보며 동포들의 돈주머니가 불룩해진 것이다. 그 돈에 눈길이 간다. 어떤 방식으로든 평양으로 돈을 보내기 위해 전체 중앙회적으로 북조선에 '사회주의 애국 송금보내기 운동'을 전개하는 것도 좋은 방법이라고 강조한다.

마웅석이 다른 고민을 털어놓는다.

세상이 떠들썩하게 시작한 귀국사업이 크게 줄어든 요새 곳곳에서 잡음이 들려온다. 우선 북조선으로 간 가족들의 안부를 제대로 알려달라는 동포들의 민원이 빗발친다. "북조선 귀국사업이 사기가 아닌가?" "도무지 수수께끼 같은 일이다" 등이다.

이미 전 평양과 도쿄는 비밀엄수로 쌍방합의를 봤다. 북조선 귀국자들의 입에서 과거 일본서 알았던 부정소식을 근절한다. 또한 그들이 일본에 보내는 우편물에 북조선 비난을 금지한다고 했다.

한덕수가 계속 한다.

"그럼 2회 이상 '북조선에 간 동포의 소식이 궁금하다'는 사람들의 명단을 일본적십자사 병원으로 보내시오."

"예? 그게 무슨…"

"정신병자로 추축이 된다는 진단서를 붙여서."

"그래도 될까요?"

"재일동포 귀국사업은 국제적이고 인도주의적인 일이란 말이요 지극히 정상적인 사고방식으로 일하는 우리가 보건대 분명 그들은 정신병자들이 고도 남소. 안 그렇소?"

"그게 좋을 듯합니다. 의장 동지!"

"내가 요시히로에게 전화하지."

도쿄 치요다구 골목 사카바. 주정남이 동료 박승호와 자주 들렀던 곳이다. 사흘이 멀다하게 들러 술 한 잔 걸치고 수다를 떠는 것이 생활의 유일한 낙이어서 무척 좋았는데 이제는 그런 친구가 옆에 없다. 단골장소인 이 집에서 술도 잘 사던 박승호는 자기 아내와 아이들이 '꿈의 지상낙원'이라며 간 북조선으로 가버렸다.

아내가 북송선에 오른 뒤 1년간 사카바 출입을 금지했던 주정남이다. 늦게나마 새로운 생활을 다시 해보자고 마음을 굳게 먹었다. 그러나 가족이라는 큰 짐은 머리에서 버릴 수 없었다. 자기가 북조선으로 가려하니 아내는 한사코 오지 말라며 단호하고… 이래저래 망설이다가 속이 상해 다시 출입하는 사카바다.

주정남이 대머리 동료와 마주 앉았다.

"형님! 북조선을 좀 아시우?"

"아니 요즘 북조선을 모르는 사람도 있나?"

"그렇소?"

"조총련 사람들이 워낙 시끄럽게 세상에 너무 떠드니?"

"형님은 그 소리를 믿소? 지상낙원?"

"그건 아닌 것 같네…"

대머리는 6·25동란 때 이북서 많은 사람들이 남쪽으로 피란을 내려온 걸 봐서 그곳은 살기 힘든 세상처럼 느껴진다고 한다. 그렇지 않고 그곳이 정말 좋다면 거꾸로 남쪽 사람들이 북쪽으로 많이 올라가지 않았겠는가. 사람이 그렇지 않은가? 이왕이면 잘사는 곳에서 살려는 것이 인간의 심리이고. 자기 같으면 북조선으로 가도 잘 알고 가겠다며 이미 간 사람들은 어딘가 좀 모자라 보인다고 했다.

주정남이 계속한다.

"형님! 생각해보오. 노동자가 회사서 똑같이 일하고 동일 임금을 받죠? 사람이 아플 수도 있고 힘들어 쉴 수도 있잖소?"

"그거야 물론이지."

"그런데 그런 사람들의 몫까지 다른 사람들이 땀 흘려 열심히 일을 해야 하오. 그리고 그 수고비를 결근자, 환자들과 함께 나눈다? 이게 과연 말이나 되는가 말이오?"

"오! 듣고 보니 정말 그러네."

"그래서 사기요. 북조선이 말하는 전체 인민이 똑같이 일하고 잘살자는 소리는 귀신 씨나락 까먹는 소리요."

술 취한 주정남의 소리가 맞다.

아내 신영자가 간 북조선이 어떤 나라인지 궁금해 여기저기 귀를 기울이며 독학으로 북조선 공부를 했다. 국가가 집을 주고 직업을 배치해준다? 얼핏 좋은 것 같지만 개인의 선택적 의사는 전혀 없다는 소리이다. 그러면 사람들은 국가에 존속된 부속물이 아니겠는가. 당과 국가에 어떠한 작은 반대와 부정표시는 있을 수 없다.

그것은 국가가 사람들을 마음대로 통제할 수 있다는 증거이다. 다시 말하면 정확히 노예나 다름없다. 뭐라도 알아야 대중에게 할 소리를 하지 않겠는가? 아내가 훌쩍 가버린 북조선으로 따라 못간 자기를 주변에서 비웃을 때면 이렇게 나름대로의 지식을 풀어놓는다. 그게 자기의 신념을 보여주는 버릇으로 몸에 배였다.

대머리가 술 한 잔 들이킨다.

"참! 자네 마누라 5년 전 북조선으로 갔지?"

"맞소! 이 주정뱅이 싫어서 갔소."

"그 여자 정말 대단하네."

"누가 아니라오?"

"여자가 한을 품으면 오뉴월에도 서리가 내린다더니…"

"그 말도 진짜 맞는 것 같소."

주정남은 아내가 북조선으로 간 초기에는 너무 마음이 아팠다. 잔소리하는 마누라가 없는 것보다 곁에 있는 것이 좋았다고 후회를 해도 소용이 없었다. 누구 불찰이 아니다. 모두 자기가 저지른 노릇이니 원망과 불평을 해보았자 무의미하다. 그냥 그때나 지금이나 이 씁쓸한 술이 한 모금 뱃속에 들어가야 시원하다. 안 그러면 도무지 살 것 같지 않은 자기의 인생이니 너무나 꼬였다고 자책한다.

"그러고 보면 김일성이 난 인물이네."

"엉? 갑자기 김일성 그놈 소리는 왜 하오?"

"생각해보게. 이 자본주의 사회에서 이해타산이 밝은 영리한 사람들을 사회주의 사회로 유인하여 자기 말을 고분고분 잘 듣는 사람으로 만드는 것! 그게 어디 쉬운 일인가?"

"엉? 진짜 그러네."

"그것도 요 주둥이만 잘 놀려… 옛부터 일 잘하는 놈보다 말 잘하는 놈이 더 똑똑하다고 했지. 내 말이 맞지?"

"맞소! 정말…"

대머리는 사기꾼은 처음 자기의 것을 1~2개 주고 나중에 남에게서 10~20개를 빼앗는 기질이 있다고 한다. 사기꾼인 줄 알면서 저도 모르게 속히는 것이 사기꾼과 피해자의 관계인데 꼭 일본과 북조선 관계가 그렇다고 한다. 자기 보건대 평양의 김일성이 앞으로 귀국동포들을 미끼로 일본서 많은 돈을 뜯어갈 것이라 한다.

주정남은 술 두 잔을 연거푸 들이킨다.

아내와 아이들이 기를 쓰고 찾아간 북조선에 잘 정착했는지. 5년이 지난 지금은 어떤 모습일까. 아내는 딸 셋이나 달린 가정을 잘 이끄는지? 혹시 과부라고 주변서 업신여기는 놈들은 없는지? 그나저나 독신인 친구 박승호는 북조선에서 장가는 갔는지?

자고 깨나면 또 하루가 반복이 된다. 최근에는 그나마 어렵사리 다니던 일자리서도 쫓겨났다. 허구 한날 술을 좋아해서 다음날 노동업무에 지장을 주는 그를 과연 어느 사장이 반기겠는가. 2~3일에 한 번 꼴로 여기저기 막노동을 찾아다니며 근근이 사는 주정남이다. 대머리는 건설공사장에서 알게 된 일당 동료이다.

술 한 잔 입에 털어 넣는 대머리.

"사실 나 같은 독신은 제 기분대로 산다오."

"오! 그렇소?"

"그러나 많이 외롭소. 특히나 아플 때…"

"음! 그것도… 참!"

"아내가 있는 남편은 항상 긴장해서 생활의 실수를 안 하려고 노력하지만 우리 독신들은 안 그렇소. 누가 잔소리도 안하고 누구 눈치도 안 보고… 이를 테면 해이된 정신상태지…"

"흐흐! 재밌는 소리구먼."

"어항 속의 물고기가 헤염을 안치면 죽듯이 사람의 생활도 비슷하오. 계속 헤염을 쳐야 건강면역력도 강해지고…"

"형님은 완전 인생철학가구만."

"내가 생활에서 체험하고 연구한 거요."

이런 좋은 이야기의 내용을 왜 아내가 옆에 있을 때는 미처 몰랐던가? 그 아내가 가정생활에서 그렇게 싫어했던 이 술이다. 그런데 나는 아직도 문제의 술에 빠져 있다. 분명히 중독이다. 결국은 이 술 때문에 내 인생행로의 탈선이 시작되었다. 지금에 와서 돌이켜보면 내가 자살행위를 한 것이나 마찬가지가 아니겠는가.

주정남이 문득 자리에서 일어나 누군가에게 간다. 다짜고짜 그를 붙잡고 "너! 내 친구 박승호 아니야? 5년 전 북조선으로 1차 북송선을 타고 떠났던… 박승호 맞지? 야! 임마 반갑다. 너 언제 왔어?" 하며 기쁨을 금치 못해한다. 갑자기 박승호라 불리진 사람은 황당한 표정으로 "저! 사람을 잘못 봤군요"라고 한다.

제 자리에 돌아와 앉은 주정남이다.

대머리가 코웃음 친다.

"이봐! 술 그만 들게. 취했구먼!"

"누가? 내가요? 아니죠."

"이제 그만하고 집으로 돌아가라고."

사카바를 나선 주정남이다.

밤이 깊었다. 복잡하고 골 아픈 생각이 많다. 이 지겨운 생활… 술 때문에 결국 자기 인생이 이렇게 비참해지지 않았는가. 그가 집으로 가는 길에 어느 자동차 주변에서 망설인다. 한참 후 주변에 앉아 담배를 붙여 물었다. '지긋지긋한 생활을 이제는 끝내고 싶다. 아무런 미련도 없다. 아내와 자식을 잃은 내가 왜 세상에 남아 사는가?' 그가 어디로 가더니 손에 무엇인가를 가져왔다. 휴지통이다.

주정남이 사방을 두리번거리며 자동차에서 휘발유를 훔쳤다. 그걸 갖고 사카바로 다시 들어갔다. 마담이 "저 주정뱅이는 아까 집으로 가더니 왜 또 왔어? 오늘은 그만하고 집으로 가! 어서…"라고 한다. 대머리가 "오! 그러네. 너도 참 질기다. 그래 여기 와 앉아라. 나와 또 한 잔 하자!"며 혀꼬부라진 소리를 한다.

주정남이 소리친다.

"에라! 이 개 같은 세상 콱 망해라."

그가 손에 든 휴지통 안의 휘발유를 마구 뿌린다.

그리고 빠르게 라이터를 켠다.

순간 확!~ 하고 불길이 방을 메운다.

째포들의 죽음

고경식이 아침 출근길에 나섰다. 그나저나 아내의 병마는 여전하다. 백화점 판매원으로 일하는 딸 고일녀는 지인의 중매로 시집가서 자기 닮은 공주를 낳았다. 아들 고일욱만 대학졸업 후 장가를 보내면 부모책임은 다소 했다고 자부할 것이다.

그동안 일본의 고경란한데 오던 경제물자는 뜸해졌고 최만오의 승용차 구입요청은 불발되었다. 도쿄 조총련의 고경민과의 연계는 끊긴 지 오래다. 주변에서 자기를 보는 모습이 호의적이지 않다. '이제는 고목으로 보이는 존재인가?' 하는 외로움을 달래려 술도 조금씩 입에 댄다. 지금껏 고경식이 평양시당국에 바친 자동차 15대의 값으로 가족을 위해 썼더라면 부유하게 살고도 남았을 것이다.

그가 아파트 앞에서 버스에 올라탔다.

평양도시경영사업소 청사 현관 앞.

고경식이 평소처럼 나타났다. 처음 보는 군용지프 한 대가 정차되어 있다. 지프차에서 대위와 중위견장을 달은 2명의 내무원이 내린다. 눈이 째진 대위가 "고경식 평양도시경영사업소 부소장이죠?"라고 묻는다. 고경식이 안경 너머로 두 사람을 찬찬히 보며 "그렇습니다만… 동무들은 어디서 온 누구요?" 하고 묻는다.

"보면 모릅니까? 공화국 내무원입니다."

"그런데 어쩐 일로?"

"미안하지만 지금 저희들과 같이 가야겠습니다."

"아니? 어디로 말인가요?"

병병한 표정으로 주춤거리는 고경식이 두 내무원한데 강제로 끌려 지프차에 오른다. 급하게 출발한 지프차는 시내를 한참 달려 해방산 지역에 위치한 내무성청사 마당에 들어왔다. 차에서 내린 두 내무원이 수갑이 채워진 고경식을 양팔에 끼고 지하로 내려왔다. 둘은 고경식을 의자에 억지로 앉히고 사라진다.

검은 잠바를 입은 조사관.

"어서 오시오. 다카하시 선생!"

헉! 이건 또 뭔가? 자기가 일본에서 해방 전에 쓰던 일본 이름이다. 갑자기 정신이 멍해진 고경식이 둘레를 살펴보며 "그런데 여기는 어디요?" 라고 묻자 "궁금하나? 내무성 지하실이다. 나는 너를 신문할 조사관이고…" 하는 검은 잠바다. 여기가 내무성이라고? 일본으로 치면 경찰기관인데… 내가 왜 여기로 왔는가? 혹시 나도 모르는 무슨 잘못이라도 했는가? 가만, 곰곰이 생각해보자. 최근 아니 예전에라도 내 생활에서 특이한 점이 있었는가? 없다. 그러면 이건 도대체 뭔가.

그동안 소원해진 관계로 변한 최만오 서기장과 도시경영사업소 소장, 그리고 평양시행정위원회 8과장… 모두는 자기가 돈을 쓰지 못하니 서먹해졌다. 돈 잘 쓸 때는 자기 살점이라도 떼 줄 것 같이 친절하던 그들이 언젠가부터 자기에게서 멀어졌다. 그것은 일본에서 물자나 돈이 적게 오거나 때로는 안 오면서부터이다.

조사관이 서류에 눈길을 보낸다.

이름 : 고경식, 일본이름 : 다카하시

직업 : 평양도시경영사업소 부소장

성별 출생 : 남자 / 1903년 생

고향 : 남조선 경상남도 창원군

일본거주 : 1925년 이후, 사이타마현

학력 : 도쿄이과대학 물리학과 졸업

특이경력 : 해방 후 일본인학교장 재직, 퇴직.
　　　　　1959년 조총련 가입. 지부장 활동.

귀국 : 1959년 12월 1차

가족 : 아내, 아들, 딸

취미 : 독서, 사색

대인관계 : 다소 원활함

- 1965년 2월 동료들과 술자리서 반동소리 했음.
- 내용 – 당과 수상의 권위에 위협이 되는 발언.

담배를 붙여 문 조사관이 "쨰포 다카하시! 지금부터 묻는 말에 대답해!" 라고 한다. 못마땅한 표정인 고경식이 떨리는 목소리로 "나를 일본 이름으로 부르든, 조선 이름으로 부르든 맘대로 하시오. 그러나 나는 당신보다 나이가 많소. 예의에 어긋나는 반말은 삼가 주오. 내가 이래도 외손녀를 둔 할아버지란 말이오"라고 한다. 조사관이 얼굴을 천장으로 들고 "흐흐!… 할아버지? 반말?…" 하며 큰소리로 웃는다.

"여기는 내무성 정치보위국 지하야!"

"정치보위국? 그건 또 무슨 기관이오?"

"너를 이 자리서 죽여 버릴 권한이 있는 부서!"

"뭐요?"

"그래도 전혀 이상하지 않은 장소!"

헉! 이게 무슨 소리인가? 그러면 자기가 지금 정치범으로 이 자리에 끌려왔단 말인가? 일상에서 말을 잘못하여 정치범이 된다는 소리는 간간이 들은 적이 있다. 그런데 오늘은 그 주인공이 바로 자기란 말인가. 아침 일찍 출근길에 사무실에도 들르지 못하고 곧바로 연행이 되어 이곳으로 왔다. 세상에 이런 일도 있는가.

도대체 누가 이런 끔찍한 일을 무엇 때문에 은밀하게 만들었는가? 혹시 일상에서 내 주변의 동료들 중에 있는 누구인가? 명절 때마다 간혹 귀국자 친구들과 술자리를 한 것도 사실이다. 그러한 즐거움마저 없다면 도무지 세상을 사는 의미가 없을 것 같았다.

매서운 눈초리의 조사관.

"다카하시! 기억을 잘 살려보라."

"무슨 기억 말이오?"

"우선 일본 도쿄에서 김일성 수상님을 많이 욕했지? 6·25전쟁을 일으킨 김일성 괴뢰, 잔인무도한 김일성 악당이라고? 아무리 반동소리를 마구 하는 자유민주사회라도 말이지."

"…"

"한반도는 김일성 정권에 더 큰 과오가 있다고? 공산정권을 조국이라고 인정할 수 없다고? 그랬는가? 대답해보라!"

가만! 곰곰이 생각해보자.

지금 이 소리는 제가 한 말이 맞는 것 같은데… 언제? 어디서? 그렇지… 도쿄에서 조총련 조직에 들어오기 전 동생 고경민의 집에서 사담 속에 뱉은 말이다. 가만? 그러면 동생이 그 내용을 평양에 보고했는가? 아니, 세상에 이럴 수도 있는가? 동생이 자기와 이념이 다르다고 친형을 고발했단 말인가. 아니다. 절대로 그럴 리가 없다. 이것은 분명 한덕수의 짓거리일 것이다. 김일성 충성파인 그가 동생에게 들은 일상의 소리를 여기 평양에 보고하지 않았을까? 분명 그랬을 것이다.

조사관이 계속한다.

"또한 1930년대 항일영웅 김일성은 나이 60~70대 장군인데 해방 후 평양에 나타난 김일성은 33살로 너무 이상하다고?"

"…"

"그리고 해방 후 주둔했던 미군이 떠난 남조선이 무슨 힘으로 6·25전쟁을 도발했겠나? 말도 안 된다. 당시 소련의 지원을 받은 북조선 군사력이 우세했다. 곰곰이 생각해 보라!"

"…"

"당신 집에서 술 처먹고 째포들과 한 밀담!"

가만? 지금 무슨 소리인가.

이런 내용은 자기도 술자리서 얼핏 들었을 뿐이다. 새해 설날을 맞아 집에서 귀국자 3명과 회포를 나눴다. 그 중 한 명은 아들과 한 대학에 다니는 삿포로 태생의 김초생 여학생의 아버지다. 아들 고일욱과 여대생 김초생의 관계도 그럭저럭 유지되니 앞으로 사돈이 될 듯해 보였다. 어쩌면 본토사람인 북조선 주민보다는 동향(일본)인 재일귀국자와 사돈이 되는 것이 나을 듯하다. 귀국자끼리 문화이다.

술자리서는 주로 생활의 희로애락 소리… 경제발전과 사회정세가 어떻다는 등 일본의 다양한 풍경과 낭설도 있다. 그 속에서 떠나온 일본 사회도 잠시 그려본다. 자기를 포함해 4명이 술 취해서 이런 저런 소리하다 보니 그 속에 풍설이 섞인 것은 확실하다. 어렴풋이 생각이 난다. 그러면 그 속에 밀고자가 있다는 것이다.

고경식의 어두운 얼굴.

"그 소리는 내가 한 말이 아니오!"

"그러면 누가 지껄였지?"

"나는 모르오."

"솔직하지 못하구먼. 쨰포 다카하시."

조사관이 자리서 일어나 구둣발로 고경식의 가슴과 종아리를 마구 찬다. "이 자식아! 이건 네가 한 소리다. 다카하시 이 쪽발이 새끼! 죽어 봐라!" 하며 쓰러진 고경식의 머리를 마구 차는 조사관이다. "여보시오. 말로 하시오. 왜 사람을 때리오?" 하는 고경식에게 "이 새끼야. 여기에는 사람이 아닌, 개만도 못한 놈만 들어온다. 알겠냐?" 하고 악을 쓰는 조사관. "악!~악!~" 하며 비명을 지르는 고경식.

"아니? 말로 하시오."

"말로? 개새끼한데 어떻게 말이 통하는가?"

"나는 개가 아니고 사람이오."

"이 새끼야! 하늘의 태양에게 감히 삿대질을 해? 이 벌레만도 못한 인간, 아니 구정물아! 여기가 사람들이 대통령(수상)에게 마음대로 욕질하는… 일본이나 남조선인 줄 아냐?"

"…"

"잘 들어! 여기는 조선민주주의인민공화국이다. 일본과 남조선과는 비교도 안 되는 사회주의 존엄 높은 나라다."

아! 북조선이 이런 나라구나.

이런 곳을 '인민의 지상낙원'으로 알았었다.

북조선이 좋은 사회라며 자식들을 설득시켜 귀국선에 올랐다. 인생을 다 산 자기는 그렇다 치고 이제 한창 살아야 할 아들과 딸은 무슨 죄가 있어서 이 어둠과 사악의 사회에서 살아야 하는가? 정말 자기가 바보였고 멍청이였다. 백주에 생사람을 잡는 이런 악마들이 사는 사회가 뭐가 좋아서 왔단 말인가. 오직 독재자 김일성 개인의 나라, 그 잔인한 지도자 한 사람을 위해 온 나라 인민이 태어나 종신토록 노예로 사는 이 땅, 이런 것이 과연 사회주의란 말인가.

인민들이 자기의 자주성은 없이 그냥 맹목적으로 당과 사회에 절대 순종해야 하는 체제이다. 살려달라고 빌까? 아니다. 이런 천하의 악당들이 사는 북조선 사회에 무슨 미련이 있다고 빈단 말인가? 그냥! 이 자리에서 숨을 거두는 것이 낫다. 남겨진 가족에게는 미안하지만 더는 살고 싶지 않다. 지옥의 이 땅에서 말이다.

악에 바친 고경식.

"그래 죽여라! 이 김일성의 개새끼들아!"

"뭐, 뭐야?"

"인민의 독재자 김일성 악당이다."

두 눈에서 불이 난 조사관이 다시 구둣발로 고경식의 상판을 사정없이 걷어찬다. "이 새끼가 방금 뭐라고 했어?" 하며 힘껏 발길질을 한다. 고경식은 눈이 터지고 코와 입, 귀에서 피가 콸콸 나온다. 조사관이 좀 쉬려고 자기 자리에 앉아 담배를 붙여 문다. 범인이 최후발악 형태로 나온 것도 이례적인 모습이다.

조사관이 자리서 일어나 말한다.

"이 악질 반동 쩨포 새끼야. 일어나! 어서"

고경식이 아무 말 없다.

"뭐야? 이 간첩 새끼 뒈진 거야?"

숨이 멈춘 고경식이다.

연창식은 이른 아침 함흥역전 국수집으로 쏜살같이 달려왔다. 여기로 일찍 출근한 식당주방 화구(火口)담당 영감한테서 "식당책임자와 어떤 남자가 죽었다"는 신고전화를 받고서다. 그가 당황한 화구영감의 안내로 책임자 방에 들어섰다. 입을 쭉 벌린 얼굴만 드러내고 덥혀진 이불을 치우니 알몸상태 남녀의 신체가 보인다.

조춘심과 진성이다. 이게 웬일인가.

진성은 자기 친구다. 그가 함흥시행정위원회 쩨포사업 전담부서인 8과장이 되면서 자기에게 드물게 방조(자문)를 받았다. 반대로 제가 모르는 쩨포들의 생활심리 등은 진성에게 상세히 들었다. 그런데… 어째서 가정집도 아닌 공공장소에서 이런 해괴망측한 일이 생겼는가. 지방행정일군이 쩨포여성과 나체 모습으로.

연창식이 영감한데 묻는다.

"석탄(연탄) 가스냄새가 좀 있네요?"

"가스발생은 평시에도 생기는데… 밤에 여기서 자는 사람이 없고… 내가 일찍 나와서 문을 열고 환기하면 그만이죠."

"음! 그렇군요."

"이들이 여기서 잠을 잘 거라고는 상상도 못했죠. 이 국수집이 생겨 밤에 이곳서 잠을 잔 사람은 처음이외다."

"이 남자는 여기로 자주 왔나요?"

화구영감은 고개를 끄덕인다.

연창식은 충격이다. 자기도 물론 조춘심에게 개인적으로 일본제 물건을 부탁하고 뇌물을 받기도 하였다. 자기 여동생 결혼예물이 바로 그랬다. 그리고 자기 직장인 내무부에서 필요한 방송장비를 공적인 부탁으로 했다. 이후 수차례 일본 돈을 조춘심에게서 용돈으로 받아썼다. 그러나 이렇게까지 추잡한 남녀관계는 없었다.

이 문제를 어떻게 처리할까?

쩨포여성 조춘심의 음란한 짓으로 만들어 버릴까? 그녀가 사회직위(식당책임자)에 눈이 어두워 자기의 몸까지 바치면서 이런 짓거리를 했고 종당에는 흉한 모습으로 죽었다고 할까. 가만? 진성이 가정문제가 있는가. 그가 가정에 등을 돌리고 이곳에 첩을 두고 방탕한 2중 생활을 하였는가. 혹시 그럴 수도 있겠다. 혼자 사는 조춘심이 아닌가. 젊은 그녀도 분명 남자가 있는 밤이 그리웠을 것이다.

다급히 재촉하는 연창식.

"또 어떤 일이 있었는가요?"

"남자는 일본에 관심이 많은 걸로 보였죠."

"예? 일본에요?"

"일본에서는 국민들이 정부비판을 계속 잘 하는데…"

"그런데요?"

"그런 나라가 어떻게 안 망하는지 하며…"

죽은 진성이 왜 일본 사회에 관심이 많았을까? 혹시라도 자본주의 나라 일본에 대한 환상이나 동정심이 있지 않았는가. 여기 함흥에서 평상시 째포들로부터 외부세계에 대해 잘 파악해 두었다가 훗날 기회가 조성된다면 조춘심과 함께 일본으로 황급히 도망치려고 하지 않았을까. 마음만 먹으면 흥남 앞바다에서 배를 타고 공해로 나가서 일본으로 달아날 수도 있지 않았겠는가. 일본이 북조선보다 경제적으로 상당히 앞서 있는 나라이니 거기에 유혹되지 않았을까.

"아바이! 또 어떤 소리 있었나요?"

"연애소리도 했죠. 조선 여자보다 째포 여자가 예의와 매너도 있고. 사랑도 잘하고. 조선 여자는 농촌 돼지 같고…"

"예? 조선 여자가 돼지 같다고요?"

"농촌의 돼지는 종일 먹고 쿨쿨 잠자는 것 밖에 모르잖아요? 이를테면 조선의 여자들이 꼭 그렇다는 거죠. 노동과 연애는 제대로 할 줄 모르고 돼지처럼 미욱하고…"

"허허! 참!"

화구영감이 시체를 째려본다.

"이 나쁜 놈아. 그러는 네놈은 여자 몸에서 안 나오고 어디 바위짬에서 나왔냐? 조선 여자나 째포 여자나 같은 여자지."

고민에 빠지는 연창식.

그러면 이 문제의 장본인을 진성으로 만들까? 과거 당에서 맡겨준 업무 수행 차원에서 서로가 필요했던 추억 깊은 친구는 망자가 되었다. 진성이 가정불화의 시작으로 남의 여자에게 눈독을 예전부터 들였다고? 낮에는 당과 국가를 위해 열심히 일하는 척하고 밤에는 온갖 부화방탕한 일을 저지른 두 얼굴의 인간이라고?

그렇게 되면 시(市)당위원회의 비밀지시를 받는 인민위원회 8과를 혼내줄 수 있다. 하여 일부 당간부들에게도 미묘한 경종을 울릴 필요가 있다. 일상에서 제법 어깨에 힘주고 다니는 당기관 사람들이다. 분명 자기가 보고서를 어떻게 만드는가에 따라 기록되고 처벌된다. 어느 쪽으로 할까? 조춘심인가? 진성인가?

연창식이 계속한다.

"책임자 동무는 식당에서 호평이 좋았나요?"

"물론이죠. 식당운영이 잘 되니까요."

"예에!~"

"그게 다 책임자가 후방 물자도 잘 물어오니 그랬죠."

"음! 그렇군요."

"시당 간부들도 가끔 무리로 여기에 왔습니다."

놀라운 증언이다.

째포 조춘심이 이렇게까지 간부들과 좋은 친분관계가 있었는가. 혼자 사는 전형적인 일본 여자! 태어날 때부터 자본주의 생활문화가 몸에 푹 배인 젊은 여자… 그녀는 분명 돈으로 간부들을 포섭하고 또 그들의 권한을 악용하여 이 식당을 운영해왔을 것이다. 또한 시(市)급양관리소장 그 이상의 자리로 가고 싶었을지도 모른다. 모든 간부사업(인사)권은 당 간부들에게 있는 고유권한이다. 그러니 행정일군보다 당간부들에게 음흉한 비리가 더 있지 않겠는가. 분명 그럴 것이다.

"아바이! 수고했습니다."

"저야 뭘!…"

타고 왔던 지프차에 두 시신을 싣고 황급히 사라지는 연창식이다. 그는 분명히 자기 친구인 진성의 갑작스러운 싸늘한 죽음과 냉정하게 작별하였다. 기분 좋은 날에만 '친구'이었고 슬픈 애도의 날에는 '반동'이었다. 이성적으로 냉혈인간 그 자체이다.

귀국청년 3인의 운명

청진시인민위원회 부위원장 방. 똑! 똑!~ 여직원이 들어와 "시내무부 과장 동지가 왔습니다"라며 누구를 안내한다. 업무에 열중했던 김은희가 자리서 성큼 일어나며 "어서 오세요. 보위과장 동지! 오랜만입니다"라고 한다. 두 사람은 업무관계상 서로가 구면인 듯하다. 반색한 보위과장이 자리에 앉자 김은희가 "이거 허리에 권총을 찬 사람이 이 방에 들어오기는 처음인데요…" 하며 빙그레 웃는다.

익살스러운 표정의 보위과장.

"요즘 시국을 보면 참 어수선합니다."

"맞아요. 최근 당중앙위원회의 종파사건을 봐도 그렇지요."

"여기 청진 째포들도 만만치 않죠."

"그래도 함흥 알개 째포들보다 약하지 않나요?"

"내 보기에는 막상막하입니다."

함흥 내무부에 출장을 갔던 평양의 강지철은 최근 여기 청진에도 다녀갔다. 보위과장은 강지철로부터 과거 함흥에서 벌어진 째포들의 반동행위에 대해 소상히 경청했고 청진 째포들 속에 있는 사건들을 정확히 보고했다. 함흥과 청진에 있는 째포들은 자기들만의 방법이 따로 있는지 정보교환이 매우 빨랐다. 내무부와 행정위원회가 호흡을 잘 맞추는 것은 그만큼

당에서 맡긴 과업수행에 열성이라는 증거다.

김은희가 의아한 눈빛이다.

"그런데 어쩐 일이에요? 이렇게 갑자기…"

"작년에 있은 귀국청년 3명 탈출문제 말입니다."

"참! 그 일 어떻게 되었는가요?"

1년 전 어느 날, 청진항을 출항한 청진수산사업소 소속 '혁신호' 고깃배 (민간어선)가 공해에 들어서기 직전 인민군 해안경비대에서 무전이 날아온다. "긴급사항이다. 북동쪽 방향으로 항해하는 청진수산사업소 소속 고깃배 혁신호! 지금 배 운항을 즉각 멈추라! 이제 곧 조선인민군 해안경비대 검문수색선이 도착한다"는 내용이다.

어둠이 내려앉는 망망대해.

조타를 잡은 선장이 지그시 눈을 감는다. 아차! 이 일이 탄로 나는가? 선장은 1년을 잘 알고 지내던 째포청년 3인을 불법으로 이 배에 태웠다. 지난 1년간 대학생 독고기백에게서 알게 모르게 일본 상품이며 돈을 자주 받아 다소 풍청거리며 생활하였다.

사이렌 소리가 울리며 쾌속선이 도착했다.

총을 어깨에 멘 군인 4명이 내린다.

수색조장과 함께 3명의 군인이 조타실에 올라왔다. 선장이 시치미를 떼고 "아니? 군인 동무들이 어떻게? 무슨 일이 생겼습니까?" 하고 묻는다. 조장군인이 매서운 눈초리로 선장을 아래위 훑어보며 "선장 동지! 이 배에 정체불명의 사람 3명이 올랐다는 정보입니다. 잠시 검문검색이 있겠습니다. 협조하십시오"라고 한다.

그리고 계속한다.

"선두에서 선미까지 샅샅이 수색할 것! 특히 갑판 아래 있는 물고기 창고와 기관실 안의 내부 구석구석. 만에 하나 범인들이 물리적으로 반항할 때는 그 자리서 즉시 사살할 것!"

"알았습니다."

군인들이 황급히 헤어진다.

어두운 기관실에 숨은 독고기백과 키다리, 코털이다. 세 청년은 분명 선상에서 외치는 경비대군인의 경고발언을 들었다. 셋은 입만 크게 벌렸을 뿐 아무 말이 없다. 하늘이 무너지는 것 같다. 오랫동안 공들여 만든 절호의 기회가 아닌가. 이제 몇 분후이면 자기들이 탄 이 배가 공해상으로 접어들 판이다. 나침판이며 시간을 보고 초조한 마음으로 기다린 이 순간. 운명의 새로운 갈림길이 자기들 앞에 놓이게 되는 오늘을 위해 그동안 얼마나 귀한 시간과 돈을 바쳐왔던가.

탕!~ 탕!~ 탕!~

천장에서 문을 두드리는 소리.

육중한 철문 뚜껑이 열리고 사나운 눈빛의 군인이 "우리는 조선인민군 해안경비대이다. 이 배에 오른 3명의 정체불명 자는 즉시 투항하라! 만약에 불응하면 인민의 이름으로 사살한다. 투항하라! 투항하면 살려준다!"고 고래고래 소리 높여 외친다.

독고개백은 얼굴이 새카맣게 질렸다.

이 일의 주동자는 자신이다. 성공 혹은 실패라도 꼭 해보고픈 북조선 탈출 거사가 실행을 코앞에 두고 군인들에게 적발되었다. 분하고 원통하다. 누가 밀고를 했나? 키다리인가? 아니면 코털인가?… 둘의 얼굴은 똑같이 놀라고 겁에 질린 표정이다. 저것이 진심의 모습일까? 아니면 둘 중 하나는 뻔뻔한 연기를 할까?

키다리가 덜덜 떨리는 목소리로 "기짱! 이거 어떻게 해? 우리 정체는 완전 탄로가 났는데…"라고 한다. 울상이 된 인상의 코털이 "그냥 나가자! 우리는 이제 독안에 든 쥐나 다름없다"며 한숨을 길게 내쉰다. 독고기백은 무겁게 고개를 가로젓는다.

군인의 엄한 목소리.

"다시 한 번 경고한다. 기관실 안에 숨은 3명의 째포청년은 즉시 투항하고 나오라. 시간을 끌어보았자 소용이 없다."

"…"

"순순히 나오라. 안 그러면 죽는다."

죽는다? 우리가 말이지.

굳이 여기서 아니라도 뭍으로 끌려가서 찍소리 못하고 죽겠지. 북조선 탈출 죄목은 '민족 반역죄'다. 주동분자인 나는 극형인 사형에 처할 것이다. 충분히 그러고도 남는다. 공범인 키다리와 코털은 공개재판을 받고 노동교화소(감옥)로 보낼 것이다.

아! 이대로 고분고분 육지로 끌려갈 수는 없다. 머저리 같은 내가 스스로 찾아온 인간 생지옥 북조선! 이게 사람 사는 나라인가. 전체 인민이 붉은 사상 소유 동물이 되어 당과 국가를 위해 살아야 하는 세계 어디에도 찾아볼 수 없는 노예 왕국. 모든 사람이 서로의 감시 속에 숨조차 자유롭게 쉴 수 없을 정도의 강한 의식 통제를 받는다.

죽어서 이런 거지같은 나라에 내 시신이 묻힌다? 전체 인민이 수상의 노예로 한갓 의식 없는 동물로 살아가는 해괴망측하고 기이한 집단공동체인 여기에? 흥! 그렇게는 못하겠다. 나의 시신을 독재자 김일성의 나라, 북조선 땅에 묻을 수 없다.

비장한 눈빛의 독고기백이 외친다.

"키다리! 코털! 잘 가라!"

그가 두 친구의 어깨를 다독인다.

"무슨 소리야? 너는?"

"나는 먼저 죽어서 고향으로 가겠다."

"무슨 뚱딴지같은 소리 해?"

독고기백이 자리를 박차고 일어났다. 그리고 두 사람을 천장 뚜껑이 열린 쪽으로 밀쳐버린다. 어서 밖으로 나가라는 뜻이다. 그리고 "야! 북조선 거지같은 인민군대와 간부새끼들아. 잘 먹고 잘 살아라! 악마 김일성에게 저주가 있어라! 거지나라 북조선은 콱 망해라!" 하고 외친다. 그리고 기관실 엔진 톱니바퀴에 자기 목을 들이민다.

그의 머리와 몸이 두 동강이 났다.

키다리와 코털이 소리를 친다.

"으악!~"

두 청년은 기절해 쓰러진다.

김은희의 얼굴이 어두워졌다. 자기가 관할하는 청진 지역에서 발생한 째포청년 3인의 탈출미수 사건이었다. 모든 사건은 뜻밖에 발생한다. 그 속에 자기들의 책임과 역할도 분명하게 있다. 그녀가 "참! 요즘 젊은 애들 무섭죠. 앞으로 이런 사건이 발생하지 않는다고 장담도 못하겠죠?"라고 한다. 미간을 찌푸리는 보위과장이 "그래서 오늘 이 자리에 왔습니다. 째포들에 대한 사상주입 강연학습 등을 더 많이 해야겠다는 생각이 들어서 말입니다"라며 컵의 물 한 모금을 마신다.

"어떤 복안이라도 있나요?"

"이번 사건을 봐도 그렇고… 가급적이면 째포청년들에게 보다 집중적으로 사상교육을 주입시켜야겠습니다."

"예에!~"

"우리도 살아보았지만 20대 시절은 정말 불덩이죠. 우리가 예전부터 째포청년들에 대한 사상교육을 좀 더 신경 쓰고 했더라면 굳이 이번과 같은 일은 없었을지도 몰랐지요."

"…"

"사람은 망각의 동물입니다. 한 번 주입시킨 사상이 한 쪽으로 잊혀지기에 지속적으로 하는 것이 중요합니다."

"옳은 말씀이에요."

김은희가 무척 공감하는 눈치다. 보위과장의 소리가 정확히 맞다. 자유세계에서 태어나 살던 젊은이들이 아닌가. 세상에 나쁜 것을 다 아는 현실주의자들이 절제된 사회주의 나라에 들어와 산다는 것 자체가 그들에게 짐이 될 것이다. 어떻게든 직간접적으로 그에 대한 불만이나 의견표출 등이 자연스럽게 나올 수 있다.

째포청년들의 생각을 바로 잡기위해서는 오직 의무적 학습시간에 의존하는 것 밖에 특별한 대안이 없다. 인민들과 함께 있는 째포들에게 혁명사상이 부족하다고 무턱대고 감옥에 보낼 일은 아니다. 모든 사건은 발생하기 전에 철저히 방지해야 한다. 안 그러면 나중에 호미로 막을 일을 가래로도 못 막는 격이 된다.

"참! 궁금한 것이 있어요."

"뭡니까?"

"째포청년 3인 사건은 누가 신고했나요?"

"혼자만 아십시오. 청진항에 정박 중인 모든 선박, 고깃배는 도 (道)내무국의 승인을 받아야 출항합니다."

"…"

"이유는 그 모든 배가 공해상으로 나가기 때문이죠. 그 공해상은 육지로 치면 38선의 비무장지대나 마찬가지입니다."

"아! 네에…"

"3인 째포청년 사건은 '혁신호' 선장이 제보했죠."

"어머! 그래요?"

보위과장은 자기업무의 정당성을 뚜렷하게 강조한다. 째포 담당업무는 소리 없는 전쟁이나 마찬가지다. 분명 일본에서 북조선으로 몰래 잠입한 불온분자들도 있을 것이다. 특히 민단에서 조총련으로 회원 명부를 옮긴 귀국동포들 속에 말이다.

그리고 초기에는 순순한 마음으로 북조선에 입국했다가도 시간이 지나 마음이 변하여 반공화국 책동을 하는 째포들도 종종 발생한다. 북조선 정착에 어려움을 느끼는 일부 낙오자들이 대표적으로 그렇다. 심지어 공화국을 일본처럼 착각하고 자해소동을 피우는 째포들도 있었다. 모두 정신병자로 찍혀 병원으로 강제 이송되었다. 이 모든 이유는 과거 자유세계가 무척 그리워서다. 그러니 째포사업은 그야말로 사회주의 수호 전쟁이다. 이 전쟁의 전초선에 선 두 사람이다.

김은희가 묻는다.

"참! 체포된 2명의 째포청년은 어떻게 처리되었죠?"

"각각 20년, 15년 징역형을 내렸습니다."

"어머! 그렇게 중형으로…"

"우리 공화국형법이 무서운 걸 보여줘야죠."

"맞아요."

청진자동차사업소 운전수 오재천은 함북도 어랑군 읍협동농장 트랙터 운전공으로 이직했다. 자동차 운전대를 잡은 오재천이 일본의 부르주아 자유사상을 북조선 사회에 유포시킬 위험성이 있다는 이유로 당위원회가 언제부터 고민하고 있었다.

청진시인민위원회 8과도 오재천이 좋은 인물이 아니었다. 딱 한 번 자동차사업소에 타이어를 기부했을 뿐 이후로는 아무 지원도 없으니 말이다. 거기에 죽은 독고기백과의 친구경력이 있어 언제든 사상변화가 생길 수 있다며 청진시 내무부는 쌍심지를 키고 관찰하던 중 '탄원' 감투를 씌워 농촌으로 추방했다.

오재천은 독고기백의 소식을 들었다.

그로해서 한동안 밥을 못 먹었다. 일본서 같이 온 유일한 친구가 오죽 모질게 마음을 먹었으면 그런 끔찍한 방법을 선택했을까? 북조선에 대한 강력한 항거의 표시일 것이다. 속았다. 한덕수와 조총련한데… 아니, 북조선 당국의 허위선전에. 그것을 그대로 되받아 퍼뜨린 일본 조총련이 아닌가. 대체 왜 수만 명의 재일동포들을 기만한 이런 엄청난 만행을 벌였는가. 도무지 정신병에 걸리기 직전이다.

무정한 이 억울한 북조선.

제가 도시에서 살고 싶으면 고향 일본에서 뭐든 계속 끊임없이 들여와 북조선 당국에 열심히 바쳐야 한다. 자신이 미웠던 오재천은 언제부터인가 더는 일본의 부모님에게 도움의 손길을 내밀지 않았다. 더 이상 폐를 끼치고 싶지 않은 것이다. 북조선 인민들은 노동당의 철저한 감시와 통제를 받고 산다. 자기 의사대로 하는 일이나 생활은 없다. 눈 떠서 감길 때까지 한 걸음 옮겨도 무엇을 하나 해도 전부 당국의 승인을 받아야 한다. 세상에 이런 지옥은 없다.

5년간 뼈저리게 느낀 체험이다.

검은 승용차 한 대가 정문이 열려진 군인초소를 통과해 3층짜리 건물 앞에 멎었다. 군인이 열어주는 승용차 뒷자리서 안대를 쓰고 손에 수갑이 채워진 누군가가 내린다. 무척 의아한 표정인 그가 양쪽 군인에게 강제로 끌려 어느 방으로 들어왔다. 방 가운데에 의자가 있고 거기에는 강지철이 거만한 자세로 앉았다.

"안대를 벗기라!"

연창식이다.

"아니? 부국장 동지!"

눈에서 시퍼면 불이 이글거리는 강지철을 보는 순간, 연창식은 무척이나 당황해 한다. 자기 손에 시커먼 수갑이 채워졌고 안대를 쓰고 여기까지 왔다. 그러면 이건 뭔가? 자기가 죄인이란 소리가 아닌가? 아니, 정치범을 잡던 내가 도대체 무슨 죄인인가?

반면 강지철은 분노와 배신감을 어떻게 풀까? 하는 궁리만 가득하다. 다른 부처도 아닌 지방내무부 과장이 정치적인 업무문제로 여기에 압송되어 왔다. 그동안 정부부처 여러 기관에 숨어 있던 적지 않은 반동들이 끌려온 적은 종종 있으나 현역 내무원은 처음이다. 등잔 밑이 어둡다는 소리가 이래서 있는가.

"너! 여기가 어딘 줄 알지?"

"모릅니다."

"잘 들어! 여기는 평양시 모란봉 고노골 정치보위국 비밀장소다. 여기서 1급 비밀 보장으로 살아나가는 사람이 없다."

"대체 무슨 소립니까?"

"말귀를 못 알아듣네. 이 새끼가."

"제대로 알려주십시오. 부국장 동지! 제가 수상님과 노동당을 배신한 대역죄를 지었다면 지금 죽음으로 달게 씻겠습니다."

"음! 그렇단 말이지?"

"예! 저는 당의 정치보위 일꾼입니다."

"아니다. 너는 여기로 예전 내무원 신분을 박탈 받고 왔다. 이 자리서 죽어도 행정서류에는 '본인 자살'로 된다."

"아니? 그게 무슨 말입니까?"

독이 한껏 오른 강지철이다. 과거 함흥으로 몇 차례 출장을 가서 연창식으로부터 거나하게 대접도 받았다. 좋은 식사는 물론이고 바다에서 나오는 고급어족도 한 보따리 챙겨왔다. 물론 외화가 들은 봉투도 받았었다. 그래서 될수록 무난히 넘어가려고 했는데… 아니, 그게 아니다. 일단 중대 문제가 터졌으니 과거의 사적인 일은 깨끗이 잊어버려야 할 것이다. 그것이 정치보위 일꾼의 업무태도이다. 공은 공이고 사는 사다. 계급투쟁에서는 자그마한 인정과 동정도 불허한다.

강지철이 뭔가를 들어 보인다.

"이게 뭔지 아는가?"

빨간색 표지의 두툼한 노트다.

"죽은 일본 여자 하루코, 조선 이름 조춘심 년의 일기장이다. 일본어로 써져 있기는 한데 번역문을 읽어줄까?"

"예! 읽어주십시오."

"잘 들어!"

… 함흥시내무부 보위과장 연창식을 보면서 북조선 사회의 민낯을 생동하게 알았다. 어떻게 인민의 안녕을 지킨다는 내무원이 그 인민들로부터 뇌물을 받기에 혈안이 되는가? 그래 가지고도 인민의 내무원이라고 하니 참으로 어이없고 기이한 일이다.

개만도 못한 연창식 놈. 재일귀국자 동향조사 핑계로 늦은 밤 내 집으로 찾아와서 술 처먹고 내 몸을 실컷 농락한 부화방탕한 나쁜 자식이다. 그러고도 낮에는 시치미 딱 떼고 모른 척하더라.

담배나 술이라도 고이면 '헤!~헤!~' 하다가도 약발이 떨어지면 도끼눈을 하고 쳐다본다. 계속 물품을 자기에게 바치라는 것이다. 국가에서 월급이며 생필품을 제대로 공급받지 못하는 거지 내무원들이니 오로지 기댈 곳은 우리 귀국자들뿐이다.

이런 나라를 '세상에서 살기 좋은 나라. 인민의 지상낙원'이라고 사기친 조총련 간부 새끼들도 하나같이 똑같다. 그런 놈들이 있어 사회주의 북조선은 언제인가 꼭 망할 것이다…

"일본 반동년 하루코의 너에 대한 투서다."

"아닙니다. 이건 모함입니다."

"모함? 그러면 죽은 조춘심 년에게서 보증을 받아와!"

"말도 안 됩니다."

연창식의 두 눈에서 불길이 인다.

자기는 조춘심의 집을 방문한 적 자체가 없는데 어떻게 저런 황당한 소리가 나오는가? 이건 완전히 날조이다. 지금 강지철이 왜 자기를 죽이려 하는가? 도대체 무슨 이유에서일까. 일종의 꼬리 자르기인가? 그렇다면 이유라도 제대로 알고 싶다. 내가 꼭 희생물이 돼야 하는 어떤 근거라도 부국장에게는 있는가. 아니다. 이렇게 죽을 수는 없다. 죽어도 억울한 누명을 쓰고 죽으면 그건 개죽음이 아니겠는가.

강지철은 자리에서 벌떡 일어나 "이 놈의 개 새끼가 요란히 짖네. 이거 어디 귀 아파서 들을 수 있어야지?" 하며 허리에 찬 권총을 뽑아든다. 그리고 순간의 망설임도 없이 연창식의 허벅지에 대고 방아쇠를 당긴다. 땅!~ 윽!~ 하고 연창식이 쓰러진다.

독이 한껏 오른 강지철.

"이 자식아! 물어보자! 조선노동당이 누구지?"

"위대한 김일성 수상님이십니다."

"그러면 당일꾼은 누구지?"

"그건 김일성 수상님의 혁명 전사들입니다."

"이 놈이 알기는 제법 알면서도 그런 짓거리를? 네가 감히 당 일꾼들을 모함하고 정치범으로 몰아가려고 한 것 아는가?"

"예?"

"당일꾼을 조준한 네놈이 제정신인가?"

고개를 숙이는 연창식이다.

그는 째포들 주변에서 맴도는 일부 행정일군과 당일꾼들을 사적인 감정으로 내무성 정치보위국에 올리는 동향보고서에 매우 부정적으로 기록을 했던 것이다. 대표적인 실례가 째포 조춘심 사건이다. 여기서 사건의 장본인으로 함흥시인민위원회 8과장인 진성을 여색과 돈에 빠진 범인으로 몰아붙여 처리했던 것이다.

그에 대한 처리를 알쏭달쏭 여기는 일부 당일꾼들에 대한 반감을 갖고 실제로 째포들과 접촉을 자주하여 뇌물을 받는 그들의 상황을 몰래 추적했다. 내무원(경찰)인 자신에게 시(市)당 간부들도 설설 기는 모습을 보고 싶었다. 당일꾼을 우습게 본 자기가 얼마나 큰 범죄를 저질렀는지 이제야 비로소 조금 느끼는 연창식이다.

기세가 도도해진 강지철.

"우리 당을 뒤에서 헐뜯는 종파반동분자들이 너 같은 놈을 기다리며 기회를 본다. 노동당을 뒤엎을 때를 말이다."

"…"

"사람들이 더러워 멀리하면 구더기는 점점 커진다."

"…"

"그래서 구더기는 빨리 소각해버려야 한다."

아! 결국은 이렇게 죽는가?

너무나 억울하다. 자기가 업무상 눈에 거슬리는 당간부들을 조금 혼살 내려고 했던 야심이 결국에는 실수가 되었다. 째포사업을 맡으면서부터 일본에 대한 환상이 생겨났다. 자본주의사회에 대한 호기심은 자루 속의 송곳마냥 감출 수 없었다. 거기에 북조선보다 경제적으로 상당히 앞선 일본이니 저도 모르게 경제도움요청 등이 쉽게 나오기도 했다. 자기도 째포 조춘심으로부터 일본제 상품을 받아쓰면서 겉으로 말은 안했지만 속으로 일본에 대한 동경심을 갖고 있었다.

사람은 경제적 생활에서 욕심을 가진 사회동물이다. 아무리 사상만 갖고 사는 사람이라지만 맛있는 음식을 먹고 좋은 물품을 쓰면서 살려는 것은 동물과 다른 속성이 아니겠는가. 그래서 사람이다. 이제는 이판사판 죽는 판에 무슨 말을 못하랴.

연창식이 입을 뗀다.

"강지철 이 개새끼야. 너도 함흥에 내려와서 째포들이 주는 달러도 받고 젊은 째포년들과 술자리도 같이 하지 않았느냐?"

"…"

"그 자리서 김일성 수상에 대해 신상비난 발언을 했지. 혼자 잘 처먹어서 돼지처럼 피둥피둥 살이 쪘다고 하늘이 알고 땅이 안다. 겉만 빨갛고 속은 시커먼 강지철은 남조선 간첩이다."

저 놈이 드디어 미쳤구나.

악에 바친 강지철이 전화 수화기를 들고 외친다.

"죄인을 지하실로 끌어가 소각해버려!"

강력한 항의

도쿄 치요다구 조총련중앙본부 마당에는 '토요타', '닛산' 등 승용차가 여러 대 있다. 돈 많은 임원들의 자가용인 것이다. 육중한 철문이 굳게 닫힌 밖에는 수많은 재일조선인들이 고함을 지른다. "조총련 사기집단!" "한덕수는 물러나라!" 등의 글귀가 적힌 머리띠를 두른 사람들의 얼굴에는 분노가 어렸다. 조총련의 사주로 북으로 가는 북송선에 오른 재일동포들은 자기와 똑같은 형제가족, 친인척들이다.

민단 회원들이 고함을 지른다.

"조총련은 동포 강제북송을 당장 중단하라!"

"북조선은 인간 생지옥이다."

한풀이가 분명하다. 사회주의를 표방하는 전체주의 집단인 북조선 정권이 6·25전쟁으로 민족의 머리에 화근을 씌운 것만도 성차지 않아 지금도 해외의 조선민족을 괴롭히고 있다. 그 피해자들이 지금 조총련 본부 앞에서 울분을 토하고 있다.

휴대용 확성기로 소리를 지르는 사람들, 누군가의 선창에 따라 열심히 구호를 외치는 군중들, 조총련의 작태에 분노를 느껴 눈에서 불이 이글거리는 젊은이들, 누구를 부르며 통곡하는 여인들… 일부는 당장 조총련중앙본부 안으로 쳐들어갈 자세로 기운이 펄펄 남을 보여준다. 그들을 강력히 제지하는 일본 경찰들이다.

시위대 맨 앞장에 차호가 있다.

그가 손에 든 마이크에 대고 힘껏 외친다.

"한덕수! 지금 여기로 나오라."

"나오라! 나오라!"

"8만 재일동포를 사회주의 북조선에 보낸 것을 사과하라."

"사과하라! 사과하라!"

"북송동포 8만여 명을 당장 데려오라."

"데려오라! 데려오라!"

차호의 마음은 끓어 번진다.

그동안 한덕수의 꼬임에 민단을 탈퇴하여 조총련으로 간 회원도 많았고 그중 일부는 북조선행 귀국선에 쉽게 올랐다. 사회주의 환상은 하늘의 구름마냥 허황했다. 거기에 군중심리도 작용했다. 북으로 먼저 간 동포들이 저저마다 '인민의 지상낙원'이란 내용의 편지가 왔으니 말이다. 그 편지가 북한 정치보위국의 검열을 받고 온 편지인 줄도 모르고 세상물정에 눈이 어두운 사람들이 북송선에 올랐다.

한덕수 방.

똑! 똑!~ 날씬한 몸매의 여비서가 들어왔다. 그녀가 몇 장의 서류를 갖고 들어와 한덕수 앞에 꺼내놓는다. 고경민과 허선아의 사직의뢰서와 각자 개인편지이다. 안경 너머로 그걸 본 한덕수가 얼굴을 찌푸린다. "이건 뭐요?" 하는 그에게 "보시는 그대로입니다. 의장 동지!" 하고 다소곳이 차분한 모습을 보이는 여비서다.

고경민의 편지 글.

…한덕수! 나는 의장인 당신에게 철저히 속았다. 그래도 지난날의 당신은 우리 조선인들의 크고 작은 이익을 위해 일본 땅에서 젊음을 불태우며 동분서주한 모습에 잠시나마 매혹이 되었다. 당신이 어쩌다 북조선의 김일성과 마음이 맞았는지 참 신기하다.

무고한 재일동포들을 한갓 부족한 노동력 보충으로, 그것을 빌미로 경제대국 일본의 돈과 재물에 탐이 났던 김일성과 조선노동당으로 보여진다. 지금에 와서 생각해보면 말이다. 북조선이 '인민의 지상낙원'이 아님을 당신은 알 것이다. 청진으로 북송선을 타고 간 동포들의 소리는 북조선이 지옥이라고 들려오고 있다.

그리고 이 말도 꼭 해야겠다.

평양으로 간 나의 형님 고경식과 그의 가족은 수개월째 소식이 전혀 없다. 미뤄 짐작하면 분명히 정치범으로 낙인 되어 숙청되었을 것이다. 혹시 당신의 음모와 계략은 아닌지? 그동안 누님이 보내준 경제물자를 받을 때는 소식이 잘 왔는데 지금은 영 소식두절이다.

북조선 당국은 재일귀국자들을 평양에 달러돈과 물자를 갖다 바치는 존재로 인식하고 대해준다. 나는 조총련을 떠나는 것은 물론 곧바로 민단에 가입하려고 한다. 그나마도 민단이 있었기에 전체 재일조선인들을 북으로 보내는 북송선에 태우지 못한 것도 천만다행이다. 당신의 그 죄과는 반드시 천벌을 받을 것이다…

도무지 못 봐줄 꼴의 편지다.

화가 난 한덕수가 투덜거린다.

변절자는 갈 테면 어서 가라. 게으른 너 따위 한 놈 없다고 내가 눈썹이라도 까딱할 것 같은가. 천만에! 사내라는 새끼가 그렇게 배짱이 약해갖고 뭘 하겠어? 민단 좋아하네. 내가 민단의 우두머리 차혁 놈에게 미리 잘 말해놓으마! 간에 붙었다 섶에 붙었다하는 모리간상배들은 절대 받지 말라고… 네가 언젠가 내 앞에 다시 와서 두 손을 싹싹 비는 날이 있을 거다. 어디 두고 보자! 괘씸한 녀석!

허선아의 편지 글.

…야! 이 한덕수 개 같은 새끼야. 네가 말하는 북조선이 그런 지저분하고 깡패집단이었어? 너의 달콤한 꼬임에 속아 북으로 간 8만여 재일동포들 과반이 탄광이나 광산으로 끌려가서 노역을 하고 있다는 것은 알고 있나? 너는 알면서도 모르는 척하지?
너! 북조선 전범자 김일성 놈에게 어떻게든 잘 보여 종신 조총련 의장하고 싶어 그러지? 60만 재일동포 중 가장 추악한 인간쓰레기 놈아! 자기의 영달과 부귀영화를 위해 무고한 재일동포들을 악마의 소굴 북조선으로 밀어 넣고도 네가 사람이냐? 하늘이 노하고 땅이 운다! 너 같은 인간 백정은 이 지구상에서 반드시 사라져야 한다.
더러운 말도 좀 하고 간다.
한덕수 이 색광아! 너는 왜 예쁜 여자라면 그렇게 오금을 못 쓰냐? 네가 내 몸을 주무를 때 그래도 어딘가 모르게 다정한 남자인 줄 알았더니… 후에 알고 보니 의장실에 드나드는 젊은 여자들은 전부 네 앞에서 치마를 올렸다더라. 에이! 더러운 개자식아!
네놈은 사이비 같은 권력을 갖고 여자들에게 무슨 여성부장이요, 지부장이요 하는 감투를 던져주며 환심을 샀지? 밤마다 뭇사람들 몰래 가부키초 사카바의 골방서 여자들의 엉덩이나 만지고 빠는 너 따위가 조총련 의장이라고? 개가 웃을 일이다.
치사하고 역겹다. 이 오리지널 색광아! 허구한 날 오늘은 어느 여자의 배꼽을 만질까? 내일은 또 어느 여자의 빤스와 브라자를 벗길까? 하는 못된 궁리만 대갈통에 가득한 변태새끼! 어서 매독에나 걸려서 콱 뒈지라! 이 생기다만 족제비 같은 놈아!…

한덕수가 애써 이맛살을 찌푸린다. 이 년도 제대로 미쳤구먼! 그래도 어디 갈 데가 없어 불쌍해서 거둬주었는데 결국은 나를 배신해? 네가 치근거리는 남자 앞에서 쉽게 빤스를 벗은 공동걸레인줄 내가 모르는 줄 아냐? 뭐? 족제비? 내가 족제비면 너는 여우다. 여우가 족제비를 이길 수 없어. 잘 가라! 에이 속이 다 후련하다.

한덕수가 창가에 가서 선다.

소란스러운 밖을 내다보니 정문 밖에서 어떤 무리들이 시위를 한다. 한덕수가 서랍에서 쌍안경을 꺼내 눈가에 가져갔다. 민단회원들이 지금 조총련중앙본부 앞에 와서 "한덕수 끌어내자!"고 소리를 지른다. 찬찬히 보니 사람들의 얼굴이 또렷이 보인다. 차호가 맨 앞에 서서 확성기에 대고 열변을 토한다. 그리고 그 옆에는 고경민이 보인다. 엉? 저 놈이 진짜 민단으로 갔네? 저 자식이 민단에 가서 우리 조총련의 내부사항을 모두 발설하면 별로 좋은 일은 아니다.

한덕수가 여비서에게 말한다.

"임원들 지금 곧 로비로 나오라고 해!"

"예! 알았습니다."

정문 밖의 민단회원 시위대는 자리에 주저앉아 구호를 외치고 있다. 같은 재일동포로 포악한 조총련의 행태를 보고만 있을 수 없다. 북조선으로 간 사람들이나 여기 일본에 남은 사람들이나 모두 똑같이 고향이 한반도 남쪽인 재일동포들이다. 그들이 간 북조선은 인민의 지상낙원은커녕 인민의 삶의 터전도 못되는 험악한 곳이며 지독한 공산체제이다. 본부 현관문이 열리고 한덕수와 그의 측근들 여러 명이 우르르 나온다. 모두 정장차림이고 표정이 아주 매섭다.

한덕수가 정문 앞에 와서 떡하니 섰다.

"나! 한덕수다. 나왔다. 어쩔래?"

차호가 마주 섰다.

"재일동포 사기귀국행위 당장 중단하라!"

"야! 너희는 남조선 정부의 시다바리 민단이잖아. 왜 백주 대낮에 여기로 기여와서 조선민주주의인민공화국 해외단체 공적업무에 이래라 저래라 해? 이건 외국내정 간섭이야?"

"뭐? 뭐라고?"

"민단 수장이 이렇게 무식하니 원! 이 일본 바닥에서 조센징으로 불리지… 어휴! 이럴 시간이면 공부 좀 해라."

"한덕수! 그 입 다물지 못해?"

"네가 나오라고 해서… 할 소리 한다."

"야! 한덕수! 일본 경찰이 너희네 조총련 건물을 든든히 지켜주니 사기가 났냐? 뭐 북조선대표부라도 되는 것 같아서?"

"그래! 어쩔래?"

"불쌍하고 한심한 것들!"

"신경 꺼라!"

일본 당국이 볼 때 자유진영 미국과 공산진영 중국과 소련은 주변에 있는 대국이다. 열도 국가안보에 간접적 영향을 끼치는 나라들이다. 그런데 여기에 북조선이라는 이제 생긴 지 20년이 안 되는 작고 가난한 나라가 있다. 그런데 특이하다. 중국과 소련의 사회주의 건설의 열성을 능가할 정도로 적극적인 북조선이다.

그런 북조선이 일본과 마주하고 있다. 일본국에 거주하는 수십 만 조선인들이 한반도의 남쪽인 한국보다 북쪽인 북조선을 지지하는 놀라운 상황이다. 이것은 남의 일이라고 대충 볼 사안이 아니다. 자칫 재일조선인의 친북성향으로 일본 사회에 공산화 풍조가 깊이 뿌리내릴 수 있다. 그래서 일본은 북조선을 은밀히 경계한다.

결연한 눈빛의 차호.

"대한민국은 일본국과 공식수교를 맺었다."

"이미 알고 있다."

"정신 나간 너희가 오매불망 조국이라고 부르는 북조선은 국가로 안 보는 일본인 것도 알고 있는지…"

"뭐라고? 그만해!"

"속담에 '미운 놈 떡 하나 더 준다'는 말 있다."

"그런데? 어쩌라고."

"고운 놈은 못 되어도 미운 놈은 되지 말아야지. 해외에서 동포끼리 더운 밥 먹고 식은 소리 듣지 말자는 소리다."

"듣기 싫다. 그 개소리."

차호가 일본과 국제사회가 깡패집단인 북조선 정부를 마지못해 인정하는 것을 조총련의장은 아냐고 묻는다. 그딴 것 모르고 알 필요도 없다는 한덕수에게 "김일성 독재정권의 하수인들아! 비열한 짓거리 그만해라. 북조선이 '인민의 지상낙원'이면 60만 동포를 대표해서 한덕수 너만 가라"고 쏘아붙이는 민단 중앙단장이다.

한덕수가 눈살을 찌푸린다.

그는 자기가 하는 모든 일은 절대적으로 정당하다고 확신한다. 어쩌면 평양의 독재자 김일성에게서 그대로 배운 것이다. 인민의 독재자 '자애로운 어버이'라는 김일성이 아닌가. 분명 한덕수도 그런 뻔뻔함이 없었다면 지금껏 8만 여명의 재일동포들을 귀국선에 태우지 못했을 것이다. 현재 자기를 성토하는 사람들은 남조선정부를 지지하는 동포들이다. 마주하기도 싫은 존재들이다.

코웃음을 치는 한덕수.

"내가 사기를 치든 오기를 부리든 상관 마!"

"동포 강제북송 중단하라! 전체 재일북송자의 98%가 고향이 대한민국으로 공산독재 집단 북조선과 무관하다."

"흐흐! 그리고 또?"

"북조선은 김일성 악마 집단이 군림하는 최대 인권탄압 지역이다. 그 지옥으로 간 전체 재일북송자의 45%가 미성년자다. 그들에게 지은 죄는 무덤 가서라도 값을 받을 거다."

"…"

"역사는 무고한 재일동포들을 인간 생지옥 북조선으로 마구 쫓아버린 조총련을 반드시 심판할 것이다!"

"말 다했냐? 그러면 이젠 물러가!"

한덕수와 일행이 획 돌아서 사라진다.

홋카이도 가정집. 오길도는 그간 운영하던 인쇄소 일을 접었다. 아들로 인해 정신병을 앓는 아내와 시골로 갈까? 고민 중이다. 북조선에 간 아들을 알려면 제 눈으로 확인함이 필요하다. 북조선에 한 번 가보겠다고 조총련에 수차례 제안했지만 답변은 "북조선으로 귀국은 가능하나 방문은 불가능하다"는 소리뿐이다.

편지 속의 아들 소식은 도무지 이해가 어렵다. 어떤 때는 알쏭달쏭한 글자가 있었다. 4촌 동생인 구미, 루미, 나미가 잘 있는가? 4촌 동생도 없지만 그 이름이 하도 이상해서 첫 글자를 조합해보니 구루나! 일본어 발음상 오지 말라는 뜻이었다. 이것은 분명 자기 부부의 북조선으로 가보고픈 마음을 꺾는 것이었다.

유순정이 히히!~ 소리를 지른다.

그녀가 윗옷을 훌쩍 벗고 "아들아 내게로 오라! 어서 젖을 먹어라!"고 한다. 오길도는 인상을 찌그리며 두 눈을 꾹 감는다. 아내가 몇 달 전에 미쳤다. 정신병원에서도 도저히 어쩌지 못하겠다고 유순정의 입원을 거절했다. "죽어야 낫는 병이다"는 의사의 진단에 아무 말도 못하고 눈물만 펑펑 흘린 오길도였다.

유순정이 오길도 앞에 와서 소리를 친다.

"어이구! 김일성 수상님이시구먼!"

"…"

"우리 재천이를 사랑의 품에 안아 키워주시는 은혜 눈에 흙이 들어가도 잊지 않겠습니다. 김일성 수상님 만세! 만세!"

인상을 찌그리는 오길도.

계속하는 유순정.

"네가 김일성이야? 이 국제사기꾼아! 북조선이 인민의 지상낙원이라고? 네 놈의 지상낙원이겠지?"

오길도의 눈에서 눈물이 흐른다.

아! 산산이 찢어지는 이 마음! 가짜 '인민의 낙원' 북조선으로 간 아들 오재천이 과연 정상적 사람으로 성장할 수 있을까. 인민들의 육신을 물론 사상까지 철저히 통제하는 그 곳에서… 그리고 언제까지 저런 아내의 흉측한 모습을 봐야 하는가? 정말 치유불능의 저 병마! 이건 하루 이틀도 아니고 벌써 수개월째다.

아! 원망스러운 이 세상!

북조선도 일본도 다 싫다.

황색점퍼 차림의 요시히로가 업무협력자인 미츠키와 함께 비상상황실로 점검을 나왔다. 북조선 귀국사업 지원업무가 일본 적십자 차원에서 진행하는 것만큼 자기 일에 충실한 요시히로다. 상황실장이 그에게 깍듯이 경례하고 현황을 보고한다. 일본 적십자사 전국지부의 업무가 여기서 종합통제 되고 있다. 대부분 교환수들이 전화 앞에서 각 지부의 현황을 체크하고 또 중앙의 지시를 전달하는 식이다.

요시히로 뒤로 비서가 왔다.

"차호 한국민단 중앙단장이 왔습니다."

"아! 그래요?"

"지금 응접실에서 기다립니다."

밝은 조명이 켜진 응접실로 들어선 요시히로가 "어서 오십시오. 차 단장님! 오랜만입니다"라며 환한 얼굴을 보인다. 차호는 마치 쓴 오이를 씹은 인상이다. 별로 반갑지 않다는 것이다. 앞에서는 해해하고 뒤에서는 온갖 속임수를 쓰는 일본인들. 그러나 말거나 "아참! 소개하죠. 여기는 미츠키 위원장입니다" 하는 요시히로.

"또 뵙네요. 미츠키예요."

"예전에 위원회에서 우리 봤었지요?"

"그래요. 차호 단장님!"

차호에게는 얄미운 일본 정부다.

북조선의 김일성과 교묘하게 한통속이 되어 무고한 재일조선인을 가짜 '인민의 지상낙원'으로 사실상 강제 이주시키지 않는가. 일본 사회의 좌경화가 극에 달했던 시기라고 해도 어떻게 지구상 최악의 공산국가 북한으로 무지몽매한 사람들을 거의 속이다시피 보낼 수 있단 말인가. 그러고도 아시아의 모범적 민주주의 국가라 자처하는 일본이니 가소롭기 그지없어 보인다. 과거에도 한없이 미웠고 지금도 끝없이 밉고 앞으로도 더없이 미울 것 같은 일본 정부가 틀림없어 보인다.

두 사람 앞에 마주 앉은 차호.

"일본인들은 원래 그렇게 뻔뻔하오? 북조선 지옥으로 자국 거주 외국인들을 마구 보내고도 시치미를 떼니 말이오."

요시히로가 눈이 커진다.

"우리는 정당한 일을 합니다."

"그럼 만약 한반도 남쪽에 거주한 일본인들을 한국 정부가 중국이나 소련으로 추방하면 당신들 좋겠소?"

요시히로가 어깨를 들썩여 보인다.

일본 공산당이 북조선 귀국사업에 팔을 걷어붙이고 부채질을 했다. 지금껏 일본에서 북조선행 귀국선에 오른 사람은 약 8만 명이고 이중 약 40%가 일본 호적을 가진 이들이다. 해방 전 창씨개명으로 많은 조선인들이 일본 이름을 갖고 귀화인으로 살았다. 조총련보다는 일본 적십자사가 더 정확한 통계를 갖고 있다.

1910년 한일합병 이후 많은 조선인들이 유학, 돈벌이, 결혼, 강제징집 등의 명목으로 일본으로 흘러들어 왔다. 외국이지만 조선보다는 돈벌이도 좋았고 범죄만 저지르지 않으면 강제추방 같은 것은 없었다. 그런대로 살 만한 이국 살이었다. 그래서 식민지 조선으로 돌아가기보다 일본에 정착해 사는 사람이 많았다.

차호는 두 눈을 부릅뜬다.

"요시히로! 조선인들이 그렇게 밉소?"

"정말 밉습니다. 현재 일본 내 일부 조선 남자들은 일하기 싫어하고 술과 도박, 계집질에 빠진 미개인으로 인식되었죠."

"…"

"오죽하면 일부 회사들이 재일조선인들의 월급을 본인이 아닌 가족에게 보내주는 규칙까지 만들어 놓았을까요? 조선 가족 아내들이 집단적으로 회사에 요구했다니까요."

"…"

"조선인들의 폭행, 방화, 절도 등 각종 범죄로 낭비되는 피해금액은 상당히 많습니다. 일본 정부로는 골칫거리죠."

요시히로가 계속한다.

조선인들은 식민지 나라에서 태어나 일본으로 와서 산다. 봉건국가 남존여비사상이 머릿속에 배였다. 사람이 태생적으로 갖고 난 습관과 인식은 하루 이틀에 없어지지 않는다. 그걸 퇴치하는 방법은 교육 외에는 뾰족한 수가 없다. 바로 이때 조총련이 나서서 '우리말 배우기', 〈김일성 장군의 노래〉, '조선역사 배우기' 등 공교육을 시키면서 한 편으로는 재일북송인 귀국(북송)사업을 진행하고 있다.

일본 정부는 한덕수가 고맙다. 북조선행 귀국선에 오르는 조선인들 중에는 불량스러운 인간들도 많았으니 말이다. 조총련은 한 명이라도 더 보내려고 애를 썼고. 일본 정부는 수수방관했다.

차호가 버럭 화를 낸다.

"이보시오. 그런 부정 현상이 100은 아니지 않소."

"그렇기는 하지만…"

"어느 사회든 적든 많든 부정은 있는 법이오."

"예! 맞습니다."

"그런 것으로 애써 변명하지 마오."

"너무 흥분하지 마시오."

요시히로의 표정이 당당하다. 일본 정부서 볼 때 북조선보다 한국은 경제적 매력이 크게 없다. 대륙과 붙은 북조선에 단절이 된 한국은 그야말로 진짜 섬나라이다. 농경지도 많지 않고 지하자원도 부족하며 가치 또한 적다. 그러나 북조선 뒤에는 세계적으로 거대한 나라인 중국과 러시아가 있다. 이념을 떠나 경제전쟁의 상대국이다. 미래는 오직 경제전쟁 만이 존재하고 승자가 되어야 한다. 일본이 산업과 경제로 전 세계를 제패하려면 반드시 경제대국이 되어야 할 것이다.

그러기 위해서라도 재일조선인 귀국사업을 잘 도와야 한다. 이는 일본의 경제부흥과 연관이 된 사안이다. 이 부문만큼은 일본의 정부 인사와 정치인들 모두가 일심동체이다.

미츠키가 참견한다.

"차 단장님! 제 말도 들어보세요."

"뭐요?"

"한국의 정치권은 남북, 통일, 대북, 월남이주민(실향민, 귀순자) 문제 등에서 왜 여·야가 서로 딴 소리를 내나요?"

"…"

"생각해보세요. 북조선은 단일 대남정책으로 일관된 태도인데… 한국의 정치권은 여·야가 항상 다른 대북정책이죠? 잘못된 것 아닌가요? 아니 그게 정상이라고 보는가요?"

"…"

"국가안보를 위한 문제인데… 적국을 대하는 태도가 두 가지인 게 이해가 어려워요. 이에 대해 시원히 설명해 보세요."

차호의 얼굴이 벌게진다.

사실이다. 1945년 8월 해방 후 대한민국 정부 탄생과 함께 개헌한 초대국회 때부터 그래왔다. 해방과 동시에 맞은 분단은 정치인들의 이용물에 아주 유익했다. 오죽했으면 한국 사회가 좌우로 치열히 갈라진 것은 물론이고 북조선에 대한 환상이 높은 나머지 김일성이 승리를 장담하고 개시한 6·25전쟁이다. 38선 이남 국민들이 정신적으로 좌경화가 심해진 남쪽을 손쉽게 장악할 걸로 오판하고 말이다.

그런 끔찍한 동족살육의 전쟁을 겪고도 한국 정치권의 대북정책은 여전히 해방 후나 전쟁 후나 달라진 것이 없다. 여·야가 언제 한 번 일치한 목소리로 북조선 정권의 독재정책이나 반인민적 정책을 강하게 성토한 적이 없다. 항상 여·야가 제각각의 딴소리를 하고 있으니 평양 독재집단은 서울 정치권의 덕을 톡톡히 본다.

계속하는 진지한 미츠키.

"우리 일본의 힘이 뭔지 아세요?"

"뭐요?"

"대일본국의 경제부흥을 위해 수상, 정치인, 국민이 단결이죠. 우리는 경제발전만이 살길이라고 확신하는 민족이죠."

"…"

"나라의 국회에서 당연히 협치하고 하나가 되어야 할 외교, 안보, 통일, 대북문제를 갖고도 피터지게 싸우는 바보스런 한국 정치인들 같은 일본 정치인들이 아니란 말이에요."

"…"

"한국 정치의 질적 수준부터 개선하세요. 자유 통일만이 살길이라는 신조로 정치권이 단합해 보세요."

차호는 숙고에 빠졌다.

요시히로와 미츠키의 발언에 공감이 간다.

일본국! 참 무서운 나라다. 그러면서도 아주 정교하고 빈틈이 없어 보인다. 이 나라서 가장 부러운 것은 자국의 경제발전을 위한 정치권과 정부, 국민의 확실한 일심동체 모습이다. 정치인들은 국내정치 사회문제에 치열히 싸우면서도 외교와 안보 등 대외적 문제에는 일치한 정책을 펼치고 있다. 현재 재일동포 문제는 엄밀히 한국의 문제다. 선박은 이미 뱃고동 소리를 울리며 출항했다. 무려 8만여 명의 재일조선인은 여기 일본을 떠났다. 북조선은 일본의 통치 관할이 아니다.

차호의 근엄한 목소리.

"재일조선인 북송사업 중단하기 바랍니다."

"…"

"북조선 정권은 독재자 김일성의 폭거로 생긴 불량집단, 종교탄압에 자유말살정책, 최악의 인권유린 자행지입니다."

"…"

"당신들의 만행을 우린 기억하겠습니다."

자리에서 일어나는 차호다.

그가 목례를 하고 획 돌아서 나간다.

원산항… 만경봉호 꿈

1969년 여름 화창한 날씨의 어느 날. 끼륵!~ 끼륵!~ 갈매기 울음소리. 동해 원산시 철산동 바닷가로 검은색 소련제 '볼가' 승용차가 뽀얀 먼지를 날리며 왔다. 주변에 똑같은 승용차가 한 대 보인다. '볼가'에서 막 내린 최만오가 헐레벌떡 달려와 공원의자에 앉은 리숙에게 "위원장 동지! 조금 늦었습니다"며 깍듯이 인사한다.

그동안 일본에서 건너온 귀국동포들의 북조선 정착사업을 충실하게 이끌어온 공로로 리숙은 조선적십자회중앙위원회 위원장으로, 최만오는 부위원장으로 승진했다. 연한 선글라스를 낀 리숙이 밝은 얼굴로 "어서 오세요. 최만오 부위원장 동무! 여기에 앉아 탁 트인 바다를 좀 보세요. 명작이 따로 없어요"라고 한다.

최만오가 자리에 앉는다.

"앞만 보고 힘차게 달려온 10년입니다."

"시간이 참 빠르지요?"

"누가 아니랍니까. 그동안 애국의 마음으로 귀국동포들이 우리 당에 바친 충성자금은 일본 돈 수억 엔인데 이는 수백만 달러가 넘는 금액이죠. 돈으로 사회주의를 받드는 분들입니다."

"…"

"그리고 보면 우리가 뿌린 것보다 많은 돈을 거두었습니다. 우리 당의 대외혁명 전략은 탁월하다고 봅니다."

"상포들이 계속 생기죠?"

"그렇습니다. 고액 저금통장, 금괴, 주식 등을 갖고 입국한 사람들도 적지 않고 다양한 종류의 상포들이 있습니다. 모두 조총련에서 그렇게 하도록 열심히 선전한 결과입니다."

"다 쓸모 있는 거죠?"

"물론입니다. 없어서 못 씁니다."

노동당이 조총련을 일본 주재 북조선 대표부 격으로 활용하기에 일본 금융의 통장, 주식 등은 평양에서 파견하는 대외일군(간첩)들이 써도 손색이 없다. 그리고 도쿄 조선학교에 매해 보내는 장학금이나 생활지원금으로 사용해도 전혀 문제가 없다.

재일귀국동포 입국사업이 초기와는 다르게 새로운 양상도 보인다. 1964 도쿄올림픽 이후 일본의 경제가 급상승하면서 북조선으로 오는 송금과 물품이 크게 늘어났다. 나날이 발전하는 상품의 질적 수준도 사람들을 놀라게 했다. 국교관계가 없는 일본으로부터 돈이든 물품이든, 그리고 사람이든 북조선으로 들어오는 것은 모두 환영할 일이며 그것은 나라운영과 경제적 살림에 보탬이 된다. 그 맛에 자기들이 불철주야로 열심히 하고 있는 재일귀국동포 환영 및 정착지도 사업이다.

계속 이어가는 리숙.

"상포들의 기여도는 어느 정도죠?"

"대략 30%고 구라파에도 보낼 계획입니다."

"주로 어떤 나라인가요?"

"영국, 프랑스, 독일, 스웨리예(스웨덴) 등 경제대국들에…"

"좋아요. 그 일은 비교적 성과적이네요."

"그렇습니다."

두 사람이 당의 방침을 받들고 10년 전 재일동포 귀국사업을 시작할 때 내걸었던 인력보충 문제나 혹은 째포들의 권익보장(북조선공민권 부여) 등은 한갓 겉치레였다. 째포들을 통한 북조선 경제 산업발전도 크게 없었다. 그러나 그들을 통한 외화벌이가 꾸준히 진행되었고 지금도 진행형이다. 일단 북조선에 째포들이 수만 명 들어와 있기에 일본의 가족들로부터 지속적으로 적든 많든 외화가 들어온다.

국가에는 언제나 돈이 필요하다. 자본주의 나라처럼 국민들로부터 철저하고 꾸준한 세금을 거둬들여 돈을 국고에 쌓는 방법도 있지만 그 돈을 빨아내는 방법도 있다. 개인이든 나라든 주머니와 창고에 돈이 있어야 마음도 든든하고 부강해질 것이다.

리숙이 계속한다.

"이제 새로운 10년을 향해 가는 거예요."

"무슨 특별한 사안이라도?…"

"그래요. 그제까지 여기 원산에서 당중앙위원회 확대회의가 진행되었고 나는 중앙당 후보위원 자격으로 참석했죠."

"무슨 좋은 소식이…"

"확대회의 결정에 따라 그동안 청진에서 하던 귀국동포 입국사업을 앞으로 여기 원산으로 옮길 계획이에요."

"예? 청진에서 원산으로요?"

최만오가 흠칫 놀란다.

원산은 농업 및 수산도시로 청진에 비해 절반도 못 미친다. 도시 경쟁력 중에 하나가 인구이다. 한적한 작은 해안 도시로 일본에서 오는 째포들을 맞는 것은 촌스러운 모습이다. 거기에 남조선과 가까운 지역으로 안보정세가 늘 불안한 곳이다. 1년 전인 1968년 1월에는 미군해군 소속 정찰함

USS 푸에블로호가 여기 원산 앞바다에서 조선인민군해군에 의해 강제로 나포된 사건이 있었다. 전쟁 발발 직전까지 갔었다. 이런 특정지역으로 째포들을 받는 것은 좀 그렇지 않은가.

리숙이 원산개발 설명을 한다.

원산항 개발제안은 일본이 했다. 자국의 많은 항구도시 중 가장 낙후된 서해안 니가타항의 활성화를 위해 도쿄 정부가 아이디어를 낸 것이다. 원산항을 개발하는데 드는 비용의 일부를 제공하겠다고 나선 도쿄 당국이다. 그러고도 남는 장사로 타산한 것이다.

그동안 청진-니가타항 운항의 선박은 2박 3일 소요된 거리였다. 원산-니가타 거리는 1박 2일로 단축이 된다. 평양서 원산까지 거리는 청진보다 훨씬 짧다. 일본은 아시아에서 경제가 가장 발전된 자본주의 나라다. 어떤 형식과 방법으로든 일본의 자금과 물자를 끌어와야 한다. 그 돈은 정권관리와 경제건설에 쓰인다.

하늘을 날 듯 기분이 붕 뜬 리숙.

"나는 내일의 원산이 눈앞에 보여요."

"어떻게요?"

"이제 이 앞에 현대적 시설을 갖춘 항구가 건설될 거예요."

"와! 그게 정말입니까?"

"저쪽은 박물관과 기념관, 백화점 등을 짓고…"

"생각만 해도 마음이 설렙니다."

"또한 우리나라의 첫 평양-원산고속도로가 생겨요."

"정말 꿈같은 일입니다."

부웅!~ 부웅!~ 푸른 물결이 출렁이는 바다에서 만선기 날리며 뭍으로 돌아오는 고깃배들의 뱃고동소리가 무척 정겹다. 가끔은 흰색 갈매기 무리들이 우르르 날아와 한참 울다가 어디론가 사라진다. 바다, 자연의 햇

살, 행복한 사람들… 이런 해안도시가 수도 평양과 가까워짐은 많은 인민들의 심금을 울릴 것이다.

두 팔을 걷고 나설 만한 일이다. 후손들이 살아가야 할 이 땅을 귀하고 풍요롭게 번영시킬 수만 있다면 무슨 일인들 마다하겠는가? 거대한 힘이 막 용솟음친다. 사회주의 지상낙원을 멋지게 건설하는 자신들은 인민의 충복이고 당의 참된 전사들이다.

구구절절 설명하는 리숙.

평양이 서울보다 조금 잘사는 것은 구라파 사회주의 나라들의 경제지원 때문이다. 이것이 마냥 지속된다는 보장은 없다. 4년 전 일본과 공식 외교관계를 맺은 남조선은 경제·산업 분야서 도쿄와 광범한 교류를 진행하고 있다. 서울이 무섭게 평양을 따라온다. 지금의 추세라면 5년 내에 남조선이 북조선 경제를 충분히 앞지를 수도 있다. 이제라도 평양은 나름 경제발전 계획을 세우고 그에 대처해야 한다.

리숙이 계속한다.

"현재 운항중인 귀국선 말이에요?"

"소련선박 크릴리온호와 토보르스크호 말입니까?"

"그거 원래는 군함에서 화물선으로 다시 여객선으로 개조한 선박이죠. 사실 이 사업이 너무나 급하게 시작되어서…"

"예! 맞습니다."

"이제는 큰 선박을 이용함은 무리인 것 같아요."

"그렇죠. 승선 인원도 적어졌는데…"

"또한 조국으로 입국하는 우리의 재일 동포들이 타고 오는 선박이 외국제인 것도 사실 자존심이 구겨지는 일이고… 10년 전에는 우리 경제도 빈곤했으니 그렇다고 치고…"

"무슨 묘책이라도 있습니까?"

"그래서 새 선박을 구입하자는 거예요?"

"신형 선박 말입니까?"

과거 이 문제에 대해서 나름대로 혼자 고민을 해봤던 최만오다. 10년 전 평양과 도쿄가 일사천리로 재일동포 귀국사업을 갑작스레 개시하다보니 다급한 나머지 소련선박을 임대해서 쓰기 시작해 오늘까지 왔다. 그럭저럭 별 문제는 크게 없었다.

지금 사용 중인 소련제 선박은 제조한 지 수십 년이 지난 낡은 것이다. 곳곳의 일부 설비가 낡아서 녹이 쓰는 부분도 있었고 무엇보다 사람을 태우는 여객선박으로 위생상태가 청결하지 못한 것이 특징이다. 그렇다고 아예 쓰지 못할 정도는 아니지만 그래도 승객들에게 상쾌한 기분을 주는 고급시설은 아니었다. 이왕이면 산뜻한 기분으로 사회주의 조국으로 오는 재일동포들을 좋은 귀국선에 태우는 것도 나쁘지 않다. 그래서 점차 새 선박으로 바꾸는 것이 좋다고 보는 최만오다.

"나는 대찬성입니다."

"선박을 잘 만드는 나라가 어디죠?"

"구라파의 폴란드인데 제조비용이 비쌀 텐데요."

"내가 도쿄의 한덕수 영감한데 말했어요. 귀국선을 새 걸로 바꾸자고. 소련 선박 절반만큼 작고 엔진성능 좋은 걸로…"

"소련제 보다 작은 것으로요?"

"너무 큰 것보다는 작으면서 실용적이면 더 유익하죠. 거기에 원산-니가타 운항 거리가 청진보다 짧아 좋아요."

"한덕수 영감이 뭐라고 합디까?"

"단번에 '100% 좋다!'고 하더군요."

"흐흐! 그럴 테지요."

북조선 정부의 최고기관인 당중앙위원회의 계획은 2년 후 새로운 신형 귀국선을 원산항에 정박시킨다는 것이다. 새 선박의 이름은 '만경봉호'로 명명할 예정이다. '만경봉'은 평양 외곽에 있는 김일성 생가 주변의 야산 이름이다. 김일성은 어린 시절 동무들과 함께 만경봉에 자주 올라 조선을 강점한 일본 군대를 처부수고 나라를 해방(광복)하겠다는 굳은 맹세를 다졌다고 노동당에서 선전하고 있다.

'만경봉호'의 승선인원 규모는 약 300명 정도로 예상한다. 배가 작은 만큼 연비가 좋고 속도도 빠르다. 기존에 3일간 걸리던 운항시간을 2일로 단축되는 것도 장점이다. 예전의 소련 선박에는 없었던 회의실과 상점, 공연장과 오락실 등을 갖춘다.

리숙이 목소리를 낮춘다.

"부위원장 동무! 작은 고추가 맵다고 하죠?"

"그렇습니다."

"지금까지는 큰 소련 선박으로 사람을 날랐다면 이제부터는 작은 우리 선박으로 돈을 나르자는 거예요."

"예? 그게 무슨?…"

"설립 17년째인 일본 조총련중앙본부 산하 '조은신용조합'(은행)이 엄청 커졌어요. 전국 20여개 지점이 생길정도로 말이죠. 그중 일부가 조선학교 운영으로 벌어들이는 돈이고…"

"아! 그런가요?"

"그 조선학교는 엄밀하게 말해 우리 공화국이 보내준 종잣돈으로 시작을 했지요. 결국 뒤집어보면 조은(조선은행)의 그 많은 돈은 바로 우리 돈이니 그걸 찾아오자는 거죠."

"그게 또 그렇게도 됩니까?"

"우리는 그동안 일본에 좋은 씨앗을 뿌렸지요."

"비옥한 땅에 심은 씨앗이죠."

"앞으로 풍성한 열매만 수확하면 돼요."

리숙은 10여 년 전 당에서 재일동포귀국 사업을 구상하며 분명 계획을 세웠다고 한다. 일본 조총련에 보내는 돈은 무엇보다 조선학교 건설에 쓰는 것이다. 학교사업만큼 돈벌이가 잘되는 것도 없음을 알았기 때문이다. 조선인들의 교육열은 대단하다. 부모들은 자기가 덜 먹고 덜 입어도 아이들 공부만은 시키려는 성향이 있다.

자식이기는 부모가 없다. 그 아이들 마음부터 무료교육, 무상치료인 사회주의 북조선으로 돌려놓는 것이다. 자식들을 위해 돈지갑도 쉽게 여는 부모들은 아이들의 말을 잘 들어 북조선으로 시선을 돌릴 수 있다. 실제로 그랬다. 일본서 한글은 조총련 소속의 조선학교서만 가르쳤으니 많은 재일동포들이 조총련에 가입했다.

뿌듯한 표정의 최만오.

"당의 전략구상이 대단합니다."

"왜 그런 줄 아세요? 상대는 비전문가이고 우리는 확실한 전문가들이죠. 우리가 이 일을 10년째 하는 것만 봐도 그렇죠?"

"자유국가의 단점이죠."

"그래요. 소위 민주주의 국가랍시며 몇 년마다 정권이 바뀌고 거기에 상(장관)의 임기는 고작 1~2년 정도이니 무슨 일인들 제대로 하겠어요? 업무를 파악하고 일할 만하면 교체되고…"

"그러고 보면 우리 사회체제가 좋습니다."

"물론이죠. 참! 그리고 귀국동포들에게서 받는 송금 수수료와 별도로 노동당충성자금 요구는 예전처럼 계속하면 되겠어요."

"그래도 정말 괜찮겠습니까?"

"뭐가 어때서요? 자본주의 나라에서 세금은 국민의 의무이죠. 우리나라도 '충성의 자금'을 인민의 의무로 선전하면 돼요. 인민의 나라도 돈이 있어야 운영이 되는 것 아니겠어요?"

"생각해보니 그렇습니다."

리숙은 앞으로 지방에 거주하는 귀국동포들에게 외화를 당에 많이 기부하는 순서로 훈장이나 정부표창을 주었으면 좋겠다고 한다. 솔직히 말해 귀국동포들이 일본에 있으면 언제 정부의 훈장이나 표창을 받았겠는가. 사람에게는 은근히 바라는 명예의 욕심이 있다. 그것을 잘 이용하는 것도 하나의 방법이라고 강조한다.

앞으로 10년의 풍경도 크게 변하지 않을 거라 확신하는 두 사람이다. 반드시 그래야만이 자신들의 노동당 충성심이 진하게 나타는 것이다. 이것은 오랫동안 쌓여진 자기들의 투철한 생존방식 중의 일환이다. 원산 현지에서 미래계획까지 구상하는 이들은 확실히 김일성 수상에게 충성하는 대단한 열성분자들이다. 비가 오나 눈이오나 낮이나 밤이나 당에 대한 충성심은 조금도 변함이 없어야 한다고 본다.

최만오는 사기가 났다.

"재일동포들의 북조선방문 사업도 병행할까요?"

"안 그래도 고민 중이에요."

"방문단에 좋은 곳을 구경시켜 주는…"

"속마음을 돌려 세우는 전략?"

"공화국의 어려운 경제사정에 지갑 좀 열라는 거죠."

"오! 그거 신통해요."

"가족애로에 지갑 닫는 사람은 없죠."

크게 주춤해진 재일동포 귀국사업에 새로운 활기를 찾고자 노력하는 두 사람은 자기 직무서 승진했고 당의 신임이 있는 한 앞으로도 열심히 할 것이다. 오로지 김일성에게 절대 충성하는 이들은 자기들의 운명을 이 일에 걸었다. 그리고 헌신하고 있다.

어떤 방법으로든 일본으로부터 많은 재일동포는 물론이고 그보다 우선인 거금을 끌어들여 올 것이다. 일본의 화폐는 북조선 돈과 비교가 안 되게 가치가 높다. 거의 국제무역의 공용화폐인 미국 달러와 가치가 유사할 정도로 아주 매력적이다. 자기들이 사는 이 북조선이 세상에 당당해지려면 무엇보다 나라에 외화재고량이 많아야 한다. 그와 함께 편지왕래, 금전거래, 친척방문 등 다양한 사업을 펼칠 것이다. 그것은 사회주의 애국운동이고 역사에 길이 남을 노동당의 대외활동으로 불멸의 업적이 된다. 그 드라마의 주인공들이다.

리숙이 안경을 벗으며 말한다.

"부위원장 동무! 아직 문학도 꿈이…"

"있습니다. 지난 10년간 우리가 열심히 일해 온 재일동포 귀국자사업 자체가 한 편의 장편소설 감이 되고도 남습니다."

"그래요? 작품의 종자는?"

"남조선 리승만 괴뢰도당이 마치도 성 쌓고 남은 돌 마냥 마구 버린 재일동포들을 주체조선의 공민으로 대해 같은 품에 받아주신 김일성 수상님의 하늘같은 동포사랑입니다."

"맞아요! 바로 그거예요."

"위원장 동지! 우리도 언제 연로보장(정년퇴직)으로 집에 들어가겠죠. 그때 꼭 멋진 장편소설 한 편을 쓰렵니다."

최만오는 사뭇 만족한 자세다.

그는 노동당이 발기하고 적극 추진한 재일귀국동포 사업을 일선에서 지휘하였고 다양한 사람들과 협업을 하였다. 사람과의 사업이었다. 역경과 좌절에 굴하지 않고 오로지 당에서 결심하면 인민은 한다는 철의 신념을 심장에 간직하고 일해 왔다. 사람이 우선이었다. 자본주의 나라서 살던 수만 명의 동포들을 당과 수상, 공화국 정부에 충실한 사람으로 교양개조 하였다. 그리고 지금도 계속 진행 중이다.

리숙도 이 특별한 일을 10년간 하면서 세상에서 사람의 사상을 바꾸는 정치 사업은 정말 어렵지만 그래도 보람 있는 일이라고 생각한다. 인민이 먼저다. 그에 앞서 수상이 우선이고 절대적이다. 그동안 김일성 수상의 가르침대로 일해 온 자기들이다.

"제목은 뭔가요?"

"가제 '째포'입니다."

"째포? 재일동포의 약자죠?"

"맞습니다. 세계 이민사에 두 번 다시 없을 특이한 사변, 간고하고 시련과 영광에 찬 재일동포 귀국사업! 조선노동당의 인간사랑 서사시를 주옥같은 글과 문장으로 역사에 남기겠습니다."

"…"

"우리 후대들은 그 기록을 보면서 비록 역사의 한 순간이었만, 그 속에 당에 충직한 전사들도 있었음을 기억할 것입니다."

"좋아요! 아주 좋아요."

인민의 지상낙원

신영자는 수년 전 둘째 딸을 결핵으로 하늘나라에 보냈다. 저승길에 자식을 먼저 앞세운 어미의 심정은 말로 다 표현이 안 된다. 찢어지는 슬픔에 북조선 사회를 등지겠다는 생각을 수없이 해보았다. 그럴 때 만난 사람이 바로 박승호였다. 일본의 동질 문화권서 살던 사람, 과거 남편의 친구였으나 진정한 남자로 받아들였다.

신영자는 박승호의 진실한 청혼에 "평생 술을 안 먹겠다"는 약속을 앞세웠다. 전 남편에게서 술로 인생최대의 정신고통을 겪었던 경험에서다. 박승호는 신영자와 결혼 후 술을 딱 끊었다.

둘 사이에 딸 미애가 태어났다.

보애와 동생 수애는 새아버지를 무척 좋아한다. 고등학생인 수애는 밥숟가락 놓기 바쁘게 등굣길에 올랐다. 박승호는 미애를 유치원에 데려다주고 출근한다며 집을 나섰다. 매일 아침마다 반복이 되는 일상이다. 그러니 문화생활은 꿈도 꾸지 못한다. 아침부터 저녁까지, 1년 내내 기계처럼 반복되는 지겨운 풍경이다.

신영자가 퉁명스러운 눈길이다.

"보애야! 넌 출근을 안 하냐?"

"또 노동신문 독보로 시작하는 지긋지긋한 하루?"

"얘는 무슨 말을…"

"아무리 봐도 분명히 비정상인데 마치도 그게 정상인 것처럼 되어버린 희한한 생활모습… 내 말이 틀린가요? 엄마!"

"어쩌겠냐? 이게 우리의 운명인 걸…"

"엄마! 그런데 왜 우리를 지옥인 여기로 데려 왔나요?"

"어머머! 얘가?…또…"

"혁명! 투쟁! 사상! 이런 소리만 가득한 곳! 남녀 간의 연애도 사상이 다르면 할 수 없는 미개 사회, 북조선!"

"아니, 얘가 정말?"

모녀는 이런 소리를 자주한다. 북조선에 입국한 날부터 심심치 않게 나오는 주보애의 볼멘소리다. 그녀가 이 사회의 부정적 현실을 깨닫기까지 오랜 시간이 걸리지 않았다. 사람들이 자기 주견대로 살지 못함이 제일 답답했다. 분명 잘못된 사회현상을 누구도 당국에 비판하거나 항의하지 못한다. 그러니 마치 자기가 비정상인 것 같다. 신영자는 속으로 자책한다. 이유야 어쨌든 제가 데리고 온 철없는 딸들이 아닌가. 그들이 이제는 성인이 되어 세상물정도 서서히 알아간다.

"너! 무슨 일 있었냐?"

"아니, 아무것도 아니에요. 엄마!"

"그런데 왜 그렇게 신경질이냐? 이 아침부터…"

"그냥! 오늘은 일 나가고 싶지 않아요."

"대체 왜 그러는데?…"

보애는 그동안 직장에서 친하게 지내던 남성동무가 "더는 만나지 말자. 아무래도 째포 출신인 보애 동무를 며느리로 맞아들이기 불편한 부모님인 것 같다"며 한숨짓는 얘기를 들었다고 한다. 그동안 온 직장에 소문이 날 정도로 알게 모르게 연애까지 해왔는데 이제 자기는 더 이상 창피스러워 못살겠다는 것이다.

　결국 사랑하는 남자에게서 모멸감의 버림을 받았는데 이제 어떻게 얼굴을 쳐들고 직장을 다니겠는가? 할 수만 있다면 그 남자를 죽이고 자기도 죽고 싶은 심정이라고 한다. 자기가 왜 이런 수모를 받아야 하는지? 도무지 이해가 어렵다고 한다.

　그래도 같은 일터에서 착실하고 성실한 좋은 남자를 만나 어머니를 기쁘게 해드리겠다는 일념으로 수년간 직장생활도 열심히 해온 자기다. 사랑하는 그이와 함께 아름다운 결혼을 해서 아이까지 낳으면 그것이 여성의 최고 행복이라고 믿었다. 그런데 그 희망이 이제는 타버린 재가 되어버렸으니 하늘이 무너지는 것 같다.

　"나쁜 새끼! 언제는 나만 좋다 하고…"

　"참! 불량스러운 남자구나."

　"북조선 남자들 다 똑같아요. 특히 간부들부터…"

　"그래도 그런 말 함부로 하지 마!"

　"엄마! 내가 오죽하면 이럴까?"

　신영자는 가슴을 쓸어내린다. 애지중지 키워온 큰딸이 여성 본능의 행복인 아기 출산에 앞서 결혼조차 어렵다고 한다. 맏사위가 잘 들어와야 다음 사위도 잘 들어온다고 옛사람들이 말하지 않았던가? 하여 자기도 알게 모르게 작은 희망을 가졌던 맏딸의 혼사문제였다. 일본에 두고 온 남편은 후에 입국한 어느 귀국자한데서 단골 술집서 불타죽었다는 소리를 들었다. 여기 함흥서 둘째딸을 잃은 후였다.

　일본서는 남편이 알코올 중독으로, 여기 북조선서는 둘째딸이 잘 먹지 못해 걸리는 결핵으로 죽었다. 이제는 맏딸의 운명도 어두운 터널로 들어가는 느낌이다. 지질이도 남편 복, 자식 복 없는 자기의 운명은 왜 이리도 꼬이고 서글프단 말인가. 전생에 무슨 죄가 있기에 자기의 앞날은 이렇게 수많은 암초뿐이란 말인가.

보애의 눈빛에 독이 한껏 어렸다.

"엄마! 나 확 죽어버릴까?"

"아니? 애가 점점 한다는 소리가?"

"남들이 잘만 가는 시집도 못가는 이 머저리!…"

"너 그냥 못된 소리를 계속 하겠어?"

"못할 것도 뭐람! 엄마가 만든 내 인생. 북조선에 안 왔으면 일본서 차별받아도 이렇게 짐승처럼 살지는 않았겠지?"

"뭐? 뭐라고?"

"북조선 인민들에게는 인간의 고유한 의식성, 반항성, 창조성이 전혀 없어. 정부 비판 못하고, 외국 실정 모르고, 당국의 식량배급 받고 시키는 일만 해. 이게 사육가축과 뭐가 달라?"

"아니? 야! 너 왜 그러니?"

"흑! 흑!~ 엄마! 미안해. 정말!…미안해!"

보애의 눈에는 눈물이 고였다.

청년단체의 온갖 정치조직 생활은 자기를 정신 기형아로 만들었다. 세상 어느 나라도 없을 법한 전체 인민이 의무적으로 하는 노동당 학습강연, 총화, 사상투쟁(인민재판), 충성선서모임 등은 사람들의 사고의식 수준을 심히 병들게 했다. 인민들은 당에 무조건 순종해야 한다. 여기 북조선에는 오직 한 사람인 김일성 수상의 절대적인 권위와 위신만 존재하고 있다. 자기를 낳아준 부모보다 수상을 더 존경해야 하고 가족보다 노동당에 절대 충성해야 한다.

이런 생각은 신영자도 똑같다.

그녀의 마음은 갈기갈기 찢어지는 듯하다. 자신이 정말로 밉다. 10년 전 일본·도쿄서 무슨 정신에 빠졌기에 조총련의 감언이설을 그렇게 철석같이 믿었단 말인가. 운명의 귀국선에 어린 딸 셋의 손목을 잡고 오르는 거사를 조금이라도 의심해보았다면… 정말 큰딸의 말대로 남편이 너무 미워한 순간에 저지른 오늘의 실책이다. 앞날도 불투명하다. 자기는 분명 이대로 60세까지 종이공장에서 일을 하다가 나이가 되면 퇴직할 것이다. 어떤 희망도 꿈도 없는 하루살이나 똑같다.

신영자가 눈물을 훔친다.

"보애야! 솔직히 나도 너에게 할 말이 있다."

"뭔가요?"

"내가 너희들에게 진 빚을 갚고 싶어!"

"그게 무슨 소리예요?"

잠시 천장을 물끄러미 쳐다보는 신영자. 오래전부터 혼자 해왔던 생각이 있다. 방법만 있다면 조용히 세상을 하직하고 싶다. 더 살아보았자 아이들에게 '째포'라는 굴레가 붙어 당국의 감시대상이 되는 것뿐이다. 간혹 자기만 없어지면 어떨까? 남겨진 가족은 연대책임으로 처벌하는 노동당이 아닌가. 두 딸을 앞세우고 남몰래 하늘나라로 가는 방법에는 어떤 것이 있을까? 고민도 해보았다. 자기 존재의 사라짐이 이웃과 동료, 타인에게 크게 지장이 안 된다면 말이다.

북조선에서 태어난 넷째 딸 미애는 아버지와 함께 살도록 놔두고 싶다. 여기가 조국이니… 문제는 자기가 데리고 온 세 딸 중 두 딸이다. 그런데 여기서 또 셋째는 아직도 미성년자이다. 그 어린 것까지 저 세상으로 데리고 가고 싶지 않은 것이다.

"보애야! 우리 아버지 따라 갈까?"

"천국으로요?"

"그래 눈물도 걱정도 없는 그 나라로 말이야."

"좋아요. 나는 자신이 있어요."

"그게 정말이냐?"

"그래요. 엄마!" 하는 보애가 솔직히 고백한다. 그동안 연애를 해오던 남성동무와 결별해서 오늘 특별히 화를 낸 것도 아니다. 창조성과 진취성이 강한 청년으로서 이 북조선 사회를 10년간 살아보니 희망이 전혀 없어 보인다. 이 사회는 일본의 정치권처럼 여야가 없다. 오로지 사악한 조선노동당 일당독재 체제이다.

김일성의 사당인 조선노동당의 정치를 받는 북조선 인민들은 하나 같이 꿀 먹은 벙어리들이다. 아니 인간기계이고 동물이다. 전체 인민들은 평생 당에서 강제적으로 시키는 온갖 정치생활을 한다. 거기에 조금이라도 불응하면 반동이 된다. 사회적 불의부정을 보고도 말을 전혀 못한다. 99%의 다수가 자의든 강제든 노동당 정책을 따르니 그게 정상이고 그에 반하는 1%의 소수는 비정상인 북조선 사회이다.

조용히 울먹이는 보애다.

"엄마! 그동안 속 태운 것 미안했어요."

"아니다. 다 내 탓이다."

"엄마! 사랑해!"

함흥철제일용품공장 생필직장에서 고된 하루노동을 마친 박승호와 노동자 20여 명이 휴게실에서 열린 '작업총화시간'에 참석했다. 일종의 사상교양 및 반성시간이다. 노동자들이 "오늘도 당의 사상과 의도대로 각자 맡겨진 혁명과업(노동과제)을 어김없이 수행했는가?" 하는 양심적 주제로 엄격한 사상검증을 하는 것이다.

총화시간은 대략 15~20분 정도이나 필요에 따라 길어질 수도 있다. 작업반장이 하루노동과제 수행에서 나타난 노동자들 중의 일부 결함을 지적하고 또 특정인을 꼬집어 비판하기도 한다. 대중 앞에서 망신주기이며 엄밀히 인격모독이다.

작업반장이 말한다.

"동무들! 오늘도 수고 많았습니다."

짝!~ 짝!~ 짝!~

"현재의 높은 노동열의이면 내년에 있을 조선노동당 제5차대회를 빛나는 노력적 성과로 맞이할 수 있습니다."

짝!~ 짝!~ 짝!~

박승호의 마음은 칼로 에이는 듯하다.

그도 북조선으로 온 것을 절실히 후회한다. 이곳은 세계에 유례가 없는 전민 정치사상 교육의 나라이다. 당국에서 전체 인민에게 유치원 때부터 죽을 때까지 의무강제적인 정치생활을 강요시킨다. 그에 따라 모든 사람은 종신토록 당과 제도의 사상과 정책대로만 살아야 한다. 중앙의 평양에서 김일성 수상이 "아!" 하고 소리치면 북조선 산간오지 두메산골, 바닷가 마을까지 똑같은 "아!"로 화답한다.

지구촌에 이런 미개한 나라가 북조선 말고 또 있을까? 모든 인민의 눈과 귀, 입을 막아놓았다. 열려 있다면 콧구멍뿐이다. 숨 쉬는 자유만 있고 나머지는 모두 구속이고 억압이다. 나라 전체 인민의 머릿속 정신까지 당국이 철저히 관리하는 체제다.

계속하는 작업반장.

"오늘 작업에서 나타난 결함을 지적합니다."

물을 뿌린 듯 조용해지는 휴게실.

"일부 동무들이 작업시간에 쓸데없는 말새질(수다)이 많습니다. 이런 현상은 노동안전 규정에도 심히 어긋납니다."

"…"

"내주 공장주변 정리사업(환경미화작업)이 있는데 횟가루, 잔디, 재갈 등을 미리 준비해주십시오. 모두 알겠습니까?"

"예에!~"

기가 막힌 사회적 전민통제 방법이다.

모든 사람들에게 한가한 틈을 전혀 안 준다. 대중이 잠시라도 한가하면 사회와 정권에 대한 의구심이나 반항이 생길 수 있다. 그래서 쉴 새 없이 뱅글뱅글 돌리는 것이다. 전체 인민들은 자의든 억지든 노동당이 운전하는 열차에 올라탔다. 여기서 한 순간 외눈을 팔면 달리는 열차에서 떨어져 즉사한다. 그 시체는 아무 데나 버려진다. 이런 북조선에 온 자기가 밉다. 어떤 때는 죽고 싶은 충격도 있었다. 그러다가 다소 진정된 것은 신영자와 결혼하고 미애가 태어나고부터이다. 가족은 자기에게 언제나 든든한 응원자이고 정신적 버팀목이었다.

아내가 했던 소리가 생각난다.

… 승호 씨! 저라는 여자가 참 밉지요.

곡절 많은 인생길에 방황하는 남편을 끝까지 책임지고 바른 사람으로 이끌지 못한 이 신영자! 세월의 풍파 속에 사람의 운명은 참! 모를 일이죠. 승호 씨가 제 남편친구가 아니었어도 여기 북조선으로 오지 않았겠죠. 과거 일본에서 저에 대한 동정심이 있었는지 모르겠으나 지금은 배신감도 들겠지요. 솔직히 그렇지요?

전생까지 합쳐 무슨 끈질긴 인연인지 몰라도 여기까지 함께 온 우리, 또 무슨 염치로 새 남편 승호 씨를 맞아서 별로 행복을 주지 못하는 이 부실하고 미운 아내네! 항상 죄진 마음이에요. 하늘나라에 간 남편과 지금 나의 사랑 전부인 박승호 씨 당신에게 말이에요.

미애 아버지! 우리가 오늘 고생해서 아이들이 조금이라도 나아진 내일의 삶을 살 수 있다면 나는 정말이지 더 바랄 것이 없어요. 바로 그래서 북조선에 온 이후 지금껏 언제 한 번 힘들다는 소리 없이 이를 악물고 살아온 거예요. 사랑하는 여보! 우리 보애, 수애, 미애 세 아이의 행복을 위해서 용기를 내서 열심히 살아요…

박승호가 신영자와 살림을 합치면서 시작한 가족생활이다. 그는 정말 아내의 간절한 당부대로 평소 즐기던 술 담배를 단호하게 끊고 가정의 모범적인 남편이 되었다. 세 딸을 키우는 아내의 피곤함과 수고를 조금이나마 함께 나누는 생활습관도 애서 가졌다.

서로가 존중해주고 아끼고 사랑해주는 모습은 주변 사람들에게서 '잉꼬부부'라는 칭찬과 박수를 받을 정도였다. 분명 아내는 늦은 자기 결혼생활의 고마운 등대이고 활력수이다. 마음이 무척 외롭고 너무 괴로울 때마다 곁에서 묵묵히 지켜준 여자! 자기의 살붙이 딸 박미애를 낳아준 세상에 가장 고마운 여인 신영자! 그녀와 함께라면 이 세상 어디든 좋을 것 같다. 자유가 있는 일본이 그립다.

그 자유가 얼마나 소중한지 몰랐다.

지긋지긋한 이 북조선 생활에서 인간의 존엄과 가치는 전혀 없다. 김일성의 나라 사회주의 북조선은 과연 언제면 망하겠는지? 인민은 공공의 노예가 되어버렸다. 사람은 의식과 창조성을 가진 생물체이다. 비판과 혁신은 사람에게만 있다. 당국에 대한 어떠한 비판도 전혀 할 수 없는 인민들이 어떻게 혁신을 하겠는가.

동물이 사회를 변혁할 수 없다.

북조선 인민 모두가 코뚜레가 꿰인 소나 같지 않은가? 고삐를 잡은 노동당에 작은 저항도 할 수 없다. 주인인 수상(대통령)을 위해서 일생동안 고된 노동이나 하다가 노쇠 되면 죽는 부림소나 조금도 다름이 없다. 2천만 인민이 김일성을 위해 노예로 사는 저주로운 사회, 북조선! 과연 인민들을 구원해줄 희망의 등불은 여기 북조선에도 저기 남조선에도 없는가? 아니면 일본에도 미국에도 없는가?

역사에 저주 받은 북조선 사회.

세계 최악의 인간 생지옥이다.

박승호가 딸 미애의 손목을 잡고 마당에 들어섰다.

집안에서 "엄마야!~ 엉엉!~ 언니야! 엉엉!~" 하는 소리가 울린다. 처음 들어보는 서글픈 울음소리에 화들짝 놀란 박승호가 몸을 날리듯 현관문을 벌컥 열었다. "으악!~" 이게 도대체 뭔가? 아내 신명자와 큰딸 보애가 입에 붉은 피를 한껏 토하며 쓰러져 있다. 그들을 번갈아 흔들며 소리쳐 우는 셋째 딸 수애다.

두 사람을 마구 흔드는 박승호.

"여보! 여보!~ 보애야! 보애야!~"

둘의 숨결은 이미 멎었다. 그들 곁에는 쥐 잡을 때 뿌리는 극약(독약)이 있다. 사람이 그걸 먹으면 10분 내로 피를 토하며 숨을 멈추는 위험한 고체가루다. 그걸 가루약 먹듯이 밥사발에 담긴 물과 함께 삼켜버린 것이다. 그리고 마침내 한 많은 세상을 등진 모녀다. "여보!~ 보애야!~" 불러도 아무 대답이 없는 두 여자다.

보애의 머리 위에 편지가 있다.

사랑하는 내 동생 수애야!

네가 어릴 때 이 언니와 엄마의 손을 꼭 잡고 찾아온 낯설은 이 땅, 북조선이 어떤 나라인지 너는 어려서 잘 모를 거다. 그러나 너도 언젠가 크면 반드시 알게 될 것이라고 본다. 우리가 태어난 일본은 노동당에서 가르쳐주는 그렇게 나쁜 나라가 아니란다.

일본에서 살던 때가 무척 그립구나. 자유가 소중한 줄은 이 북조선에 와서
야 뼈저리게 느낀 언니다. 비록 오래는 살지 않았지만 여기 북조선에 희망
이 없다고 본다. 그래서 엄마와 함께 먼저 아버지가 간 하늘나라로 오늘 이
렇게 떠나련다. 눈물 없는 저 하늘나라에 가서 사랑하는 아버지 만나서 엄
마와 함께 행복하게 살아가련다. 내 동생 수애야! 정말 미안하다. 그리고
이 언니가 너를 사랑한다.
수애야! 우리 다음 세상에도 꼭 엄마의 딸로 태어나 아름다운 일본에서 살
자. 그래도 우리 같은 백성들이 열심히 살기에는 북조선보다 일본이 훨씬
더 좋은 나라임은 분명하고 확실하다…

신영자의 손에 들린 편지도 있다.

미애 아버지! 정말 미안합니다.
사랑하는 당신에게 나쁜 모습으로 애석한 작별의 인사를 고하는 이 못된
아내를 많이 원망하세요. 이렇게 두 딸 수애와 미애, 남편을 두고 자기만
편한 세상으로 훌쩍 가는 내 시신을 마구 두들겨 패도 좋고 아니면 침을 뱉
어도 아무 할 말이 없어요.
정말이지 내가 바보였어요. 10년 전 일본에서 무슨 환각이 끼었기에 여기
북조선으로 온, 그것도 어린 세 딸을 앞세우고 왔던 이 머저리 신영자는 죽
어 마땅한 년이에요. 나는 순결한 어머니 자격도 두 남편의 아내 자격도 없
는 그야말로 한갓 속물인간이었죠.
두 남편의 복도 이기적으로 받고 오로지 자기 고집으로 살아온 저의 일생.
어머니로서 뭔가 의무를 다한다고 했으나 그건 망동이었죠. 지금 돌아보
면 모두 제 부덕함이 빚은 오늘의 비참한 모습이에요. 내가 딸들을 데리고
찾아온 이 인간 생지옥!

북조선에 비하면 일본은 천국이죠.

우리 아이들이 태어난 일본은 누구나 평등하게 일할 수 있고 자기 재능과 열정대로 살아갈 수 있는 나라죠. 정치가 뭔지는 잘 모르겠으나 자기가 일한 만큼의 충분한 보수와 대가가 있는 곳이 자본주의 나라임을 잘 알았네요. 이 저주로운 북조선으로 지금도 계속 귀국선을 타고 오는 재일동포들을 막아야 해요. 여기는 인민의 지상낙원이 아니고 끔찍한 생지옥임을 어떤 방법으로든 세상에 알려야 해요. 날강도 조총련 사기집단의 허위선전에 속는 재일동포들을 꼭 말려야 해요.

미애 아버지! 사랑했어요.

우리 수애, 미애 잘 부탁드려요…

"여보! 신영자!~ 이게 무슨 꼴이야?"

엉엉! 두 딸이 큰 소리로 운다.

"당신 가면 나는 어쩌라고?"

북녘에서 1990년대 중후반 노동상 정책의 오류로 '북한주민아사대참사'(고난의 행군)가 있었다. 이때부터 북에서 살던 북송재일동포와 후손(2세, 3세)들이 비운의 탈북자가 되어 한국과 일본으로 입국했다. 2025년 9월 현재 약 500여 명의 북송재일동포(째포)와 후손 출신의 탈북민이 있다. 이중 약 70%가 대한민국에, 30%가 일본국에 있다.

부록

등장인물

귀국자 (북송재일동포)

신영자 (도쿄 출신 : 함흥종이공장 노동자)

박승호 (나고야 출신 : 함흥철제일용품공장 노동자)

조춘심 (센다이 출신 : 함흥역전국수집 책임자)

고경식 (일본중학교장 : 평양도시경영사업소 부소장)

정필용 (조총련 이사 : 신포수산사업소 부지배인)

오재천 (홋카이도 출신 : 청진자동차사업소 운전수)

독고기백 (오재천의 고교학우 : 청진 대학생)

북한주민

리숙 (조선적십자회 중앙위원회 부위원장)

최만오 (조선적십자회 중앙위원회 서기장)

강지철 (내무성 정치보위국 부국장)

김은희 (청진시인민위원회 부위원장)

연창식 (함흥시내무부 보위과장)

진성 (함흥시인민위원회 8과장)

조총련 / 일본인 / 민단

한덕수 (재일본조선인총연합회 의장)

마웅석 (조총련 니가타현 본부장)

고경민 · 고경란 (고경식의 남 · 여동생)

허선아 (조총련 선전부장)

요시히로 (일본적십자사 부사장)

미츠키 (재일조선인귀국협력위원장)

주정남 (신영자의 남편)

차호 (재일본대한민국민단 중앙단장)

소설 배경장소

일본

신주쿠 철로주변 조선인 밀집 지역

치요다구 사카바 / 주택촌

홋카이도 소재 조선학교 / 야학교실

도쿄 치요다구 히비야공원

일본적십자사 부사장실 / 도쿄지하철

도쿄 조총련중앙본부 접견실

니가타항 / 귀국(북송)선 내부

조총련중앙본부 의장실 / 사쿠라호텔

가와사키 제조 회사 / 도쿄 가부키초 사카바

조총련 니가타현본부 로비 / 현본부장실

일본적십자사 상황실 / 응접실

홋카이도 스스키노거리 / 가정집

북조선(북한)

평양 - 조선적십자회 부위원장 방

적십자회 소회의실 / 옥상 / 문수봉 산책로

청진시 인민위원회 회의실 / 청진항

초대소 행 버스 안 / 청진초대소 방 안

함흥 - 철제일용품공장 - 건설현장 - 가정집

함흥 - 편직물공장 - 내무부 - 역전국수집

평양 - 대동강변 - 도시경영사업소 정문

청진 - 자동차사업소 - 청진금속대학

함흥시 내무부 보위과장 방 / 흥남 바닷가

청진시 인민위원회 부위원장 방 / 혁신호(어선)

내무성 지하 감방 / 모란봉 비밀장소

원산 - 동해 바닷가